www.lenos.ch

Ahmed Mourad

Diamantenstaub
Thriller aus Ägypten

*Aus dem Arabischen
von Christine Battermann*

Lenos Verlag

Die Übersetzerin
Christine Battermann, geboren 1968 in Wuppertal, studierte Arabisch und Türkisch in Bonn. 1996–2000 Lehrbeauftragte für Türkisch an der Universität Bonn. Seit 1998 freie Literaturübersetzerin. Sie übertrug u.a. Werke von Machmud Darwisch, Rosa Yassin Hassan und Alexandra Chreiteh ins Deutsche und lebt in Köln.

Die Übersetzung aus dem Arabischen wurde vom SüdKulturFonds in Zusammenarbeit mit LITPROM – Gesellschaft zur Förderung der Literatur aus Afrika, Asien und Lateinamerika e.V. unterstützt.

Titel der arabischen Originalausgabe:
Torab Al-Mas
Copyright © 2010 by Ahmed Mourad
Copyright © 2010 by Dar El Shorouk

Erste Auflage 2014
Copyright © der deutschen Übersetzung
2014 by Lenos Verlag, Basel
Alle Rechte vorbehalten
Satz und Gestaltung: Lenos Verlag, Basel
Umschlag: Hauptmann & Kompanie, Zürich, Dominic Wilhelm
Printed in Germany
ISBN 978 3 85787 452 9

Diamantenstaub

*Dem Mann der letzten Gelegenheit,
Herrn Präsidenten Muhammad Nagîb*

Die finstersten Zeiten in der Geschichte der Völker sind die, in denen der Mensch glaubt, das Böse sei der einzige Weg zum Guten.
Ali Adham in seinem Buch Geheimgesellschaften *über den Nihilismus*

1

Montag, 15. November 1954
Jüdisches Viertel, al-Churunfusch/al-Gamalîja

Auf dem buckligen englischen Pflaster am Zugang zur Salomongasse wurden die Schatten immer länger. Ein dünner Mann mit einer Stange und einer kleinen Leiter ging auf einen Laternenmast zu. Nachdem er die Sprossen behände erklommen hatte, klappte er das gläserne Türchen der Laterne auf und steckte das brennende Ende der Stange hindurch. Nach ein paar Sekunden lag um den Mast ein matter Lichtschein, der den Boden vor einem kleinen Laden zitternd erhellte. »al-Sahâr – Parfums« stand mit der Hand geschrieben auf dem Schild über der Tür. In den Regalen im Inneren drängten sich Fläschchen mit Blütenessenzen. Sie waren mit kleinen Lederfetzen und dünnen Schnüren verschlossen, trotzdem duftete es noch bis auf die Strasse hinaus.

Das Abendgebet war vorüber, und Hanafi war unterwegs zu seinem Geschäft. Jedes Mal, wenn er die Hand hob, um die übrigen Ladenbesitzer zu grüssen, sah man an seinen Ärmeln noch die Spuren der Gebetswaschung. Als Farûk, sein Ältester, ihn kommen sah, warf er seine Zigarette schnell auf die Strasse und wedelte mit den Händen, um den Tabakgeruch zu vertreiben. Verschämt lächelte er dabei zu Halâwa hinüber, die in ihrer Milâja* vor ihm stand: zwei weisse Marmorsäulen, jede von einem goldenen Fussreif umfasst. Darüber eine Sahneschüssel – unter einer stolz vorgeschobenen Brust und einem Gesicht mit kajalgeschwärzten Augen, für die man hätte sterben mögen. Die Witwe des Viertels war sie, und der Spruch »Hinter jeder grossen Frau steht ein Mann – der ihr aufs Hinterteil starrt!« schien wie für sie gemacht. Bei ihrem

* Erklärungen einiger arabischer Begriffe im Glossar auf Seite 407.

Anblick trat Hanafi ein wohlgefälliges Lächeln auf die Lippen. Er fuhr sich mit den Fingern durch die schwarzen Locken, gab aus einem Fläschchen ein paar Tropfen Parfum in seine Rechte und klopfte es sich in den gepflegten Schnurrbart. Während er auf Halâwa zuging, liess er den Blick über ihren Körper wandern. Schliesslich tauchte er in ihre Aura ein.

»Halâwa, wie geht's Ihnen?«

»Guten Abend, Herr Hanafi«, flüsterte sie mit aufreizend heiserer Stimme.

Um seine Nervosität zu überspielen, zog er einen Stuhl heran und hiess sie sich neben die Tür setzen: »Ruhen Sie sich fünf Minuten aus!« Dann wandte er sich an Farûk, der ihm sehr ähnlich sah – nur dass er seine Ärmel hochgekrempelt trug, wie es durch den Schauspieler Schukri Sarhân im Film *Lahalîbu* in Mode gekommen war. »Hat jemand was gekauft?«, fragte er ihn.

»Oberstleutnant Hassan hat Nelken und Basilikum genommen und gesagt: ›Die Rechnung Ende des Monats.‹«

»Wenn du aus dem Hinterteil einer Ameise Fett gewinnen willst, wirst du nie was zum Braten haben«, murmelte Hanafi vor sich hin. »Der wird uns wieder mit dem Geld hinhalten!«

»Gehst du heute zu Chawâga Lieto?«

»Ja.« Hanafi klopfte seinem Sohn auf die Schulter. »Jetzt aber ab mit dir, deine Mutter ist allein.«

Farûk warf Halâwa einen Blick zu und zwinkerte schicksalsergeben. »Recht so, Abu Farûk.«

Hanafi beugte sich vor, um ein paar Flaschen einzusammeln, und sagte, ohne aufzusehen: »Und geh direkt nach Hause, lauf nicht erst überall herum! Ausserdem: Pass auf, dass du nicht so viel Teer in die Lungen kriegst. Es ist ein ziemlicher Gestank hier im Laden.«

»In Ordnung, Papa.«

Farûk rannte fort, und Hanafi wandte sich wieder an das Kind des Hauses El Rashidi El Mizan*: »Eine schlimme Generation! Was kann ich für Sie tun, gnädige Frau?«

»Jasmin«, sagte sie langsam.

Hanafi riss seinen Blick von ihren Lippen, nahm ein Fläschchen und wickelte es in ockerfarbenes Papier. »Jasmin vom Jasminstrauch.«

»Haben Sie rotes Henna?«

Er erhaschte einen kurzen Blick auf ihre Waden. »Was wollen Sie mit Henna? Ihre Fersen sind doch von Natur aus so rosig wie Gazellenblut.«

Sie biss sich auf die Unterlippe. »Ihr Gesicht gefällt mir nicht. Was haben Sie, Bruder?«

»Hexenwerk, Halâwa. Der böse Blick setzt mir zu.«

»Jemand muss Sie mit einem Zauber belegt haben.«

»Ich sehe die Dämonen ja vor mir herumhüpfen, Gott gnade mir.«

»Er steh uns bei! Sie müssen bei mir vorbeikommen, dann vertreibe ich die Geister und verbrenne ein bisschen Räucherwerk für Sie.«

Hanafi musste lächeln. »Geht das nicht auch hier im Laden?«

»Das Dämonenauge** verbrenne Sie!«, sagte sie mit einem wohlklingenden Lachen.

Er beugte sich zu ihr hinunter. »Sie kommen zu spät, Halâwa. Wenn wir uns früher begegnet wären ...«

Mit verträumtem Lächeln stand sie auf und raffte ihre

---

* Eine ägyptische Süsswarenfirma, die unter anderem Halwa (arabisch: *halâwa*) herstellt. *(Anm. d. Übers.)*

** »Dämonenauge« *(ain al-ifrît)* ist der arabische Name der Paternostererbse. Die Samen der Pflanze werden zum Schutz vor Zauberei und dem bösen Blick verbrannt, darüber hinaus wird ihnen eine aphrodisierende Wirkung nachgesagt. *(Anm. d. Übers.)*

Milâja zusammen. »Das kommt alles von dem Geist, er hat unglaubliche Kraft! Wenn ich Ihre Frau wäre, wären Sie vielleicht nicht …«

Ohne nachzudenken, sagte er: »Bei meiner Gesundheit, ich würde gar nicht mehr in den Laden kommen. Sie kennen mich nicht, ich …«

»Schwören Sie nicht, Sie Maulheld! Was bin ich Ihnen schuldig?«

Hanafi nahm ein Tütchen Henna, drückte es ihr in die Hand und versuchte dabei, ihre zarten Finger zu berühren. »Alles schon bezahlt, und Sie bekommen noch was wieder.«

»Wenn Sie es sich anders überlegen sollten, kommen Sie in die Burkukîjagasse!« Halâwa raffte die Milâja um ihre bemerkenswerten Hüften zusammen, und nachdem sie Hanafi einen Blick zugeworfen hatte, der seine Brust in Flammen setzte, ging sie hinaus.

Er sah ihr nach, bis sie fort war, und summte dabei vor sich hin: »Nie werd' ich den Montag vergessen, an dem wir beide uns trafen.«

Um neun Uhr machte Hanafi die Türen seines Ladens zu und verrammelte sie mit einem eisernen Querriegel und einem grossen Schloss. Als er gerade im Begriff war, zu gehen, hörte er plötzlich ein Klirren wie von zersplitterndem Glas. Er öffnete die Türen wieder, und im Licht der Strassenlaterne sah er einen hölzernen Bilderrahmen zerbrochen auf dem Boden liegen. Er hob ihn auf, legte ihn auf den Tisch und besah sich die Schnur. Sie war ohne erkennbare Ursache gerissen. Dann zog er auch das Bild aus den Glasscherben. Es war ein handkoloriertes Foto des Präsidenten Muhammad Nagîb in Uniform. Darunter stand der Wahlspruch »Einheit – Ordnung – Arbeit«.

»Es gibt keinen Gott ausser Gott«, seufzte Hanafi, als er Nagîbs Augen betrachtete, die unendlich traurig und sorgenvoll blickten. Dann rollte er das Bild zusammen und legte es in eine Ecke. Er zog sich die Kufîja fest um den Hals, setzte sein Käppchen auf und machte sich auf den Weg in die Nusairgasse, wo sein alter Freund Lieto wohnte. Der hatte ihm einen gemütlichen Abend mit den Liedern der Dame, Laila Murâd*, versprochen.

Auf dem Weg durch den stürmischen Novemberwinter, während er sich die Hände in den Manteltaschen wärmte, geriet Hanafi ins Grübeln über die stockenden Einnahmen seines Ladens und seine Verantwortung für sieben hungrige Mäuler. Und über Halâwa, die schwer zu ignorieren war, die seine Wachträume beherrschte und vergessene Hoffnungen wiederaufleben liess. Bei alledem war er, ohne zu wissen, warum, seltsam angespannt und kaute an den Nägeln. Etwas war nicht so, wie es sein sollte. Nur der Gesang der Dame würde diese düstere Stimmung aufhellen können – und ein Stückchen Haschisch, mit dem seine Finger bereits in der Manteltasche spielten.

Hanafi ging durch so enge Gassen, dass er die Häuser auf beiden Seiten hätte berühren können, wenn er die Arme ausgestreckt hätte. Schrill wie das Wehgeschrei einer Witwe pfiff der Wind dort hindurch, wirbelte Abfälle und Papier auf und klatschte alles gegen Fenster und Türen. Die Wäsche auf den Dächern flatterte so, dass man meinen konnte, dort trieben die Dschinnen ihr Wesen.

Am Zugang zur Nusairgasse durchschritt Hanafi ein Eisentor, das mit einem sechszackigen Stern und einem grossen Widderhorn bewehrt war. Er stieg in den ersten Stock hinauf, klopfte und wartete, bis das Licht anging und die Tür geöffnet wurde: von Tûna, einer voll erblühten Blume mit kajalumrandeten Augen und einem Kaugummi im Mund.

* Ägyptische Sängerin und Schauspielerin jüdischer Herkunft (1918–1995). Mit der Absetzung Muhammad Nagîbs durch Nasser endete auch ihre Karriere. *(Anm. d. Übers.)*

Sie hielt einen kleinen Kater an die Brust gepresst und sagte: »Willkommen, Onkel Hanafi, treten Sie ein.«

»Du bist noch wach, Mädchen?«

Sie drehte sich eine Strähne ihres welligen roten Haars um den Zeigefinger. »Papa hat uns mit einer neuen Schallplatte Kopfschmerzen gemacht. Wir müssen wohl wegen Laila Murâds schöner Augen noch bis zum Morgen aufbleiben.«

Hanafi kraulte dem Kater den Nacken, aber der fauchte wie ein Löwe.

»Schön ruhig, Babsi. Kommen Sie rein, Onkel Hanafi, ich mach Ihnen Tee.«

Lietos Wohnung war bescheiden und atmete den Geschmack des Musikliebhabers. Den Ehrenplatz im Wohnzimmer hatte ein grosses Bild von Laila Murâd inne, und an der Wand hing eine Ud, von der es hiess, sie habe einst Daûd Husni* gehört. Im Bücherschrank daneben stand eine rechteckige Tafel mit dem Gebet »Erhoben und geheiligt werde sein grosser Name auf der Welt, die nach seinem Willen von Ihm erschaffen wurde. Sein Reich erstehe in eurem Leben, in euren Tagen und im Leben des ganzen Hauses Israel«.

Im Wohnzimmer kämpfte Lieto mit dem Grammophon und versuchte, ihm Laila Murâds Stimme zu entlocken. Aber sie klang wie das Quietschen einer rostigen Tür. »Verflucht sei dein Vater, alte Hexe!«

Hanafi lächelte. »Laila Murâd muss dich aber geärgert haben.«

Ohne sich umzudrehen, sagte Lieto: »Fünfunddreissig Piaster hat die Platte gekostet, und sie klingt fürchterlich! Morgen schmeisse ich sie ihnen ins Gesicht.«

* Ägyptischer Sänger, Musiker und Komponist jüdischer Herkunft (1870–1937). *(Anm. d. Übers.)*

»Warum regst du dich so auf? Du hast doch dein Philips-Radio mit den acht Röhren.«

»Weil ich Musik hören möchte, wann ich will, Bruder. Und mein Gott, es ist schliesslich Laila Murâd!«

Lieto warf die Platte beiseite, putzte mit einem feuchten Lappen die Gläser seiner Hornbrille und setzte sie sich wieder auf die schmale Nase. Dann nahm er vom Tisch einen Ring in Form eines Löwen mit einem Karneol im aufgesperrten Maul und steckte ihn an den kleinen Finger.

Hanafi zog die Lederpantoffeln aus und setzte sich. »Nichts für ungut, Madame Laila, aber was gibt's heute eigentlich zum Abendessen?«

»Zwei Stück gegrilltes Ziegenfleisch. Du wirst dir die Finger danach lecken.«

Ein paar Minuten später kam Tûna mit dem Tee herein. Sie stellte ihn auf den Tisch und zog sich gleich wieder zurück.

Lieto drehte am Senderknopf des Radios herum, bis zu seiner Erleichterung der Ansager zu hören war: »Meine Damen, Fräulein und Herren, nun ist es wieder an der Zeit für grosse Kunst und eine betörende Stimme. Sie hören eine Aufzeichnung des Auftritts von Umm Kulthûm, dem Stern des Orients, anlässlich einer Soiree des Ägyptischen Rundfunks vom Donnerstag, dem 11. November, im Saal des Kinos Rivoli. Das Konzert beginnt mit dem Lied *Du liebst erneut,* es folgt *Du bist grausam zu mir,* und zum Schluss hören Sie *Die Menschen der Liebe.* Wir wünschen Ihnen einen angenehmen Abend.«

Hanafi hatte das Haschischstückchen aus der Zellophanhülle befreit und war nun ganz darin vertieft, es in einem leeren Kaffeetopf mit Halwa und Muskatnuss zu vermengen. Er knetete die Mischung mit dem Zeigefinger durch, legte sie sich dann unter die Zunge und saugte den Saft heraus.

»Du siehst aus, als wolltest du heute noch auf die Zitadelle steigen«, neckte Lieto ihn.

Hanafi lachte so sehr, dass seine beiden Silberzähne im Mund aufblitzten. »Nur wenn Madame Zitadelle wach ist und die sieben Soldaten schlafen. Probier mal!«

»Lieber nicht, das ist genau das Zeug, das mich schon letztes Mal umgehauen hat.« Lieto rieb sein Stückchen zusammen mit dem Tabak unter die glühende Kohle. Dann füllte er die Wasserpfeife mit Rosenwasser, setzte sie zusammen und hielt Hanafi das Rohr hin. »Besser, man verbrennt es. Zieh mal dran!«

Hanafi nahm einen tiefen Zug, der ihm bis ins Gehirn drang, und blies eine dicke Wolke in die Luft. »Erstklassig.«

In dem Moment sang Umm Kulthûm: »Warum liebst du erneut, nachdem doch das Herz Ruhe fand? Hättest du's nicht getan! Lass es, vergiss, was vorbei ist!«

Lieto blies den Rauch an die Decke, dann fragte er: »Was gibt's denn Neues von der Götterspeise?«

Hanafi nahm das Käppchen ab und strich sich übers Haar. Beim Gedanken an Halâwa wurde ihm gleich heiss. »Da weiss man nichts zu machen. Jeden zweiten Tag kommt sie in den Laden. Wie ein Stück Butter isr sie, dieses Weibsstück! Proper und wie geschaffen fürs Bett, süsser als Dalida*. Aber da sei Gott vor, bloss nicht in Sünde fallen!«

Lieto zwinkerte ihm zu. »Sie ist hinter dir her, bis du nachgibst.«

»Wäre sie nur ein bisschen früher gekomken, mein Gott, ich wäre im Hotel über sie hergefallen! Safîja hat rissige Fersen, die Kinder haben sie ihre ganze Kraft gekostet. Und jetzt, wo alles überstanden ist, kommt die andere und will die Zeit zurückdrehen.«

* Die bekannte Sängerin Dalida war 1954 ägyptische Schönheitskönigin. *(Anm. d. Autors)*

»Und wie geht's deinen Kindern?«

Hanafi zog an der Pfeife und sagte dann: »Die Kinder wollen nicht arbeiten. Im Laden, meine ich. Keiner von ihnen will selbständig sein, alle wollen sie beim Staat unterkommen. Der Beruf ihres Vaters und ihres Grossvaters ist ihnen peinlich! Aber um die Wahrheit zu sagen, ich bin froh darüber. Ich will nicht, dass die Kinder durchmachen, was ich durchgemacht habe.«

»Ach, du liebe Güte! Wenn alle ihre Kinder beim Staat unterbringen, wer soll denn dann noch den Boden bestellen?«

»Mein Gott, wer wohl? Die Bauern, Junge!«

»Aber du brauchst jemanden, der dir im Laden hilft. Wir sind alt geworden.«

Hanafi winkelte den Arm an, so dass sein Bizeps sich unter dem Gilbâb abzeichnete. »Du bist alt geworden, mein Lieber! Ich bin noch gut in Form.«

In dem Moment klopfte es an der Tür. Es war Jûssuf Bachûm, dessen fröhliches Gesicht so rund war, als wäre es mit dem Zirkel gezogen. Hanafi brauchte ihn nur mit Herr Unterhosenverkäufer anzureden, schon kicherte er los.

Jûssuf zog sich die Lederpantoffeln aus und zwängte seinen Hintern, zu dem Süssspeisen und Butterschmalz ihren grosszügigen Beitrag geleistet hatten, zwischen zwei Kissen. »Ihr habt schon ohne mich angefangen, ihr Halunken!«

Lieto pikste ihn mit dem Pfeifenrohr. »Hätte die Dame etwa auf dich warten sollen?«

Das auf Petersilie gebettete und mit Tahina angerichtete Ziegenfleisch wurde gebracht, und jeder bekam eine Flasche Bier. Nach der Mahlzeit machte wieder die Wasserpfeife die Runde. Die blaue Wolke über ihnen wurde so dicht, dass man meinte, gleich würde ein Blitz daraus niederfahren. Indessen sang Umm Kulthûm: »Ich gehorche deiner Liebe, mein Herz ... vergesse deinetwegen alles ... und schmecke das

Bittre in meiner Liebe … im Kelch deiner Abweisung, deines Verlassens.«

»Habt ihr heute die Zeitungen gelesen?«, fragte Jûssuf.

Betroffen klatschte Hanafi in die Hände. »Nagîb! Grosser Gott, sein Bild ist heute von selbst von der Wand gefallen!«

Lieto blies den Rauch in die Luft. »Ein böses Omen.«

»Gott, dieser Mann verdient nicht … aber er kommt wieder hoch. Mit Gottes Hilfe kommt er wieder hoch«, sagte Jûssuf und zog einen Ausschnitt aus der Zeitung *al-Ahrâm* aus der Tasche seines Gilbâbs. »Hört zu … hm, hm, hm … also: ›Nagîb des Amtes enthoben. Muhammad Nagîb stand seit April in Verbindung zu den Muslimbrüdern. Das Amt des Staatspräsidenten bleibt vakant. Sämtliche Befugnisse übernimmt bis auf weiteres der Revolutionäre Kommandorat unter dem Vorsitz von Oberstleutnant Gamâl Abdel Nasser.‹«

»Gütiger, steh uns bei!«, antwortete Hanafi gedankenverloren.

Lieto befeuchtete seine Fingerspitzen und legte die Kohlestückchen neu zurecht. »Wenn die Leute diesen Mann aus dem Spiel nehmen, bedeutet das nichts Gutes.«

»Jetzt versteh ich gar nichts mehr«, erklärte Jûssuf.

Lieto beugte sich zu ihnen und flüsterte: »Die Offiziere wollen in den Schlössern bleiben. Wie kriegt man sie jetzt wieder in die Kasernen zurück?«

Jûssuf erwiderte: »Aber im März wollten sie doch den Revolutionsrat auflösen!«

»Ja«, sagte Hanafi, »und die Armee hat die Regierung gebeten, den Revolutionsrat bestehen zu lassen. Damals, als sie al-Sanhûri[*] zusammengeschlagen haben.«

---

[*] Abdalrasâk al-Sanhûri, Vorsitzender des Staatsrats von 1949 bis 1954. Er war beteiligt an den Beratungen zur Absetzung König Farûks und arbeitete daran, die Landwirtschaft zu reformieren. Ferner forderte er,

Lieto schnaubte erregt: »Aber die Armee ist doch die Regierung, meine Herren!«

Jûssuf tätschelte sich zufrieden den Bauch. »Aber das heisst ja nicht, der Revolutionsrat wüsste nicht, was er tut. Präsident Gamâl wird schliesslich seiner Rolle gerecht und hält den Diwan wie ein Uhrwerk am Laufen.«

»Du meinst also, ein paar Majore und ein Oberstleutnant sollen alles ganz allein regeln?«, fragte Lieto.

»Ja, das sollen sie«, meinte Hanafi. »Diese Leute haben das Land umgekrempelt. Sollten sie dann jetzt nicht auch in der Lage sein, es zu lenken?«

»Wie soll man dem Wolf beibringen, Rosinen zu fressen?«, wandte Lieto ein. »Die Soldaten sind gierig. Alle, die ihnen geholfen haben, beseitigen sie: Muslimbrüder, Kommunisten – und viele Juden sind schon nach Jerusalem geflohen.«

»Das kann er doch nicht machen, mein Lieber«, empörte sich Hanafi. »Mein Gott, Cicurel sollte er vertreiben oder Chemla oder Adès*? Du bist verrückt. Der Oberstleutnant ist doch ein vernünftiger Mann.«

»Hast du nicht Nassers Rede neulich gehört?«, fragte Lieto. »Über die jungen Kerle, die das Kino und die amerikanische Bibliothek in die Luft gejagt** haben? Darüber kann er nicht

die Demokratie fest zu verankern. Er löste den Revolutionsrat auf, um die Armee in die Kasernen und das parlamentarische Leben nach Ägypten zurückkehren zu lassen. Damit geriet er in Konflikt mit dem Vorsitzenden des Revolutionsrats, Gamâl Abdel Nasser. Dieser entschied die Krise zu seinen Gunsten, indem er al-Sanhûri aus der Justiz verbannte: 1954 setzte man ihn bei einer Säuberungsaktion durch die Regierung ab. Er wurde unter Hausarrest gestellt und blieb bis zu seinem Tode vom öffentlichen Leben ausgeschlossen. *(Anm. d. Autors)*

* Jüdische Eigentümer gleichnamiger berühmter Kaufhäuser im damaligen Kairo. *(Anm. d. Übers.)*

** Ein terroristischer Akt, der 1954 in Ägypten begangen wurde, nach seinem Auftraggeber Pinchas Lawon, dem damaligen israelischen Verso einfach hinweggehen. Sie werden sie alle kriegen, und bald weisen sie uns aus.«

»Um Gottes willen, wen weisen sie aus, Hagg?«, fragte Jûssuf, das Pfeifenrohr noch zwischen den Lippen.

»Genau, alter Junge, was hast du denn bloss?«, fügte Hanafi hinzu. »Du bist doch Ägypter.«

Lieto stand auf, um noch etwas Kohle zu holen. »Aber Jude. Ich schaue nur in die Zukunft. Wir bekommen hier immer mehr Hass zu spüren. Und was kommt, ist noch schlimmer. Der Oberstleutnant und seine Hintermänner wollen nicht, dass die Armee die Kontrolle verliert. Und ich sehe niemanden, der sich dem entgegenstellt.«

»Aber alle diese Leute lieben das Land«, warf Hanafi ein.

»Und Cadillacs lieben sie auch«, sagte Lieto.

»Du übertreibst«, meinte Jûssuf.

Hanafi klopfte mit der Feuerzange die Kohle in gleich grosse Stückchen. »Ja, und du machst den Revolutionsrat etwas zu schlecht.«

»Unter uns«, flüsterte Lieto ihnen zu, »ich hab einen Verwandten, der mit einer Frau aus der Familie Kattâwi verheiratet ist. Wisst ihr, was der mir gesagt hat? ›Wenn du abhauen willst, tu's jetzt! Alle reichen Leute bringen ihr Geld ins Ausland. Selbst Abdalhakam Bergas wird seine Firma liquidieren.‹«

Jûssuf riss die Augen auf. »Donnerwetter! Der grosse Abdalhakam Bergas?«

Hanafi zog ein in Mahalla al-Kubra* gefertigtes, etwa brief-

teidigungsminister, Lawon-Affäre genannt. Dabei zerstörte eine Gruppe dafür angeworbener jüdischer Jugendlicher einige amerikanische Einrichtungen im Land, um die Sicherheit zu erschüttern und Spannungen zwischen Ägypten und den Vereinigten Staaten heraufzubeschwören. *(Anm. d. Autors)*

* In der Stadt Mahalla al-Kubra im Nildelta befindet sich eine grosse Spinnerei und Weberei. Die dort hergestellten Taschentücher werden markengrosses Taschentüchlein hervor und spuckte hinein. »Du bist immer pessimistisch, Sohn Davids.«

»Das wird sich weisen«, sagte Lieto, und Umm Kulthûm sang: »Er sagt: o Nacht, wir sagen: o Nacht, wir alle sagen: o Nacht. Die Menschen der Liebe, o Nacht …«

Jûssuf wollte das Thema wechseln. »Lasst doch mal die Politik und die ganzen Sorgen beiseite! Habt ihr gehört, was der jungen Biba passiert ist?«

Hanafi lächelte verschmitzt. »Etwas Gutes hoffentlich.«

Jûssuf rutschte ein wenig hin und her, bis er genau in ihrer Mitte sass. »Sie war die Geliebte von Marsûk, dem Uhrmacher. Als sie zu ihm ging, liess sie ihren drei Monate alten Sohn in einem anderen Raum liegen, während sie mit Marsûk im Schlafzimmer war. Aber der Kleine hörte nicht auf zu plärren, und das störte Marsûk. ›Was hat der Junge, Mädchen?‹, fragte er. – ›Er ist erkältet und hat Husten.‹ – ›Dann gib ihm doch ein Schlückchen Cognac, damit ihm warm wird‹, riet er. Das tat sie, der Junge wurde still und gab Ruhe, und sie legte sich wieder unter den Mann.«

»Und dann?«, fragte Lieto.

Jûssuf fuhr fort: »Als sie zwischendurch mal Pause machten, ging sie nach dem Jungen schauen. Da sah sie, dass er ganz blau war. Und sie wälzte ihn hin und her.«

»Haaa?«, rief Hanafi.

Jûssuf schwieg kurz und sah beiden ins Gesicht. »›Der Junge ist tot!‹, rief Marsûk. Er war wohl betrunken und wusste nicht, was er sagte. Biba rannte nackt und am ganzen Leib schlotternd aus dem Haus und schrie aus Leibeskräften. Die gesamte Strasse bekam mit, dass Marsûk mit ihr schlief, und Gross und Klein lief hinter ihr her. Sie liess den Jungen

vor allem von der bäuerlichen Bevölkerung geschätzt und sind oft besonders klein und aufwendig bestickt. *(Anm. d. Übers.)*

bei Fathîja liegen, der Frau von Saad, dem Friseur, ging in ihre Wohnung, drehte das Gas auf und zündete es an.«

Hanafi schlug sich gegen die Stirn. »So ein Unglück!«

»Sie verbrannte zu Asche«, fügte Jûssuf hinzu. »Nach kurzer Zeit kam Naîm, ihr Ehemann, und hörte, was passiert war. Er nahm den Jungen und brachte ihn ins Krankenhaus. Da stellte sich raus, dass der Kleine lebte. Der Cognac hatte ihm nur auf die Brust gedrückt. Zwei Stunden, und er war wieder frisch und munter.«

Hanafi stand auf. »Und damit wolltest du uns von Politik und Sorgen ablenken? Da hast du uns aber einen Bärendienst erwiesen, du Miesepeter. Was für eine schreckliche Geschichte!«

»Gott schütze unsere Frauen!«, sagte Jûssuf.

Lieto bemühte sich, den Brandgeruch im Raum zu vertreiben. »Wie geht es denn deinem kleinen Hussain, Hanafi?«

»Gut, er ist mein ganzer Stolz. Den Jungen schicke ich mal auf die Militärakademie, weisst du. Er soll Offizier werden.«

»Gleich auf die Militärakademie?«, fragte Jûssuf.

»Wohin denn sonst? Er ist so elegant und smart. Schliesslich ist er der, der mir am ähnlichsten ist. Auf ihn werd ich mal stolz sein können. Eines Tages nennt ihr mich Hanafi, Vater von Oberstleutnant Hussain.«

Lieto klopfte ihm auf den Rücken. »Mögest du lange leben und dich an ihm erfreuen!«

Es war Viertel nach zwei geworden, als Jûssuf, wie ein Kriegsverletzter auf Hanafi gestützt, aufstand. Lachend verabschiedeten sie sich von Lieto. An einer Strassenecke trennten sie sich dann.

Beim Abschied fragte Hanafi noch: »Wann spielt eigentlich Al Ahly gegen Farûk?«

»Du sagst immer noch Farûk, Hanafi. Der heisst doch jetzt Zamalek! Sie spielen am 20., kommenden Samstag.«

»Und so Gott will, werden sie gewinnen. Mekawi und Toto werden die Sache besiegeln.«

»Träum nur weiter.«

Hanafi machte sich auf den Rückweg zu seiner Wohnung in der Nähe des Ladens. Obwohl es sehr kalt war, fror er nicht. Als ihm die frische Luft in die Brust strömte, machte sie ihn nur noch trunkener und träger. Die Mixtur aus dem Halwatopf drückte ihm mehr und mehr auf die Brust und heizte ihm dermassen ein, dass ihm der Schweiss aus allen Poren brach. An einer dunklen Mauer blieb er stehen, um Wasser zu lassen. Er hob den Gilbâb hoch und seufzte erleichtert. Plötzlich liess ein Laut zu seiner Linken ihn auffahren. Er stoppte seinen Strahl. Alle Härchen an Händen und Kopf sträubten sich ihm. Nicht weit entfernt stand ein gehörnter Ziegenbock mit langem weissem Kinnbart und leeren Augenhöhlen. Ruhig steckte Hanafi sein Ding wieder in die Unterhose und sagte: »Erscheinst du mir jetzt in Gestalt meines Grossvaters? Mach dich davon, du Satansbraten!« Um seinem zittrigen Schrei Nachdruck zu verleihen, stampfte er dabei mit dem Fuss auf. Aber der Bock bewegte sich nicht einen Millimeter. Hanafi schluckte und begann leise, aber doch hörbar, die letzten beiden Suren des Korans zu rezitieren. Der Ziegenbock starrte ihn noch einige Sekunden an, drehte sich dann einmal um sich selbst und ging gemächlich davon. Nach Luft ringend, sah Hanafi zu, wie der Schatten lautlos verschwand. Mit dem Rücken zur Wand stand er eine Weile stumm und wie erstarrt da. Dann zog er sich die Kufîja fester um den Hals und wandte sich in die entgegengesetzte Richtung. Er war immer bemüht, diese Wesen zu vertreiben, die ihm nach Mitternacht, unter dem Einfluss des Haschischs, regelmässig über den Weg liefen – in Gestalt von Ziegen, Schafen oder heulenden schwarzen Hunden. Er verbannte sie aus seinem Hirn und rief sich stattdessen Halâwa in Erinnerung. Ihr Duft drang ihm in die Nase und das leise Klirren ihrer Fussreife ins Ohr, ihre rosige Ferse peinigte ihn. Er schwamm im Quell ihrer Brüste, die er fest drückte. »Du quälst und verbrennst mich, du verwirrst mich und zehrst mich auf, und wenn ich klage, lässt du mich stehen, bist mir böse, wenn ich dir sage, du bist grausam zu mir …«, summte er vor sich hin, um sich die dunklen Gassen ein bisschen freundlicher zu machen, bis er endlich zu Hause ankam.

Er erklomm die sechzehn Stufen bis zur Tür und klopfte. Nach einer Minute öffnete Safîja, und all seine Phantasien zerstoben auf einen Schlag. »Warum bist du noch auf?«

»Hussain fühlt sich nicht wohl, er hat Husten«, antwortete sie mit sorgenvoller Stimme. »Was ist mit dir?«

Hanafi musste aufstossen und sagte dann: »Ich bekomme schlecht Luft, ich hab ein bisschen Druck auf der Brust. Mach mir ein Glas Minztee, und verbrenn etwas Räucherwerk!«

»Gern. Aber leg dich neben den Jungen, ich will ihm gerade einen Guavenblättertee kochen.«

Er nahm Käppchen und Kufîja ab, zog den Mantel aus und legte sich neben seinen Sohn, der wach wurde, als er die Bewegung im Bett spürte. »Hussain, was hast du denn?«

»Ich bin so müde, Papa, ich hab Husten«, antwortete er mit mattem Blick.

»Weil du nicht richtig isst, wie dein Vater das tut. Wenn du heute den Geist gesehen hättest, den ich gesehen hab – du hättest nicht gewusst, wie du ihn vertreiben sollst.«

»Du hast heute einen Geist gesehen?«

»Er erschien mir in Gestalt eines Ziegenbocks. Ich sagte: ›Im Namen Gottes!‹, und warf einen Stein nach ihm, da lief er weg. Hätte ich vorher nicht gut zu Abend gegessen, hätte ich mich gefürchtet und wär selbst weggelaufen.«

»Papa, ich hab Angst.«

»Hab keine Angst, Hussain!« – In dem Moment spürte er ein Stechen, als stiesse ihm ein Nagel durch Schulter und Brust. Er knirschte mit den Zähnen und schloss die Augen. Dann küsste er seinen Kleinen auf die Stirn und nahm ihn in die Arme.

Minuten später hörte man ihn schnarchen, heftig schnarchen, röcheln. Laut genug, um Safîja mit der Petroleumlampe in der Hand aus der Küche heranstolpern zu lassen. Sie lief geradewegs aufs Bett zu. »Hanafi … Hanafi!«

Farûk im Raum nebenan hörte den Schrei und stiess an der Tür mit seiner Mutter zusammen. »Was ist los, Mama?«

»Dein Vater antwortet nicht!«

»Papa … Papa!« Farûk zog Hussain aus dem Bett und warf sich über seinen Vater. »Los, wach auf!«

Er nahm dessen Arme und bewegte sie auf und nieder, wie er es im Erste-Hilfe-Kurs der vormilitärischen Ausbildung[*] gelernt hatte. Dann schnitt er die Knöpfe der Weste ab, und sie klackerten ihnen zwischen die Füsse. Zwei Sekunden später erschienen auch Salâch und Sainab, gefolgt von Machmûd und Nawâl, schliesslich noch Faika. Mit weit aufgerissenen Augen klammerte sich Hussain an den Bettpfosten, unfähig, zu begreifen, was vor sich ging.

»Hol ein Glas Wasser, Mama! – Komm näher ran mit der Lampe, Salâch!«, rief Farûk. Er massierte seinem Vater die Brust und schaute ihm in die glanzlosen Augen. »Nein, Papa, nein!« Seine Tränen fielen Hanafi auf die Brust.

[*] In den Schulen wurden damals Einführungskurse gegeben, um die Jugendlichen auf das Militärleben und den Volkswiderstand vorzubereiten. *(Anm. d. Autors)*

Mit einem Blick gab der ihm zu verstehen, dass er seine Bemühungen einstellen sollte. Dann richtete er seine matten Augen auf Hussain und flüsterte ihm zu: »Hab keine Angst … hab keine Angst!« Ihm versagte die Stimme. Seine Augen füllten sich mit Tränen – wenige Sekunden noch, und es war vorbei. Mit Tränen in den Augen war er gestorben …

Farûk legte sein Ohr auf die Brust seines Vaters und hörte nur noch Stille. Er schrie auf, und alle fielen ein: »Nein, Papa, nein!« Farûk fuhr hoch und rannte mit dem Kopf gegen die Fensterscheibe, bis sie zersplitterte. Blut strömte ihm über die Stirn, und seine Mutter brach zusammen. Schluchzend stürzten sich die Mädchen auf sie, während die Jungen sich auf die Brust ihres Vaters warfen. Nur Hussain stand noch immer stumm und ausdruckslos da. Den Blick auf das bleiche Gesicht geheftet, verfolgte er wie versteinert das Geschehen. Schliesslich zog eine Hand ihn fort, und er tauchte in eine tiefe Umarmung.

Am kommenden Tag machte sich feierlich der Leichenzug auf den Weg. Sämtliche Bewohner des Viertels, Juden, Christen und Muslime, gingen mit. Alle beweinten Hanafi, vor allem die beiden Freunde, die seinen letzten Abend mit ihm verbracht hatten. Sie beteten für ihn in der Sajjida-Aischa-Moschee, dann begruben sie ihn in der Totenstadt des Imam al-Schâfii in einem Grabhof, den er schon kurz nach seiner Ankunft in Kairo dort erstanden hatte.

Drei Tage später kam Lieto, voller Kummer und mit achtzehn Pfund in der Tasche, die Hanafi bei ihm angespart hatte. Er sprach Safîja sein Beileid aus und klopfte Farûk auf die Schulter. »Du bist jetzt der Mann im Haus. Halt die Ohren steif!«

Dann rief er nach Hussain, der äusserst schweigsam war, fuhr ihm durch die Locken und sah ihm ins Gesicht. »Er ist wirklich das genaue Ebenbild des Seligen!« Er gab ihm zehn Piaster und sagte: »Komm doch morgen bei mir im Laden vorbei, Hussain.«

Der Junge nickte stumm.

2

Vierundfünfzig Jahre später
Samstag, 15. November 2008, nach Mitternacht
Totenstadt des Imam al-Schâfii

Inmitten der Grabsteine glomm eine Lampe. Ihr zitternder Schein erweckte die schlafenden Schatten zum Leben und beleuchtete zwei Gestalten, die langsam vorwärtsschlichen: einen grossen, vornübergebeugten, mit einer Gallabija bekleideten Mann, der die Lampe hielt, und einen jungen Burschen in Hemd und Hose mit einem Brecheisen in der Hand. Weder Hundegebell noch Katzengeschrei hielt die beiden auf, bis sie zu einem kleinen, von zahlreichen Feigenkakteen umsäumten Grabhof gelangten. Neben der verrosteten Pforte, die den Zugang verschloss, stand ein baufälliger Brunnen mit der Inschrift »Lest die Fâtiha für den Inhaber dieses Brunnens, Hanafi al-Sahâr.« Darunter war ein Koranvers eingraviert: »O du befriedete Seele, kehre heim zu deinem Herrn, glücklich und zufrieden, und tritt ein zu meinen Knechten, und tritt ein in meinen Garten!«* Der Mann streckte seine Hand in die Tiefen seiner Gallabija, die so weit war, dass man sie als Schutzhülle für einen Doppelkabinen-Pritschenwagen hätte verwenden können, und zog einen grossen Schlüsselbund hervor. Im Lampenschein sortierte er die Schlüssel mit seinen langen Fingern, griff schliesslich ein antik aussehendes Exemplar heraus und hielt es ans Licht. »Lies mal, was da draufsteht!«

»al-Sahâr«, antwortete der andere matt.

Der Mann nahm dem schmächtigen Burschen das Brecheisen ab. »Komm!«

---

* Sure 89:27–30, hier und im Folgenden zitiert nach der Koranübertragung von Hartmut Bobzin, München 2010. *(Anm. d. Übers.)*

Der hielt ihn jedoch zurück. »Soll ich nicht lieber hier auf dich warten?«

Mit einem grauen, halb erblindeten Auge sah der Mann ihn an. »Hast wohl Angst? Drinnen ist es hundertmal sicherer als draussen, du Schlauberger!«

Der Bursche sah sich argwöhnisch um. »In Ordnung, Onkel Gâbir, lass es gut sein.«

Im Grabhof stellte Gâbir die Lampe auf den Boden, steckte seine Hand in die Tasche und zog ein Tuch heraus, das eher wie ein löchriger Lappen aussah. Er faltete es auseinander und entnahm ihm zwei Knoblauchzehen, die er sich mit dem Zeigefinger, so weit es eben ging, in die haarigen Nasenlöcher steckte. Anschliessend kratzte er den Mörtel aus den Fugen der Grabplatten, holte einmal tief Luft und zwängte die Brechstange in den Spalt. Als ein kurzes Knacken ertönte, warf er sie fort, riss die Platten heraus und legte sie beiseite. Ein infernalischer Gestank breitete sich aus, und der Bursche wich schnell zurück. Gâbir jedoch hob die Lampe auf, stieg in das Grab hinab und murmelte dabei die Sure »Die Menschen«. Kurz darauf stiess er einen Schrei aus, der dem Burschen durch Mark und Bein ging: »Ewig ist Gott allein!«

Der Junge spuckte aus. »Erst mal zerstöre Gott das Haus deiner Mutter, du Sohn einer Wahnsinnigen!«

Wenige Minuten später stieg Gâbir wieder aus dem Grab, den Zipfel seiner Gallabija zwischen die Stümpfe geklemmt, die der häufige Gebrauch der Wasserpfeife von seinen schwarzen Zähnen noch übrig gelassen hatte. Unter dem Gewand lugten zwei dichtbehaarte Schenkel, krumm wie Kakerlakenbeine, und eine weite Kattununterhose hervor. Gâbir gab sich alle Mühe, die Steinplatten wieder an Ort und Stelle zu schieben, und stopfte auch den Mörtel zurück in die Fugen, bevor er sich dem Burschen zuwandte und die Hand in den

Tiefen seiner Gallabija verschwinden liess. Als er sie wieder herauszog, präsentierte er dem Jungen zwei Totenschädel. »Zwei Stück, und was für welche! Gut abgelagert, du wirst deine Freude dran haben. Ich hab nämlich genau diesen Grabhof ausgesucht, weil hier neulich noch alles offen gewesen ist, als sie die Tochter von dem Besitzer des Brunnens beerdigt haben. Falls jemand das Grab besuchen kommt, wundert er sich so nämlich nicht, dass es vor kurzem jemand aufgemacht hat«, sagte er und wies mit dem Zeigefinger auf seinen Kopf. »Schlau, was? Du brauchst nur irgendwem zu sagen: Gâbir vom Friedhof des Imam al-Schâfii, und er weiss gleich, woran er ist. Ich bin der Generalvertreter.«

»Jaja, du bist der neue BMW-Generalvertreter. Nun mach's aber kurz, Onkel, der Gestank bringt mich um!«

»Stell dich nicht so an, Junge, es gibt lebende Menschen, die ekliger riechen. Hast du mal 'ne Plastiktüte?«

Der Junge trat mit dem Fuss seine Zigarette aus, die sowieso schon fast aufgeraucht war, und zog einen schwarzen Müllbeutel aus der Tasche.

Gâbir reichte ihm den einen Schädel, nachdem er ihn gründlich untersucht hatte. Danach prüfte er den anderen, der wesentlich lädierter aussah. »Komm näher mit der Lampe, du Mimöschen!« Im tanzenden Lichtschein inspizierte Gâbir das Gebiss, bis er fand, was er gesucht hatte: zwei Silberzähne. »Nix für ungut, aber die sind mein Trinkgeld. Ist doch in Ordnung, Goldjunge?«

»Na, denn prost!«, knurrte der Bursche mit zusammengebissenen Zähnen.

Gâbir presste seinen geöffneten Mund auf den Oberkiefer des Totenschädels, biss fest zu und verharrte so eine Weile in einem langen Kuss. Schliesslich hatte er die beiden Silberzähne herausgelöst und deponierte sie in seiner geräumigen Tasche.

Dann stopfte er den Schädel in die Tüte. »Soll ich sie für dich kleinmachen?«*

»Was denn sonst, sollen wir sie uns etwa fürs Mittagessen füllen? Mach sie klein, Onkel!«

Gâbir ging zu einer anderen Grabpforte und holte daneben einen riesigen Hammer hervor, der aussah, als verstehe er sich auf sein Handwerk. Er beugte sich vor, hielt die Tüte mit einem Knie fest und liess den Hammer immer wieder auf die Schädel niedersausen, bis sie vollständig pulverisiert waren. Dann schüttelte er den Staub von seiner Gallabija ab und hielt dem Burschen die Tüte hin. Der holte eine Hundertpfundnote aus der Tasche und drückte sie ihm in die Hand. Gâbir presste einen feuchten Kuss der Zufriedenheit auf beide Seiten des Geldscheins. »Möge Gott uns auf immer gewogen bleiben und uns das alles auf Dauer erhalten! Denn was brauchen wir mehr?« Er breitete die Arme aus und zeigte auf die Gräber ringsum, stolz wie ein englischer Duke auf seine Ländereien. »Seine Gnade ist unendlich. Deshalb gebe ich dir auch Rabatt.«

Der Junge zog den schwarzen Beutel fest zu. »Ja, das merkt man.«

Gâbir streckte seine rissige Hand aus. »Und ob, ist ein reiner Freundschaftspreis. Zwei Schädel für hundert Pfund, das ist doch geschenkt! Mein Gott, wenn so ein Kerl von der Medizinischen Fakultät kommt, da nehme ich dreihundert. Weisst du, wie der Dollar steht?«

»Willst du mich auf den Arm nehmen, Onkel? Das sind Tote. Was hat das mit dem Dollar zu tun?«

»Alles wird teurer, das gilt für die Toten noch mehr als für die Lebenden. Und so propere Schädel gibt es schliesslich fast

---

* Man verwendet das Knochenmehl zerkleinerter Totenschädel bei der Herstellung von Heroin. *(Anm. d. Autors)*

gar nicht mehr – mit denen, die hier begraben sind, hatte der liebe Gott es mal gut gemeint. Jetzt ziehen solche Leute ja alle weg in die 6.-Oktober-City. Guck doch mal, was die da für so ein Stück haben wollen und in welchem Zustand das ist!«

»Hast du keine Angst, eines Tages den Geistern dieser Menschen zu begegnen?«

Gâbir zeigte auf zwei Grabstelen. »Ach Gott! Der eine hier ist mein Onkel mütterlicherseits und das da hinten mein Onkel väterlicherseits.« Dann holte er tief Luft. »Die Lebenden überdauern die Toten. Wenn der Besitzer des Brunnens jetzt bei uns sässe – er würde zwei Züge aus seiner Pfeife drauf rauchen. Das ist das Gesetz des Lebens, jeder lebt von jedem. Oder sind die Würmer mehr wert als wir?«

Der Junge schüttelte über diese Logik missbilligend den Kopf. »Schon gut. Komm, bring mich zum Ausgang!«

Als sie in die Nähe der Strasse kamen, blieb Gâbir stehen, als dürfe er den Friedhof nicht verlassen. Er hob seine riesige Hand und winkte. »Alles Gute, Jungchen – und viele Grüsse an die, die dich geschickt haben!«

Dann drehte er sich um und kehrte in den Grabhof zurück. Von dort trat er in eine Kammer, die gleichfalls ein gutes Grab abgegeben hätte, bückte sich unter ein rostiges Eisenbett und zog eine Plastikmarmeladendose hervor. Sie war bis oben hin mit Silber- und Goldzähnen gefüllt, nebst einigen Ringen und Ohrringen, die die Angehörigen der Toten nicht an sich genommen hatten, weil sie sie nicht hatten abziehen können – oder weil sie fürchteten, die Ruhe des Verstorbenen zu stören. Gâbir öffnete den Deckel und warf die beiden Silberzähne in die Dose. Zwei Zähne, die einst – vor langer Zeit, in Lietos Haus – in Hanafis lachendem Mund aufgeblitzt hatten ... Dann stellte er sie wieder an ihren Platz und ging hinaus, um die Tonköpfe seiner Wasserpfeife zu sortieren, bis der Ruf zum Morgengebet erschallte. Und damit begann ein neuer Tag: der erste Tag, an dem Hanafi al-Sahârs Kopf nicht bei seinem Körper ruhte.

3

Hanafi al-Sahârs Vorhersage, was seine Sprösslinge betraf, bewahrheitete sich: Jeder von ihnen folgte seinem eigenen Traum. Aus Pietät ihrem verstorbenen Vater gegenüber und von dem Wunsch beseelt, das schwere Erbe zu bewahren, führten sie den Laden noch zwei Jahre weiter. Weil sie jedoch weder von der Landwirtschaft noch von Geschäften etwas verstanden, wurde der Schuldenberg mit der Zeit immer grösser und lastete schwer auf ihren Schultern. Wie ein Stück glühende Kohle, an dem man sich die Hände verbrannte, schoben sie sich gegenseitig die Verantwortung zu, aber schliesslich ging es nicht mehr, und sie mussten verkaufen. Den Erlös teilten sie so untereinander auf, dass jeder sein Krümelchen abbekam. Danach gingen alle Brüder arbeiten, und auch die Mädchen fanden ihr Auskommen. So hielten sie ein weiteres Jahr durch, bis die Erste einen Ehemann in Aussicht hatte. Das brachte das Fass endgültig zum Überlaufen. Auch der Boden musste nun verkauft werden. Die jungen Männer hatten einigermassen sichere Stellen – nur Hussain, der beim Tod seines Vaters erst zwölf Jahre alt gewesen war, musste sich noch eine Arbeit suchen, um sich Bata-Schuhe, eine Gabardinehose und vielleicht ein Gazehemd mit gestärktem Kragen leisten zu können. Für zwei Jahre hatte Lieto ihn in seine Werkstatt genommen – als Polierjungen für Gold und Diamanten. Dort erhielt er zwei Piaster am Tag, hinzu kamen die Geschenke der grosszügigen Bewohner des Viertels und das Entgelt für seine Hilfe am Sabbat, das sich in manchen Wochen auf ein Pfund summierte.*

---

* Ihrer Glaubenslehre gemäss arbeiteten die Juden am Sabbat nicht und nahmen sich Nichtjuden zu Hilfe, um Türen zu schliessen und das Licht zu löschen. Als Gegenleistung gaben sie Halwa oder einen kleinen Geldbetrag. *(Anm. d. Autors)*

Es war ein beständiges Leben – bis Lieto Anfang 1957, nach dem Sinai-Feldzug, unheilbar erkrankte und arbeitsunfähig wurde. In einem Klima täglicher Wut- und Hassausbrüche gegen die Juden und ihre Anwesenheit im Lande liquidierte er seine Geschäfte, verkaufte seinen Laden und wanderte nach Frankreich aus.

1962 leistete Hussain seinen Militärdienst. Zuvor hatte er an der Philosophischen Fakultät seinen Abschluss in Geschichte gemacht. Den Traum seines Vaters, auf die Militärakademie zu gehen, konnte er wegen fehlender Beziehungen nicht verwirklichen. Alle Gesellschaftsschichten drängten inzwischen in die Armee, die ihnen unvergleichliche Aussichten bot. Die Uniform verschaffte einem Bewunderung und Respekt und öffnete verschlossene Türen, deshalb galt sie allen als erstrebenswertes Ziel. Rundfunk, Zeitungen und Kinofilme heizten diesen Trend weiter an, indem sie Geschichten von Armeeoffizieren verbreiteten, aus denen später führende Politiker geworden waren. Nach einem Jahr beim Militär nahm Hussain seinen Abschied, um in einer Primarschule als Geschichtslehrer zu arbeiten. Dort blieb er bis zum Juni 1967.

An einem Morgen dieses Jahres wachte er plötzlich von einem lauten Klirren auf. Durch eine Phantom, die die Schallmauer durchbrochen hatte, war die Scheibe im Schlafsaal seiner Armee-Einheit zersprungen! Nur zwei Wochen zuvor war er bei einer Generalmobilmachung eingezogen worden. Die politische Führung hatte zu einem Sommerurlaub nach Tel Aviv eingeladen, inklusive Verpflegung, »Reise nach Jerusalem« und Zaubervorstellung. Später wurde Hussain in die Gegend von Arîf al-Gamâl, auf dem Weg nach al-Arîsch, verlegt. In den drei Wochen dort lebte er von Staub und Steinchen, die der Wind herbeigetragen hatte. Eines Tages brach er mit zwei Kameraden zu einem Patrouillengang auf. Bei ihrer Rückkehr einen Tag und eine Nacht später fanden sie die Männer, die dageblieben waren, am Boden wieder. Gefesselt und mit den Gesichtern im Staub, lagen sie nebeneinander aufgereiht. Und jeder hatte einen Einschuss im Kopf, so gross wie ein Mauseloch.

Zwei Monate später war Hussain wieder in Kairo. Statt auf einen Reisebus zu warten, der doch nicht kommen würde, war er lieber zu Fuss nach Hause gegangen – ohne eine Kugel verschossen zu haben, mit leerer Feldflasche und einer Verletzung am Kniegelenk, derentwegen man ihn aus dem Militärdienst entliess.

Kurz darauf war Hussain wieder Lehrer in derselben Schule wie zuvor. Bis zur Hochzeit mit Nâhid, seiner fünfzehn Jahre jüngeren Nachbarin, dauerte es allerdings noch. Nach der Heirat ging er für vier Jahre als Leiharbeiter nach Saudi-Arabien. In dieser Zeit kam er nur einmal, 1977, für einen Urlaub nach Hause, um seinen einzigen Nachkommen zu zeugen: Taha Hussain al-Sahâr.

Im September 1989 wurde ganz Ägypten von einer Nachricht aufgeschreckt: Man hatte die Gelder der Rajjân-Gruppe beschlagnahmt. Für Tausende, die ihre gesamten Ersparnisse dort angelegt hatten, war diese Meldung ein unbeschreiblicher Schlag. Noch am selben Tag nahm das Misr International Hospital einen Patienten auf, der einen Nervenschock erlitten hatte, durch den sein Unterkörper gelähmt war. Dieser Mann war niemand anderes als Hussain al-Sahâr!

Er wurde vorzeitig pensioniert und musste sich fortan mit einem Einkommen zufriedengeben, das kaum für schlechte Zigaretten und die Medikamente reichte. Hätte er nicht Privatunterricht erteilt, wären sie alle zugrunde gegangen, er und seine Familie. Sechs Jahre harrte Nâhid noch bei ihm aus, dann allerdings rebellierte sie. Sie trennten sich und vereinbarten, dass sie ihm Taha überliess und sich mit gelegentlichen Besuchen begnügte. Die Frequenz dieser Besuche nahm jedoch mit der Zeit immer weiter ab wie die Herzschläge eines Todkranken. Schliesslich hörten sie ganz auf. So blieben Hussain und sein Sohn zu zweit in ihrer Wohnung in Dukki, direkt am Finneyplatz*, zurück. Diese hatte Hussain gekauft, als er in Saudi-Arabien gearbeitet hatte. Sie war das Einzige, was ihm vom Geld aus der Fremde geblieben war. Die vermögende Schicht zog währenddessen nach Muhandissîn und Samâlik.

*

Taha trat nach Abschluss seines Pharmaziestudiums als Berater in eine Pharmafirma ein. Seine Aufgabe bestand hauptsächlich darin, die Arztpraxen abzuklappern, um dort die Medikamente seiner Firma an den Mann zu bringen, neue Produkte vorzustellen sowie die Nachfrage nach den Mitteln und deren Verbreitung zu erfassen. Er trug Anzug und Krawatte – und ein Lederköfferchen, in dem sich all die Gunsterweise befanden, mit denen seine Firma den Ärzten ein Produkt schmackhaft machen wollte: kostenlose Musterpräparate, Einladungen zu Kongressen, Übernachtungen in den Hotels von Scharm al-Scheich und so weiter. Taha besuchte Praxen in den stattlichsten Gebäuden der Stadt, in denen eine ruhige Atmosphäre herrschte. Dort gab es leise Hintergrundmusik, Stapel ausländischer Zeitschriften, eine gedämpfte Beleuchtung, mannigfache Gerüche und meist auch ein abstraktes Gemälde, mit dem er nichts anzufangen wusste. Darunter sass normalerweise eine korpulente Arzthelferin, die den Telefonhörer nicht vom Ohr nahm.

* Heute al-Sadd-al-Ali-Platz. *(Anm. d. Autors)*

Eine geheimnisvolle Patientin mit ausladender Brust warf ihm kurze, verstohlene Blicke zu – zumindest bildete er sich das ein. Um die Zeit totzuschlagen, hörte er während des Wartens meist Musik auf seinem MP3-Player. Er setzte sich in eine Ecke, stöpselte sich die Ohrhörer ein und stützte die Wange auf die Faust, bis man die Abdrücke der Finger darauf sah. Den Blick hielt er auf seine Schuhe und sein Köfferchen gerichtet, die für ihn wie lebendige, lederne Stücke seiner selbst waren. Währenddessen drehten sich in seinem Kopf die Gedanken so zäh wie das träge Wasser in einem Kanal, das leblos und unbewegt, grün und still vor sich hin rottet. Wie alle, die keinen Ausweg aus dem Räderwerk des Alltags sehen und sich unter dem Motto »Das Leben ist nun mal kein Zuckerschlecken, Kind« allmählich aufreiben, war er dabei innerlich voll Wut. Erst die näselnde Stimme der Schwester rüttelte ihn auf: »Bitte sehr, Herr Doktor.« Mit gezwungenem Lächeln erhob er sich, gefolgt von den neugierigen Blicken der Patienten. Und gleich setzte er eine andere Maske auf, eine, die zu dem, was er an der Universität gelernt hatte, in keinerlei Verbindung stand. Die Seele eines Hausierers ergriff Besitz von ihm, als er bei dem Arzt anklopfte, bei dem keiner seiner Kollegen vorher nennenswerten Erfolg gehabt hatte. Das lag unter anderem daran, dass es ihnen an Persönlichkeit mangelte. Wären sie schöne Frauen gewesen, hätte die Sache freilich anders ausgesehen.

»Guten Abend, Doktor Sâmi.«

In seine Unterlagen vertieft, sah der Arzt gar nicht auf, als der Floh zur Tür hereingehüpft kam.

»Nur drei Minuten, wenn Sie erlauben?«

Unter den Ärzten, mit denen Taha zu tun hatte, gehörte Doktor Sâmi Abdalkâdir zur Kategorie A: Er hatte einen guten Ruf, eine normale Untersuchung bei ihm – nach vorheriger Terminabsprache – kostete mehr als zweihundert Pfund. Ausserdem war er reizbar, kalt, überheblich, elegant, selbstsicher, unwillig – und trug auf die Stirn geschrieben: »Bitte nicht stören.« Mit der üblichen Methode kam man bei ihm nicht weiter. Taha würde sich anstrengen müssen – und so unterwürfig graben wie am Hinterteil einer altjüngferlichen Meeresschildkröte ...

Er strich sich über das schwarze Haar, das er von seinem Grossvater geerbt hatte, und drückte sich die Brille auf der Nase zurecht. »Eine Frage: Das Bild da hinter dem Schreibtisch – haben Sie das gemacht?« Hinter dem Kopf des Arztes hing ein Foto von einem trübseligen Sonnenuntergang. Unten rechts stand klein und in blasser Farbe das Datum, woran Taha erkannt hatte, dass es von einem Amateur stammen musste.

Doktor Sâmi sah sich genötigt, seine schmale Brille abzusetzen und sich eitel wie ein Pfau umzublicken. »Ja, das hab ich fotografiert.«

Taha tat äusserst erstaunt, setzte sich und stellte sein Köfferchen auf dem Stuhl gegenüber ab. »Nein, nicht möglich!«

Mit einem Lächeln, das sagen sollte, so etwas sei für ihn doch ein Klacks, richtete sich der Arzt in seinem Stuhl auf und erwiderte: »Ich hab es an der Nordküste aufgenommen.«

»Das kann ich ja gar nicht glauben, Arzt und gleichzeitig Profifotograf – das geht doch eigentlich gar nicht!«, sagte Taha mit überwältigter Miene. Der Arzt verzog sein Gesicht zu einem selbstzufriedenen Lachen, und Taha machte mit seiner Bauchpinselei weiter: »Auch die Praxis ist äusserst erlesen eingerichtet – die Farbabstimmung und die ganze Atmosphäre sind sehr angenehm.« Er strich mit der Handfläche über den Schreibtisch. »Fühlen Sie nur das Holz!«

Der Arzt lachte, während Taha aufstand und nach seinem Köfferchen griff. »Hat mich sehr gefreut, Herr Doktor.«

»Wo wollen Sie denn hin?«, hielt der andere ihn zurück.

»Ich halte Sie nur auf. Mir reicht es schon, dass ich Sie kennenlernen durfte – ich bin übrigens Taha.«

»Sind Sie deswegen gekommen?«

»Nein, eigentlich wollte ich mit Ihnen über unser Produkt sprechen. Aber die drei Minuten sind vorbei und ...«

»Setzen Sie sich, Taha!«, fiel Doktor Sâmi ihm ins Wort.

Das liess bei solch einem urzeitlichen Ungeheuer doch hoffen!

Taha nahm wieder Platz. »Wie steht es mit dem Hebsolan?«

Doktor Sâmi lehnte sich zurück. »Darüber hat schon jemand mit mir gesprochen. Einwandfrei, gut!«

»Wie dosieren Sie es, Herr Doktor?«

Der Arzt geriet ein wenig aus der Fassung und rieb sich die Nase. »Ähm, eine Tablette ... eine Tablette täglich.«

Taha lächelte spitzbübisch. »Zwei Tabletten. Zwei Tabletten ist die Dosis, Herr Doktor«, sagte er, öffnete sein Köfferchen, nahm mehrere Werbebroschüren heraus und breitete sie vor dem Arzt aus. »Der Name Hebsolan kommt von Hebe. So hiess bei den alten Griechen das Mädchen, das den Göttern den Wein einschenkte. Und das tat es zweimal am Tag. So können Sie sich die richtige Dosis merken.«

Der Arzt musste lachen. »Schön, das gefällt mir. Kommt der Name wirklich von ...?«

»Natürlich«, unterbrach ihn Taha, »passt doch gut! Hebe ist die Mundschenkin der Götter. Hebsolan ist nämlich nicht nur ein Beruhigungsmittel. Es ist genauso zusammengesetzt wie die Sedativa, die Sie zur Betäubung bei Operationen verwenden. Das heisst, es wirkt gleichzeitig stimmungsaufhellend und beruhigend. Natürlich beeinflusst es auch Blutdruck, Zuckerspiegel und so weiter.«

»Alles klar, aber woher wissen Sie von dieser Mundschenkin der Götter?«

»Mein Vater ist Geschichtslehrer. Seit meiner Kindheit ist Geschichte mein tägliches Brot. Er raucht Cleopatra-Zigaretten, fährt einen Ramses und trinkt Isis-Tee.«

Das reichte, um die drei senkrechten Linien, die sich zwischen den Augenbrauen des Arztes gebildet hatten, wegzubügeln. Er lachte laut auf und spielte dann eine neue Karte aus. »Wie sieht es denn mit Kongressen aus? Sie haben ja noch etwas Zeit ...«

»O ja«, unterbrach Taha ihn, »da gibt es den Kongress der CCIH in Kanada. Die Firma trifft gerade ihre Vorbereitungen dafür.«

»Wann ist dieser Kongress?«

Taha fühlte, dass er dem Arzt den Mund wässrig gemacht hatte, und fuhr fort: »In drei Monaten. Anmeldung, Aufenthalt und Reisekosten übernehmen wir.«

»Gut, und wo sind die Einladungen, mein lieber ...?«

Zum zweiten Mal lächelte Taha spitzbübisch. »Taha. Taha al-Sahâr, Herr Doktor. Offen gestanden weiss ich nicht, ob ich Sie auf die Liste setzen kann«, sagte er dann, stützte sich mit dem Ellenbogen auf den Schreibtisch und beugte sich vor, um eine gewisse Vertraulichkeit herzustellen. »Die Firma konzentriert sich nämlich auf die Ärzte, die das Produkt auch unterstützen. Wir sehen das an den Abrechnungen der Apotheken in der Umgebung, Sie verstehen. Die Firma verlangt von mir, in den kommenden sechs Monaten in Dukki und Muhandissîn mehr Hebsolan abzusetzen. Wenn ich den geforderten Prozentsatz erreiche, kann ich zwei Ärzte für den Kongress nominieren. Hier in der Gegend kommen nur Sie und Doktor Saîd Iskandar in Frage – er fährt übrigens zum Kongress. Über Sie hab ich aber in den Apotheken hier erfahren, dass Sie bei chronischen Schmerzen Vicodin verschreiben. Dabei wissen Sie doch: Hebsolan wirkt direkter und schneller.«

»Nun ja, Hebsolan ist für ältere Menschen ein wenig gefährlich – und teuer«, antwortete der Arzt beschwichtigend und in einschmeichelndem Tonfall.

Taha lächelte. »Teuer sind Sie selbst ja auch – und ein Medikament ohne Nebenwirkungen gibt es nicht. Doktor Saîd Iskandar nämlich ...«

Als er den Namen seines Konkurrenten hörte, wurde Doktor Sâmi fuchsteufelswild. »Was soll ich also tun?«

»Hebsolan ein bisschen fördern.«

»Aber die kostenlosen Muster sind sehr rar!«

»Kein Problem«, sagte Taha, zog mehrere Medikamentenschachteln aus seinem Köfferchen und legte sie auf den Schreibtisch. »In Ordnung so?«

»Ich hätte gern noch ein paar für den Apotheker an der Ecke. Sagen Sie ihm, es kommt von Doktor Sâmi, er wird verstehen.« Der Arzt riss ein Blatt aus einem kleinen Block und kritzelte Namen und Adresse des Apothekers darauf.

Taha nickte. »Selbstverständlich.«

»Und der Kongress?«, erinnerte ihn Doktor Sâmi.

»Ich werde tun, was ich kann«, sagte Taha, nahm sein Köfferchen und streckte lächelnd die Hand aus. »Hat mich sehr gefreut, Herr Doktor.«

Grundregeln der Arbeit im Vertrieb:
– Zuallererst gilt es, bei jedem Kunden den Schwachpunkt zu finden.
– Lächeln und selbstsicher auftreten.
– Ein bisschen Lob kann nicht schaden.
– Leg nicht gleich all deine Karten offen auf den Tisch.

Taha verstand sich auf seine Arbeit. Er wandte stets alle Regeln an und galt bei seinen Kollegen und Chefs als Mann für schwierige Fälle. Man setzte ihn bei den schwer anzusprechenden Ärzten ein, die einen gewissen Ruf hatten. Bevor er jemanden aufsuchte, sammelte er mit Hilfe der firmeneigenen Datenbank Informationen über ihn, studierte dessen Abrechnungen bei den Apotheken und taxierte das Verkaufsvolumen der Konkurrenz. Während des Besuchs las er seine Körpersprache. Und dann kam das Einfallstor, der Schwachpunkt: Bei fünfzig Prozent der Ärzte waren das materielle Interessen, bei fünfundvierzig Prozent eine Schwäche für Frauen und bei fünf Prozent Perversitäten und unvorhersehbare Dinge.

Ganz unmerklich schmeichelte er sich ein – sein Lächeln war einzigartig –, ein wenig Schmieren und dann ein Angebot, das schwer zurückzuweisen war. Und zum Schluss kam der Lehrsatz der *pressing power*: andauerndes, beharrliches Drängen, monoton wie Pulsschläge – nur nicht aufhören! –, bis der Arzt sich dem Produkt beugte. So vergingen die Tage, ermüdende wöchentliche Routine, eine Sisyphusarbeit. Vor elf Uhr abends war er nicht damit fertig. Es sei denn, er schaute im Café al-Nil vorbei – von dem aus man den Nil gar nicht sehen konnte –, weil es ihn nach seiner Dosis Koffein verlangte, mit der er sich einen weiteren Tag am Leben halten konnte. Und weil er dort seinen Freund Jassir treffen wollte, der ewig Sprüche klopfte wie: »Die Schiedsrichter sollten kein Schwarz mehr tragen – die Trauer sitzt doch im Herzen, nicht in Trikot und Shorts.«

Jassir war Tahas Nachbar und alter Freund, mit dem er als Kind immer Fangen gespielt hatte. Später waren sie dann dazu übergegangen, Sexfilme anzuschauen. Und jetzt rauchten sie zusammen eine Wasserpfeife mit Apfelaroma. Jassir war ein leidenschaftlicher und unverbesserlicher Kaffeetrinker. Man hätte sich leichter einen Kaugummi aus dem Schamhaar entfernen als ihn vom Kaffee abbringen können. Dabei war er – bis auf einen kleinen Bauchansatz, den er sich seit seiner Hochzeit zugelegt hatte – dünn wie eine Palmgerte und trug fast nur Karohemden. Die türmten sich in seinem Schrank zu solchen Stapeln, dass man alle Schaufenster des Warenhauses El Tawheed & El Nour damit hätte zubauen können. Seine Freunde versuchten zwar immer wieder, ihm diese Art Hemden auszureden, weil sie aussahen wie Küchentischdecken, aber keine Chance! Eher würde man im Stadtteil Dâr al-Salâm Olympische Spiele veranstalten! Jassirs Haare waren schwarz und vorn hochgebürstet, in den dichtbehaarten Händen hielt er ständig eine Zigarette, und Drogen schluckte er wie ein gefrässiger Staubsauger, vor allem potenzsteigernde Mittel. Wie eine Biene die Blüte suchte er regelmässig die Strasse nach Bilbais auf, um sich dort seine wöchentliche Ration zu besorgen. Er war Absolvent der Juristischen Fakultät und arbeitete als Rechtsanwalt in einer renommierten Kanzlei. Als Helfer in der Not erschien er oft urplötzlich wie ein in Karos gehüllter Geist aus der Lampe, griff Taha unter die Arme und verschwand dann wieder in seine Welt. Tagelang liess er sich nicht blicken, um dann unvermittelt wieder auf der Bildfläche zu erscheinen, Rauch auszustossen und über die Spielergebnisse von Al Ahly und ein bisschen über Politik zu reden. Dabei landete er allerdings jedes Mal automatisch beim Thema Frauen.

»›Teil 9 Artikel 60: Die Bestimmungen des Strafgesetzbuches sind nicht anzuwenden auf Taten, die in guter Absicht ausgeführt wurden.‹ Bei der Seele meines verstorbenen Vaters: Als ich geheiratet habe, hatte ich jede Menge guter Absichten«, sagte er nun unwillig.

»Ich hab es dir doch von Anfang an gesagt, du Blödian. Du weisst doch, warum ich bei der Hochzeit hinter dir hergelaufen bin und dir die Prostata massiert habe.«

»Die hättest du besser ganz entfernt! Diese Frau wiegt hundertzehn Kilo! Sie ist so gross wie der Wassertank für ein ganzes Mietshaus: Um sie zu wiegen, braucht man eine Brückenwaage. Und stemmen kann sie kein Mensch, höchstens ein Gabelstapler.«

»Juhuuuu, so kannst du sie doch wunderbar loswerden! Fahr sie irgendwohin weit weg, und setz sie dort ab. Dann kann sie nicht wieder zurück.«

»Ich sag es dir unter vier Augen, Taha, aber verrat es niemandem: Ich hab eine Freundin bei *Facebook*. Mein lieber Scholli, die hat vielleicht einen blütenweissen Teint! Du kennst doch die Figur von Jennifer Lopez. Und die ist nichts gegen sie!«

»Das sind doch Ammenmärchen! Am Ende ist sie auch noch Europäerin.«

Jassir richtete sich auf und schlug sich auf die Schenkel.

»Ich erzähle keine Ammenmärchen, bei der Seele meines Vaters! Sie heisst Jasmin. Und jeden Tag krieg ich von ihr die heissesten Nachrichten, die man sich vorstellen kann. Und ihre Fotos erst! Wohlgeformte Beine, weiches Haar und sinnliche Lippen. Eine richtige Sahneschnitte.«

»Und du willst mir weismachen, so eine interessiert sich ausgerechnet für dich?«

»Die sagt Sachen, mein Lieber, aber hallo! Gestern meint sie zu mir: ›An dir ist was Besonderes.‹«

»Sie meinte sicher: was besonders Blödes!«, ulkte Taha.

»Ich hatte ihr nur mal versuchsweise eine Freundschaftsanfrage geschickt und konnte es gar nicht glauben: Sie hat mir ihr ganzes Herz ausgeschüttet! Sie fühlt sich allein, ihr Mann ist dauernd hinter anderen Frauen her. Und sie kommt um vor Wut. Gott gebe, dass sie sich scheiden lassen kann!«

»Und wenn sie sich wirklich scheiden lässt?«

»Dann schnapp ich sie mir natürlich.«

»Und machst es wie Rifâa al-Tahtâwi* – du holst dir einfach die passende Vase ins Haus?«

»Für einen Mann ist doch eine Frau nicht genug. Erst recht nicht eine *made in Egypt*. Sei nicht so kindisch, und hilf mir lieber!«, forderte Jassir seinen Freund auf.

»Was soll ich denn für dich tun? Soll ich sie für dich heiraten?«

»Ach was, guck dir doch an, was ich für ein Wrack bin! Es geht darum, dass ich das aus eigener Kraft nicht schaffe.«

»Dann gib dein Letztes!«

»Du musst mir was besorgen, was Tote aufweckt.«

»Versuch's doch mal mit *Facebook!*«

»Das ganze Gerede mit ihr hab ich schon durch, mein Lieber. Das Mädchen ist jetzt richtig heiss. Bald hab ich sie so weit.«

»Und du hast ihr gesagt, dass du verheiratet bist und so – und Rechtsanwalt und alles?«

»Sie weiss, dass ich verheiratet bin. Und sie weiss, dass ich auch meine Frau nicht mehr leiden kann. Aber ich hab ihr erklärt, dass ich Staatsanwalt bin.«

»Oje! Und wenn sie es rausfindet, stehst du in Unterhosen da.«

»Das wird sich dann schon alles lösen lassen. Aber was soll ich einnehmen?«

»Tramadol, Virecta. Oder besser: Nimm Erec, eine rote Pille. Aber brich sie durch!«, riet Taha ihm.

---

* Ein ägyptischer Gelehrter (1801–1873), der von 1826 bis 1831 eine Gesandtschaft nach Paris begleitete. Berühmt ist noch heute der Reisebericht, in dem er seine Beobachtungen des westlichen Lebensstils – bis hin zu den Blumenvasen auf dem Kaminsims – festhielt. *(Anm. d. Übers.)*

»Nein, diese Sachen hab ich ja schon alle zu Hause im Regal liegen. Ich brauch eine richtige F-16, so was ganz Wildes, sag ich dir.«

»Was Wildes, dann nimm dir doch eine Schrotflinte! Hast du übrigens gehört, was neulich in der Zeitung stand?«

»Was denn?«

»Ein Boot voll Viagra ist im Nil untergegangen. Geh dir doch zwei Kanister abfüllen, bevor die Leute den Fluss trockenlegen!«

»Ach, lass doch den Quatsch, hör auf damit!«

»Es soll ein neues Zäpfchen geben.«

»Und wie heisst es?«, fragte Jassir neugierig.

»Wick VapoRub.«

»Blödmann.«

Taha lachte Tränen. »Du meine Güte, du willst dein ganzes Leben lang Zäpfchen nehmen, um deinen Händen beim Hochzeitmachen zuzugucken! Ich kann gar nicht glauben, dass unter zehntausend Spermien ausgerechnet du das schlaueste gewesen sein sollst.«

»Ich weiss ja, dass du mich unbedingt fertigmachen willst.«

»Wenn es so weit ist, komm doch bei mir in der Apotheke vorbei! Dann setze ich dir eine Spritze, die dir einen Allradantrieb bescheren wird. Lieber Gott, wer dich so sieht, kann sich gar nicht mehr vorstellen, wie du in deiner Verlobungszeit warst: mit gegelten Haaren und sooo müüüde! Teddybärchen als Geschenk – und die ganze Nacht telefonieren! Und wie du immer in der Zeitschrift *Dein Privatarzt* die Artikel über das Eheleben gelesen hast!«

»Genau die haben mich gegen die Wand gefahren. Sie müssen wohl von Importfrauen gehandelt haben.«

»Und wie sich herausgestellt hat, ist Dâlia *made in Egypt!*«

»Guck, Dâlia ist die Beste – theoretisch. Aber praktisch ... du verstehst schon. Wir brauchen nicht noch mal drüber zu reden. Komischerweise hängen wir zurzeit aneinander wie die Kletten. Die Neue hat die Leistung hochgefahren.«

»Weil du dich schuldig fühlst, Jassir.«

»So was wie Schuld sollte es, verdammt noch mal, dabei gar nicht geben! Jeder sollte zwei Frauen haben, eine offizielle und eine zweite auf Basis eines Vertrags, der alle sechs Monate erneuert wird. Du wirst schon noch sehen.«

»Was werde ich sehen? Bin ich denn wie du? Bei dir ist es so, als gingst du ins Restaurant und bestelltest dir was zu essen. Und wenn du es dann kriegst, guckst du lieber auf die Teller der andern. Eine Schande ist das!«

»So langsam zweifle ich an deinen Fähigkeiten.«

Taha nahm einen kräftigen Zug aus der Wasserpfeife, blies Rauchkringel in die Luft und sagte: »Zweifle doch an dir selbst, und mach dir um mich keine Sorgen!«

»Du wirst auch mal eine treffen, die dein Leben auf den Kopf stellt.«

»Damit eine mein Leben auf den Kopf stellen kann, müsste ich ja erst mal ein Leben haben«, sagte Taha lächelnd.

*

Tahas Treffen mit Jassir dauerte eine Apfelaroma-Wasserpfeife lang, die Hamdi, der Wächter über Feuerzange und Kohle, zweimal anzündete. Dann begann es nach Kohle zu riechen. Taha sah auf seine Uhr und brach auf. Nachdem er an seinem Hauseingang Mansûr, den Türhüter, begrüsst hatte, der mit einem oberägyptischen Zauberspruch antwortete, »Grügotterr Ta-a!«, ging er hinein. Noch nie hatte er den Ehrgeiz gehabt, diesen Spruch in seine einzelnen Buchstaben zu zerlegen oder gar zu übersetzen. Stattdessen stieg er nun in den alten Aufzug und drückte auf die kaum noch lesbare Ziffer, die einmal eine Zwei gewesen war. Die rostige Tür hielt er mit der Hand zu, so dass der Lift langsam wie eine Seidenraupe, begleitet von einer Symphonie aus Iiiiii-iiiiii-iiiiii-Tönen, nach oben kroch. Im zweiten Stock stieg er vor einer Wohnung ohne Namensschild wieder aus. Nur ein kleiner Zettel mit dem Thronvers aus dem Koran klebte an der Tür. Taha schloss sie auf und liess drinnen gleich seine Tasche fallen. Dann zog er Schuhe und Socken aus und warf sich für eine Stunde in den nächstbesten Sessel. Schliesslich gab er sich einen Ruck und stand wieder auf.

Die Wohnung war bescheiden und von einer entschieden männlichen Atmosphäre geprägt. Seit langem hatte kein weibliches Wesen sie mehr zu Gesicht bekommen. Ein kleiner Korridor führte zu drei Räumen sowie einem verwahrlosten Wohnzimmer, einem heruntergekommenen, kalten Bad und einer schmalen Küche. Die Sechzig-Watt-Neonröhren machten alles nur noch trübseliger und trister.

Das Zentrum bildete das Wohnzimmer. In dessen Mitte stand auf einem Tisch ein kleiner Fernseher mit einer wie ein Insektenfühler gebogenen Antenne. Davor befanden sich ein schiefes grünes Sofa, das einstmals drei Personen Platz geboten hatte, und zwei Plastiksessel auf einem verschossenen Teppich.

Taha griff nach der alten Fernbedienung mit den eingesunkenen Tasten und richtete sie auf den Fernseher. Gerade lief eine Ausgabe von *Star 2008*. In Nahaufnahme erschien ein gutaussehender Moderator. »Von einem unserer Kandidaten werden wir uns heute verabschieden. Unser Publikum hat die Wahl.« Dann flüsterte er: »Rânia, Achmad, Amîr, seid ihr bereit?« Die Kamera schwenkte zu einer glitzernden Bühne und zeigte, herangezoomt, vier Personen, die dort standen und auf den Spruch der Jury warteten. Einer von ihnen würde hinausgeworfen werden – ausgestossen und vor der Hinrichtung noch skalpiert. Ein schlankes Mädchen in einem weissen Abendkleid; ein anderes, das vor weiblichen Reizen nur so barst und dessen Brust die meisten Aufnahmen dominierte, in einem roten Kleid; dazu zwei junge Männer: einer mit breiter, behaarter Brust, das Hemd bis zum Nabel aufgeknöpft, um den Hals Ketten mit unverständlichen Symbolen und blauen Perlen, der andere blass, in einem rosa T-Shirt, die Haare im Spikey-Look hochstehend. Die Kameraeinstellung wechselte zur Jury: zwei Männer und eine Frau. Mit ihren ernsten Gesichtern hatten sie Ähnlichkeit mit arabischen Aussenministern. Wieder wurde der Moderator eingeblendet. »Nach Aussage der Jury war die Wahl äusserst schwierig, die Konkurrenten lagen alle auf ähnlichem Niveau – nach der Werbepause sind wir wieder bei Ihnen. Bleiben Sie dran!« Es folgten drei Minuten Reklame für Handys, neue Städte in der Wüste und ägyptischen Stahl, anschliessend zeigte die Kamera wieder das Studio. »Liebe Zuschauer, nur zur Erinnerung: Nur noch zwei Folgen, dann kennen wir den *Star 2008*.« Der Moderator öffnete einen Umschlag und nahm ein zusammengefaltetes Blatt Papier heraus. Dann richtete er seinen Blick auf die Teilnehmer, die sich ein Lächeln abrangen, um dahinter gegebenenfalls einen schweren Nervenzusammenbruch verstecken zu können. »Wer uns heute Lebewohl sagt, ist –«, spannungsgeladene Musik, dann in theatralischem Tonfall: »Amîr Saad!« Der junge Mann mit dem Brusthaar senkte den Kopf, und sein Kinn zitterte und zuckte, während er versuchte, seine Gesichtszüge am Entgleiten zu hindern. Vom Moderator erhielt er noch ein paar lobende Worte, das Mädchen mit der Brust umarmte ihn, und sein Kollege drückte ihn zum Trost fest an sich. Dann ging er schnell von der Bühne und wischte sich mit der Hand den Rotz vom Gesicht.

Taha legte die Fernbedienung hin, stand auf, lief durch den Korridor zu seinem Zimmer und murmelte: »Adams Vertreibung aus dem Paradies.«

Das Zimmer war einfach eingerichtet. Rechts stand ein schmales Bett, das noch aus seiner Sekundarschulzeit stammte. Wenn Taha die Beine ausstrecken wollte, musste er sie heraushängen lassen. Neben dem Bett stand ein Schreibtisch, noch immer mit den Kerben und Zeichnungen, die Taha in seiner Studienzeit dort eingeritzt hatte: sein Name in mehr als dreissig Schriftarten, Totenschädel, Augen und die Namen von ein paar Bands. An der Wand hingen ein Poster von Metallica und eines von Queen, daneben ein grosses Foto des Zauberers am Schlagzeug, Mike Portnoy, auf dem er gerade seine Stöcke auf die Drums niedersausen lässt. Daher rührte der Traum, dem Taha sein halbes Zimmer reserviert hatte: In der Muhammad-Ali-Strasse hatte er sich ein kleines Schlagzeug gekauft, von seinem Taschengeld zusammengespart. Begonnen hatte dieses Hobby damit, dass unter den Schulkameraden Sticker verschiedener Bands kursierten. Taha war daraufhin in die Schawârbistrasse gegangen, um nach den Kassetten dieser Bands zu suchen. Anfangs kam es ihm nur auf den modischen Walkman an, auf Ohrhörer, Nike-Air-Turnschuhe und Cut-T-Shirts mit dem Aufdruck eines Skeletts, das Musik macht und dabei ein Kind verspeist. Damit galt man bei den süssen Mädchen der ersten Sekundarschulklasse schon als verrückter Typ. Später allerdings drang der Rhythmus ihm bis ins Hirn, es ging ihm nicht mehr nur um die äussere Erscheinung. Der brüllende Lärm liess etwas in ihm vibrieren. Es war eine innere Geisterbeschwörung, die verborgene Dämonen zum Vorschein brachte und die Welt zu einem anderen Ort machte, einem Kinofilm, einem Leben mit Soundtrack. Er traf keine Entscheidung mehr, ohne vorher seine Trommeln um Rat zu fragen. Er schloss sich in seinem Zimmer ein, band sich ein Bandana um, zog fingerlose Handschuhe an, mit denen er wie ein afrikanischer Zauberer aussah, und trommelte los, bis Frau Mervat aus dem dritten Stock sich beschwerte. Dann hörte er, schweissgebadet, wieder auf – seinen Dämon war er ja losgeworden.

Das war das erste Zimmer. Nachdem Taha sich komplett umgezogen hatte, ging er in den zweiten Raum. Es war das Elternschlafzimmer, das einst reich möbliert gewesen war: ein Bett im Stil der achtziger Jahre, früher hatte ihm gegenüber ein Spiegel gestanden, der jetzt allerdings nicht mehr da war; ein Tisch, auf dem sich die Medikamentenschachteln stapelten; ein breites silberfarbenes Radio, Modell 77; und die Stelle, wo einmal der Kronleuchter gehangen hatte, jetzt aber nur noch eine trübe Neonleuchte das Zimmer in kaltes Licht tauchte … Sein Vater war nicht hier, deshalb ging Taha am Badezimmer vorbei zum dritten Raum. Dort blieb er vor der Tür stehen und horchte. Er streckte die Hand nach der Klinke aus, zögerte dann jedoch, liess sie wieder los und ging in die Küche. Im Licht des altersschwachen Kühlschranks fand er eine halbe Dose Thunfisch und schon leicht säuerlich schmeckende Erbsen. Er warf sie weg und nahm stattdessen einen Brotfladen, wärmte ihn auf dem Butangaskocher, strich Käse darauf und legte ihn auf einen Teller. Dann zog er eine Zigarette aus der Tasche und beugte sich über die blaue Flamme, um sie anzuzünden. Nachdem er die Teekanne auf den Kocher gestellt hatte, lehnte er sich an die Spüle, um den Siedebläschen zuzusehen – sie zerplatzten im Rhythmus der regelmässigen Hammerschläge, die aus der Nachbarwohnung zu ihm drangen. Der Besitzer war offenbar entschlossen, alle Nägel, die ihm zur Verfügung standen, heute noch in die Wand zu hauen. Erinnerungen stiegen in Taha auf ... Seine Kindheit stand ihm wieder vor Augen, die Monate, bevor er in die Mittelschule gekommen war. Damals war er noch auf der Höhe der Zeit: Ein Sakhr-Computer war sein Traum gewesen – und eine Atari-2600-Junior-Spielkonsole. Ein ausgezeichneter Schüler war er damals, besonders in Geschichte, über die sein Vater ihn reichlich mit Kenntnissen versorgte. Eigentlich war er ein ruhiger Charakter, wenn auch, wie seine Mutter immer behauptete, von einem Dämon besessen. Diese Zeit war, gemäss seiner Einteilung, die erste Periode gewesen. Die zweite begann mit der Nachricht von der Rajjân-Gruppe, in deren Folge sein Vater den Kontakt zu seinem Unterkörper verlor. Dieser widerliche Geruch, der in die Wohnung kroch ... Allmählich wurden die Risse im Gebälk sichtbar. Taha war Zeuge der verschiedenen Phasen gewesen: von Verdruss, von Krittelei und Gekreische aus den nichtigsten Gründen und schliesslich völliger Sprachlosigkeit. Damals hatte er sich ganz in sich selbst zurückgezogen. Er war nicht mehr der strahlende junge Mann, das einzige Kind seiner Eltern. Immer blasser wurde er, bis er fast die gleiche Farbe hatte wie die Wände, nämlich gar keine! Er war kaum noch vom Mobiliar zu unterscheiden. Die Tage waren so spannungsgeladen, als lebten sie alle am Fusse eines Vulkans und als zöge der erstickende Rauch schon über die Decke der Wohnung. Und dann, von einem Tag auf den anderen, war alles aus. Seine Mutter war einfach fortgegangen. Sie, die doch in seinen Erinnerungen die Rolle der Frau des Löwen spielte. Trotz seiner instinktiven Liebe zu ihr brauchte er nur an sie zu denken, um so mit den Zähnen zu knirschen, dass sie splitterten. Das Ende war hinter verschlossenen Türen besiegelt worden. Nur ein Satz war damals an sein Ohr gedrungen: »Wenn du gehst, kannst du

Taha vergessen.« Dann kam seine Mutter heraus. Sie packte ihre Kleider in einen Koffer und wollte gehen. Er flehte sie an zu bleiben. Unter vielen Tränen deutete sie aber nur dunkel an, das könne sie nicht. Dann drückte sie ihm einen Kuss auf die Stirn und ging, ohne noch ein Wort zu sagen. Nie würde er ihren Blick vergessen: Darin lag etwas, das er nicht an ihr gekannt hatte. Als wäre etwas zerbrochen. Dabei war sie nicht die Frau gewesen, der einfach die Geduld ausging und die es irgendwann nicht mehr ausgehalten hatte. Sie war ein anderer Mensch geworden. Nie würde er die erste Nacht in seinem mutterlosen Zuhause vergessen. Damals war er siebzehn. Es war die Zeit der Abiturprüfungen, und er gab sich alle Mühe, den Bruch zu kitten, der jedoch zu einem unüberwindlichen Abgrund wurde. Schnell löste sein Leben sich auf. In nur zwei Jahren hatte sich die Wohnung in ein Trümmerfeld verwandelt, bewohnt von zwei Verlierern: der eine im Rollstuhl – und der andere durch Vererbung ebenfalls gehandicapt.

Im dritten Jahr erfuhr Taha, dass seine Mutter einen früheren Freund seines Vaters geheiratet hatte und an den Golf gezogen war. Bis auf knappe, emotionslose Anrufe kamen keine Nachrichten mehr von ihr. Nächtelang blickte er vom Bett aus an die Zimmerdecke, auf die er seine schmutzigen Phantasien projizierte. Er stellte sich seine Mutter vor wie die Frauen in den Sexfilmen, die bei seinen Freunden in der Schule kursierten. Angeekelt verbannte er sie aus seinem Hirn. Aber nackt kam sie auf Händen und Knien hinter ihm hergekrochen. Wieder vertrieb er sie. Aber sie liess ihm einfach keine Ruhe – wie ein tropfender Wasserhahn.

Erst das Käsemesser befreite Taha aus diesen Tagträumen: Als er sich an den Küchentisch lehnte, fiel es zu Boden, und der Lärm riss ihn aus seinen Gedanken. Ein letztes Mal zog er an seiner Zigarette, dann drückte er sie im Spülbecken aus und ging mit dem Käsesandwich in der Hand in den letzten Raum.

Bis auf das Licht der Autoscheinwerfer, das von draussen an die Decke fiel, war er dunkel. Vor einem mittelgrossen Schrank stand ein kleiner Schreibtisch, daneben ein alter Reisekoffer. Zur Linken befand sich ein riesiger Bücherschrank, dessen Bretter die achtlos darauf gestapelten Bände kaum noch trugen. Man konnte kaum treten. Der Raum war mit Papier vollgestopft, ungeheure Mengen bedeckten Boden und Wände. In eleganter Schrift beschriebene Blätter, schwarz von verschlungenen und verworrenen Linien, eine Ausstellung abstrakter Malerei, schwer von Tinte.

Bewegungslos wie ein Felsblock sass sein Vater im Rollstuhl am Fenster. Er trug einen ausgeblichenen Pyjama und darüber einen Morgenrock, der einmal olivgrün gewesen war. Sein Gesicht verschwand ganz hinter einem russischen Fernglas, mit dem er auf die Strasse blickte. Er schien völlig vertieft. Eine Minute blieb Taha in der Tür stehen und beobachtete ihn. Dann streckte er frech seine Hand aus und schaltete das Licht an. Hussain fuhr zusammen und zog den Kopf ein. »Nanana, mach das Licht aus, Taha!« Wieder hielt er sich mehrere Sekunden das Fernglas vor die Augen, bevor er in seinem Stuhl ein Stück zurückrollte. Durch das Licht im Zimmer war er von draussen zu erkennen wie eine Fliege in einem Glas Milch. »Willst du nicht mal mit diesem Unsinn aufhören?«

»Erst wenn du aufhörst, die Frauen zu beobachten. Ich muss dich wohl verheiraten.«

Der Scherz schien auf Hussain keine Wirkung zu haben. Er rollte mit seinem Stuhl zu einem Kalender an der Wand, riss das Blatt mit dem aktuellen Datum ab und steckte es sich in die Tasche. Hussain al-Sahâr war ein reifer Mann von sechsundsechzig Jahren und gehörte zu den Menschen, bei denen man sich nicht vorstellen konnte, dass sie einmal Kinder gewesen waren. Von dem Nesthäkchen im Haus seines Vaters hatte er nichts mehr an sich. Durch das jahrelange bewegungslose Sitzen war er fett und formlos geworden. Auf seinem Kopf und in seinen Augenbrauen war kein schwarzes Härchen mehr. Gegen die Weitsichtigkeit trug er eine alte Brille, durch die er glotzte wie ein Fisch. Sein Mund war trocken, die Lippen aufgesprungen, und kurze weisse Stoppeln, wie Gras in einem verwilderten Garten, bedeckten sein Kinn. Mit seiner misslichen Lage hatte er sich abgefunden – so schien es zumindest –, er sprach wenig und war meist in Gedanken versunken. Seine monatlichen Ausgaben investierte er in Papier, Stifte und ein paar bescheidene Bissen – neben den Cleopatra-Super-Zigaretten, die er rauchte wie ein alter Dampfzug. Dieser Zustand hatte sich so allmählich eingestellt, wie die Nachfrage der Schüler nach Privatstunden bei ihm zurückgegangen war. Eine neue Generation von Lehrern war herangewachsen, die wie die Bienen von einem Haus zum anderen flogen und mit leichter Hand die Informationen weitergaben, die man für die Prüfungen brauchte, oder, wie die Schüler es nannten, »einen rundum berieten«. Als sein Name immer weniger gefragt war, kapselte Hussain sich ab und widmete sich dem Schreiben. Nur selten empfing er Verwandte oder andere Gäste. Doch alles, was ihm widerfuhr, schrieb er auf – seine Notizen waren wie unwillkürliche Ausscheidungen. Seine einzige Freude bestand darin, heimlich durchs Fernglas zu schauen. Es war sein Fenster zur Welt und sein Trost in der Einsamkeit. Er hatte es sich zur Gewohnheit gemacht, das Leben der anderen zu beobachten. Und mittlerweile kannte er all ihre Marotten und Gepflogenheiten, ihre Beziehungen zueinander und die Zahl ihrer Kinder, die Zeiten, zu denen sie aus dem Haus gingen, und ihre Geburtstage. Er lebte mit ihnen, als gehörten sie zu ihm, und beobachtete jedermann mit grösster Neugierde. Regelrecht süchtig war er nach ihnen, sie waren seine ständige Sorge. Voller Leidenschaft erzählte er von verschiedenen Ereignissen in der Nachbarschaft. Dann wieder sprach er tagelang kein Wort, mitunter sogar eine ganze Woche. Taha hatte den Versuch aufgegeben, ihn aus diesem Zustand herauszureissen, er wollte sich nicht auf fruchtlose Diskussionen einlassen, seine Ermahnungen endlos wiederholen, sich hineinsteigern, empören und in Rage reden, nur um sich anschliessend wieder zu beruhigen und stillzuschweigen. Er hatte beschlossen, seinen Vater tun zu lassen, was er wollte. Nicht einmal vom Rauchen hielt er ihn ab, um die chemische Balance in seinem Hirn nicht durcheinanderzubringen.

»Was gibt's Neues?«, fragte er ihn nun.

»Für einen Rollstuhlfahrer wie mich ist alles neu.«

Taha ging zu ihm und stellte ihm den Teller auf den Schoss. »Hau rein, Pascha, guten Appetit!« Dann steckte er seine Hand in die Tasche und zog eine kleine Schachtel heraus. »Und hier sind die Kekse.«

Hussain steckte sie in die Tasche seines Morgenrocks, griff gierig nach dem Sandwich, und die Krümel fielen ihm vom Kinn, als er murmelte: »Der Hundsfott ändert sich nie. Der Hundsfott Sulaimân!«

Taha erwartete keine Erklärung. Bei seinem Vater war er daran gewöhnt, dass die Worte plötzlich und ohne Vorwarnung aus ihm heraussprudelten … Er hielt das Fernglas in die Richtung, in die Hussain zeigte. »Schon wieder Sulaimân! Was ist denn eigentlich mit ihm? Ich hab bis jetzt nicht verstanden, warum wir letzte Woche zu ihm gegangen sind. Hattest du dir nicht geschworen, diesem Mann nie mehr in die Augen zu sehen? Jahrelang hast du ihn geschnitten, und plötzlich soll ich Sulaimân besuchen!«

»Die Tage sind gezählt.«

Sulaimâns Laden lag an der Ecke. Über dem Geschäft war ein dunkles Holzschild angebracht, auf dem in kleiner Schrift stand: »Lord«. Darunter sass Sulaimân, mit drei Ringen an der rechten Hand, weichem weissem Haar und brauner Haut, was ihm eine Würde verlieh, die ihn über seine Kunden hinaushob. Er war wie der Komparse, der in einem Film die Rolle eines Ministers spielt und dafür nach dem Dreh dreissig Pfund und eine Mahlzeit erhält – um anschliessend den Leuten zu erzählen, er habe den berühmten Schauspieler Adel Imam angeschrien, und das auch noch vor laufender Kamera!«

Bevor das Lord eins der berühmtesten Geschäfte seines Segments und das Mekka der Stars und führenden Persönlichkeiten der Gesellschaft wurde, war es ein bescheidener Supermarkt gewesen. Sulaimân hatte ihn Ende der siebziger Jahre gekauft, nachdem er sich die Hälfte des Geldes von Hussain al-Sahâr, seinem Freund und Nachbarn im jüdischen Viertel, geliehen hatte. Alles lief gut, bis Mitte der Achtziger die grossen Ladenketten auf der Bildfläche erschienen. Die Lebensmittelgiganten rückten Sulaimâns Supermarkt von allen Seiten auf die Pelle, bis es zu eng für ihn wurde. Er musste sich entscheiden: entweder das Geschäft schliessen oder seine Aktivitäten verlagern. Erst ein Freund, der als Angestellter in einer afrikanischen Botschaft arbeitete, befreite ihn aus dieser Lage. Er bot ihm an, die Jahreslizenz für Alkohol zu kaufen, die der Botschaft vom Staat erteilt wurde. Der »notleidende« Botschafter steckte nämlich den Gewinn aus dieser Lizenz lieber selbst ein, als sie für die Empfänge einzusetzen, die zur Beziehungspflege gegeben wurden. Sulaimân kaufte die Lizenz und auch noch anderes. Allmählich änderte sich sein Sortiment und damit auch der Umfang seiner Brieftasche und seine Klientel. Er wusste den Kunden immer geschickter zu durchschauen. So verkaufte er – gemäss Gesetz Nr. 63 von 1976 – keine Importware, wenn er sich nicht vorher vergewissert hatte, dass der Kunde nicht etwa Polizist war. Seine Augen reichten ihm, um zu erkennen, wen er vor sich hatte, so dass der Kunde seine Bestellung entweder »Aber sofort!« erhielt, und zwar mit Eis, oder aber sich zufriedengeben musste mit einem »Wir verkaufen Stella- und Sakara-Bier, Pascha, Importware führen wir nicht«.

Anfangs machte Hussain Sulaimân Vorwürfe und schimpfte so laut mit ihm, dass man es bis auf die Strasse hören konnte. Sulaimân schwieg, nickte heftig und versprach ihm aufzuhören – bis dann der Tag kam, an dem er die Ermahnungen nicht mehr aushielt. Er explodierte förmlich, nahm – als Symbol ihrer jahrelangen Freundschaft – eine Flasche, goss den Inhalt auf den Boden und trampelte mit den Füssen darin herum. Das war ihr letztes Gespräch gewesen. Von da an schnitt Hussain Sulaimân und behielt ihn nur vom Fenster aus weiter im Auge. Er beobachtete ihn ständig, und irgendwann konnte er kaum noch glauben, dass dies einmal sein Jugendfreund gewesen war. Mit der Zeit entfremdeten sie sich immer mehr. Sulaimân vergass, Hussain jedoch vergass nicht. Um seinen blühenden Handel und den Bekanntenkreis zu erweitern, dehnte Sulaimân seine Aktivitäten auf den Drogensektor aus und wurde – mit Gottes Hilfe – zu einem der grossen Haschischdealer der Region Gisa/Dukki/Muhandissîn. Es hiess, er werde von der Polizei beobachtet, doch seine Freigebigkeit, seine Geschenke und der Einfluss seiner Stammkunden boten ihm immer Schutz. Allerdings nicht vor Hussain al-Sahâr.

Taha beobachtete das Lord mehrere Minuten lang. Er bemerkte jedoch keine Veränderung gegenüber dem, was er kannte: Sulaimân sass hinter der Theke und sprach mit einem Kunden. Taha sah seinen Vater an. »Ich verstehe nicht.«

»Pass genau auf!«

Eine Minute später ging der Kunde. Sulaimân beugte sich unter die Theke und blieb ein paar Sekunden verschwunden, dann richtete er sich wieder auf. Er hielt etwas in der Hand, das aus Tahas Blickwinkel nicht zu erkennen war.

»Hast du es bemerkt?«, fragte Hussain.

»Was genau soll ich bemerkt haben?«

Taha wich einem Brotkrümel aus, der zusammen mit dem Buchstaben S aus dem Mund seines Vaters geflogen kam, als er sagte: »Sulaimân verwahrt die Importware unter der Theke.«

»Unter der Theke?«

»Er hat da einen geheimen Kühlschrank, weil er die Importware nicht ausstellen kann. Wenn die Luft wieder einigermassen rein ist, schickt er einen seiner Jungen zu dem alten Mercedes. Dort ist das Drogenversteck.«

Bei diesen Worten kaute er weiter an seinem Sandwich und blätterte dabei die Seiten neben sich um, als erzähle er einem Kind eine Geschichte. Er sah so überzeugt aus, dass Taha verwundert die Augen zusammenkniff.

»Und das alles hast du rausgekriegt, während du hier gesessen hast?«

Hussain nickte. »Ich hab doch Augen im Kopf!«

»Gott sei euch gnädig.«

Gedankenverloren blickte Hussain aus dem Fenster.

Taha spürte einen Sturm aufziehen – er wusste, wie er für gewöhnlich anfing – und versuchte, das Thema zu wechseln. »Hast du deine Medizin genommen?«

Hussain antwortete nicht, er sah weiter aus dem Fenster und ignorierte ihn.

Taha biss sich auf die Lippen. »Papa ...«

»Wie geht's denn Ihnen eigentlich, Herr Doktor?«, fiel Hussain ihm ins Wort.

»So weit gut, Gott sei Dank. Wir sollten beide heiraten.« Hussain musste lächeln, und Taha fuhr fort: »Ich hab da eine auf der Arbeit, die macht dich glatt zwanzig Jahre jünger! Madame Manâl vom Rechnungswesen, neununddreissig Jahre alt, aber so richtig weiblich, und sie würde sehr gern ... Die macht dich zum Hengst.«

»Zum Esel, meinst du wohl. Spar dir dein Marketing bei mir.«

»Hör mir nur zu, mein Lieber! Wir verkaufen die Wohnung an Frau Mervat aus dem dritten Stock. Die ist doch schon lange scharf darauf. Dafür kaufen wir zwei kleine Wohnungen und neue Möbel. Und dann, da bin ich sicher, bist du nicht mehr zu bremsen. Je oller, je doller! Ich geb dir ein paar Vitamine, und du wirst was erleben – ein richtiges Feuerwerk!«

»Bei einer schönen Frau ist es wie bei einer Wassermelone«, unterbrach Hussain ihn, »man weiss nie, wie sie von innen aussieht: ob sie rot ist oder noch gelbgrün wie eine Rübe.«

»Aber die, die ich meine, ist wirklich rot und honigsüss.«

»Und wennschon, jede Wassermelone klopft der Obsthändler erst mal ab. Aber bei den Frauen heutzutage erröten höchstens noch die Lippen.«

»Das sind grosse Worte. Möchtest du mich etwa nicht verheiratet sehen?«

»Selig, wer den Ruf hört und ihm nicht folgt. Hast du denn eine in Aussicht?«

»Viele, aber ich hab Angst vor dem bösen Blick«, antwortete Taha.

»Deine Kommilitonin?«

»Nein, die ist futsch. Sie hat geheiratet.«

»Mach dir nichts draus. War sie hübsch?«

»Sehr.«

»Sieh nicht nur auf das Äussere. Wichtig ist der Charakter.«

»Soll ich etwa eine Bergziege heiraten, nur weil sie keusch und rein ist?«

»Gott hat den Mann so gemacht, dass er einer Sache schnell überdrüssig wird, Taha. Vor der Hochzeit reicht es dir, von ihren Fingern zu träumen, und nach ein paar Monaten zieht sie sich nackt vor dir aus, und du liest weiter deine Zeitung und kriegst es vielleicht nicht mal mit. Neue Besen kehren gut, später verlieren sie die Form und nutzen sich ab. Wenn du klug bist, siehst du zu, dass der Besen auch nach der Hochzeit noch gut kehrt. Und gut aussieht.«

»Meinst du, das ist immer so? Selbst wenn ich Haifa Wahbi* heiraten würde?«

»Wer ist denn Haifa Wahbi?«

Taha fuhr hoch. »Na danke!«

»Niemand kann sein ganzes Leben lang Theater spielen«, meinte Hussain.

Taha rieb sich die Augen unter der Brille. »Gott schenke dir Zufriedenheit, Abu Taha!«

»Die Männer in unserem Land sind nicht ganz bei Verstand. Unter ihnen machen sich Trivialitäten breit – wie ein Krebsgeschwür. Für sie besteht das Leben nur aus vier Dingen: aus Fussball, ihrem Handy, einem vollen Bauch und dem Herrn hier« – er zeigte zwischen seine Beine –, »der sie blind macht. Und was meinst du, wie es erst mit den Frauen ist!«

»Stimmt. Präzise, ganz genau.« Taha stand auf und küsste seinen Vater auf den Kopf. »Der Herr möge dich gesund erhalten, mein Alter.«

»Taha, ich möchte, dass du mich morgen auf einen Weg begleitest. Halt dir ein Stündchen für mich frei.«

»Wohin denn?«

---

* Sängerin, Schauspielerin und Model aus dem Libanon (geb. 1976). *(Anm. d. Übers.)*

»Morgen sage ich es dir.«

»In Ordnung, Alter.«

Hussain griff nach seinem Stift und begann zu schreiben. Taha nahm den Teller und ging ruhig hinaus. Auf dem Weg zur Küche überfiel ihn argwöhnische Neugier auf das, was er über Sulaimân gehört hatte. Ohne den Teller abzusetzen, ging er zum Fenster, zog mit dem Kopf den Vorhang zurück und betrachtete das Geschäft. Alles war wie zuvor. Dann kam Sulaimâns Lehrjunge heraus, überquerte die Strasse und liess dabei seinen Blick über den Platz schweifen. Er ging zu einem gelben Mercedes-Wrack, Modell Schreckgespenst, das dort geparkt war, seit Taha denken konnte, und schob die abgenutzte Abdeckung von dem alten Kofferraumschloss. Er drehte den Schlüssel um, streckte die Hand ins Innere und nahm etwas heraus. Dann lief er eilig zum Laden zurück. Taha stellte den Teller auf den Tisch und ging sofort wieder zum Fenster. Im selben Moment tauchte dort ein silberner Wagen mit dunklen Scheiben auf, aus dem derselbe junge Mann stieg, der eben schon da gewesen war. Er ging ins Geschäft, Sulaimân reichte ihm einen schwarzen Beutel und drückte ihm die Hand. Dabei übergab er ihm auch das, was vorher im Kofferraum des Mercedes gelegen hatte.

Taha schlug sich gegen die Stirn. »Hussain al-Sahâr, du alter Fuchs!«

Er wusch die Teller ab und zog sich dicke Alltagsklamotten an, passend für einen Abend, der sich bis zum Morgen hinziehen würde. Aus dem Augenwinkel heraus warf er durch den Türspalt einen letzten Kontrollblick auf seinen Vater. Den hatte wieder sein Dämon, das Schreibfieber, gepackt. Er würde sich für viele Stunden zurückziehen, um dann wie ein strebsamer Schüler zu verstecken, was er geschrieben hatte. Vielleicht würde er auch in Wut geraten und anfangen, wie ein Verrückter seine Papiere zu zerreissen, bevor er sich wieder beruhigte, um zum Schreiben und zu seinem Fernglas zurückzukehren. Eine abgeschlossene Welt, in die nur Taha Einlass fand, sein Freund, der ihm nichts verheimlichte, nicht einmal die Schischa mit Apfelaroma zum Kaffee oder die Geschichten von den Kommilitoninnen. Abgesehen davon bekam Hussain nur von seiner Schwester Faika regelmässig Besuch. Sie hatte für ihn und seinen Sohn die Stelle der Mutter eingenommen. Ihre Töchter hatte sie verheiratet und lebte nun als Witwe im Viertel al-Hussain. Faika war die Einzige, die noch in der Nähe ihres Elternhauses wohnte. Jede Woche kam sie mit einem Kochtopf voll gefülltem Gemüse, einem Hühnchen und einem kleinen Topf Okraschoten mit Zitrone. Wenn die heitere Alte mit ihrem unter dem Kinn zu einem dicken Bündel gebundenen Kopftuch auflachte, blitzte ihr Gebiss, und ihr Atem roch stark nach Muluchîja. Mit ihr hatte Hussain seine glücklichsten Stunden. Dann sprach sie ihn mit seinem Kosenamen Sihs an, und er wurde wieder zu einem kleinen Kind, das aus vollem Hals lachte, bis ihm die Tränen in die Augen traten. Ansonsten verharrte er in seinem Zustand und begnügte sich damit, einmal im Monat die Wohnung zu verlassen, um seine Rente in Empfang zu nehmen oder sich zu einem leidigen Arztbesuch aufzumachen, der nichts Neues brachte. Taha versuchte auf verschiedene Weise, ihn aus diesem abgeschlossenen Kreis zu befreien, aber er war selbst genauso blockiert, von demselben Messer durchbohrt. Schwer wie ein Bügeleisen lasteten die Erinnerungen auf seiner Brust. Gedanken wie spitze Bleistifte, die ihm in den Hinterkopf fuhren und dort abbrachen. Ein enervierendes, monotones Geräusch, das man so schwer loswerden konnte wie eine Plastiktüte, die einem am Autoreifen klebt. Das ihn wahnsinnig machte, wenn er kurz vor dem Einschlafen in die Dunkelheit starrte. Oder das ihn überfiel, wenn er mit auf die Knie gestützten Ellenbogen auf der Toilette sass und ein Haar auf dem Fussboden betrachtete, das die Form eines Gesichts annahm oder eines Worts, das er nicht verstand. Oft hielt er es für die Botschaft eines Dämons, der im Bad wohnte, oder eine Prophezeiung aus einer anderen Welt. Manchmal beobachtete er auch eine Ameise, die versuchte, zwischen seinen Füssen hindurchzukrabbeln. Eine lästige Ameise, die sich nicht darum scherte, dass er versuchte, in Ruhe sein Geschäft zu erledigen. Das Schamgefühl blockierte seine Blase. Um zu beenden, was er begonnen hatte, wartete er darauf, dass die Ameise wegkrabbelte, pustete auf sie und stampfte mit dem Fuss auf, um sie fortzujagen. Schliesslich konnte er ihre Zudringlichkeit nicht länger ertragen und zertrat sie mit dem Rand seiner zerrissenen, mit dem Schriftzug »Zico« versehenen Schlappen *made in China*. Jeden Tag kämpften diese Gedanken in ihm, er schrie sie an, aber das machte sie nur noch zudringlicher, sie flogen fort wie eine lästige Fliege im Sommer und lagen ihm dann erneut mit ihrem hartnäckigen, unermüdlichen Ssssss in den Ohren. Um sich mit dem Leben und dem Kampf um das tägliche Brot davon abzulenken, vergrub Taha sich in seinen prallen Terminkalender.

4

Doktor Sâmichs Apotheke lag nicht weit von Tahas Zuhause entfernt. An den Tagen, an denen er nur tagsüber für die Firma arbeitete, ging er zur Aufstockung seines Einkommens abends noch dorthin. Nach einem kurzen Marsch durch die ruhigen Strassen war er schon da. »Na, Wâil, wie geht's?«

Wâil war der schmächtige Lehrjunge – mit Punkfrisur, einer Brille, die aussah, als wäre sie aus dem Boden zweier Wassergläser gemacht, eigenwilligem Pullover und einem Silberring mit schwarzem Stein am kleinen Finger. Wie die Medikamente hiessen und wo sie standen, wusste er jedoch besser als jeder Universitätsabsolvent.

Die Apotheke war eine der wenigen, die noch selbst Arzneien zubereiteten. Durch all die hochentwickelten Medikamente auf dem Markt hatten die Apotheker damit nicht mehr viel Erfahrung, und es fiel ihnen zunehmend schwerer. Deshalb war Doktor Sâmichs Apotheke bei den Leuten, die nach speziellen Rezepturen verlangten, sehr beliebt. Sie besass ein kleines Hinterzimmer, das als Labor diente. Dort setzte sich Taha an einen schmalen Schreibtisch neben das Telefon. Hinter ihm hingen die Werbeplakate der Pharmafirmen, auf denen Menschen zu sehen waren, die vor Kopfschmerzen stöhnten – oder ein glücklicher Mann neben einer blauen Pille und einer Frau, die vor Lust verging. Die ganze Nacht über nahm Taha Anrufe von Leuten entgegen, die von zu Hause aus Medikamente bestellten: das Schmerzmittel Voltaren, Panadol gegen Kopfweh, Amlodipin gegen Bluthochdruck, Diamicron gegen Zucker, Viagra für angenehme Nächte und Cialis, um die angenehmen Nächte auf sechsunddreissig Stunden auszudehnen. Das waren die am häufigsten verlangten Mittel – abgesehen von den speziell zubereiteten Rezepturen.

Zehn Minuten vergingen, dann klingelte das Telefon, und eine alte Dame bestellte eine eigens für sie herzustellende Hämorrhoidensalbe. »Es gibt auch ein Zäpfchen namens Proctosedyl. Das wirkt sehr schnell und ist besser als die Rezeptur«, riet ihr Taha.

Genau in dem Moment kam Sara durch die Tür. Mit einem Mal verging die Zeit langsamer, die Stimmen wurden leiser, die Wände der Apotheke taten sich auf, und in Tahas Kopf erklang ein Lied: »Welch Wunder, die tödliche Gazelle, welch Wunder! Mit so vielen Gedanken, so vielen Herzen hat sie gespielt. Kokett und reizend ist ihr Schritt.« Er wusste nicht, warum, aber von einem Moment auf den anderen fühlte er sich von dieser Filmmusik überschwemmt und wie im Rausch. Was konnte dieses Lied aus den achtziger Jahren so plötzlich herbeigerufen haben wie einen Geist aus der Lampe? Eine Sendung über arabische Musik mit Ratîba al-Hifni*? Das Lied *Auf dem Balkon bei dir eine Runde Karten?* Die Sendung *Kamerafahrt?* Oder das Lied *Die Rede der Seele?*

Sara war seine Nachbarin, sie wohnte im selben Haus wie er – so nah und doch so fern. Man hatte bei ihr das Gefühl, als wäre sie von einem elektrischen Feld umgeben, trüge aber an ihrem äusserst attraktiven Hinterteil ein Schild mit der Aufschrift »Anfassen und Fotografieren verboten!«. Sie war elegant, hatte einen bronzefarbenen Teint, energisch zusammengepresste Lippen und einen langen Hals. Gegen ihre riesigen Augen nahm selbst ein Meer sich klein aus, und an ihrem Kinn hatte sie einen kleinen Schönheitsfleck. Sie war die Art Frau, deren Gesicht man im Aufzug bewundernd aus den Augenwinkeln betrachtete, um anschliessend lauter Unsinn zu schwafeln. In Tahas Lieblingstraum, dem vom Schiffsunter-

---

* Ägyptische Opernsängerin und lange Zeit Direktorin des Cairo Opera House (1931–2013). *(Anm. d. Übers.)*

gang, spielte sie die Hauptrolle: Er begann immer actionreich wie das Ende des Films *Titanic*. Das Schiff versank mit Mann und Maus, und nur Taha auf einem Brett war noch übrig. Plötzlich hörte er einen Hilferuf, wandte sich um – und sah Sara in Unterwäsche mit dem Tode ringen. Ihre Kleidung war in einer früheren Szene zerfetzt worden. Taha zog sie auf das Brett, und es begann eine Fahrt ins Ungewisse, die im Traum etwa fünf Sekunden dauerte. Schliesslich fanden sie eine Insel. Kisten mit Obst, ein Kühlschrank voller Saftpacks, ein grosses Bett, ein iPod voller Songs, ein Rasierapparat und ein Laptop, die mit Solarenergie betrieben wurden, ausserdem ein paar Stärkungsmittel und Vitamine – das war alles, was vom Schiff noch übrig war. Mit einer Badeszene begann die Liebesgeschichte: Sara sah Taha mit seinen strammen Muskeln auf sich zukommen und sagte: »Ich bin nun mal an diese Salbe gewöhnt, junger Mann!« Das war die Frau mit den Hämorrhoiden. Plötzlich lief die Zeit wieder in Normalgeschwindigkeit.

Sara verlangte Dove-Seife. Sie wollte nie etwas anderes. Taha nannte sie deshalb insgeheim schon Dovey Dove.

Er bemühte sich, die Frau mit den Hämorrhoiden schnell abzufertigen, aber leider gelang es ihm nicht. Sie hatte gerade angefangen, über »diese Zeiten heutzutage« herzuziehen: Sie habe schon bessere gesehen – und auch die Hämorrhoiden seien nicht mehr das, was sie mal waren, selbst der After … Und auf das Zubereiten von Arzneien gründe sich doch die ganze Medizin! »Ihr jungen Leute seid alle so lahm und verweichlicht. Ihr habt nicht gelebt, wie ihr solltet. Ihr habt nicht Butterschmalz aus dem Zinnkrug getrunken, ihr habt keine Sandwiches mit Murta und Mifattaka gegessen, nie habt ihr ein Pfund Fleisch für zwei Piaster gekauft.«

Indessen war Wâil, kaum hatte er Sara gesehen, aufgesprungen wie ein Schachtelteufel und blinzelte ihr nun mehr als zweihundertmal in der Minute zu. Um sich einen coolen Anstrich zu geben, riss er dann auch noch zwei schlechte Witze. Saras Reaktion bestand darin, dass sie verdriesslich die Unterlippe vorschob und sich eine Haarsträhne aus der Stirn blies, die unter ihrem wie ein Flamenco-Knoten gebundenen Kopftuch hervorgerutscht war. Das hiess so viel wie: »Schau dich doch bitte mal im Spiegel an!« Den Zehnpfundschein, mit dem sie bezahlte, liess sie mit spitzen Fingern fallen, während Wâil grinsend wie ein zahnloses Krokodil extra neu geprägte Münzen als Wechselgeld für sie heraussuchte.

Da schrie Taha: »Warte, Wâil!«, legte die Hand auf den Hörer und fügte hinzu: »Die Dame des Hauses will dich sprechen.«

»Welche Dame?«

Taha senkte den Blick und antwortete, im Innersten überzeugt von seinen Worten: »Deine Mutter.« Und flüsternd setzte er hinzu: »Ihre Stimme klang müde, das gefällt mir nicht.« Besorgt nahm Wâil den Hörer, und Taha wandte sich an Sara: »Dürfte ich bitte mal sehen, was Sie gekauft haben?«

Verwundert holte sie die Seife wieder aus der Tasche und gab sie ihm. »Was soll das denn?«

Er antwortete nicht, sondern drehte die Seife in der Hand hin und her. »Gott sei Dank!«, meinte er dann lächelnd.

»Was ist los?«, fragte sie.

Er kam näher heran und sagte leise: »Nicht alle Leute passen auf. Diese Seife wird nämlich mit Schweinefett hergestellt.«

Sie zog die Augenbrauen zusammen. »Schweinefett?«

»Natürlich«, sagte er und verschwand, um kurz darauf mit einer anderen Schachtel wiederzukommen. »Hier, bitte sehr.«

Sie drehte sie in der Hand hin und her. »Aber ich seh keinen Unterschied.«

»Solche Dinge wissen nur wir Apotheker«, behauptete er selbstsicher.

In dem Moment beendete Wâil das Telefonat. »Das war gar nicht meine Mutter, Herr Doktor.«

Zwischen zusammengepressten Zähnen raunte Taha ihm zu: »Das war sie, Wâil, du hast bloss nicht richtig hingehört.«

Sara durchschaute, was vor sich ging, lächelte kurz und wollte gehen, aber Taha hielt sie zurück. »Eine Sekunde noch!« Er bog um den Tisch und gab ihr einen Werbezettel. »Diese Shampoos sind neu im Angebot.« Sie musterte ihn abschätzend, während sie den Zettel entgegennahm, und er fügte hinzu: »Es gibt auch Cremes ...«

»Sie wohnen im zweiten Stock?«, unterbrach sie ihn.

»Ach so, Sie wohnen im selben Haus wie ich? Und ich überlege die ganze Zeit, woher ich Sie kenne.«

»Sind Sie der, der die ganze Nacht Schlagzeug spielt?«

Er kratzte sich am Kopf. »Nun ja – ein paar Stunden.«

»Sie spielen übrigens ziemlich schlecht«, flüsterte Sara ihm zu. Dann ging sie.

Taha sah aus wie eine zerrissene Unterhose Marke Imperator. Eine Weile stand er noch da und blickte ihr nach, dann wandte er sich an Wâil, der heimlich gelauscht hatte: »Sollst du mich nicht holen, wenn ein Kunde kommt?«

»Aber die wollte doch nur Seife, Herr Doktor.«

»Auch dann. Vielleicht verträgt ihre Haut diese Marke nicht. Oder sie versteht überhaupt nichts von Seife.«

»Aber Herr Doktor ...«

Taha unterbrach ihn: »Nimmst du jetzt das Zäpfchen, oder soll ich dir eine Hämorrhoidensalbe machen?«

»Mir?«

»Nicht für dich, Junge, für die Dame am Telefon!«

»Die Salbe.«

Taha liess Wâil stehen und ging ins Labor. Allmählich kam sein Puls wieder zur Ruhe. Der hatte nämlich zu rasen begonnen, wie jedes Mal, wenn er versuchte, eine Bresche in Saras Verteidigungswall zu schlagen. Aber das war ihm noch nie gelungen, sie verschwand immer so schnell, wie sie gekommen war. Und diesmal hatte sie ihm auch noch einen Denkzettel verpasst – und dann einen Parfumduft zurückgelassen, den er bis zur nächsten Begegnung in der Nase haben würde.

Die Stunden zogen sich zäh dahin, bis es Viertel vor drei war und jemand durch die Tür kam. »Gu'n Tag.«

Dieser Jemand war Service.

Taha kannte diese Typen. Wie Insekten auf der Suche nach Wärme umschwirrten sie das Licht. Der Inhaber hatte ihn extra angewiesen, sie in seiner Schicht von solchen Übeln frei zu halten.

»Guten Tag.«

Der Körper muskelbepackt, das Gesicht voll kraterartiger Löcher, sagte Service: »'ne Packung Tramadol und 'ne Packung Apetryl. Wo 's' Gâlid?«

Taha roch den Braten, stand auf und stellte sich vor diesen Dinosaurier, der dem Aussterben entkommen sein musste.

»Châlid ist nicht hier.«

»Wann kommter?«

»Er kommt nicht mehr. Er hat die Apotheke verlassen. Er ist weg, und aus.«

Service kratzte sich an der Nase, die von einer Messernarbe quer durchschnitten war, kam näher und flüsterte: »Hatter Ihnen nichts erklärt wegen nachts? Die Rezeptur?«

»Haben Sie ein Rezept?«

Service grinste geringschätzig. »Was für'n Rezept, Kollege? Neu hier?«

In dem Moment zwinkerte Wâil Taha zu. Es sah aus, als hätte er eine Irisentzündung oder Parkinson im Anfangsstadium. »Lass das! Das ist ein Junkie«, sollte das heissen.

Taha ging wieder zu seinem Stuhl. »Gott wird Ihnen helfen.«

»Bring die Packung und die Rezeptur, Kumpel. Bezahl ich etwa nich' dafür?«

»Komm morgen früh, und sprich mit dem Inhaber.«

»Was heisst morgen, Chef? Mein Gott, ich will's jetzt!« Er wandte sich an Wâil. »Wo is Gâlid, Typ?«

Als Wâil erschrocken von seinem Platz aufstand, rief Taha: »Setz dich wieder hin!«

»Sie haben's doch«, insistierte Service.

»Ich kann Ihnen nichts geben, versuchen Sie es bei einer andern Apotheke.«

»Nirgendwo geh ich hin. Und glauben Sie mir, das ist nich' in Ordnung so. So bringen Sie einen zum Ausrasten.« Dann fing er an, mit den Medikamentenschachteln in einem kleinen Ständer herumzuspielen. Taha versuchte, ihn mit beiden Händen wegzuziehen, aber Service packte ihn mit seiner Hand, an deren Zeigefinger zwei Glieder fehlten. »Wollen Sie sich nich Ihr Brot verdienen?«

Taha versuchte, seine Hand loszumachen. »Wenn du nicht von hier verschwindest, lass ich dich einsperren!«

»Wen lässte einsperren, Prinz? Weisste nich, wer ich bin?«

Mit Mühe bekam Taha sein Handgelenk wieder frei. »Nein, das weiss ich nicht, und ich will es auch gar nicht wissen.« Er nahm alles zusammen, was von seinem Mut noch übrig war. »Ab hier, und zwar sofort!«

»Ab? Scheisse, Mann!«

In dem Moment sprang Wâil Taha in den Weg. »Lassen Sie es gut sein!«

Service liess die Wirbel an seinem breiten Nacken knacken. »Gut so. Aber, Herr Baschmuhandis, ich weiss jetzt, wo ich bei Ihnen dran bin. So geht man mit Service nich um.«

»Es gibt immer ein erstes Mal. Ausserdem bin ich kein Baschmuhandis.«

Service warf ihm noch einen leeren Blick zu, trat mit voller Wucht gegen die Waage, so dass sie umfiel, und ging.

»Was war denn das für ein Ungeheuer?«, fragte Taha.

Wâil stellte die Waage wieder auf. »Halten Sie sich von ihm fern, Herr Doktor.«

»Kommt dieser Kerl öfter hierher?«

»Châlid hat ihm die Medikamente zum doppelten Listenpreis verkauft. Bis die Sache aufflog, Doktor Sâmich davon erfuhr und ihn rausgeschmissen hat.«

»Und was hat es mit dieser Rezeptur auf sich?«

»Das ist eine Spezialmixtur, die Châlid für ihn zubereitet hat, etwas, das high macht.«

»Wegen solchen Schuften kriegen manche Kranke keine Medizin. Wer ist denn bloss dieser miese Bastard?«

»Der Kerl heisst Âdil. Woher er gekommen ist, weiss niemand. Man sagt, er habe schon zehn Leute umgebracht, sei aber nie verurteilt worden. Er wohnt bei Sulaimân, dem Lord. Es heisst, dass er die Ware für ihn losschlägt.«

»Du weisst auch von der Sache mit Sulaimân?«

»Natürlich, Herr Doktor.«

»Aber wenn er mit Sulaimân zusammenarbeitet, wofür braucht er dann die Rezeptur?«

»Fürs Bett. Die Drogen und der Alkohol machen high, aber sie lassen alles einschlafen. Und die Chemie weckt es dann wieder auf.«

»Und was noch? Ist ja schrecklich, was du da erzählst!«

»Ach was, Sie kennen doch den grossen Machrûs Bergas. Der hat ihn angeheuert, als er bei den Wahlen kandidiert hat. Deshalb nennt man ihn auch Service. Er lässt alle nach seiner Pfeife tanzen und hält sich für den starken Mann der Gegend. Die Polizisten fassen ihn mit Samthandschuhen an, dafür ermittelt er für sie und liefert ihnen auch schon mal einen Jungen aus, der Probleme macht. Ja, das passiert wirklich und ganz in echt – wie in dem Film *al-Gasîra* mit Achmad al-Sakka. Dieser Kerl allein ist so gut wie ein ganzer Trupp. Um ehrlich zu sein, Doktor Châlid war schwachsinnig – was hat der Mann in so einer Welt zu suchen? Nehmen Sie es mir nicht übel, aber sich auf der *Streeeeet* rumzutreiben ist nichts für Sie Doktoren, und ausserdem ...«

In dem Moment erzitterte die ganze Apotheke von einem lauten Knall. Ein Ziegelstein hatte die Scheibe durchschlagen, die in lauter kleine Scherben zersprang. Der Stein flog bis zu Tahas Schreibtisch und blieb darunter liegen. Er duckte sich reflexartig.

Wâil schrie: »Sehen Sie, Doktor, sehen Sie! Und, bei der heiligen Kaaba, das war noch gar nichts!«

Taha rannte aus der Apotheke, um den Täter vielleicht noch zu entdecken. Service stand in der Nähe an einer Ecke und rauchte in aller Ruhe seine Zigarette. Er winkte Taha zu, nickte grinsend und bog dann in die andere Strasse ab. Taha strich sich über die Stirn, als wollte er einen Geist aus einer Flasche locken, holte sein Nokia aus der Tasche, rief den Inhaber der Apotheke an und erklärte ihm, was passiert war. Dann wandte er sich an Wâil: »Lass alles so, wie es ist! Ich geh zur Polizei. Dieses Ungeheuer zeig ich an.«

Wâil liess alles fallen, was er in der Hand hatte, und wollte Taha zurückhalten. »Wieso anzeigen, Herr Doktor? Das muss doch nicht sein. Damals hat Service vor meinen Augen ein Taschenmesser aufgeklappt und Châlid damit bedroht. Schliesslich heisst es ja: Der Zweck heiligt ...«

Taha, der wie betäubt auf die verstreuten Glasscherben gestarrt hatte, kam wieder zu sich und unterbrach ihn: »Alles nur Gerede.«

»Doktor ... Doktor!«

Taha rannte zur Wache von Dukki und zeigte den Vorfall an.

Nach einiger Zeit kam er mit einem Polizeisekretär und einem Leutnant zurück, die sich selbst, das ganze Leben und alles hassten, womit sie es je zu tun hatten. Ganz besonders aber hassten sie Taha, weil er sie zwang, nur wegen eines Ziegelsteins, der durch eine Scheibe geflogen war, in solch einer kalten Nacht noch hinauszugehen.

Als sie das Protokoll aufsetzten, fragten sie ihn deshalb gleich: »Woher wissen Sie denn überhaupt, dass Service den Stein geworfen hat? Kann nicht irgendein Junge, irgend so ein H...sohn, sich einfach einen Spass erlaubt haben? Und ausserdem, danken Sie Gott, dass er Sie nicht gleich abgestochen hat! Was heisst das, er hat gegen die Waage getreten? Wir werden ihn mal fragen. Danke für den Tee.«

Träge wie Madame Afâf vom Katasteramt in Kasr al-Aini beendeten sie hiermit die Protokollaufnahme und machten sich davon.

Zu Hause fand Taha nicht in den Schlaf. Im Bett hatte er die ganze Zeit dieses Gesicht mit den Kraternarben vor Augen. Und er sah sich selbst den Kerl verprügeln: Er warf seine Brille weg und verpasste ihm dann jede Menge Fausthiebe. Die ganze Apotheke schlug er ihm über den unförmigen Schädel. Zum Schluss griff er sich noch eine Spritze und stach sie ihm ins Hinterteil. Richtig übel rächte er sich an ihm, doch schliesslich setzte ihn der Schlaf ausser Gefecht.

Um drei Uhr nachmittags wachte Taha wieder auf. Vier Stunden hatten reichen müssen, dem Musterknaben die Knochen zu brechen! Auf dem Weg zum Bad griff er sich ein Buch. Von diesem Hobby hatte er sich nie losreissen können – angefangen bei den *Fünf Abenteurern,* über den *Mann fürs*

Unmögliche, von dem er gleich vier Bände hintereinander verschlungen hatte, bis zu *Das Übernatürliche.* Eine halbe Stunde sass er auf der Toilette. Dann stand er auf und machte sich den üblichen Eimer Nescafé, an dem er sich vor dem Fenster die Hände wärmte, während er auf den Platz hinausblickte. Das war, seit die Probleme seiner Eltern angefangen hatten, seine Methode, mit den Dingen fertig zu werden: Die ganze Nacht über rief er sich in Erinnerung, was passiert war, weinte, jammerte und murmelte in sein Kopfkissen, dann fiel er in einen bodenlosen Schlaf und träumte lauter wirres Zeug, das er gar nicht erst zu verstehen versuchte. Schliesslich stand er schweissgebadet auf und hatte völlig vergessen, was geschehen war, als hätte es nie stattgefunden. Und obwohl er sich mit Service so heftig gestritten hatte, verspürte er jetzt doch ein gewisses Triumphgefühl. Schliesslich hatte er ihn abblitzen lassen und ihm sogar zugerufen: »Ab hier, und zwar sofort!« Was für ein unerbittlicher Satz, deutlicher ging es doch gar nicht mehr!

Das alles sagte er sich nun vor dem Spiegel. Um seine restlichen Sorgen auch loszuwerden, spülte er dann noch ein paar Teller ab. Zum Schluss sammelte er seine Kleider und die seines Vaters ein und warf sie in die klapprige Waschmaschine, als sein Vater rief: »Tahaaaaa!« Er wollte seinen Tee.

»Jahaaaaa.«

Taha öffnete die Tür. Hussain sass in einer Ecke des Zimmers, wo ihn die Sonne, die durchs Fenster stach, nicht erreichen konnte. Der ging er wie ein Vampir aus dem Weg.

»Einen wunderschönen Morgen, Abu Taha. Soll ich was zum Frühstück besorgen?«

»Warum bist du heute so spät dran?«

»Sei bloss still, mein Guter, das war vielleicht eine schreckliche Nacht! Gestern ist ein Krimineller zu mir in die Apotheke gekommen. Er wollte Pillen und dachte, ich verkauf sie ihm, weil Châlid, der vor mir die Aufsicht dort hatte, sie immer mit beiden Händen verteilt hat. Und wir dürfen jetzt die Scheisse wegmachen! Service heisst der Kerl, und weisst du was, ich hab ihn fertiggemacht und weggeschickt. Aber stell dir vor, was er dann getan hat: Er hat einen Ziegelstein in die Scheibe geworfen! Aber ich hab ihn angezeigt und ...«

»Warum das denn, Taha?«, fiel Hussain ihm ins Wort.

»Was hätte ich denn sonst tun sollen? Mich mit ihm prügeln?«

Hussain kam in seinem Stuhl herangerollt. »Jetzt hat er dich auf dem Kieker. In diesem Land nutzt dir eine Anzeige nichts. Das Gesetz schützt niemanden. Es schützt nur die Grossen. Nur den, der jemanden im Rücken hat. Ein Polizist ist wie jeder andere Beamte auch: Seine einzige Sorge ist, die über ihm zufriedenzustellen. Jemand wie Service kann dich in Stücke reissen, und sie tun ihm gar nichts. So haben sie es früher mit andern auch schon gemacht.«

»Kennst du ihn denn?«

»Ja, ich kenne ihn. Kannst du dich nicht mit jemand anderm streiten? Wenn er noch mal kommt, geh ihm bloss aus dem Weg! Tu's deinem Vater zuliebe! Mit einer Narbe im Gesicht machst du dir dein Leben kaputt. Niemand gibt dir dann mehr Arbeit. Sieh dir doch mich an! Und dabei hab ich mich gar nicht mal geprügelt. In der Welt geht es nur nach dem Äusseren. Versprich es mir, mein Sohn! Ich möchte mir keine Sorgen machen müssen.«

Taha wollte das Thema wechseln. »Was willst du essen?«

»Versprich es mir erst!«

»Gut, okay. Was soll ich dir mitbringen?«

»Nichts, ist schon gut. Ich hab keinen Hunger. Begleite mich bei der Sache, von der ich dir gestern erzählt hab.«

»Aber es geht doch nicht wieder um Sulaimân?«

»Nein, ich will nur ein bisschen spazieren gehen. Und kurz bei Machrûs Bergas vorbeischauen.«

Taha zog verblüfft die Augenbraue hoch. »Machrûs Bergas?«

5

Wer kennt Bergas nicht?

1947 stand in den Zeitungen folgende Nachricht: »Gestern erhob Seine Majestät König Farûk I. Abdalhakam Bey Bergas, einen der Notabeln von Port Saîd, in den Rang eines Paschas und ehrte ihn damit für seine Verdienste um den Staat Seiner Majestät. Der Ehrung wohnten sowohl der Verteidigungsminister, Generalleutnant Haidar Pascha, als auch der Präsident des Königlichen Diwans, Ibrahîm Pascha Abdalhâdi, bei ...«

14. Mai 1948: »Gestern wurde in der britischen Vertretung zu Ehren des Botschafters Sir Ronald Campbell eine Abendgesellschaft gegeben, der zahlreiche hochrangige Persönlichkeiten beiwohnten. Anlass der Feier war das gestrige Ende des britischen Mandats über Palästina. Unter den geladenen Gästen waren auch Seine Exzellenz Hamdi Pascha Abu al-Alâa, Seine Exzellenz Abdalhakam Pascha Bergas und ...«

6. Mai 1951: »Am Tage der Hochzeit Seiner Majestät kamen Glückwünsche aus sämtlichen Staaten der Welt, und die Könige, Präsidenten und Exzellenzen überreichten Geschenke. Unter den wertvollsten Präsenten, an denen sich auch die Söhne der königlichen Familie beteiligten, sind ein Tablett und zwei Trinkgläser aus purem Gold. Das Tablett ist am Rand mit Diamanten besetzt, und in der Mitte sind die königliche Krone und der Name Seiner Majestät eingraviert. Ein weiteres wertvolles Geschenk ist eine mit Goldintarsien geschmückte Ebenholztruhe, die Seine Exzellenz Abdalhakam Pascha Bergas anlässlich der glücklichen Hochzeit überreichte.«

August 1952, eine Anzeige: »Sie haben uns von Demütigung und Erniedrigung befreit, und wenn Sie Ägypten reformieren und Warnungen gegen seine Feinde aussprechen, stehen wir an Ihrer Seite! Abdalhakam Bergas und seine Partner gratulieren Stabsgeneralmajor Muhammad Nagîb, dem Führer der gesegneten Bewegung, und wünschen ihm mit Gottes Hilfe einen starken Willen und feste Entschlossenheit. Der Gratulation schliessen sich an die Söhne der Nation, die ihm beistehen, die Besatzer allerorten zu vernichten.«

20. Juli 1961: Verabschiedung des Verstaatlichungsgesetzes.

28. Juli 1961: »Auf folgende Firmen ist wegen Nichterfüllung der Bedingungen das Verstaatlichungsgesetz Nr. 117 nicht anzuwenden: Mobil Oil, Esso, ... die Firmen von Abdalhakam Bergas ...«

6. Dezember 1963, eine Todesanzeige in der Zeitung *al-Ahrâm:* »... Präsident Gamâl Abdel Nasser ordnete Herrn Hussain al-Schâfii zur Teilnahme an der Trauerzeremonie für den verstorbenen Abdalhakam Bergas ab. Es empfing der Sohn des Verstorbenen, Machrûs Abdalhakam.«

August 1967: »Herr Machrûs Abdalhakam Bergas stellte insgesamt hunderttausend Pfund als Beitrag zum Aufbau der Streitkräfte zur Verfügung ...«

Oktober 1968: »Gestern trat unter dem Vorsitz des Herrn Präsidenten Gamâl Abdel Nasser das Zentralkomitee der Arabischen Sozialistischen Union zusammen. Das Komitee befasste sich mit Fragen der Innen- und Aussenpolitik und debattierte den Plan für Entwicklung ... Anwesend waren Herr Sajjid Mara, Herr Schaarâwi Muhammad Guma, Herr Machrûs Abdalhakam Bergas, Herr ...«

21. Mai 1971: »›Unser Herr! Lass unsere Herzen nicht abirren, nachdem du uns geleitet hast! Schenke uns Barmherzigkeit von dir: Siehe, du bist der reichlich Schenkende!‹* Mit Ihrem spontanen Empfinden, das sich aus dem Empfinden unseres Volkes speist, welches niemals fehlgehen kann, haben

* Sure 3:8. *(Anm. d. Übers.)*

Sie korrigiert, was der verstorbene Führer fest zu korrigieren entschlossen war, und sämtliche Korruptionsherde beseitigt. Der Bergas-Vertragskonzern gratuliert dem gläubigen Präsidenten Muhammad Anwar al-Sadât zur Mairevolution – der Revolution, die Reformen, Gerechtigkeit und Aufklärung bringt ...«

Februar 1979: Die Bergas-Gruppe gewinnt die Ausschreibung des Ministeriums für Lebensmittelversorgung zur Einfuhr einiger Grundnahrungsmittel nach den Normvorschriften.

August 1982: »Die Firma von Machrûs Bergas vom Verdacht entlastet, verdorbene Nahrungsmittel an das Ministerium für Lebensmittelversorgung geliefert zu haben.«

Juni 1989: »Machrûs Bergas' Firma MHB für Aufbau und Entwicklung kündigte an, mit der Errichtung eines Wohnheimkomplexes für Jugendliche mit geringem Einkommen in der Region zu beginnen ...«

November 1992: »Ursache für den Einsturz der staatlichen Wohnheime für junge Leute mit geringem Einkommen durch das Erdbeben vom vergangenen Monat sind ›schwerwiegende Konstruktionsmängel‹.«

November 2002: »Gestern fand im Hotel Four Seasons die Gründungsfeier der Firma HB Film Kinoproduktion statt. Am Anlass, den der Firmenchef Hâni Machrûs Bergas veranstaltete, nahm eine Reihe von Künstlern und Künstlerinnen teil, darunter auch die libanesische Künstlerin ...«

Mai 2004: »Rätselhafter Tod im Haus von Hâni Machrûs Bergas: Ein persönlich mit Hâni Bergas befreundeter junger Mann fiel unter ungeklärten Umständen vom Balkon des Hauses ...«

August 2005: »Hâni Machrûs Bergas entlastet im Mordfall ...«

August 2007, in einer unabhängigen Zeitung: »Die Bergas-Gruppe überschwemmt den Markt mit siebzehn Tonnen nicht für den menschlichen Verzehr geeignetem Frühstücksfleisch. Die Fracht war als Hühnerfutter deklariert eingeführt und vom Zentrallabor für die Analyse von Pestizidrückständen im Landwirtschaftsministerium am 19. Juli zurückgewiesen worden, weil sie Dioxine enthielt. Dennoch wurde sie am 13. August ohne klaren Grund freigegeben.«

8. September 2007, Kommentar eines Verantwortlichen: »Ein Beschluss wie der, ein Ausreiseverbot für Machrûs Bergas zu erwirken, braucht seine Zeit ...«

11. September 2007, Machrûs Bergas aus London: »Das letzte Wort haben die Richter. Ich vertraue auf Gott und auf eine positive Entscheidung des Staatsanwalts ...«

Oktober 2007, ein Artikel des Journalisten Alâa Guma in der Zeitung *al-Gîl al-hurr (Die freie Generation)*: »Machrûs Bergas hatte in der Vergangenheit die Papiere der von ihm eingeführten Waren stets korrekt eingereicht. Dies nahm die Gesundheitspolizei zum Anlass, der Einfuhr eines Atom-U-Boots, aus dem eine phosphoreszierende grünliche Substanz sickerte, ohne Papiere zuzustimmen. Schon Anfang der Achtziger hatte er sich nach Skandalen um verdorbene Waren verflüchtigt wie ein Rest Alkohol aus einer offenen Flasche, sobald sich die Wogen geglättet hatten, seine Aktivitäten in Kairo jedoch wiederaufgenommen. Die Quelle berichtete ausserdem von einer hochgestellten politischen Persönlichkeit, die an den Importgeschäften beteiligt ist ...«

November 2007, eine Meldung in der Zeitung *al-Gîl al-hurr:* »Der Journalist Alâa Guma, der mit dem Bergas-Fall und dem Fall der Bar Vertigo befasst war, kam in seiner Wohnung in Hadâik Hilwân durch eine explodierende Butangasflasche ums Leben ...«

Mai 2008: »Das Gericht erster Instanz in Gisa spricht Machrûs Bergas frei!«

November 2008: »Im Wahlbezirk Dukki hat Herr Machrûs Bergas gewonnen, im Wahlbezirk Heliopolis Herr …«

*

Als die Renovierungen in der verlassenen Villa ihren Anfang nahmen, begann man sich über dieses Gebäude Gedanken zu machen, von dem man ganz vergessen hatte, wann es errichtet worden war. Nur der Türhüter, der schon seit Urzeiten da war, erinnerte sich noch an seine Geschichte. Er sagte, das Haus habe bis in die fünfziger Jahre einem Pascha gehört, dieser habe sich jedoch umgebracht. Danach habe man es verschlossen …

Nach zwei Wochen erhoben sich als Sichtschutz ringsum Mauern und dichtgepflanzte Bäume. Moderne Beobachtungskameras spähten zwischen den Zweigen hindurch und drehten sich in alle Richtungen. Niemand kam hinein, nicht einmal mit einem Blick. Das galt auch für Hussain mit seinem Fernglas. Gerüchte kursierten über den Eigentümer der Villa: Der eine meinte, sie gehöre einem lichtscheuen grossen Tier, der andere, einem Politiker, von dem man in Zukunft noch hören werde. Einige flüsterten hinter vorgehaltener Hand: »Geheimdiiienste!« Der Türhüter Mansûr dagegen hatte folgende Erklärung: »Ich lasse mich scheiden, wenn da nicht Bin Lâdin wohnt. Sie haben ihn aus Afghanistan herausgeschmuggelt, damit diese H…söhne von Amerikanern ihn nicht kriegen.« Ein paar Tage später meinte er allerdings: »Soll man mich doch der Mutter meiner Kinder berauben, wenn da nicht Saddâm Hussain ist. Sie haben ihn gar nicht aufgehängt, ich hab ihn rauskommen sehen, er ist vor meinen Augen ins Auto gestiegen.«

Eine ganze Weile kam es zu den verschiedensten Mutmassungen. Als die Wahlen näher rückten, offenbarte der neue Bewohner jedoch seine Identität. Es war niemand anders als Machrûs Bergas, dessen Fotos schon alle Strassen und Plätze überflutet hatten, damit er es sich in Zukunft auf einem Parlamentssitz bequem machen konnte. Er hatte eine Wahlkampagne initiiert, bei der er mit Service' Hilfe den Schlägertrupp seines Konkurrenten in einem Messerkampf ausschaltete. Schliesslich wurde er mit achtzehntausend Stimmen zum Abgeordneten seines Wahlbezirks gewählt, obwohl die Gesamtzahl der dort registrierten Wähler nur fünfzehntausend betrug!

Machrûs Bergas' Erfolg zeigte, wie das Kapital und die Souveränität des Volkes Hand in Hand arbeiten und zusammenwirken können. Diese Souveränität nämlich fand ihren Repräsentanten in Service. »Wir sind doch an diesem Ort alle Brüder und Verwandte, miteinander verbunden seit so vielen Jahren. Und unser Ziel ist es, unseren Namen hochzuhalten – jaaaa!«

Das alles war ergiebiges Material für jemanden wie Hussain, der infolge seiner Schicksalsschläge zu einem überflüssigen und ohnmächtigen Invaliden geworden war. Aus dem Fenster zu schauen war für ihn seitdem die grösste Attraktion. Dafür holte er sich sogar ein Fernglas – eines, wie man es sich normalerweise kauft, wenn man mit Helikopter und Tonbandgerät auf Expedition geht – und begann, heimlich Beobachtungen anzustellen, Zeiten abzupassen, auf geflüsterte Worte zu lauschen. Er hielt sich das Glas vor die Augen und spähte durch die Zweige der Bäume, die keine vollständige Intimität boten. Die Neuigkeiten sickerten durch sie zu ihm, wie einem Wasser durch die Finger rinnt. Seit es mit ihm bergab ging, war er nach dieser Beschäftigung regelrecht süchtig. Ausserdem redete er ständig von seinen Kriegserinnerungen. Mit diesen Geschichten lag er Taha in den Ohren, bis der es nicht mehr hören konnte. Auch von seiner Zeit als Lehrer erzählte er, wie er ins Krankenhaus gekommen war, wie er erleben musste, was für Teufel die jungen Leute inzwischen geworden waren, wie sie ihn veralberten und aus seinen Papieren Tüten und Flieger falteten, ihn mit dem Honorar hinhielten und sich über seine Schwäche und die Geschichte lustig machten. Wie Nâhid schliesslich gegangen war, das weisse Haar sich seuchenartig auf seinem Kopf ausgebreitet hatte, wie seine Hände und damit auch seine Handschrift zittrig geworden waren, so dass es die reine Hölle für ihn wurde. Dann schrie und bebte er und stand vor Wut fast aus seinem Stuhl auf. Er fluchte auf das Baden, weil er danach nicht schlafen konnte, und auf den Plastikkatheter, der wie ein siamesischer Zwilling an ihm festhing und erst warm werden musste, damit er merkte, dass er pinkelte. Er fluchte auf sich selbst und darauf, dass er sich trotz seines Todes auf Raten, der mittlerweile schon achtzehn Jahre dauerte, so lebendig stellte. Dann war er wieder still, so still, als habe man ihm plötzlich den Strom abgedreht. Er raffte seine Papiere zusammen und vergrub sie unter seinem Stuhl wie eine Schande, die sich ihm angeheftet hatte. Manchmal hängte er die Blätter auch an die Wand, stolz wie ein Dichter auf dem Markt von Ukas*. Taha versorgte ihn täglich mit all den Zeitungen, nach denen er lechzte wie ein Verirrter in der Wüste. Sieben verschiedene waren es, und keine einzige durfte fehlen. Hussain las sie erst, dann nahm er sich eine Schere, schnitt ein paar Artikel aus und legte sie in Mappen ab, die er danach im Schrank zwischen seinen Kleidern verstaute.

---

* In Ukas im heutigen Saudi-Arabien fand in vorislamischer Zeit ein wichtiger Saisonmarkt und in Verbindung damit ein Dichter- und Rednerwettstreit statt. *(Anm. d. Übers.)*

Manchmal steckte er die Ausschnitte auch in die Kleidertaschen. Er verheimlichte mehr, als er offenbarte, und schlief im Sitzen, als laste eine ungesühnte Schuld auf ihm. Manchmal ging er ganz zärtlich mit Taha um, und ein andermal machte er ihm Vorwürfe. Tahas Tante Faika hatte ihm das einmal so erklärt: »Er hat mehr durchgemacht, als ein Mensch ertragen kann, mein Kind. Deine Mutter, Gott strafe sie, wo immer sie sein mag, hat nur an sich selbst gedacht und ihn einfach sitzenlassen. Und dann noch die Sache mit Rajjân und der Sechstagekrieg! Dein Vater ist wie ein Kamel, Taha. Wenn das einmal hinfällt, steht es nie wieder auf.«

Hussains ganze Sorge war Tahas Erfolg. Er fütterte ihn mit Geschichte wie niemanden vorher, förderte ihn an der Universität, bis er sie absolviert hatte, und war unbeschreiblich glücklich, als er schliesslich für das Pharmaunternehmen zu arbeiten begann. Aber wenn er daran dachte, dass Taha ja nicht der kleine Junge blieb, dass er erwachsen wurde und sich nach Unabhängigkeit und einer Lebensgefährtin sehnte, die ihn ihm entreissen würde, so wie Nâhid die Pfosten des Hauses eingerissen hatte, dann wurde ihm ganz flau. Warum wurden diese kleinen Teufel bloss erwachsen? Immer, wenn ihm dieser Gedanke durch den Kopf ging, zitterten ihm auf der gesunden Seite die Glieder, und er beugte sich über Papier und Feder.

Als er wieder nach ihm rief, war es schon nach sechs Uhr abends. Taha legte ihm die Kleider heraus und bügelte ihm einen alten Anzug, den er unbedingt tragen wollte. Als er danach erneut ins Zimmer seines Vaters kam, sass der am Fenster vor einer schwarzen Kreatur. Mit scharfen Krallen und spitzem Schnabel hockte sie auf dem Fensterrahmen und frass ihm aus der offenen Hand. Mit ruckartigen Kopfbewegungen liess sie die schwarzen Augen in alle Richtungen wandern. Als sie jedoch Tahas Bewegung an der Tür bemerkte, erschrak sie, breitete die Flügel weit aus und krächzte laut. Dann flog sie fort. Hussain drehte sich um und sah seinen Sohn in der Tür stehen.

»Ich weiss ja, dass manche Leute sich um Fische oder Vögel, um so niedliche kleine Schildkröten oder eine Lablabbohnenpflanze kümmern. Aber um eine Krähe! Das ist schon schwer zu verstehen«, sagte Taha.

Hussain schüttelte sich die Kekskrümel von der Hand. »Weisst du, dass die Rabenvögel als einzige Tiere ihre Toten begraben?«

»Und deshalb soll man sie sich als Haustier halten wie einen Kanarienvogel? So wie die Krähe aussieht, kann sie ja einem Elefanten Angst machen, mein Guter! Und schwarz ist sie, die Hundetochter! Und dann hat sie auch noch Angst vor mir!«

»Wenn sie nicht wäre, würden die Menschen noch mehr stinken, als sie es so schon tun.«

»Warum das denn, Chef? Schliesslich gibt es doch Deos! Und ausserdem, was ist dann mit den Indern? Ich meine, bei denen müsste es dann doch immer gut duften. Schliesslich verbrennen die ihre Toten.«

Hussain lächelte flüchtig. »Gut. Komm, wir wollen los.«

Taha befestigte den Katheter unter dem Stuhl, versteckte ihn dort unter einer Abâja und schob seinen Vater zum Aufzug. Auf der Strasse fragte er ihn: »Du hast mir noch gar nicht gesagt, was du von Bergas willst. Kennst du ihn überhaupt?«

»Ich kenn ihn schon lange.«

»Woher denn?«

»Aus den Zeitungen! Tag für Tag hab ich von ihm gelesen, bis zu seinem letzten Skandal.«

»Und du meinst, du kannst ihn sprechen?«

»Ich werde ihn sprechen.«

»Was willst du denn von ihm?«

»Du wirst es schon noch erfahren.«

»Ist sein Sohn wirklich …?«

»Ja.«

Wie üblich diskutierte Taha nicht weiter mit ihm. Ein Verwandter hatte mal zu ihm gesagt: »Dein Vater hat eine Schraube locker.«

Taha hatte ihm nicht erlaubt, so zu sprechen, denn er spürte, was für einen wachen Verstand sein Vaters trotz seines Gesundheitszustandes noch hatte. Nur die mysteriösen Besuche, auf die er neuerdings verfallen war, bereiteten ihm Sorgen: vor einem Monat bei Sulaimân, dem Lord, seinem Jugendfreund, den er doch jahrelang geschnitten hatte. Davor bei dem Rechtsanwalt Mûssa Atîja, der vor zwei Monaten verstorben war – und jetzt bei Machrûs Bergas!

Wer konnte Machrûs Bergas eigentlich treffen?

An der Ecke zum Finneyplatz passierte sie ein Streifenwagen, begleitet von lauten Grüssen aus rauer Kehle: »So eine Ehre, ihr Beys! Trinkt doch einen Tee mit uns!«

Taha erkannte die Stimme, es war Service. Es gab keine Chance, ihm auszuweichen, er fuhr mit dem Rollstuhl genau auf ihn zu. Für Sekunden flatterte sein Herz, und der Atem stockte ihm. Um ihm nicht in die Augen sehen zu müssen, machte er extragrosse Schritte. Aber dann siegte doch die Neugier. Service durchbohrte ihn mit seinen Blicken. Gleichzeitig fuhr er sich mit der Spitze seines Daumens übers Kinn, hielt dabei den Mund halb offen und drückte drohend die Zunge so in seine linke Wange, dass die sich nach aussen beulte. Ein Blick reichte Taha, um zu erkennen, was für ein Fehler es gewesen war, zur Polizei zu gehen. Bevor er verschwand, ballte Service noch eine Faust und schüttelte sein Handgelenk in einer vulgären Geste, die unter Jugendlichen verbreitet war –

und die bedeutete, dass sie noch nicht fertig miteinander waren.

Weil Taha nicht wollte, dass sein Vater etwas merkte, ging er mit raschem Schritt auf die Villa zu. Vor dem Eingang trat er ein Pedal unter dem Rollstuhl, um die Räder zu blockieren. Das gewaltige Eisentor war mit Milchglasscheiben versehen. Beiderseits des Tors war an der hohen weissen Steinmauer jeweils eine Leuchte in Form einer Messinghand mit einer Fackel angebracht. Über der Mauer lugten die Bäume hervor. Eine Beobachtungskamera drehte sich in ihre Richtung.

»Willst du mir nicht mal erst erklären, was das Ganze überhaupt soll, Papa?«

»Später, Taha.«

Ein paar zähe Sekunden vergingen, während deren die Kamera auf sie gerichtet blieb. Dann öffnete sich das Tor einen Spaltbreit, weit genug, um einen Mann in einem Anzug mit einem einzigen Knopf hindurchzulassen – er schien ein Diener zu sein. Er hatte braune Haut und eine Glatze und trat auf sie zu. »Ja, bitte, die Beys?«

Taha überlegte noch, was er entgegnen könnte, da zog sein Vater schon einen kleinen Umschlag aus der Anzugtasche und reichte ihn dem Mann. »Bitte sehr. Für Machrûs Bey Bergas.«

Ohne das Couvert entgegenzunehmen, sagte der Diener: »Bittgesuche an das Büro in der Strasse des ...«

»Hat jemand gesagt, dass das ein Bittgesuch ist?«, unterbrach Hussain ihn unwirsch. »Rein mit Ihnen, geben Sie ihm das! Und sagen Sie ihm, draussen ist Hussain al-Sahâr! Wir sind alte Bekannte.« Als er in diesem Ton sprach, sah er aus wie der Erste Staatssekretär im Finanzministerium.

Seltsamerweise ging der Diener wirklich zurück, wie hypnotisiert und mit weit aufgerissenen Augen. »Einen Moment!«

Taha beugte sich zu seinem Vater hinunter. »Was soll denn

dieser Vorspann aus einem Stephan-Rosti*-Film? Willst du mir nicht erklären, worauf das Ganze hinausläuft?«

Fünf Minuten vergingen, in denen Taha erfolglos versuchte, eine Information von seinem Vater zu erhalten. Dann öffnete sich das Tor wieder für denselben Mann wie zuvor. »Bitte sehr.«

Sie folgten ihm, gingen ein paar Schritte durch einen üppigen Garten und traten dann durch die grosse Holztür in einen geräumigen Salon, der mit schwarzem Marmor getäfelt war. An der Decke hing ein prächtiger, ausladender Kronleuchter, der sein Licht auf glatte Wände, riesige Gemälde und auf Stühle warf, die zu einem Pariser Museum gepasst hätten.

»Eine Minute, bitte.« Der Mann liess sie allein und verschwand.

Taha wandte sich zu seinem Vater. »Du magst es ja mysteriös, mein Lieber!«

Hussain antwortete nicht. Er wirkte sehr ernst.

»Du willst dich doch nicht etwa wegen gestern bei ihm beschweren, wegen dem Ziegelstein und Service und so?«

»Nein, Taha.«

»Warum denn dann? Wieder wegen Rajjân?«

Bevor sein Vater antworten konnte, kam ein junges Mädchen herein, das so schöne Beine hatte, dass selbst die Kämpfer in Darfur darüber die Waffen niedergelegt hätten. »Machrûs Bey wird Sie jetzt empfangen, Hagg. Sie sind persönliche Bekannte?«

»Ja.«

Sie folgten ihrem Parfumduft bis zum Aufzug, der sie in den zweiten Stock fuhr. Dort befand sich eine Schiebetür,

---

* Italienisch-ägyptischer Schauspieler (1891–1964), der besonders oft in Schurkenrollen mit satirischem Einschlag zu sehen war. *(Anm. d. Übers.)*

nach der die junge Frau jetzt die Hand ausstreckte. In dem Raum dahinter sass Machrûs Bergas auf seinem Schreibtisch und telefonierte. Trotz seines fortgeschrittenen Alters und der Tränensäcke unter seinen Augen, einer Folge häufigen nächtlichen Aufbleibens, war er ein gutaussehender Mann. Er trug Anzug und Hemd, jedoch keine Krawatte, und zog an einem Zigarrenstummel. Sein Büro war prächtig eingerichtet: ein riesiger Fernseher unmittelbar unter der Decke, bequeme Ledersessel. Ein grosses Foto zeigte ihn, wie er hinter einem schmalen Mikrofon eine Rede hielt, vor dem nach rechts blickenden Adler der ägyptischen Flagge. Auf einem anderen Bild war er zusammen mit seinem Sohn Hâni zu sehen, und auf einem dritten verneigte er sich gerade, um einen bekannten Politiker zu begrüssen. Die Beleuchtung im Raum war gedämpft, und immer wieder drang ein Lichtstrahl durch die Vorhänge vor dem Fenster, das Hussain al-Sahârs Wohnung gegenüberlag.

Als sie eintraten, legte Bergas den Hörer auf und warf ihnen einen prüfenden Blick zu. Dann machte er ihnen ein Zeichen. »Bitte«, sagte er träge und streckte ihnen mit liebenswürdigem, aber falschem Lächeln die Fingerspitzen entgegen. »Sie sind mir nicht vorgestellt worden.«

»Hussain al-Sahâr, Ihr Nachbar vom Haus gegenüber. Warte doch draussen auf mich, Taha.«

Missbilligend wandte der sich zum Gehen. »Jaja, schon gut. Aber mach nicht so lange!« Dann flüsterte er seinem Vater ins Ohr: »Ich muss heute Abend noch in die Apotheke.«

Taha folgte der jungen Frau hinaus, die offenbar die Sekretärin war. Sie führte ihn in ein benachbartes Zimmer, wo er vor einem Schreibtisch, auf dem in einer Vase ein Strauss Rosen stand, in einem bequemen Sofa versank. Insgeheim betete er zu Gott, dass sein Vater für das, was er tat, einen triftigen

Grund hatte. In letzter Zeit liess sich dessen Verhalten nicht mehr vorhersagen. Angesichts ihrer angespannten finanziellen Lage und ihrer Junggesellenreden über die Ehe und die Wassermelone, auf die man erst klopfen müsse, um zu testen, ob sie innen reif sei, und ähnliche Dinge fielen Taha vier mögliche Gründe für diesen Besuch ein: dass Hussain entweder um eine Wohnung bitten wollte, um eine Empfehlung für eine Arbeitsstelle, um materielle Hilfe oder – nein, nein und abermals nein, nicht Hussain al-Sahâr! Das würde er nie tun! Ausserdem wusste Taha ja, dass sein Vater jemanden wie Machrûs Bergas aus tiefstem Herzen verabscheute. Und den Gedanken an eine Empfehlung lehnte er nicht nur ab, sondern betrachtete sie regelrecht als Schwerverbrechen.

Die Sekretärin war mit ihrem Telefon beschäftigt und warf nur zwischendurch einen Blick auf Taha. Sein Gesicht war voll Bewunderung für diese blendende Schönheit – und für die Riemchensandale, die sich um ihren wächsern hellen Fuss schmiegte. Der Körper, der auf diesem Fuss ruhte, war wie eine Mahalabîja. Auf gut Glück begann Taha ein Gespräch: »Wunderschön ... wie die Villa eingerichtet ist! Das ist wohl Ihr Geschmack?«

Für den Bruchteil einer Sekunde lächelte sie eiskalt und schüttelte den Kopf, um alle diplomatischen Beziehungen, noch bevor sie wirklich aufgenommen worden waren, gleich wieder abzubrechen und darüber hinaus das Botschaftsgebäude zu verriegeln und abzuschliessen.

Um seine Verlegenheit zu verbergen, grinste Taha spitzbübisch, rutschte auf seinem Platz hin und her und steckte die Hand in die Jackentasche. »Ganz reizend.«

Drinnen sah es nicht viel anders aus. Machrûs Bergas tat, als sei er sehr beschäftigt mit den Papieren auf seinem Schreibtisch. Dabei stellten sich ihm Fragen über Fragen zu dieser lästigen Kreatur, die da vor ihm hockte. Während er überlegte, wie diesem Mann zu begegnen sei, der ihm seine Gesellschaft aufzwang, gab er sich jedoch ganz lässig. Das brachte Hussain allerdings keinesfalls aus dem Konzept. Er liess dem anderen gar keine Zeit zum Nachdenken: »Ich wollte Sie schon längst persönlich kennenlernen ...«

Machrûs schwieg eine Weile und faltete währenddessen das Blatt auseinander, das Hussain ihm hatte aushändigen lassen. »Sie schreiben hier, die Angelegenheit sei wichtig und gehe mich an. Bitte sehr.«

»Wir sollten erst einen Tee trinken, um uns ein bisschen näherzukommen.«

Machrûs drückte auf einen Knopf neben sich.

»Stark, ohne Zucker«, fügte Hussain hinzu.

»Bring einen starken Tee ohne Zucker, Madbûli, und meinen Kaffee!« Wieder herrschte Schweigen, bis Machrûs es schliesslich brach: »Worum geht es denn nun, Hagg?«

»Es geht im Grunde um zwei Dinge«, antwortete Hussain. »Das erste betrifft mich, und erlauben Sie mir, dass ich schon mal damit beginne, bis Ihr Kaffee kommt.«

Machrûs betrachtete ihn mit ausdruckslosem Blick, und Hussain fragte: »Könnten Sie sich vielleicht aufs Sofa setzen? Der Stuhl, wissen Sie ...«

Am Ende seiner Geduld, stand Machrûs auf, um sich auf das Ledersofa zu setzen, und Hussain rollte seinen Stuhl daneben.

»So ist es bequemer, weil der Katheter ...«

Angeekelt unterbrach ihn Machrûs. »In Ordnung, in Ordnung, Hagg«, sagte er missmutig.

Der Diener kam mit einem Tablett herein, stellte es neben Hussain ab und ging wieder. Machrûs nahm eine andere Sitzposition ein. Seiner gesamten Körpersprache war sein

Überdruss anzusehen. Er kratzte sich am Kinn, betrachtete seine Fingernägel und blickte seufzend zur Zimmerdecke. Seine Sprechstunde war längst vorüber. Der Mann neben ihm musste mit irgendeiner Bitte gekommen sein. Diese Leute wussten einfach nicht, was es hiess, Abgeordneter zu sein! Sie erwarteten ohne weiteres, dass man nach einer Parlamentssitzung sein Büro verliess, nur um dem Minister hinterherzulaufen, sich zu erniedrigen und ein albernes Anliegen vorzutragen, wie zum Beispiel einen Schüler auf eine andere Schule zu schicken, eine medizinische Behandlung auf Staatskosten durchführen zu lassen oder, was am beliebtesten war, um eine Stelle für jemanden zu bitten. Irgendetwas allerdings am Gesicht des Besuchers und an dessen mysteriösem Brief machte ihn neugierig auf den ersten Streich.

»Wie Sie sehen, bin ich Ihr Nachbar, Machrûs Bey. Ich wohne gegenüber, hinter dem Fenster dort genau vor Ihnen. In der Wohnung über mir wohnt ein Mann namens Isat, Gott bewahre Sie vor so einem ungehobelten Kerl! Seh ich's doch morgens im Badezimmer plötzlich durch die Decke suppen! Ich schicke Taha, um oben Bescheid zu sagen. Und da sagt der, er hat die Wohnung gerade erst gemietet und schlägt nicht einen Nagel ein! Mit Engelszungen hat Taha auf ihn eingeredet, es half alles nichts. Und noch schlimmer: Er brachte auch noch einen Ingenieur aus dem Viertel an, und der schrieb ein Gutachten, dass der Schaden nicht von ihm komme. Das Problem liege an der Decke meines Badezimmers! Und dabei tropft auch noch vom Balkon immer die ganze Wäsche auf uns runter! Seine Frau hat uns nämlich auf dem Kieker, seit wir mit ihm geschimpft haben. Sehen Sie, was die Leute machen! Und ich leb allein mit meinem Sohn, meine Frau ist tot. Der Schaden trifft doch das ganze Haus. Bitte seien Sie so gut, und werfen Sie nur mal einen Blick darauf!«

Machrûs drängte ihn zur Eile: »Jaja, ich kann folgen.«
»Nur einen Blick, damit Sie es mit eigenen Augen sehen!«
Machrûs stand widerwillig und äusserst verdrossen auf, nachdem er nun endlich den Zweck des Besuchs erfahren hatte. Er verwünschte diesen Tag, an dem er Leute empfangen musste, die ihn für einen Sanitärfachmann zu halten schienen, ging zum Fenster und schob den Vorhang ein Stück zurück. Die Zeit, die er dafür brauchte, reichte Hussain al-Sahâr völlig. Sie genügte, die Hand in die Tasche seines verwaschenen Hemds zu stecken und ein Plastiktütchen mit einer pulvrigen Substanz herauszuziehen – nicht mehr als ein halbes Gramm. Schwerfällig stützte er sich auf die Rollstuhllehne und streckte die Hand bis über Machrûs' Kaffee. Dann leerte er das Tütchen mit einer kreisförmigen Bewegung aus, um sicherzustellen, dass sich der Inhalt auch gleichmässig verteilte.

»Sehen Sie sein Fenster?«

»Hm …«

Hussain beobachtete, wie die kleinen Körnchen an der Oberfläche des Kaffees einsanken. »Genau über meinem Fenster.«

»Hm …«

Bevor Machrûs zurückkam und dabei einen Blick auf seine Uhr warf, hatte Hussain das Tütchen schon wieder in die Tasche gesteckt.

»War das die wichtige Angelegenheit?«

»Nicht ganz.«

Machrûs' Stimme wurde scharf: »Sind Sie hergekommen, um mich auf den Arm zu nehmen?«

»Wenn Sie den Rest hören, werden Sie schon erkennen, wie wichtig die Angelegenheit ist und wie viel sie Sie angeht, glauben Sie mir! Beruhigen Sie sich, und trinken Sie Ihren Kaffee! Sie werden es nicht bereuen, das verspreche ich Ihnen.«

Hussain musste Zeit gewinnen. Er sah Machrûs ins Gesicht, bis der sich endlich seinem langsamen Rhythmus anpasste und seinen Kaffee trank. Das Glas war klein wie ein Fingerhut. In drei schnellen Zügen hatte Machrûs es geleert, um seinen Gast, der ihm immer lästiger wurde, endlich loswerden zu können.

Beim letzten Schluck blickte Hussain auf Machrûs' leeres Glas und lächelte. »Gott erhalte Ihnen Ihre Gastfreundschaft, Bey! Wissen Sie was, Hagg Isat hat vor zwei Wochen erfahren, dass er Krebs im fortgeschrittenen Stadium hat, Gott verleihe ihm Gesundheit! Er steht schon mit einem Fuss im Grab. Als er merkte, dass es mit ihm zu Ende ging, kam er, versöhnte sich mit mir und entschädigte mich. Und er fing an, seine Toilette reparieren zu lassen.«

Machrûs lehnte sich zurück, verschränkte die Finger und zog verblüfft die Augenbrauen hoch. »Ich verstehe nicht. Weswegen sind Sie denn dann überhaupt hergekommen? Ich hab keine Zeit …«

»Ich komme Ihretwegen. Sie sollten zuhören, nicht ich«, unterbrach Hussain ihn.

»Meinetwegen?«

»Ich hab nämlich gestern von Ihnen geträumt«, sagte Hussain lächelnd.

Das reichte. Machrûs war nun endgültig mit seiner Geduld am Ende. Er stand auf, um das Gespräch abzubrechen. »Ich bin nicht in der Stimmung für solchen Hokuspokus. Dafür habe ich keine Zeit. Wären Sie nicht behindert, wäre ich noch ganz anders mit Ihnen verfahren.«

»Ich hab ja nicht gesagt, dass ich Wahrsagerei betreibe. Ich sage, ich habe von Ihnen geträumt.«

Machrûs ging zu seinem Schreibtisch und drückte auf den Knopf am Telefon. »Schahînas, kommen Sie bitte.«

»Es nutzt Ihnen gar nichts, wenn Sie mich hier wegschicken, glauben Sie mir!«

Zitternd kam die Sekretärin herein, und Machrûs schrie sie an: »Bevor jemand zu mir kommt, sagen Sie mir gefälligst, was genau er von mir will! Ich bin doch hier nicht die Beschwerdestelle für das ganze Gouvernement.« Dann liess er den Blick zwischen der Sekretärin und seinem Besucher hin und her wandern.

Hussain sah sehr ernst aus, aber dann löste sich die Spannung auf seinem Gesicht zu einem sonderbaren Lächeln. »Sie müssen wissen, was Sie tun. Aber sagen Sie nicht, es hätte Sie niemand gewarnt.«

Machrûs ergriff das Gefühl, das einen überkommt, wenn jemand einen von weit her anruft und fragt: »Geht es dir gut? Ich hab so was Komisches von dir geträumt.« Genauso wie einst Julius Cäsars Frau, als ihr Mann sich in den Senat begeben wollte und sie nach ihrem verstörenden Traum zu ihm sagte: »Geh nicht, man wird dich umbringen!« Aber Cäsar hörte nicht auf ihren Rat, und so ging die Prophezeiung in Erfüllung. Es würde auch Machrûs nicht schaden, seinem Gegenüber, das so ein seltsames Benehmen an den Tag legte, noch ein paar Minuten zuzuhören. Er konnte dem fiebrigen Wunsch, mehr zu erfahren, nicht widerstehen. »Das war's, Schahînas. Danke.«

Die Sekretärin ging hinaus und schloss die Tür hinter sich, während Machrûs sich zu Hussain hinabbeugte. »Wenn Sie Geld wollen, glauben Sie mir, ist das nicht der richtige Weg, darum zu bitten. Ich lass mich nicht zum Narren halten.«

»Ich will gar nichts von Ihnen. Ich komme gottlob über die Runden.«

»Was war das denn für ein Traum, von dem Sie gesprochen haben?«

Hussain verharrte noch ein paar Sekunden, um die gespannte Erwartung in Machrûs' Gesicht zu geniessen. »Versprechen Sie mir erst etwas, bevor ich es Ihnen sage!«

»Was denn?«

»Versprechen Sie mir, dass Sie sich über das, was ich sage, nicht lustig machen!«

»Ich verspreche es Ihnen«, rief Machrûs, am Ende seiner Geduld.

»Sie werden in drei Monaten sterben«, sagte Hussain mit sonderbarem Nachdruck.

Machrûs rang sich ein gequältes Lächeln ab und stützte sich auf die Stuhllehne. »Das ist leeres Gewäsch. Gott allein weiss, wie lange wir leben.«

»Jûssuf hatte die Gabe zu Visionen.«

»Das war aber auch ein Prophet. Ihm wurden Offenbarungen zuteil.«

»Auch der ungläubige Pharao hat von sieben Kühen geträumt.«

»Sie sind sich Ihrer Sache ja sehr sicher. Aber es war nur ein Traum.«

»Mir ist egal, ob ich Sie überzeugen kann.«

»Dann erzählen Sie!«

»Ich habe geträumt, Sie sässen in einem engen Raum, einer Art Keller, und hätten eine goldene Kette um. Plötzlich kam mein grosser Bruder rein. Er hat Sie an der Hand genommen und gesagt: ›Ich nehme dich mit auf einen Weg, für den wir drei Stunden brauchen werden.‹ Und dann rief er ein Taxi, weil Ihnen Ihr Bein weh tat und Sie nicht laufen konnten. Das war's.«

»Und wenn Ihr Bruder und ich uns im Traum getroffen haben, wo liegt da das Problem?«

Ungerührt, als teilte er jemandem mit, der Ölpreis sei um

zwei Pfund gestiegen, antwortete Hussain: »Das Problem ist, dass mein Bruder, mit dem Sie weggegangen sind, seit zwei Jahren tot ist.«

Im ersten Augenblick vergass Machrûs, seinen Mund wieder zuzuklappen. Wie pestinfizierte Ratten wimmelten Erzählungen und Geschichten seiner Vorfahren ihm im Kopf herum. Die eine oder andere Tante oder Grossmutter fiel ihm ein, wie es sie wohl in jeder Familie gibt. Sie erzählte von einem Traum, in dem jemand mit einem Verstorbenen zu einem Gang aufbrach … von den Schmerzen im Bein … dem Gold … von ebenjenem Traum, der einem qualvollen Tod und ewiger Finsternis vorausging. Machrûs wischte sich die Schweisströpfchen ab, die ihm auf die Stirn getreten waren. Die Ängste überfielen ihn wie Fliegen den Zucker. »Aber ich kenne Sie doch gar nicht!«

»Ich Sie auch nicht! Aber um von Ihnen zu träumen, muss ich Sie ja auch nicht kennen. Ich bin gekommen, um Sie zu warnen, um Ihnen anzukündigen, dass Ihre Tage in dieser Welt gezählt sind. Vielleicht naht das Ende ja in Form einer schweren Krankheit. Regeln Sie Ihre letzten Dinge, und schauen Sie in Ihren alten Notizen nach. Suchen Sie dort nach etwas, das Sie vergessen haben, nach etwas, woran Sie sich nicht gerne erinnern. Mit meinen Träumen habe ich noch nie falschgelegen, sie zeigen immer die Wahrheit.«

Machrûs schluckte schwer und gab sich äusserlich gefasst, während Hussain die Hände auf die Räder des Rollstuhls legte und in einem Halbkreis zur Tür fuhr. »*Salâm alaikum.*«

Betroffen folgte Machrûs Hussain mit den Augen, dann liess er sich mit einem Gesicht, in dem es wild zuckte, in den breiten Ledersessel fallen.

Hussain öffnete die Tür und stiess dort auf Taha, der auf ihn wartete. Er schob seinen Vater hinaus und warf dabei einen Blick auf Machrûs Bergas. Das war doch nicht mehr das Gesicht von eben. Machrûs sah aus, als wäre er gerade seinem Tod begegnet.

6

Unterwegs versuchte Taha, seinem Vater den Zweck des Besuchs zu entlocken. Aber er erhielt nur unbefriedigende Antworten: »Ich hab wegen deines Cousins mit ihm gesprochen, damit er ihn für eine Stelle empfiehlt.«

»Aber Muatas ist ja noch gar nicht mit der Uni fertig, Papa.«

Hussain wechselte das Thema: »Fahr mich doch ein bisschen herum! Ich möchte frische Luft schnappen.«

Taha sah auf die Uhr und nickte. Er ging mit seinem Vater zum Dukkiplatz, dann zur Galâabrücke, wo sie gegenüber dem Ruderclub stehen blieben.

Einige Minuten vergingen in Schweigen, bis ein Boot mit einem jungen Sportler an ihnen vorbei zur Brücke des 6. Oktober fuhr. Es sah anstrengend aus, wie er versuchte, gegen die Strömung anzurudern.

»Weisst du, ich hatte mal einen Freund namens Sainhum«, begann Hussain. »Er war Trainer im Griechischen Ruderclub. Du kennst doch die Stelle im Film *Tage und Nächte,* wo Abdalhalîm Hâfis[*] das Lied *Ich bin für immer dein* singt und dann in den Nil fällt. In Wirklichkeit ist da aber Sainhum gefallen! Sie haben ihn damals ausgesucht, weil er genauso schmächtig war. Und ganz Ägypten dachte, Abdalhalîm wäre selbst in den Nil gestürzt. Sainhum bekam fünfzig Piaster dafür. Ihm zuliebe bin ich siebenmal in den Film gegangen. Er hatte mich sehr gern. Er lud uns dann immer zu Sandwiches und einem kühlen Drink ein. Jahrelang blieb er in dem Ruderclub, bis er die Nummer eins war. Er hat jede Menge Meisterschaften und Medaillen für das Land gewonnen.«

[*] Ägyptischer Sänger, Schauspieler und Komponist (1929–1977). *(Anm. d. Übers.)*

»Und wo ist er jetzt?«

»Er ist tot. Ein junger Kerl hat einen Autobus rechts überholt und ihn angefahren, als er gerade aus dem Club kam.«

»Mein Gott!«

»Das war 1987. Der Junge fuhr ohne Führerschein. Er wollte abhauen, aber ein Polizist hat ihn festgehalten.«

»Hat man ihn eingesperrt?«, fragte Taha.

»Für vierundzwanzig Stunden. Dann kam er auf Kaution wieder frei. Und er zahlte eine Strafe von vierhundertzwanzig Pfund für Fahren ohne Führerschein.«

»Wie schrecklich!«

»Sainhums Kinder waren noch klein. Wer hätte denn vor Gericht gehen sollen, um recht zu bekommen? Dazu braucht man ein zweites Leben, und ein sichereres! Der Vater des Jungen hat ihnen dreitausend Pfund hingeworfen. Weisst du, wie viel das ist, dreitausend Pfund?«

»Dafür kriegt man heute nicht mal ein Nokia N97.«

»Ich hab mir die Adresse von dem Jungen besorgt, der ihn angefahren hatte, und bin hingegangen, um mit seinem Vater zu sprechen«, fuhr Hussain fort. »Ich sagte ihm: Diese Leute sind arm, sie zählen auf Sie. Die dreitausend sind doch ein Witz. Aber er antwortete mir so was wie, ich könne genauso gut versuchen, mit dem Kopf durch die Wand zu gehen. Voller Wut ging ich wieder. Ich wusste nicht mehr, was ich tun sollte, ich lief rum wie ein Verrückter, Taha. Keine Ahnung, was mich dann dazu gebracht hat, in einem Ersatzteilladen die Flasche Bremsflüssigkeit zu kaufen. Der Automechaniker hatte mir mal gesagt, dass sie den Lack angreift. Die Hälfte davon spritzte ich dem Mann auf seinen Wagen, der vor dem Haus parkte – einen Mercedes.«

»Gut gemacht! Das hatte er wirklich verdient. Aber Sainhums Familie hatte davon auch nichts.«

»Zwei Tage später schickte der Vater des Jungen einen Scheck über fünfzehntausend Pfund.«

»Wow! Der hatte es aber mit der Angst gekriegt.«

»Es gibt ein Sprichwort, das besagt: Den Sklaven schlägt man mit dem Stock, für den Freien genügt ein Wink. – ›Den Sklaven‹, heisst es, nicht ›den Armen‹. Ein Sklave ist der, der den Wink nicht gleich beim ersten Mal versteht. Hauptsache war, dass die Botschaft ankam! Und noch wichtiger, dass die Leute ihr Geld gekriegt haben. Manchmal müssen wir kleine Fehler begehen, um damit grössere zu korrigieren.«

»Nicht alle Menschen können es so machen wie du«, sagte Taha, »und das Gesetz auch nicht.«

»Das Gesetz schützt den Schwachen nicht«, unterbrach ihn Hussain. »Wer es geschrieben hat, steht darüber, sehr weit darüber. Er schreibt es aus seinem Blickwinkel heraus. Wäre Sainhum ein Showgirl gewesen, hätte es einen Riesenwirbel gegeben. Aber es gibt ja in diesem hochgeschätzten Land gar kein Showgirl, das zu Fuss über die Strasse geht, mein lieber Taha.«

»Apropos Showgirl, mein Guter, hattest du eigentlich gar keine Abenteuer? Keine hübschen Mädchen in der guten alten Zeit?«

Ein paar Sekunden versank Hussain in Gedanken, dann sprach er weiter: »Es ist seeehr lange her, da hatte ich mal ein Mädchen namens Tûna.«

»Tûna? War sie die Einzige?«

»Ich war ein flotter Bursche, und sie war meine erste Liebe. Sie war eine Jüdin aus dem Viertel deines Grossvaters, Gott hab ihn selig.«

»Machst du Witze? Eine richtig jüdische Jüdin?«

»Bis zum Krieg 1956, danach hat sich alles geändert.«

»Wie sah sie aus?«

»Schön. Ein hübsches Pferdchen.«

»Wie ein Flusspferd?«

»Du Quatschkopf! Das Pferd ist das schönste Geschöpf unseres Herrn. Alles an ihr war wie bei einem Pferd: ihr Hals, ihre Taille, ihr Haar ... Siehst du das Schiff da?« Unter der Brücke fuhr ein mit roten Lampen erleuchtetes Boot hindurch. »Siehst du den roten Lichtschein auf dem Nil? Genau diese Farbe hatte ihr Haar.«

Taha zwinkerte ihm zu. »Ich wünschte, ich wäre bei euch gewesen. Du bist mir ja vielleicht einer! Hast du was angestellt?«

»Ich war ja noch jung. Anfang 57 ist sie nach Frankreich emigriert. Und danach, als ihr Vater gestorben war, nach Israel.«

»Also mittlerweile ein altes Mütterchen in einer israelischen Siedlung. Aber was macht das schon? Ich werde dich durch einen Tunnel nach Gasa schmuggeln.«

»Und 1967 ist sie noch mal ins Viertel zurückgekommen.«

»Wow, im Jahr des Sechstagekriegs! Das nenn ich Todesmut!«

»Sie kam nicht auf dem Landweg her«, erklärte Hussain, »sie kam als Pilotin. Als sie nach Israel gegangen war, war sie nämlich in die Luftwaffe eingetreten. Und sie flog Angriffe auf Kairo.«

»So ein Luder! Und woher weisst du das?«

»Nach 78 kamen Delegationen aus Israel das Viertel besuchen. Sie hatten noch eine alte Synagoge und ein paar Bekannte da. Damals habe ich sie getroffen, sie und den Chawâga Nassîm vom Café Groppi, der früher über uns gewohnt hat. Sie hatte sich zu mir durchgefragt. Drei Stunden hab ich mit ihr zusammengesessen, bevor sie gegangen ist. Danach hab ich nie mehr von ihr gehört.«

»Warum hast du sie nicht zum Bleiben gedrängt? Hättest du nicht mit ihr das Blut unserer Familie ein bisschen auffrischen können?«

»Möglicherweise war ich der Grund dafür, dass sie weggegangen ist. Aber das ist ein anderes Thema, für das allein man schon einen ganzen Tag brauchte.«

Sie waren vor dem Operneingang am Saad-Saghlûl-Platz angekommen. Taha wandte sich nach links in den Park und schob seinen Vater zum Nil hinunter, zu den aufdringlichen Pepsi-Verkäufern und engumschlungenen Liebespaaren. Der Fluss empfing sie mit einer frischen Brise und seinem noch immer intensiven Geruch.

»Du hast vielleicht Dinge erlebt, mein Guter! Einen Weltkrieg, Nabolsy-Shahin-Seife, die roten Millimmünzen, König Farûk, die Revolution Gamâl Abdel Nassers und seine grossen Taten ...«

»... und Muhammad Nagîb.«

»Und Muhammad Nagîb.«

»Ihn vergesst ihr immer, weil man seinen Namen aus den Lehrplänen gestrichen hat«, sagte Hussain. »Und selbst nach seinem Tod hat man nicht daran gedacht, ihn wieder draufzusetzen. Deine Generation weiss nichts über ihn. Es war ein Verbrechen, aber alle, die daran beteiligt waren, sind jetzt tot.«

»Sicher gab es für all das einen Grund.«

»Es ist eben ein Problem, wenn man zur falschen Zeit geboren ist. Nagîb wollte, dass die Offiziere in die Armee zurückkehrten, es sollte ein Parlament und Parteien geben. Die machten sich ja auch noch über die Monarchie lustig! Es gibt Leute, Taha, bei denen kommt man mit Ehrenhaftigkeit nicht weiter. Er hätte durchtriebener sein müssen, um zu überleben. Ganz langsam haben sie ihn umgebracht. Neunundzwanzig

Jahre Einzelhaft, nur mit Katzen und Hunden als Gesellschaft, der Rest, bis zum Tod, im Krankenhaus. Nelson Mandela sass siebenundzwanzig Jahre im Gefängnis, und als er rauskam, wurde er Staatspräsident!«

»Was hättest du an seiner Stelle gemacht?«

»Ich hätte zugesehen, dass ich ihnen zuvorkomme.«

»Hättest du daran gedacht zu fliehen, wenn sie dich eingesperrt hätten?«, fragte Taha.

»Das Exil ist eine Quelle der Kraft, genau wie der Tod manchmal die Geburt eines Helden ist. Irgendeinen Preis muss man immer zahlen. Die Revolution hat tausend Paschas beseitigt und Millionen neue an ihre Stelle gesetzt. Die und ihre Kinder machen uns jetzt das Leben schwer. Um sie scharen sich noch jede Menge Lügner. Und die, die Geld haben, sind ihre Hühner – Hühner, die goldene Eier legen. Die protegieren sie und bereiten ihnen das Nest, um ihnen das Eierlegen leichter zu machen. Du siehst doch, wie sie, ohne mit der Wimper zu zucken, miteinander mauscheln. Und einer wie Bergas, der seit den Achtzigern seine Hände noch in jeder schmutzigen Sache hatte – schau dir mal an, wie weit der damit gekommen ist! Ich ziehe den Hut vor jedem, der es schafft, ihn aufzuhalten.« Hussains Stimme war allmählich lauter geworden, und man drehte sich schon nach ihnen um. »Er hat Rückendeckung, man schützt ihn. Machrûs, ›der Geschützte‹ – nomen est omen! Ja, und sein Sohn ist – im Namen Gottes und wie Gott es gewollt hat – schwul! Der baut uns Brücken und Apartmenthäuser. Und dann kommt einer zu dir und sagt: Was hat denn diese Veranlagung mit seiner Arbeit zu tun? Ist nicht jeder frei, zu tun und zu lassen, was er will? Und erst die schmutzigen Filme, die er produziert! Die kannst du dir, ehrlich gesagt, kaum ansehen, ohne gleich ins Bad zu laufen und dir einen run…«

Taha hatte sich besorgt umgeblickt und fiel ihm erschrocken ins Wort: »He, mein Guter, komm mal wieder zu dir!«

»Glaub mir, eure Generation weiss nichts, gar nichts!«

Taha schob den Rollstuhl behutsam aus der Hörweite der Leute. »Du hast einen Hang zu Verschwörungstheorien.«

»In diesem Land ist eine Verschwörungstheorie nicht bloss Theorie. Es ist eine gesicherte Tatsache. Ausnahmen bestätigen die Regel.«

Auf dem Platz angekommen, blieb Taha vor dem Saad-Saghlûl-Denkmal stehen und sah seinen Vater an. »Bei Gott, du gehörst nicht nach hier unten. Du gehörst oben auf den Sockel. Als solch massive Bronzestatue wie die hier von Saad Pascha!« Er imitierte die Geste des Standbilds, das der Kasr-al-Nil-Brücke zugewandt war.

»Die Statue eines Rollstuhlfahrers mitten auf dem Platz! Jemandem Honig ums Maul zu schmieren, hast du bei deiner Arbeit wirklich gelernt.«

»Jetzt aber vorwärts mit Schwung, Exzellenz! Ich bring dich schnell nach Hause und geh dann zur Apotheke, sonst komm ich zu spät.«

Eine halbe Stunde später erreichte Taha mit seinem Vater die Wohnung. Er schob ihn in sein Zimmer und machte ihm etwas zu essen, dann ging er arbeiten.

Um genau Viertel nach elf kam er in der Apotheke an. Bis fünf Uhr morgens war er ganz mit seinen Medikamenten und den telefonischen Hausbestellungen beschäftigt. Dann kam ein Patient, der um eine Injektion in den Muskel bat. Taha verliess seinen Schreibtisch und ging ins Labor. Diese zwei Minuten reichten Service, mit finsterem Gesicht und blutunterlaufenen Augen bei der Apotheke vorbeizugehen. Vor dem Fenster verlangsamte er seinen Schritt, warf einen flüchtigen Blick hinein und verschwand dann wieder in die Richtung, aus der er gekommen war.

Um acht Uhr beendete Taha seine Arbeit, zog seine Jacke an, steckte die kalten Hände darunter und ging nach Hause. Der Lift war defekt. Der Türhüter hatte dies auch schon auf einem Zettel vermerkt: »Aufzoch kapuht.« Also stieg Taha zu Fuss hoch, über einen kleinen Treppenabsatz, der, obwohl heller Tag war, im Dunkeln lag. Die Fensterscheibe im Treppenhaus war schon lange zerbrochen und durch ein dünnes Holzbrett ersetzt worden, das das Licht abhielt und so den Tag in Nacht verwandelte. Wäre nicht ein kleines Loch in dem Brett gewesen, durch das ein Sonnenstrahl auf den Boden fiel, hätte der Türhüter die Treppenhauslampe auch tagsüber anschalten müssen. Taha betastete die Schlüssel in seinem Bund, um herauszufinden, welcher der für die Wohnung war. Schliesslich fand er ihn und steckte ihn ins Schlüsselloch.

»Papa!«

Keine Antwort. Er warf seine Jacke auf einen Stuhl und schloss die Tür hinter sich mit dem Fuss.

»Papa?«

In der Wohnung herrschte die gleiche Atmosphäre wie draussen. Seit die Hausherrin nicht mehr hier lebte, hatten sich ganze Staubdünen auf den Vorhängen abgesetzt und sie braun verfärbt, so dass sie die Sonne abhielten wie eine Stahlbetonmauer. Sein Vater wollte die Räume Tag und Nacht so dunkel haben. Er wehrte sich sogar dagegen, dass man lüftete, während er sich dort aufhielt. Wollte Taha saubermachen, wich Hussain in ein anderes Zimmer aus und kam erst zurück, wenn die Vorhänge wieder zugezogen waren. Das Fenster öffnete er nur nach Sonnenuntergang.

Bevor er zum Zimmer seines Vaters ging, zog Taha die Schuhe aus. »Was ist denn los, mein Lieber, schläfst du etwa?«

Er bekam keine Antwort. Als er in das Zimmer trat, erkannte er plötzlich die Räder des Rollstuhls. Sie standen nicht auf dem Boden, sondern ragten nach links in die Luft. Daneben war der Fuss seines Vaters. Das war das Letzte, was Taha sah – bevor es mit einem Mal still und dunkel um ihn wurde. Jemand, der schon seit Stunden dort gehockt und auf ihn gewartet hatte, hatte ihm einen Schlag auf den Hinterkopf versetzt.

7

Eine Wohnung im vierten Stock eines stattlichen Mehrfamilienhauses in der Nähe des Finneyplatzes. Auf einer kleinen Messingtafel neben der Wohnungstür die Aufschrift »Oberstleutnant Walîd Sultân«

Aus der Aufzugtür trat ein schmächtiger junger Mann mit rasiertem Schädel, der für diese Jahreszeit zu dünn angezogen war. Er roch stark nach Schweiss. In den Händen trug er einen schwarzen Samsonite-Koffer und acht weisse Tüten mit dem Logo des Metro-Supermarkts, gefüllt mit Obst der Saison. Der Bursche ging zur Tür und drückte mit der Nase auf den Klingelknopf. Ein paar Sekunden stand er so da, und die schwere Last schnitt ihm in die verschwitzten Handflächen. Schliesslich öffnete eine halbwüchsige Dienerin mit einem hübschen, etwa zweijährigen Kind auf dem Arm. Als sie den Burschen sah, trat sie zur Seite, damit er seine Last in die Küche bringen konnte. Er zog sich draussen die Schuhe aus und ging auf zerlumpten Socken hinein.

»Tritt nicht auf die Teppiche!«

Er reagierte nicht. Er war schon einmal in weniger als zwei Minuten erfolgreich um seine Ehre gebracht worden, als er seine Grenzen überschritten und sich angemasst hatte, die Wohnung mit Schuhen zu betreten. Diese Vernichtungsaktion hatte Nûra durchgeführt, die Frau des Oberstleutnants. Sie hatte ihn mit einer Tirade von Drohungen und Beleidigungen überzogen, dass er fast den Namen seiner Mutter in Oberägypten vergessen hätte! Nun lief er auf Zehenspitzen, bis er endlich die Hände frei hatte. Als die Dienerin ihn fragte: »Kommt der Bey mit dir?«, antwortete er: »Er kommt gleich«, und ging sofort wieder hinaus.

Mit dem Aufzug fuhr er ins Erdgeschoss. Unten stand sein Herr, zog an seiner Zigarette und blies den Rauch zu einem zittrigen Kringel. Dabei unterhielt er sich mit dem Nachbarn: »In dieser schmutzigen Welt kommt man nur mit Frechheit weiter. Die deutsche Gegensprechanlage kostet achthundert Pfund mehr, ist aber auch hundertmal besser als die chinesische. Trotzdem guckt jeder nur auf die paar Pfund. Den gleichen Blödsinn haben sie gemacht, als wir damals den neuen Marmor bestellt haben. Kam da doch Hanâa mit den Hasenzähnen vom Fünften und sagte zu mir: ›Das ist Verschwendung!‹ – ›Was, du Unglückstochter? Dabei hab ich euch den Marmor auch noch für den halben Preis besorgt, und der hält wirklich was aus!‹, schrie ich sie und ihren Mann an. Wie begossene Pudel zogen die beiden dann ab in ihre Wohnung. Wissen Sie, ich sag den Mietern einfach: ›Walîd Sultân nimmt die deutsche Anlage, und wenn das einem nicht passt, kriegt er keinen Hausschlüssel, bis er bezahlt hat.‹ Soll nur einer von den Hunden kommen und das Maul aufreissen!«

Der Nachbar erwiderte: »So ist es richtig. Ach ja, Sie haben mich gerade an was erinnert: Ich muss meinen Führerschein erneuern lassen. Wann kann ich denn mal bei Ihnen vorbeikommen? Ich hab nämlich gestern im Netz gelesen, dass das viertausend Pfund kostet.«

»Kommen Sie morgen Abend nach zehn. Dann gebe ich Ihnen die Karte von einem guten Freund von mir bei der Verkehrspolizei. Der macht alles fertig, während Sie sich hinsetzen und einen Tee trinken. Bringen Sie ein Büroset und ein paar Kalender mit, dann regeln die das.«

»Sie sind ein echter Schatz.«

Der Nachbar ging, und Walîd drückte auf den Knopf, um den Aufzug zu rufen. Dabei schaute er auf das Display seines Handys und suchte nach einer Nummer, ohne sich jedoch der Gestalt zuzuwenden, die wie ein Sticker an der Wand klebte und versuchte, so wenig Platz wie möglich zu beanspruchen, um den Pascha nicht zu reizen. »Hast du das Obst hochgebracht?«, fragte der, ohne den Burschen anzusehen.

»Ja, Euer Exzellenz.«

»Wer hat heute Nacht Dienst?«

»Fathi und ich, Euer Exzellenz.«

»Vergiss nicht, morgen früh die Handyrechnung zu bezahlen, sobald du Salma zur Schule gebracht hast. Und komm danach bei mir vorbei!«

Der Rekrut salutierte. »Zu Befehl, Euer Exzellenz.«

Walîd trat in den Aufzug. Er trug einen dunkelblauen Anzug, ein weisses Hemd, eine halb gelockerte Krawatte, war mittelgross und hatte vom Boxen eine breite Brust. Diesen Sport hatte er während seines Studiums ausgeübt. Später hatte das Arbeitsleben ihn jedoch so in Anspruch genommen, dass das Boxen ganz in Vergessenheit geraten war. Geblieben waren ihm ein flacher Bauch und ein paar Muskeln, als Erinnerung daran, wie trainiert er einmal gewesen war. Walîds scharfen, klugen Augen entging keine Lüge – sie arbeiteten wie eine Scannerkasse im Supermarkt, die eine Schachtel Cornflakes einliest: »Piep, siebzehn Pfund neunundneunzig.« Der gepflegte Schnäuzer verlieh ihm zusammen mit dem zur Seite gescheitelten Haar ein attraktives Erscheinungsbild, obwohl seinen Augen der Schlafmangel deutlich anzusehen war, denn sie lagen tief in ihren Höhlen. Das kam von den regelmässigen Nachtwachen in seinem Büro im Polizeirevier von Dukki, wo er als Kriminalhauptkommissar arbeitete.

1989 hatte Walîd die Polizeiakademie abgeschlossen und war danach immer weiter aufgestiegen, bis er vor vier Jahren seinen gegenwärtigen Rang erreicht hatte. Er war mit Nûra verheiratet, einer ehemaligen Kommilitonin seiner Schwester, die ihm seine Tochter Salma geboren hatte. Drei Jahre später hatte sich dann Sijâd Bey, wie die ihm unterstellten Rekruten ihn nannten, die Ehre gegeben – der Kleine, der jetzt, als er hörte, wie sein Vater den Schlüssel in die Tür steckte, barfuss angelaufen kam. Er warf sich auf ihn und umarmte sein Knie: »Papiiii ... Mamii ... Zimmer.«

Walîd hob seinen Kleinen hoch und küsste ihn, dann übergab er ihn der Dienerin, um sich die Jacke auszuziehen. »Wo ist Nûra?«

Die Dienerin bestätigte, was das Kind schon vorweggenommen hatte. »Im Schlafzimmer. Am Telefon. Möchten Sie zu Abend essen?«

»Nein«, sagte er und ging ins Schlafzimmer, vorbei an den Möbeln im klassischen Stil, die seine Frau bei einem Innenarchitekten in Auftrag gegeben hatte. Drinnen sass Nûra in einem cremefarbenen Nachthemd in einem Sessel. Den Telefonhörer hatte sie zwischen Schulter und Ohr geklemmt, damit sie die Hände frei hatte, um sich die Fussnägel blutrot zu lackieren. Sie hatte weisse Haut, kastanienfarbenes Haar und war füllig, mit mehreren Michelin-Reifen* um die Hüfte. Das über das Fernsehen vertriebene Mieder der Firma Tamima Tele-Seen wurde einfach nicht mit ihnen fertig. Seit auf der Schulter ihres Mannes neben den Sternen auch noch der Adler nistete und er in Samâlik ein Café eröffnet hatte, war sie chronisch phlegmatisch. Ihr penetrantes Parfum war noch aus einer Monatsreise Entfernung wahrnehmbar, an den weichen, schwammigen Fingern trug sie dicke Ringe, und ihr weitausgeschnittenes Dekolleté bot genug Raum für eine üppige Hügellandschaft. Wenn sie ins Auto stieg, konnte der Ordonnanzoffizier nie den Blick davon lassen. Ihre tägliche Beschäftigung bestand darin, nach ein Uhr mittags aufzustehen und ihre Freundinnen anzurufen, um ein Treffen im Shooting

---

* Mit der Bitte um Vergebung an die bekannte Reifenmarke Michelin. *(Anm. d. Autors)*

Club zu vereinbaren. Dort hechelte man dann drei Stunden lang alle möglichen Leute durch, indem man hauptsächlich Bettgeschichten zum Besten gab. Ein Nebenausschuss befasste sich währenddessen mit Carrefour und anderen Shopping-Malls, und von diesem wiederum zweigten weitere Gruppen ab, die über die aus dem Bodybuildingraum kommenden ledigen jungen Männer des Clubs debattierten.

Von Walîds Ankunft nahm Nûra nicht viel Notiz. Sie winkte ihm nur mit einem matten »Hi« zu. Er zog sich aus und verschwand im Bad. Zehn Minuten später kam er nackt und tropfnass wieder heraus. Er stellte sich vor den Spiegel, um sein Haar und seinen Schnäuzer zurechtzustutzen. Dann zog er sich seine Boxershorts an, während sie zum Ende ihres Telefonats kam: »Okay, Nâni, *see you tomorrow – bye.*« Sie legte den Hörer auf. »Hast du zu Abend gegessen?«

Walîd setzte sich auf die Bettkante, zündete sich eine Zigarette an und spielte dabei mit seinem Handy. »Ich hab schon im Büro gegessen.«

Sie legte sich auf den Bauch und bewegte die Beine, damit der Nagellack trocknete. »Morgen brauch ich das restliche Geld. Aram hat den Ring fertig. Er hat ungefähr drei viertel Karat.«

»Wie viel fehlt denn noch?«

»Achttausendsiebenhundert.«

Missbilligend schüttelte er den Kopf. »Komm morgen im Café vorbei, und hol dir das Geld.«

»Heute haben sie aus Salmas Schule angerufen. Sie wollen eine Spende für das neue Gebäude.«

»Uff! Haben die nicht gerade vor sechs Monaten schon einen ganzen Batzen gekriegt? Ich werd nicht noch mal was bezahlen. Das ist ja wohl ein Witz!«

»Wir wollen doch nicht, dass unsere Tochter schlechter dasteht als ihre Mitschülerinnen!«

»Diebe sind das, die Hundesöhne.«

»Du musst wissen, was du tust, aber nimm dich in Acht. Meine Freundinnen haben ihre Kinder alle in derselben Schule, und ich muss ihnen jeden Tag im Club unter die Augen treten.«

Walîd antwortete nicht, sondern spielte weiter an seinem Telefon, um sich ihr zu entziehen. Dann sagte er: »Morgen ist die Hochzeitsfeier meiner Cousine Karîma.«

Er sah nicht, wie sie unwillig den Mund verzog. »Hm ... morgen hab ich einen Termin beim Ernährungsberater. Um wie viel Uhr ist die Feier denn?«

»Am Abend. Nur zwei Stunden, damit es niemandem zu viel wird. Wir werden uns sehen lassen, ein Foto mit ihnen schiessen, dann gehen wir wieder.«

Sie streckte ihre Hände aus und kratzte ihm zärtlich mit den Nägeln über den Rücken. Dann kam sie noch näher heran und küsste ihn auf den Hals. Schnell rekapitulierte er die letzten Termine, an denen sie Verkehr gehabt hatten. Es war schon zwei Wochen her. Um keine Zweifel an seiner Potenz aufkommen zu lassen, durfte er die Abstände zwischen zwei Begegnungen nicht zu lang werden lassen – mit Lust hatte das Ganze nichts mehr zu tun. Er drückte seine Zigarette aus, wandte sich zu ihr und zog sie mit Gewalt an sich. Dann streifte er ihr diesen Unfug aus Seide ab, den sie anhatte, zog sie aus, legte sie aufs Gesicht und warf sich über sie. In ihr Winseln mischte sich das laute Knarren und Quietschen des Bettrosts, der unter ihnen nachgab. Sie wollte von ihm geschlagen werden, und so liess er seine Hand auf ihren Rücken und ihren Hintern niedersausen und biss sie ins Ohrläppchen, bis sie kam. Danach wurde sie ruhig, erlosch und erstarb. Seine Finger hatten auf ihrer Haut brandrote Striemen hinterlassen. Währenddessen kämpften hinter der Tür zwei Dienerinnen darum, am Schlüsselloch zu lauschen, nachdem sie das Kinderzimmer abgeschlossen hatten. Vier Minuten brüllte er, dann brach er zusammen. Auch das hatte nichts mit Lust zu tun. Keuchend liess Walîd sich neben sie fallen, während Nûra mit in den Kissen vergrabenem Kopf dalag. Mehrere Sekunden vergingen, in denen sein Herzschlag wieder langsamer wurde, dann hob sie den Kopf, streckte ihre Hand zum Nachttisch und nahm sich eine Zigarette.

»Was hast du heute gemacht?«, fragte sie.

Er deckte sich zu. »Ich war den ganzen Tag in deiner Nähe, hier auf dem Platz.«

Sie drehte sich zu ihm und zeigte den Schmuck an ihren wie gelatinegefüllte Beutel wabbelnden Armen. »Warum denn das?«

»Ein Mord ...«

»Allmächtiger! Wo denn? Jemand, den wir kennen?«

»Nein. Ein alter, gelähmter Mann. Jemand ist bei ihm eingedrungen und hat ihn niedergeschlagen. Zufälligerweise kam gerade sein Sohn nach Hause, und über den ist er dann auch hergefallen.«

»Hat er ihn umgebracht?«

»Nein, aber er hat ihm den Schädel eingeschlagen. Er ist schwer verletzt, liegt im Koma und wird sterben.«

»Du liebe Zeit. Und der Vater?«

»Der ist nicht durchgekommen. Er war sofort tot.« Um einschlafen zu können, drehte Walîd ihr den Rücken zu.

Aber sie fragte weiter: »Und weisst du schon, wer das getan hat?«

»Die Rechtsmediziner und die Spurensicherung arbeiten dran. Bis jetzt haben wir noch nichts.«

Sie nahm ihre blauen Kontaktlinsen heraus und legte sie in die Dose. »Ist was geklaut worden?«

Er versuchte, weiteren Fragen vorzubeugen. »Das Haus ist schön gelegen, das kann einen täuschen. Die Kriminellen denken dann, da wohnen reiche Leute. Aber diese Menschen waren arm. Der Chef der Staatssicherheit hat alles auf den Kopf gestellt. Das ist nämlich ein sensibler Ort, genau gegenüber der Villa von Bergas. Aber ich schlafe jetzt, ich muss morgen früh raus.«

Eine Minute und zwanzig Sekunden später ertönte ein gleichmässiges Schnarchen.

Der Stumpfsinn war ihr ständiger Begleiter. Wie eine Klapperschlange hatte er sich bei ihnen eingeschlichen, allerdings ohne zu klappern. Sieben Jahre hatten gereicht, eine Betonmauer zwischen ihnen hochzuziehen. Einmal hatte ein weiser Mann, der verdächtigt wurde, seine Frau umgebracht zu haben, zu Walîd gesagt: »Nach sieben Jahre Ehe geht es erst mal nicht mehr weiter, Pascha. Das ist wie bei den Jahreszeiten. Entweder Sie machen trotzdem weiter oder lassen sich scheiden – oder Sie machen es wie ich. Wenn Sie aber stillhalten, kommen Sie vielleicht noch bis ins vierzehnte Jahr und danach ins einundzwanzigste und danach ins achtundzwanzigste – der Herr schenke Ihnen ein langes Leben!«

Irgendwann hatte der Oberstleutnant erkennen müssen, dass seine Auswahlkriterien nicht die richtigen gewesen waren. Er erinnerte sich noch, wie er verstohlen nach ihr geblickt hatte, wenn sie zusammen mit seiner Schwester zu Hause unterrichtet wurde. Ihre Hüften, ihre Beine, wenn sie die Schuhe auszog, um ihren Füssen ein bisschen Erholung zu gönnen. Der Luxus, in dem sie lebte, und die Trivialitäten, mit denen sie sich ständig abgab, machten ihm nichts. Auch nicht die Tatsache, dass ihr Verstand nur mit ihrer Figur und ihrem Teint beschäftigt war. Er stellte sie sich im Bett vor, als Heldin seiner Wachträume. Er zog absichtlich seine Uniform an, wenn sie sich trafen, holte seine Pistole heraus und zerlegte sie vor ihren Augen in ihre Einzelteile, um damit vor ihr anzugeben. In Naslat al-Summân, am Fusse der Pyramiden, hatte er dann von hinten den Arm um sie gelegt, um sie auf leere Pepsi-Flaschen zielen zu lassen. Und so froh war er gewesen, als er in ihren Augen sah, wie sehr sie ihn bewunderte! Die Treffen wurden häufiger und, besonders an dunklen Örtlichkeiten, heisser. Er war so versessen auf sie, dass er schliesslich um ihre Hand anhielt. Sie zögerte nicht, diesem Träger der weissen Uniform im Sommer und der schwarzen im Winter ihr Jawort zu geben. Nur mit seiner Familie kam sie nicht überein. Sie erwartete ein zu teures Braut- und Verlobungsgeschenk. Aber er war ihr verfallen. Während der Flitterwochen und in den folgenden zwei Jahren konnte er nicht genug von ihr bekommen. Doch dann zeigte die Beziehung erste Auflösungs- und Verschleisserscheinungen. Ihre Gespräche wurden trocken, der Verkehr flüchtig und schnell, wie ein Drogendeal auf der Wüstenstrasse. Sie hatten ihre Energie aufgebraucht und taten nun so, als wäre nichts. Ihre Ehe hielten sie zwar noch aufrecht, wegen der Kinder und um bei den Bekannten den Schein zu wahren. Aber mit der Zeit hatte er immer mehr Nacktfotos auf dem Handy. Er entdeckte seine Vorliebe für braune Haut und wollte von weisser, hinter der er früher immer her gewesen war, nichts mehr wissen. Wenn er bemerkte, dass sie sich für eine heisse Nacht parfümiert hatte, wenn er sah, wie sie sich herrichtete und verführerisch mit den Hüften wackelte, hätte er sich am liebsten aus dem Staub gemacht. Er tat dann, als schliefe er oder hätte Bauch- oder Kopfschmerzen. Wenn er doch mit ihr verkehrte, liess er die Augen geschlossen, um hinter seinen Lidern die Höhepunkte von Sexfilmen ablaufen zu lassen, in denen er selbst die Hauptrolle spielte. Oder aber einen Moment mit einer Gefährtin, die ihn bezauberte, weil sie so anders war. Bis der Kampf vorbei und ihr kaltes Feuer erloschen war. Um keine Zweifel an seiner Männlichkeit aufkommen zu lassen, wollte er den »offiziellen« Verkehr aber auch nicht einstellen. Denn das würde sie nicht für sich behalten, wenn sie bei ihren Treffen im Club über andere herzogen. Trotz der ganzen Sorgfalt, die sie auf ihren Körper verwandte, widerte sie ihn an. Wenn er mit ihr fertig war und sie betrachtete, überkam ihn Ekel. Ob wegen der bei einer nicht so gründlichen Halâwa-Sitzung vergessenen Härchen, wegen der wabbelnden Michelin-Reifen, weil sie nicht gut genug oder nicht mehr so beweglich war, ob wegen der Narben, die ihr vom Fettabsaugen geblieben waren, für das er zweiundzwanzigtausend Pfund geblecht hatte und das ihre Kurven auch nicht hatte begradigen können, ob wegen ihres Geruchs, ihrer Gefühlskälte, die ihn von Viagra und ähnlichen Mittelchen abhängig machte, damit er ihr Genuss verschaffen konnte, der nur sehr langsam und vielleicht auch gar nicht kam – das wusste er nicht mehr. Er wusste nur, dass er sie satthatte, dass er ihre Konsumhaltung und die ganze Wohnung einschliesslich ihrer Bewohner leid war. Aber er hatte nicht mehr die Kraft zur Umkehr, denn er selbst hatte sich ja inzwischen an diesen Luxus gewöhnt. »Unser Ansehen bei den Leuten, Walîd.« – »Unser Prestige, Walîd.« – »Du bist Kriminalhauptkommissar, Walîd!« – »Steht deine Mutter noch zu dir, oder hat sie dich auch schon aufgegeben, Walîd?« Nie zuvor hatte er sich Gedanken über die Gespräche in den Clubs und die geheuchelten Höflichkeiten gemacht. Aber dank Nûra brachen jetzt Freunde und Cliquen mit seltsamen Gepflogenheiten in sein Leben ein, verwöhnte Frauen und »Unterhosenmänner«, wie er sie insgeheim nannte. Er verachtete ihre Elfenbeintürme und stellte sich ihre Frauen in seinen Armen vor.

Wie sehr wünschte er sich, einen roten Knopf zu haben wie den, mit dem man eine Explosion auslöst. Er würde ihn sofort drücken, um die Zeit zu dem Moment zurückzudrehen, als sie nur eine Kommilitonin seiner Schwester gewesen war und er verstohlen auf ihre Beine geblickt hatte. Jeden Tag spürte er diesen Empfindungen nach und tastete nach ihnen, wie man in einem öffentlichen Bus jede Minute nach seiner Brieftasche tastet.

Drei Wahrheiten hatte er begriffen:
dass er einen Fehler gemacht hatte,
dass er übereilt gehandelt und sich verstrickt hatte
und dass es solch einen roten Knopf für ihn nicht gab.

8

Drei Wochen später – 11 Uhr 44 vormittags
Kasr-al-Aini-Krankenhaus, Intensivstation
Das EKG-Gerät neben dem schmalen, von blassblauen Vorhängen umgebenen Bett schlug aus. Mühsam bewegten sich seine Fingerspitzen zwischen den Kabeln, und langsam öffnete er die Augen. Durch verschwollene Lider sah er über sich eine Neonlampe hängen. Sie leuchtete so grell wie eine kleine Sonne. In seinem Kopf pochte in gleichmässigem Rhythmus ein lauter Schmerz. Er schloss seine Augen vor dem blendenden Licht, öffnete sie aber gleich wieder. Warum er nur auf dem linken Auge etwas sah, wusste er nicht. Er hob die Hand, die so schwer wie ein Bügeleisen schien, um die quallenartige Schwellung an seinem Kopf abzutasten. Doch schon bei der ersten Berührung fühlte er einen stechenden Schmerz und liess die Hand sofort wieder sinken. Vier weitere Minuten brauchte er, um die Augen erneut zu öffnen. Diesmal standen vor ihm eine dicke Krankenschwester und eine junge Ärztin, die eine helle Taschenlampe auf seine Pupille richtete.

»Taha! Taha! Hören Sie mich, Taha? Können Sie sprechen?«

Ihre Stimme schien gedämpft, als käme sie aus weiter Ferne. Taha versuchte, seinen Mund zu öffnen, der so fest verschlossen war wie ein Pharaonensarg. Sein Atem stank nach Asche, und sein Mund war ausgedörrt wie ein verbrannter Baum.

»Schön, dass Sie wieder da sind.«

Taha holte Luft, öffnete den Mund und leierte wie eine alte Kassette: »Wo bin ich?«

»Im Kasr al-Aini.«

Mühsam schluckte er. »Wo ist ... Papa?«

Die Ärztin blinzelte der Krankenschwester zu, die ihm gerade half, sich halb aufzusetzen. »Er ist da, Taha.«

»Ich will ihn sehen. Er ist aus dem Stuhl gefallen. Ist er verletzt?«

Die Ärztin mass seinen Blutdruck, dann sagte sie zur Schwester: »Mit dem Antibiotikum machen wir so weiter wie bisher.«

Taha wiederholte seine Frage: »Frau Doktor, was ist passiert?«

Sie machte ein Victoryzeichen. »Wie viele Finger sind das?«

»Zwei«, antwortete er nach ein paar Sekunden. »Was ist denn passiert?«

»Ein Überfall. Jemand hat Sie angegriffen und auf den Kopf geschlagen. Das war vor etwa zwanzig Tagen. Können Sie mir sagen, wo Sie wohnen? Erinnern Sie sich an irgendwas?«

»In Dukki. Der Stuhl meines Vaters lag auf der Seite. Sonst erinnere ich mich an nichts.«

»Schlafen Sie auf dem Rücken. Versuchen Sie, sich zu entspannen, danach reden wir.«

Taha legte sich wieder zurück und gab sich dabei alle Mühe, die Schmerzen an seiner Wirbelsäule zu ertragen. »Was ist denn passiert?«

»Ich weiss, dass Sie Doktor sind, also können Sie verstehen, was ich sage, nicht wahr?«

Taha nickte, und während die Ärztin weiter seinen Puls fühlte, sagte sie: »Der Schlag hat den Temporallappen getroffen, eine schwierige Region. Sie sind ins Koma gefallen, aber Sie hatten Glück. Eine Nachbarin von Ihnen war gerade die Treppe hochgekommen und hatte Sie gehört. Wäre sie nicht gewesen, würden wir jetzt wohl nicht so miteinander reden. Ihnen ist ein neues Leben geschenkt worden.«

»Ja, und Papa, was ist …?«

»Mehr Informationen habe ich nicht, Taha«, fiel sie ihm ins Wort. »Sie müssen sich jetzt ausruhen, und danach, wenn Ihr Zustand sich stabilisiert hat, reden wir weiter«, sagte sie und liess ihn zwischen den blauen Vorhängen mit seinen Fragen allein.

Zwei Stunden nach der Untersuchung kam die Krankenschwester und zog ihm sein am Rücken offenes Hemd aus. Er hatte nicht die Kraft, sich zu schämen, und ergab sich ihren Blicken. Sie leerte seinen Katheterbeutel und rieb seinen Körper mit einem feuchten Schwamm ab. Dann, auf sein nachdrückliches Drängen, brachte sie ihm einen Spiegel. Als er sein Gesicht sah, erstarrte er, als hätte er gerade Frankenstein erblickt. Er hatte mehr als fünfzehn Kilo abgenommen und war dünn wie ein Blatt. Sein Kopf war kahl geschoren und sah aus wie ein benutzter Tennisball. Seine rechte Kopfseite, die Schulter und der halbe Rücken waren voller Blutergüsse und Blessuren. All die Nähte, die sich wie Eisenbahnlinien kreuzten, sollten Wunden verschliessen, die sich den Platz auf seinem Körper streitig machten. Und dann war auch noch ein Auge zugeschwollen wie bei einem besiegten Boxer. Zehn Minuten lang betrachtete er sich, bis ihn eine Stimme aus den Gedanken riss: »Schön, dass es Ihnen bessergeht!«

Ein Mann und drei weitere, die wie seine Assistenten aussahen.

»Ich bin Walîd Sultân, Kriminalhauptkommissar vom Revier Dukki.«

Taha nickte, während Walîd ein Päckchen Zigaretten herauszog und sich eine davon in den Mund steckte, ohne sich um die Krankenschwester zu kümmern, die missbilligend den Mund verzog: »Rauchen ist hier verboten. Das ist eine Intensivstation.« Er sah sie böse an, und sie packte nervös etwas

Mull und Watte zusammen. »Die Frau Doktor hat gesagt, er braucht Ruhe.«

Walîd blickte Taha an. »Fühlen Sie sich wohl?« Und ohne seine Antwort abzuwarten, beschied er der Schwester: »Er lässt Ihnen ausrichten, dass er sich wohl fühlt.«

Taha nickte. »Wie geht es meinem Vater?«

Die Schwester konnte vor Wut nicht an sich halten und knallte beim Hinausgehen die Tür hinter sich zu. Walîd sah seine Assistenten einen nach dem anderen an und versuchte, eine passende Antwort zu finden. Schliesslich fiel ihm eine ein: »Ihrem Vater geht es nicht gut, Taha. Wir wollen ihn nicht belästigen. So Gott will, kommen Sie ja wieder auf die Beine, dann können Sie zu ihm. Erzählen Sie mir doch, was an dem Tag passiert ist!« Zunächst aber diktierte er einem seiner Assistenten: »Protokoll vom 8.12.2008, 14 Uhr 15. Aufgenommen durch Oberstleutnant Walîd Ibrahîm Sultân, Hauptkommissar des Reviers Dukki. Sachverhaltsdarstellung: Gemäss Protokoll Nr. 3065, Straftaten des Jahres 2008, erhielten wir um genau 13 Uhr 15 einen Anruf aus dem Kasr-al-Aini-Krankenhaus, vermeldend die Besserung des Zustands und das Aufwachen von Taha Hussain Hanafi Abdalkarîm al-Sahâr, Ausweisnummer 100 570, Dukki, welcher sich seit dem 17.11.2008 im Zustand der Bewusstlosigkeit befand. Wir begaben uns ins Krankenhaus, und seine Vernehmung ergab Folgendes … – Können Sie uns erzählen, was am Montag, dem 17.11., passiert ist?«

Das Ganze dauerte eine halbe Stunde. Taha beendete seinen wenig detailreichen Bericht und erwartete nun seinerseits zu hören, was er in den vergangenen Wochen verpasst hatte.

Walîd erzählte alles aus seinem Blickwinkel: »Vor drei Wochen erhielten wir eine Mitteilung vom Rettungsdienst, dass eine Nachbarin von Ihnen gerade die Treppe hinaufging, als sie plötzlich eine erstickte Stimme aus Ihrer Wohnung hörte. Sie rief den Türhüter, und sie brachen die Tür auf und brachten Sie ins Krankenhaus.«

»Ist meinem Vater was passiert?«

Walîd zögerte einen Moment, während er seine achte Zigarette ausdrückte, aus der er eine weitere Rauchwolke in den Raum entlassen hatte. Dann machte er seinen Assistenten ein Zeichen, draussen auf ihn zu warten. »Taha, Sie sind ein anständiger, gottgläubiger junger Mann. Ihr Vater ...«

Den folgenden Satz, die Todesnachricht, hörte Taha nicht mehr. Er hatte das Gefühl, als wiche auf einen Schlag sämtliche Luft aus seinen Lungen und als zöge sich das Blut an einen Ort zurück, der auf der Landkarte seines Körpers nicht verzeichnet war. Wie ein abgeschossener Kolibri fiel er zu Boden. Walîd tastete an ihm herum, aber schon kam die Ärztin angerannt und schrie: »Wenn etwas passiert ist, sind Sie dafür verantwortlich! Die Vernehmung hätte man auch verschieben können, bis er wieder auf den Beinen ist. Das ist doch Unsinn, was Sie da machen!« Sie lief zu Taha, blickte ihm unter die Lider und rief zwei Krankenschwestern Instruktionen voller medizinischer Ausdrücke zu. Dann forderte sie Walîd auf, den Raum zu verlassen, und versuchte, Taha wiederzubeleben.

Wie geheissen zog Walîd sich langsam zurück. Dabei nahm er eine weitere Zigarette aus der Schachtel, zündete sie jedoch nicht an. Stattdessen liess er seine Blicke über die Beine der Ärztin wandern, die noch immer über Taha gebeugt dasass. Dann ging er in aller Ruhe hinaus.

Am Abend hatte Taha vor lauter Weinkrämpfen und gescheiterten Versuchen, seine Entlassung aus dem Krankenhaus zu erwirken, auch noch sein letztes bisschen Kraft verloren. Walîd Sultân war gegangen, ohne noch irgendeine Information herauszurücken. Er hatte nur gesagt: »Kopf hoch, seien

Sie ein Mann! Wenn es Ihnen bessergeht, werden wir uns treffen und miteinander reden.«

Taha konnte sich nicht vorstellen, dass sein Vater vor mehr als zwanzig Tagen einfach so gegangen war. Er konnte nicht glauben, dass er ihn verloren hatte, ohne sich von ihm verabschieden zu können. Von dem, was er erlitten haben musste, machte er sich die schlimmsten Vorstellungen und betete, dass er schnell gestorben war. Vor Trauer erlitt er einen Blutdruckabfall, so dass er nahe daran war, ein weiteres Mal umzukippen.

Seine Tante kam ihn besuchen, in Schwarz gekleidet und in Tränen. Als sie ihn an sich drückte, weinte er noch mehr. Die Ärztin musste ihm ein Mittel spritzen, um ihn für mehrere Stunden ruhigzustellen, bis sie sich über seinen Gesundheitszustand ein Bild gemacht hatte. Seine Tante übernachtete bei ihm, und so konnte er bis zum Mittag des folgenden Tages durchschlafen.

Mehrere Tage musste er noch im Krankenhaus bleiben. Die ganze Zeit starrte er auf eine Wanduhr mit abgebrochenem Zeiger. Allmählich jedoch fühlte er sich etwas besser, wenn es auch mit seiner Gemütsverfassung eher bergab ging. Man teilte ihm mit, er habe eine Nervenstörung. Dadurch habe er Schwierigkeiten beim Greifen, und hin und wieder werde seine linke Seite zu zittern beginnen. Ausserdem habe er vorübergehend sein Kurzzeitgedächtnis verloren. Er müsse den natürlichen Heilungsprozess abwarten und sich mit den Symptomen abfinden. Die meiste Zeit war er schweigsam wie ein Baum.

Am zehnten Tag kündigte man ihm seine Entlassung an. Noch am selben Tag meldete sich jemand vom Polizeirevier bei ihm. Der Hauptkommissar wolle ihn treffen. Taha packte die Kleider zusammen, die seine Tante ihm gebracht hatte, und schickte sich an, das Krankenhaus zu verlassen. Er musste sich noch einige Ermahnungen anhören, bevor er ging. Sein Zustand müsse überwacht werden, bis er sich stabilisiert habe.

Unterwegs bat ihn seine Tante, bei ihr zu übernachten, aber er bestand darauf, in seine Wohnung zu gehen. Im Hauseingang standen ein Polizeisekretär und zwei Rekruten, um noch ein paar Erkundigungen einzuziehen und den ungelösten Fall nicht aus den Augen zu verlieren. Während Taha die Treppe zur Wohnung hinaufging, stürmten die Nachbarn von allen Seiten mit ihren Beileidsbekundungen auf ihn ein: »Kopf hoch, ewig ist nur Gott allein!« Nie hatte er eine Antwort auf diese Worte gewusst. Er nickte und vermied es, ihnen ins Gesicht zu sehen. Vor der Tür zögerte er ein paar Sekunden, weil ihm die Szene, wie er am Tag des Überfalls die Wohnung betreten hatte, wieder vor Augen stand. Deshalb ging seine Tante voraus, öffnete und rezitierte beim Eintreten den Thronvers aus dem Koran. In der ganzen Wohnung erklang die Stimme von Scheich Abdalbassît. Seine Tante hatte in den vergangenen Tagen den Koransender laufen lassen. Taha stellte den Koffer mit den Kleidern ab. Als er vor der verschlossenen Tür des dritten Zimmers stand, erstarrte er. Er ging ins Bad, um sich das Gesicht zu waschen, und anschliessend in sein Zimmer. Dort legte er sich ein paar Minuten hin, bis seine Tante mit einem gebratenen Hähnchen zu ihm hereinkam.

»Du musst etwas essen, damit deine Knochen heilen. Du brauchst Energie, mein Augenstern.«

»Nicht jetzt, Tante. Ich kann nicht.«

Sie steckte den Daumen in die Brust des Hähnchens und riss es auseinander. »Zier dich nicht so, Taha, du musst essen! Trauer bringt das Verlorene nicht wieder. Die Ärzte haben gesagt, wenn du nicht isst, verlierst du wieder das Bewusstsein.«

Er hatte nicht die Kraft, mit ihr zu streiten. »Gut, Tante.«

»Letzte Nacht habe ich von dem Seligen geträumt«, fuhr sie fort. »Er war ganz weiss angezogen, sein Gesicht leuchtete wie der Vollmond, und er hielt einen Palmwedel in der Hand. Ein Palmwedel steht in der Traumdeutung für Sieg, einen gesicherten Lebensunterhalt und gesunde Nachkommen. Er lachte, nannte mich bei dem alten Kosenamen, den er immer benutzt hatte, und sagte: ›Faijûa, pass auf meinen Taha auf!‹ Aaach, Gott gewähre ihm das Paradies!«

Taha kannte die Träume seiner Tante, sie schwebte dann in höheren Sphären. Aber diesmal beschlich ihn das Gefühl, dass sie nur versuchte, seinen Schmerz zu lindern.

»Ja, weisst du, wenn du dich ein bisschen erholt hast, möchte ich, dass du zu den Nachbarn raufgehst und dich bei ihrer Tochter bedankst. Das muss sein, denn wenn sie nicht gewesen wäre …«

»Unser Leben ist in Gottes Hand, Tante.«

»Und gepriesen sei Er! Aber bei dem Mädchen musst du dich bedanken, die hat Gott geschickt! Wäre der Aufzug nicht kaputt gewesen, hätte sie nicht die Treppe benutzt.«

Taha nickte. »Ich werde raufgehen.«

»Nimm ein Tablett Basbûsa mit!«

Faika verschwand in der Küche, während Taha zu dem verschlossenen Raum ging. Er öffnete die Tür. Seine Tante hatte schon Hand angelegt. Sie hatte zwei Flaschen Karbol geleert, die Vorhänge abgenommen und gewaschen und die zerschlissenen Teppiche beseitigt, so dass der lädierte PVC-Boden, der in den achtziger Jahren mal modern gewesen war, wieder zum Vorschein gekommen war. Über den Bücherschrank hatte sie einen weissen Überwurf gebreitet und, nachdem sie den Rollstuhl zusammengefaltet in die Ecke gestellt hatte, an Hussains Lieblingsplatz am Fenster ein kleines Lesepult mit dem

Koran aufgebaut. Seit Jahren hatte Taha die Zimmerwände nicht ohne die ganzen Papiere gesehen. Mit der Zeit hatten sich seine Augen an die Plakate seines Vaters gewöhnt, die eine regelrechte Tapete bildeten.

»Komm, trink deinen Tee, Taha!«

»Wo sind die Papiere, Tante, Papas Papiere?«

»Genug, mein Junge.«

»Hast du sie weggeschmissen?«

»Nein ... sie sind doch eine Erinnerung an deinen Vater! Und es waren Blätter mit Koranversen dabei und so alte Bücher, die aussahen wie Gebete. Sie schienen mir heilig. Ich hab alles aufgesammelt, in eine grosse Tüte getan und sie auf den Stauboden gestellt.«

»Weiss meine Mutter Bescheid?«

»Ob sie Bescheid weiss?«, fragte Faika ärgerlich. »Von wem sollte sie es denn wissen? Sie weiss noch gar nichts. Jeder nach seiner Fasson.«

Taha ging zu der Zimmerecke und betrachtete den Stuhl seines Vaters. »Ich verschwinde noch mal, ich geh zur Polizeiwache.«

»Mein Junge, die Ärztin hat gesagt: Keine Aufregung! Reicht es nicht, dass du so früh aus dem Krankenhaus gekommen bist? Guck mal, wie blass du bist, kurkumagelb! Iss was, damit du wieder zu Kräften kommst, das Übrige überlass Gott!«

»Ich werde nicht lange brauchen.«

Faika kam auf ihn zu und nahm sein Gesicht in ihre Hände. »Taha, mein Junge, was vorbei ist, ist vorbei. Wer gegangen ist, kommt nicht wieder, was auch immer passiert. Bete für ihn!«

Seine Augen füllten sich mit Tränen. Er küsste ihr die Hand und ging.

9

Polizeirevier Dukki

Zwanzig Minuten musste er warten, bis er zu Walîd Sultân vorgelassen wurde.

»Guten Tag, Walîd Bey.«

»Willkommen, Taha. Treten Sie ein!«

Walîd drückte auf einen Knopf neben seinem Schreibtisch, und schon klopfte ein Rekrut an die Tür. In sich zusammengesunken, als hätte er etwas angestellt, kam er herein. »Sie wünschen, Euer Exzellenz?«

Walîd wandte sich an Taha: »Tee oder Kaffee? Es gibt auch Anistee, Zimttee, grünen Tee und Hibiskusblütensirup. Na?«

»Nichts, danke sehr.«

»Das geht nicht. Bring einen grünen Tee und einen Hibiskusblütensirup, mein Lieber!« Er entliess den Rekruten, der sich auf Zehenspitzen entfernte.

Das Büro war mittelgross und rechteckig. Auf einem breiten Schreibtisch befanden sich mehr als zwanzig Sorten Stifte, ein paar Akten und ein Messingschild mit eingraviertem Namen und Dienstgrad. Ausserdem gab es eine grosse Koranausgabe, einen kleinen Kühlschrank und einen Fernseher, auf dem gerade Wrestling lief.

»Sie sehen heute besser aus. Eine Zigarette?«

Taha nahm sich eine, zündete sie aber nicht an. »Ich wollte wissen, was man bis jetzt unternommen hat. Haben Sie einen Verdächtigen?«

In dem Moment klopfte ein Polizist an die Tür, ein Schrank von einem Mann. »Der Vater von Rabîa ist draussen, Euer Exzellenz. Der Vater von dem Jungen, der uns angegriffen hat.«

»Bring ihn rein! Aber warte du selbst draussen, und komm nicht dauernd zu mir reingesprungen!«

»Er wird alles Mögliche behaupten und schwören und irgendwas erzählen, Pascha.«

»Verflucht noch mal!«, schrie Walîd. »Willst du mir etwa sagen, was ich zu tun habe?«

Der Polizist hob entschuldigend die Hand und eilte hinaus.

Ein magerer, verhärmter Mann Ende siebzig trat ein. Er trug eine dünne braune Hose und ein weisses Hemd.

»Was ist, Abu Rabîa? Was noch? Will Rabîa uns nicht besuchen, oder was?«

Mit zittrigem Blick antwortete ihm der Mann: »Beim grossen Gott, Pascha, drei ...«

»Sag nichts von drei, und schwöre nicht bei Gott oder beim Propheten! Solche Sachen gehören nicht aufs Revier.«

»Die sind es, bei Gott, die ihm ein Unrecht getan haben. Möge Gott Wohlgefallen an Ihnen haben, Pascha, der Polizist hat ihm den Stand umgeschmissen.«

Walîd unterbrach ihn: »Dein Sohn stand am falschen Platz. Und was hat er sich bloss dabei gedacht, auf die Polizisten loszugehen? Er hat sich ja aufgeführt, als sei er ihr Vater, und dabei war das ein Angriff auf den Staat! Hat er sich gedacht, seine Mutter, diese H..., erlaubt ihm das?«

Der Mann schluckte die Beleidigung. »Es heisst, Pascha, Rabîas Stand hätte die Strasse versperrt. Aber der Polizist fing an! Er wollte von ihm eine Brille und zwei Kassetten haben. Rabîa sagte auch nicht nein. Da verlangte er noch drei Brillen und Kassetten für die Beys, die bei ihm waren. Als Rabîa zu ihm sagte, das ist zu viel, trat er mit dem Fuss gegen den Stand und machte mehr Waren kaputt, als er vorher haben wollte. Und dann sagte er zu ihm: ›Stell dich hier nicht noch mal hin!‹ Rabîa sammelte alles vom Boden auf. Der Junge war sehr wütend, er brummte leise vor sich hin. Da fing der Polizist an, ihn zu beschimpfen. Er sagte zu ihm: ›Was brummst du da, geh doch, und f… deine Mutter!‹ Der Junge hörte die Beleidigung, und sein Blut kochte. Seine Mutter ist nämlich tot. Er schubste den Polizisten, da fielen die drei über ihn her und schlugen ihn. Er liess alles stehen und liegen und lief weg. Sie nahmen den ganzen Stand mit ins Revier, zu Euer Exzellenz. Die eine Hälfte ist ausgekippt worden, die andere haben sie kaputtgehauen. Beim grossen Gott, das ist es, was passiert ist, ich stand ja dabei.«

Walîd schlug mit der Handfläche auf den Schreibtisch, worauf der Mann zusammenfuhr. »Es interessiert mich nicht, ob du dabeistandest oder nicht. Der Junge soll hierherkommen, bevor der Tag vorbei ist! Und wenn er nicht von sich aus kommt, soll er mich kennenlernen, ich werd ihm schon zeigen, wo's langgeht. Gott befohlen – und jetzt ab mit dir!«

Der Mann war still und sagte nichts mehr. Ein Polizist führte ihn hinaus, gleichzeitig kam ein Rekrut herein, setzte die Gläser ab und wurde von Walîd sofort wieder hinausgewinkt. Nun wandte er sich an Taha: »Stellen Sie sich das mal vor … ein Junge, der von einem Stand auf der Strasse lebt, schlägt auf drei Polizisten ein!«

»Wenn man meine Mutter beleidigen würde, täte ich noch ganz andere Sachen!«

»Die Polizisten haben sich angewöhnt, die registrierten Strassenverkäufer schlecht zu behandeln. Natürlich hab ich sie zusammengestaucht. Das sind schmutzige, hungrige Jungs, die nie satt werden. Und ihr Gehalt ist auch kaum der Rede wert. Was sollen sie machen? Jeder von ihnen hat einen Haufen Kinder am Hals.«

»Aber es ging doch um Brillen und Kassetten, also um Luxusartikel. Nicht um Öl und Butterschmalz!«

»Und wennschon, darauf kommt es nicht an. Das Revier

verliert sein Ansehen, wenn ein Kerl die Polizisten zum Gespött der ganzen Strasse macht. Dann nehmen die Leute die Polizei nicht mehr ernst, und jeder Einzelne trägt die Nase hoch. Wenn man sie nicht von Zeit zu Zeit ein bisschen zurechtstutzt, machen sie uns Probleme. Wenn man aber einem Kerl wie dem Manieren beibringt, erzählt er allen seinen Kollegen davon. Und darauf kommt es an! – Doch zurück zu unserem Thema.«

Er durchsuchte die Akten, die auf seinem Schreibtisch lagen. Schliesslich zog er eine heraus, die mit »3065, Strafsachen« beschriftet war, und schlug sie auf.

»Bei Gott! Ihr Fall, Taha, hat unsere ganze Direktion auf den Kopf gestellt. Der Direktor der Staatssicherheit selbst hat schon danach gefragt. Die Rechtsmediziner haben die Wohnung untersucht, aber ausser von Ihnen und Ihrem Vater gibt es keine Fingerabdrücke. Der Täter hat vorher angeklopft, es gibt keine Zeichen von Gewalteinwirkung an der Tür, sie ist vollkommen unversehrt. Ihr Vater muss den Täter gekannt haben.«

»Vater hat jedem aufgemacht. Er konnte ja nicht durch den Türspion gucken.«

»Die Sache ist die: Gleich als Ihr Vater die Tür öffnete, bekam er einen Schlag ab. Wir haben Blut am Türrahmen entdeckt. Der Täter schlug ihn mit einer Brechstange oder Ähnlichem nieder. Und er trug Einmalhandschuhe, auf dem Rollstuhlgriff haben wir Spuren von Puder gefunden. Das heisst, der Täter hatte die Aktion geplant. Er schob Ihren Vater bis in sein Zimmer und durchsuchte dann die ganze Wohnung. Weil er aber nichts fand, nahm er nur ein paar kleine, wertlose Gegenstände mit. Das habe ich erfahren, als ich Ihre Tante vernommen habe. Dann zog er sich zurück und wartete, vielleicht zwei Stunden. Wir wissen nicht, ob Ihr Vater zu dieser Zeit bewusstlos war oder nicht. Der Täter rauchte Zigaretten, und bevor er ging, sammelte er die Stummel wieder ein. Es lag Asche auf dem Boden.«

In Tahas Augen glitzerten die Tränen. »Das heisst, mein Vater hat die ganze Zeit noch gelebt?«

»Ich glaube, ja. Vielleicht haben sie sich sogar unterhalten. Nach einer Weile, aber bevor zwei Stunden vorbei waren, versetzte er ihm einen zweiten Schlag, der Ihren Vater von rechts traf.«

»Der Täter ist also Linkshänder.«

Walîd lächelte. »Bravo! Woher wissen Sie das?«

»Ich sehe mir ausländische Filme an.«

»Dieser Schlag führte zum Tode, wie Sie verstehen werden. Und dummerweise kamen Sie gerade im selben Moment nach Hause.«

Taha konnte sich nicht mehr beherrschen. Jedes Wort aus Walîd Sultâns Mund war wie eine Messerklinge, die ihm ins Herz fuhr.

Aber der Kommissar sprach weiter: »Der Täter versteckte sich im Bad. Und als Sie reinkamen, schlug er Sie nieder. Die starke Blutung täuschte ihn, er dachte, es wäre vorbei mit Ihnen. Und deshalb machte er, dass er wegkam. Danach erhielten wir die Meldung.«

Taha versuchte, sich zusammenzureissen. »Und dann?«

»Wie ich erfahren habe, hatten Sie zwei Tage vor dem Vorfall Anzeige erstattet, dass Service in der Apotheke randaliert hätte. Stimmt das?«

»Das stimmt.«

»Der Junge, der bei Ihnen arbeitet, ist zu uns gekommen und hat die Sache mit der Scheibe bestätigt. Er sagte allerdings, er habe nicht gesehen, dass Service sonst noch etwas kaputtgemacht habe.«

»Aber ich hab ihn gesehen«, fiel Taha ihm ins Wort.

»Wie dem auch sei, das ist kein Motiv. Selbst vor Gericht würde der Verteidiger darauf plädieren, dass der Tatbestand nicht schlüssig ist.«

»Aber er stand da und lachte! Und sonst war ja niemand auf der Strasse. Er hat das gemacht, weil ich ihm die Präparate nicht geben wollte, die auf der Betäubungsmittelliste stehen.«

Walîd lächelte kalt. »Ich habe Service hierhergeholt. Er hat ausgesagt, ungefähr zur Zeit des Verbrechens sei er mit jemandem zusammen gewesen. Wir fragten nach und konnten bestätigen, dass er die Wahrheit sagt. Trotzdem behielt ich ihn im Revier, bis ich wusste, dass nichts in der Wohnung auf ihn hinweist. Mich lügt Service nie an. Er weiss, dass sein Leben in meiner Hand liegt.«

»Aber würde er auch bei einem Mord die Wahrheit sagen? Mein Vater und ich waren immer für uns, wissen Sie. Wir hatten weder Feinde noch Freunde, nicht mal Verwandte. Das ist das erste Mal, dass ich mit jemandem ein Problem habe. Mein Leben lang hab ich mich nicht geprügelt und niemandem was getan. Aber Service hab ich angezeigt! Und als ich ihn danach auf der Strasse getroffen habe, hat er so gemacht« – Taha imitierte Service' anzügliche Geste.

»Ein Typ wie der geht vielleicht mit dem Klappmesser auf Sie los und verletzt Sie. Das wollte er ihnen offenbar andeuten. Aber ein Mord ist eine Nummer zu gross für Service, so was macht er nicht. Ihr Fall ist schwierig, Taha, es gibt kein Tatwerkzeug und kein Motiv, der Türhüter hat nichts gesehen, und registrierte Fingerabdrücke gibt es auch nicht. Die Sache wird dauern. Aber seien Sie unbesorgt, ich spanne das ganze Revier ein. Auch der Direktor der Staatssicherheit geht der Sache nach. Ihr Glück, dass Sie genau gegenüber von Machrûs Bergas wohnen!«

»Und wenn ich das nicht täte?«

»Worauf wollen Sie hinaus, Taha?«

»Nur weil Service mit einem Freund zusammen war, soll er unschuldig sein. Dabei ist der doch sicher genau so ein Junkie wie er selbst und deckt ihn bloss.«

Walîd seufzte ärgerlich. »Dieser Freund wird mich wohl nicht reinlegen. Reden Sie keinen Quatsch, Sie wissen ja gar nicht, von wem Sie sprechen!«

»Wer ist es denn?«

»Machrûs Bergas.«

»Und was hat der mit Service zu schaffen?«

»Service hatte in der Nacht in Muhandissîn einen Termin mit ihm, um sich für einen Platz im Wohnheim für Jugendliche zu bewerben. Das war ungefähr zur Zeit des Überfalls.«

»Und das beweist, dass Service nichts getan hat?«

»Trinken Sie Ihren Tee!«

Taha schwieg und schnappte nach Luft. Er nahm sich ein Glas Wasser vom Tablett und führte es zum Mund – aber seine Finger begannen zu zittern, so dass ihm das Glas zwischen die Füsse fiel und zersprang.

»Macht nichts«, sagte Walîd. Er drückte auf den kleinen Knopf, und ein Rekrut klopfte, kam herein, bückte sich und sammelte die Scherben ein. Walîd zündete sich währenddessen eine neue Zigarette an. »Sehen Sie, Sie sind ein anständiger junger Mann, aber sehr naiv. Sie kennen nur Ihre Firma und Ihre Apotheke, das ist schon Ihr ganzes Leben. Aber die Welt um Sie herum ist viel grösser, Taha. Um Parlamentsabgeordneter zu werden, brauchen Sie, einfach gesagt, zwei Dinge: Geld, auf das Sie verzichten können, und jemanden, der Ihre Interessen vertritt, der Stimmen sammelt, die Leute aufrüttelt, Geschenke verteilt – und der, wenn nötig, auch zuschlägt. Genau so einer ist Service für Machrûs Bergas. Deshalb hat er auch den Direktor der Staatssicherheit angerufen und ihm Anweisungen erteilt. Wenn er aber das Gefühl haben sollte, dieser Bursche könnte ihm gefährlich werden, wäre er der Erste, der ihn fallen lässt. Er wird sich wegen solch eines Kerls nicht in Verdacht bringen, es sei denn, er ist sicher, dass an der Sache nichts dran ist. Nehmen Sie es nicht persönlich!«

Taha schwieg, ihm fehlten die Worte.

Walîd Sultâns Antworten kamen wie aus der Pistole geschossen: »Der Fall ist schwierig, Taha. Ihr Vater hat ja auch wegen seines Gesundheitszustands keinen Widerstand geleistet. Man brauchte ihn kaum anzufassen, sonst hätten wir irgendwas gefunden. Wenn das Opfer Widerstand leistet, findet man meist noch DNA-Spuren des Täters an seiner Haut.«

»Aber ich sage Ihnen doch, Service hat mich auf der Strasse bedroht. Und sonst niemand.«

»Das reicht nicht.«

Taha war sehr aufgebracht. »Ich sage Ihnen auch, ich bin mit niemandem verfeindet.«

Walîd klopfte in regelmässigem Takt mit dem Feuerzeug auf den Schreibtisch. »Das ist unsere Sache. Der Einbrecher ist gekommen, um zu stehlen. Die Begleitumstände zeigen das.«

»Mir scheint, Sie wollen andeuten, dass der Fall abgeschlossen ist?«

»Gerade bei Mordfällen gibt es oft die verschiedensten Mutmassungen. Aber schliesslich geht es dabei um ein Menschenleben, das ist kein Spiel. Sie können die Sache ruhig uns überlassen, wir lösen sie nach bestem Wissen und Gewissen.«

»Was ist das für ein Gesetz, das einen Mörder frei herumlaufen lässt, nur weil jemand, der Immunität geniesst, behauptet, er habe ihn getroffen? Was ist der denn? Ein Prophet? Kann es nicht sein, dass er einfach lügt?«

Walîd war mit seiner Geduld am Ende. »Ich achte Ihre Gefühle, Taha. Aber bei solchen Fällen kommt man mit guten Vorsätzen nicht weiter. Die können Sie in der Moschee fassen, wenn Sie dort beten. Bei Verbrechen aber muss man sich an bestimmte Bedingungen halten, um jemanden festzunehmen, nämlich an das Gesetz! Das heisst, um sagen zu können: Der war's!, brauche ich ein Motiv, eine Tatwaffe, Fingerabdrücke und Zeugen. Und Service hat ein Alibi beigebracht. Wenn Ihnen das Gesetz nicht zusagt, lösen Sie den Fall doch selbst!«

»Ich wünschte, ich könnte.«

Walîd lehnte sich in seinem Ledersessel zurück. »Ich hab kein Interesse daran, dass dieser Fall nicht vorankommt oder zu den Akten gelegt wird. Ein ungelöster Fall ist so, als wäre mir ein Bissen im Hals steckengeblieben. Aber wenn Sie jetzt bitte gehen möchten! Wenn es was Neues gibt, rufe ich Sie an.«

Das war ein klarer Rausschmiss. Walîd griff nach dem Telefonhörer und widmete sich ganz irgendeinem sinnlosen Anruf.

Taha stand auf und sah ihn missbilligend an. »Sie erlauben.«

Walîd, ganz mit dem Telefonat beschäftigt, winkte nur matt mit der Hand, und Taha zog sich leise zurück.

Bis die Beileidsbesuche abnahmen, dauerte es drei Wochen. Zuletzt kam, schon zum zweiten Mal seit der Trauerfeier, eine Abordnung aus al-Scharkîja im Nordosten des Nildeltas, um Taha ein Mädchen der Familie zur Heirat anzubieten. »Dann hast du eine, die für dich kocht und wäscht. Ein einfaches, sauberes Mädchen, das sich noch nirgendwo rumgetrieben hat. Und beschnitten ist sie auch! Ein frischer Teig, den du formen kannst, wie du willst.« Höflich entzog er sich ihrem Angebot, indem er ihnen versprach, seine Papiere in Ordnung zu bringen und die Tatsache, dass sie beschnitten war, ebenfalls zu berücksichtigen.

Seine Tante hatte nach zwei Wochen nach Hause zurückkehren müssen. Sie konnte nicht länger fortbleiben, denn sie hatte die Kinder ihrer Töchter zu betreuen, bis die von der Arbeit heimkamen. Es tat ihr leid, gehen zu müssen, sie hatte Taha aber versprochen, öfter mal vorbeizuschauen, um den Kühlschrank eigenhändig wieder aufzufüllen.

Mit der Zeit blieb auch der Polizeischutz im Hauseingang aus. Nur abends kam noch für zwei Stunden ein Kriminalpolizist, setzte sich auf einen Stuhl, trank Tee und haute eine Packung Cleopatra-Zigaretten weg. Dann verschwand er wieder bis zum nächsten Tag.

Im Spiegel konnte Taha beobachten, wie seine Verletzungen langsam heilten, wie die Schwellung über dem Auge allmählich zurückging und nur eine kleine Narbe als Erinnerung übrig blieb. Sein Kopf war noch immer kahl geschoren, denn um sein Haar konnte er sich jetzt nicht kümmern. Nur die Symptome, die ganz unvermittelt zuweilen auftraten, störten ihn. Manchmal, wenn er nach etwas griff, gehorchte ihm seine linke Hand nicht. Plötzlich zitterte er und liess den Gegenstand fallen. Und sein Gedächtnis war so löchrig wie ein Sieb. Einzelheiten wie Orte und Personen vergass er oft einfach. Um ganz alltägliche Dinge zu erledigen, musste er sie wie Hausaufgaben im Terminplaner seines Handys abspeichern. Ein Klingeln erinnerte ihn dann daran, den Klempner anzurufen, weil irgendwo ein Wasserrohr leckte, eine neue 25er-Prepaidkarte zu kaufen oder seine tägliche Medikamentendosis zu nehmen. Darauf legte er grossen Wert. Der Neurologe hatte ihm noch weitere mögliche Komplikationen aufgezählt: »Sie leiden an einer Nervenkontrollstörung, Taha, und an Krämpfen. Es kann auch zu Halluzinationen kommen, aber das ist selten. Gegen Ihre Migräne verschreibe ich Ihnen Migranil. Nehmen Sie zusätzlich zwei Stegron am Tag, und halten Sie sich von Stress und Problemen fern. Ich sehe Sie wieder.«

An Medikamente zu kommen war für Taha nicht schwierig. Sein Vorrat im Schrank reichte für Monate, vor allem, was das Mittel gegen die Migräne betraf, die ihn auf Schritt und Tritt begleitete. Er war schweigsam geworden. Selbst die Freunde aus der Clique waren ihm fremd. Wie bei einem kaputten Stuhl, auf den sich vorsichtshalber niemand mehr setzte, gingen sie auf Abstand zu ihm. Wenn sie stundenlang voller Begeisterung auf der Playstation *FIFA* spielten, dröhnte ihr Gebrüll in seinem Kopf wie die Triebwerke eines Frachtflugzeugs. Keiner von ihnen fragte, wie es ihm ging. Sie hielten sich von ihm fern, als wäre er zehn Jahre älter als sie. Er langweilte sie, und sie langweilten ihn. Er ging ihnen aus dem Weg, zog sich von ihnen zurück, und sie bemerkten es nicht einmal. Nur Jassir war noch übrig, der Gefangene des Cafés al-Nil. Immer, wenn es Taha schlechtging, flüchtete er sich zu ihm. Jassir hatte immer ein offenes Ohr für ihn.

Trotzdem suchte er auch zweimal Walîd Sultân auf. Allerdings kam dabei nichts Nennenswertes heraus. Beim dritten Mal konnte er ihn gar nicht sprechen. Nachdem er zwei Stunden auf ihn gewartet hatte, ging er wieder. Kurz darauf stand er vor der Apotheke plötzlich Service gegenüber. Die Faust in der Tasche geballt, sah er zu, wie dieser sich mit einem Taschenmesser, das er geschickt wie ein Cowboy direkt vor Tahas Nase aufgeklappt hatte, zwischen den Zähnen stocherte. Grinsend liess Service es durch die Finger gleiten, dann klappte er es mit einem Laut, der Taha bedenklich stimmte, wieder zu.

Als er wieder zu Hause war, rief seine Tante an, um ihn an etwas zu erinnern. Sie wollte das Unglück bekämpfen, das sein Gedächtnis zerfrass wie eine Raupe zur Erntezeit. »Wie geht's dir, mein Schatz? Gut? Isst du auch genug? Ich hab ein Blech Nusspastetchen für dich gemacht, da wird dir das Wasser im Mund zusammenlaufen. Ausserdem möchte ich dich daran erinnern, Schatz, dass du bei den Nachbarn im Vierten vorbeigehst, um dich bei ihnen zu bedanken. Das muss sein. Wie sehen wir denn vor den Leuten aus, wenn du immer nur jaja sagst und es dann vergisst? Und gib acht, dass du auch wirklich gut isst! Und lass das Rauchen! In Ordnung, Schatz, mach's gut.«

10

Sie suchte nach einem letzten Satz für den Artikel. Währenddessen kringelte sich die blaue Dunstwolke bis zur Zimmerdecke. Mit angezogenen Beinen sass sie in einem tiefen Sessel, so dass nur die elfenbeinfarbenen Füsse unter dem weiten T-Shirt hervorsahen. Ein letztes Mal zog sie an ihrem Joint, dann pustete sie sich eine rote Haarsträhne aus den Augen. Nachdem sie der Wirkung des Stoffs insgeheim Anerkennung gezollt hatte, drückte sie den Stummel im Aschenbecher aus. Sie streckte die Hand nach der Tastatur des Laptops aus und schrieb: »›Siehe, die schlimmsten Tiere für Gott sind jene, die taub und stumm sind und die nicht begreifen.‹[*] Das schlimmste Verbrechen in den letzten drei Jahrzehnten war, den Menschen ihren Verstand zu rauben, ihr Denken auszulöschen und ihre religiösen Überzeugungen zu politisieren. Irgendwann wird die Geschichte dafür sorgen, dass man denen, die dieses Verbrechen begangen haben, den Prozess macht.« Zum Schluss setzte sie noch ihren Namen unter den Artikel: »Sara al-Akabi.«

Sie war mit Absicht so provokativ, darin waren sich ihre Vertrauten, Kollegen und *Facebook*-Freunde einig – und auch die jungen Männer des Viertels, die sie mit Lobhudeleien und Komplimenten überschütteten, wenn sie sie sahen: »Jetzt geht's aufwärts mit Ägypten. Mein Gott, fall doch hin, wir heben dich schon wieder auf! Du arbeitest bestimmt bei EgyptAir.« Seit sie ihr Journalistikstudium abgeschlossen hatte, war sie bei einer unabhängigen Zeitung angestellt. Sie war die ältere Schwester Tâmirs, der noch auf die Sekundarschule ging, eines mageren, schmalen Typs mit dem ersten Flaum auf der Oberlippe und einem Kinnbart, der wie ein Kommodenknopf

---

[*] Sure 8:22. *(Anm. d. Übers.)*

aussah. Er hatte Glücksarmbänder an und trug seinen Hosenbund so tief, dass man ein Stück von seinem Gesäss sah.

Ihre Eltern arbeiteten in Kuwait. Nur einmal im Jahr kamen sie auf Urlaub heim. In dieser Zeit war Sara hauptsächlich damit beschäftigt, mit ihnen um die Anerkennung ihrer Freiheiten zu kämpfen. Wie die Eltern gekommen waren, reisten sie nach kurzer Zeit auch schon wieder ab und liessen bis zum nächsten Jahresurlaub nur Geld, Geschenke und ein paar matte gute Ratschläge zurück.

Gegen Mittag klopfte es an der Tür, und Tâmir machte auf.

»Guten Tag, ich bin euer Nachbar Taha vom zweiten ...«

»Ja ... willkommen!«, unterbrach Tâmir ihn hastig.

»Ist einer von deinen Eltern da?«, fragte Taha, der eine Schachtel Gebäck mitgebracht hatte.

Tâmir schrie, als hätte ihm jemand auf den Fuss getreten: »Saaaara!« Dann rannte er los und klopfte bei seiner Schwester. »Guck mal, wer da ist!«

Sara holte noch einmal Luft, zog sich die Hose an und ein Kopftuch über und ging stirnrunzelnd zur Tür. »Ja?«

Als Taha sie sah, musste er erst einmal die Sprache wiederfinden: »Ich bin Taha, Ihr Nachbar, der ...«

Sie lächelte. »Jaja, bitte komm rein!«

»Das ist nicht nötig. Ich bin nur gekommen, um ...«

Lächelnd unterbrach sie ihn: »Wir wollen uns doch nicht an der Tür unterhalten, oder? Bitte sehr.«

Mit gesenktem Kopf trat er ein. Sie führte ihn ins Wohnzimmer, wo Tâmir auf einem grossen Kissen vor dem Fernseher lag und Playstation spielte. Taha setzte sich neben ihn, während Sara für ein paar Minuten verschwand. Dann kam sie mit einem Glas Saft zurück.

»Das ist doch nicht nötig. Ich wollte mich nur bei dir bedanken ...«

Sara beugte sich zu ihm hinunter und sah ihm prüfend ins Gesicht. »Du siehst ja ganz anders aus als der in der Apotheke!« Er wurde rot, und sie fügte besänftigend hinzu: »Schön, dass es dir wieder gutgeht.«

»Vielleicht kannst du mir erzählen, was passiert ist – damals bei dem Überfall?«

Sie schrie erst einmal Tâmir an, damit er den Ton leiser stellte, dann begann sie zu berichten, während Tahas Blick an ihren Augen hing: »Ich kam von einer Besorgung zurück und stellte fest, dass der Aufzug kaputt war. Als ich die Treppe hochstieg, hörte ich einen erstickten Laut, eine Art Stöhnen. Ich fürchtete, jemand könnte krank sein, und klopfte an die Tür. Aber niemand öffnete, deshalb rief ich nach Mansûr. Der kam und brach die Tür auf. Ich dachte, du wärst tot. Eine Stunde lang hat die Polizei damals bei mir gesessen, blabla hin, blabla her. Dadurch erfuhr ich, dass du ins Krankenhaus gekommen bist. So, und was zahlst du mir jetzt dafür?«

»Wie bitte?«

»Schliesslich habe ich dir das Leben gerettet!«

Taha rieb sich die Stirn und grinste. »Ja, das stimmt.«

»Was hast du eigentlich studiert?«, fragte sie.

»Pharmazie. Ich arbeite in einem Pharmaunternehmen. Und in der Apotheke von Doktor Sâmich.«

»Ja, die kenn ich. Da belästigst du immer die Kunden.«

Unwillkürlich musste er lachen. »Nun denn ...« Er stand auf und winkte Tâmir zum Abschied zu, der aber aus Angst vor einem *Game over* nicht reagierte. Dann ging er mit Sara zur Tür.

»Welches Sternzeichen bist du?«, fragte sie ihn.

»Wassermann – 14. 2. 78.«

»Eigensinnig, voreilig und nervös. Aber auch mutig und intelligent. Und du bist am Valentinstag geboren! Trotzdem verstehst du nichts von Liebe.«

»Interessierst du dich für Horoskope?«

»Ich benutze sie, um die Menschen in Schubladen zu stecken.« Dann streckte sie ihm wie ein kleines Mädchen die Hand hin. »Ich bin Zwilling – 5. 6. 78.«

Taha schüttelte ihr die Hand. »Der Jahrestag des Ausbruchs des Junikriegs. Toller Zufall.«

»Du siehst so intellektuell aus. Liest du Zeitung?«

»Heute nicht mehr.«

»Ich schreibe für die *Hoffnung der Heimat*. Für das Politikressort. Interessiert dich das?«

»Was?«

»Politik!«

»Manchmal ...«

»Okay. Brauchst du diese Schachtel noch für irgendwas?«

Alles Blut, das seit dem Überfall noch in seinem Körper war, schoss Taha nun ins Gesicht, so dass er aussah wie eine Tomate kurz vor dem Platzen. Er hatte doch tatsächlich die Gebäckschachtel noch in der Hand! »Sorry, hab ich ganz vergessen. Bin etwas zerstreut.«

Sara lachte und sah dadurch noch attraktiver aus. »Ich mache ja nur Witze.« Er gab ihr die Schachtel, und sie versuchte, ihn wieder zu beruhigen: »Spielst du gar nicht mehr Schlagzeug?«

Taha schüttelte den Kopf. »Seit dem Überfall nicht mehr.«

»Des einen Leid, des andern ... Normalerweise bin ich jeden Sonntag im Cairo Jazz Club am Sphinxplatz. Wäre schön, dich mal bei der Jazznacht dort zu treffen. Und schau mal in meinen Blog! Er heisst *Stimmen der Freiheit*.«

»Ich werde ihn mir ansehen. Tschüss!«

Nie hätte er sich vorgestellt, sie in ihrer Wohnung zu besuchen. Dovey Dove! Und dann auch noch in seinem jetzigen Zustand, mit den geistigen Fähigkeiten eines Omeletts, den gestotterten Antworten und zittrigen Bewegungen, unfähig zur Kommunikation. Er schwieg und wartete ab, dass sein morsches Gedächtnis seine Arbeit tat und all die schmählichen Details löschte. Und tatsächlich erinnerte er sich bald nur noch an irgendetwas in ihren Augen, das reichte, um sie ihm wieder präsent zu machen, trotz der Trauer, die wie ein aufdringliches Gespenst immer wieder plötzlich erschien und in sein Leben eindrang ...

Sein Leben, das ihm unter den Füssen weggezogen wurde ...

*

Mit der Zeit nahm seine Leistung im Unternehmen ab, genau wie der Fettanteil seines Körpers. Wie ein abgelutschter Lolli wurde er immer dünner. Eine Mahlzeit am Tag und ein paar Becher Nescafé genügten bereits, seinen Appetit zu stillen. Er wusch und bügelte seine Kleider, und einmal im Monat kam Umm Fathi und putzte die Wohnung. Um die Nerven zu beruhigen, schluckte er seine Pillen. Wenn er von der Arbeit kam, war er völlig fertig. Den ganzen Tag war er in verschwitztem Anzug und drückenden Schuhen herumgelaufen, hatte jede Menge missgelaunte Ärzte getroffen und versucht, sie für ein Medikament zu begeistern, von dem er selbst nichts hielt. An drei Tagen in der Woche arbeitete er danach noch bis in die frühen Morgenstunden in der Apotheke. Die übrige Zeit verbrachte er in seinem Zimmer, stand am Fenster, blies den Rauch gegen die Scheibe und wartete hinter dem Vorhang auf sie. Manchmal hielt er sich sogar das Fernglas seines Vaters vor die Augen, um sie näher heranzuholen, falls er sie entdeckte: Sara. Dauernd lungerte so ein junger Typ auf dem Platz herum, um sie zu belästigen. Die Musikanlage laut aufgedreht, fuhr er mit seinem BMW neben ihr her, bis der Kotflügel ihren Hintern streifte. Sie warf ihm einen bösen Blick zu und rief ihm ein paar Schimpfworte nach, dann rannte sie in den Hauseingang. Sonderbar war es mit diesem Mädchen, sie wollte so attraktiv sein, aber die Fliegen um sie herum sollten sich nicht von ihr angezogen fühlen!

Danach vertrieb sich Taha die Zeit damit, die Leute auf dem Platz zu beobachten: die Kunden vor dem Tout Express, einem Laden für Säfte und Schnellgerichte, der den ruhigen Platz mit seinem Lärm erfüllte. Der Grill stand neben den Autos, und der Rauch zog über den ganzen Platz, zusammen mit den Stimmen der Jugendlichen, die sofort johlten, wenn ein Auto mit ein paar Mädchen angefahren kam. Taha schaltete das Licht aus und sah zu, wie sie einander irgendetwas zuriefen, Zeichen machten und sich dieser Rhythmus dann bis zur Ekstase steigerte, wenn es ihnen gelungen war, ein Lächeln oder Zwinkern zu ergattern. Manchmal artete das Ganze zu einem regelrechten Gerangel aus ... Ansonsten nahm er sich auch mal ein Buch aus dem Schrank seines Vaters, wedelte den Staub ab und setzte sich auf das morsche Sofa, um von historischen Ereignissen zu lesen. Er gesellte sich einer Göttin und Paradiesjungfrauen zu, die ihm Zeit und den Atem raubten. In die Lektüre vertieft, folgte er dem Stift seines Vaters, der früher einmal über diese Seiten gefahren war, sie eingehend studiert und einige Passagen unterstrichen hatte. Darüber vergass er seine Trauer, bis seine Blicke von den Buchrändern unwillkürlich zur Tür des dritten Zimmers glitten. Mehrere Sekunden starrte er dorthin, dann schauderte er, zog sich an und floh auf die Strasse hinaus ...

Nach drei Wochen erfuhr Taha durch Zufall, dass man den Fall seines Vaters zu den Akten gelegt hatte, weil die Ermittlungen ergebnislos verlaufen waren. Er hatte das Gefühl, als steckte ihm ein rostiger Nagel in der Kehle. Auch sein dringlicher Besuch im Polizeirevier brachte kein zufriedenstellendes Ergebnis. Er weinte noch mehr als beim Tod seines Vaters. Es war ihm, als wäre er ein zweites Mal umgebracht worden! Immer hatte er Service' verkommenes Grinsen vor sich, es wollte ihm einfach nicht aus dem Kopf gehen. Es hinderte ihn am Leben, das so erstarrt war wie ein mumifiziertes Tier, wie ein Eisengewicht, das ihn auf den Grund eines Sees hinabzog. Die Tage glichen einander wie siamesische Zwillinge. Stereotyp wiederholte sich der bis in alle Einzelheiten gleiche Tag wieder und wieder, wie durch einen Kinoprojektor jedes Mal neu auf die Leinwand geworfen: immer derselbe Protagonist, dieselben Szenen, dasselbe Ende! Durchbrochen wurde die Routine nur, wenn seine Tante plötzlich mit einem Blech Kartoffeln in der Tür stand oder wenn er sich abends im Café mit Jassir traf und Schischa rauchte.

»Meine Mutter sagt immer, über jedem Ermordeten brennt ein Licht.«

Taha zog an seinem Apfelaroma. »Was denn für ein Licht? Zum Kuckuck mit dir, du machst mich fertig. Ich sag dir doch, die Ermittlungen sind eingestellt worden, guten Morgen!«

»Das hab ich schon verstanden, du Klugscheisser, wenn die Ermittlungen erst mal eingestellt worden sind, werden sie nicht wieder aufgerollt, und wenn du dich zum Affen machst. Ausser es gibt was Neues.«

»Und was heisst das? Dieses Ungeheuer läuft weiter vor meinen Augen frei herum! Das macht mich wahnsinnig, Jassir.«

»Man braucht Beweise, ein Tatwerkzeug, ein Motiv und ...«

»... und ordentlich Vitamin B.«

»Die haben hundert solche Fälle wie deinen. Was genau sollen sie denn deiner Meinung nach tun?«

»Ein bisschen mehr Interesse zeigen – und Respekt.«

»In diesem Land? Red nicht so einen Unsinn! Gib's auf, Kollege!«

»Vergessen wir's. Dann sollen sie Service eben abholen, verprügeln und aufhängen, wie sie es sonst auch machen, dann wird er schon reden«, erwiderte Taha.

Jassir wies auf das Kohlesieb. »Leg noch etwas nach, Hamdi!« Dann sah er auf seine Uhr, zog eine Medikamentenschachtel aus der Tasche, schluckte zwei Pillen und bot auch Taha welche an, der jedoch ablehnte. »So war das früher mal, aber heutzutage würde Service dafür *sie* ins Gefängnis bringen! Eine Beschwerde beim Büro für Menschenrechte, eine Ermittlung – und tschüss! Das haben die im Ausland uns nämlich so vorgeschrieben – dort reden sie ja dauernd von Folter, Internierungslagern, Demokratie, Menschenrechten, fairen Wahlen und solchem Quatsch.«

Taha strich sich über die Stoppeln auf seinem rasierten Kopf. »Was redest du denn da für dummes Zeug?«

»Du glaubst es wohl nicht? Diese ganzen Menschenrechte sind für die Polizei doch sehr bequem. Sie brauchen keine Informationen mehr zu sammeln noch sonst irgendwas. Nur ihr Protokoll fertigschreiben und es der Staatsanwaltschaft schicken. Mit Gottes Hilfe ist der Beschuldigte bereits aktenkundig, hat zehn Straftaten begangen und wird am Ende schon eine davon gestehen, ohne dass man ihn extra zum Reden bringen muss. Und falls er eine Flasche ist, hängen sie ihm noch drei, vier Fälle an, die er gar nicht begangen hat. Die Polizei kann den Bürger sowieso schon nicht ausstehen. So einer wie du macht denen viel Arbeit, ohne dass für sie was dabei rausspringt. Als würde dauernd irgend so ein Rotzlöffel zu dir kommen und sagen: ›Putz mir die Nase!‹ Das ist doch ekelhaft! Worüber sollte ein Polizist sich also beklagen? Jetzt kann er sich dem Bürger gegenüber was rausnehmen und sagen: ›Nun sieh zu, dass du deine Suppe selbst auslöffelst, du Muttersöhnchen! Hast nicht du hier immer das Sensibelchen gespielt und erklärt, was Recht und was Unrecht ist? Jetzt lass dich auch von den Kriminellen fressen!‹ Die Ermittlungen einzustellen geht so leicht wie ein Messer durch Butter. Warum hätte sich dein Polizist da einen Kopf machen sollen?«

»Aber was tun die Polizisten denn dann den ganzen Tag?«

»Sie kümmern sich um die grossen Sachen, Doktorchen: um die Absicherung von Paraden und von Botschaften, um regierungsfeindliche Elemente, die Aufsicht bei Demonstrationen und Wahlen – da kommen sie dann richtig auf ihre Kosten, mein Lieber! Bevor ein Abgeordneter Abgeordneter wird, lässt er allerhand springen, um sich in den Sattel zu heben. Wenn er dann im Parlament ist, lässt er wieder allerhand springen, um im Sattel zu bleiben. Auch die Reichen im Viertel befriedigen das Ego der Polizisten: Mit monatlichen Zahlungen verschaffen sie sich eine gewisse Gewogenheit, vom kleinsten Polizeisekretär bis zum Adjutanten und höher. Wenn einer dann ein Problem hat, drückt die Polizei ein Auge zu und lässt ihm ein paar Übertretungen durchgehen. So läuft das auf allen Ebenen: Einige liefern jeden Tag den Kebab, andere erneuern auf eigene Kosten die Fliesen und die Keramik im Revier, wieder andere spendieren Autos. Das meinen sie mit Kontrolle: die Kontrolle des Polizisten über sein Viertel. Wenn alles tipptopp aussieht, weisst du, dass die Leute im Einzugsgebiet des Polizeireviers ihren Loyalitätspflichten nachkommen. Natürlich gibt es Ausnahmen, nicht alle sind so dreckig, es gibt auch Anständige. Aber die Dreckigen sind in der Mehrheit. Letztlich vertritt niemand die

Interessen dieses Landes, es wird von diesen Leuten am Gängelband geführt.«

»Das reicht«, sagte Taha. »Wenn die da oben uns hier unten nicht sehen, muss jeder sein Recht selbst in die Hand nehmen!«

»Unter den gegebenen Umständen hast du im Prinzip recht.«

Sie schwiegen. Taha schloss die Augen und versuchte, eine Migräneattacke loszuwerden, die ihn gerade anfiel. Er goss ein Glas Wasser aus, hielt das Eis dabei mit den Fingern zurück und legte es sich auf die Stirn, um das schmerzhafte Pochen zu lindern.

»Was ist denn? Was hast du?«, fragte Jassir.

»Kopfschmerzen! Seit dem Überfall ... sie bringen mich um. Aber lass mal! Wie steht's mit dir und deiner Frau?«

»Nicht schlecht.«

»Gut!«

»Nein, ich meine, ihr geht es nicht schlecht.«

Taha sah ihn ein paar Sekunden an, dann platzte er laut los.

»Ich war mal ein schlaues Kerlchen, Bruder«, meinte Jassir, »mir konnte keiner ein Hühnchen als Hähnchen andrehen. Aber jetzt fresse ich Scheisse, kauf mir doch einen Löffel voll. Hahaha!«

Taha lächelte müde. »Drecksack!«

Jassir war als Einziger in der Lage, Taha ein wenig aus seiner Lethargie zu reissen, ihn von der Schwermut zu befreien, die ebenso auf ihm lastete wie die klebrige Schwüle im August. Schliesslich aber liess er ihn allein mit seiner pochenden Migräne und seinem stockenden Atem.

11

Zwei Tage später. Als er sie kommen sah, fiel ihm ein, wie sein Vater Tûna beschrieben hatte. Wie sehr sie ihr ähnelte! Als hätte er sie gemeint, mit ihrem dunkelroten Haar, das unter dem Kopftuch hervorlugte, dem langen Hals, den zierlichen Gliedmassen, der Taille, den Augen – und dem Blog! Wie hatte er bloss ihre Website vergessen können? Dort musste sich so viel über sie erfahren lassen! Taha suchte die Seite und fand sie schliesslich. *Stimmen der Freiheit* war ein Blog voller Banner mit Slogans wie »Nie werden wir die Massaker an den ägyptischen Häftlingen vergessen!« oder »Gasa – Schmach der Araber!«. Es gab auch ein Bild von zwei gefesselten Händen mit der Unterschrift »Nein zur Folter!«. Ein Beitrag enthielt Fotos einer Demonstration, unter denen stand: »Siebenundzwanzig Jahre Präsidentschaft und noch immer kein Ende …« – Bling! Der Benachrichtigungston des *Facebook*-Chats. Taha öffnete das Fenster und stellte fest, dass Jassir ein altes, noch aus seiner Sekundarschulzeit stammendes Foto von sich ins Netz gestellt hatte, das nicht mal eine Fruchtfliege verlockt hätte, mit ihm zu chatten.

»Jasmiiiiiin?«

Da wollte wohl einer mal wieder ein bisschen gekitzelt werden.

Die Idee war Taha vor einiger Zeit nach einem Gespräch mit Jassir gekommen, als dieser von seiner brüchigen Beziehung mit seiner Frau Dâlia erzählt hatte. Es war nicht schwierig gewesen, das Foto einer jungen Frau mit unwiderstehlich schönem Gesicht zu finden. Taha suchte den ägyptischen Typ aus, mit dunklem Haar und bronzenem Teint, eine regelrechte Kontinentalrakete. Den unteren Teil des Fotos, auf dem man ihre nackte Brust sah, schnitt er ab und erstellte auf *Facebook* ein eigenes Profil für sie. Dann gab er ihr den Namen Jasmin und setzte ihr Alter auf dreissig Jahre fest. Das schien passend für Jassir. Der erhielt nun eine Freundschaftsanfrage, gefolgt von dem Wort »Hi!«. Das wirkte normalerweise ähnlich wie der Paarungsruf der Frösche: Sobald ein Mann es auf *Facebook* von einer Frau vernahm, fühlte er sich wie an einer unsichtbaren Schnur zu ihr hingezogen. Und tatsächlich kam schon wenige Minuten später Jassirs Antwort, in der er die Freundschaftsanfrage bestätigte. Von jenem Tag an brütete er über *Facebook* wie ein Huhn auf seinen Eiern. Er brannte auf ein Wort von Jasmin und erzählte ihr Dinge, die er nicht einmal sich selbst erzählt hätte. Sie ihrerseits machte ihm Versprechungen wie Scheherazade König Schahrayâr – verschwand dann aber immer ganz plötzlich, wenn ihr Ehemann nach Hause kam.

»Ich hab dich vermisst.«

»Wann bist du von der Staatsanwaltschaft gekommen?«

»Ich hab erst vor einer Stunde Schluss gemacht. Der Justizminister hat nach mir verlangt. Gerede und Probleme – aber Gott sei Dank vorbei. Und was gibt's von dir?«

»Mir geht's gut. Ich vermisse dich.«

»Sollen wir uns nicht mal treffen? Oder willst du immer nur chatten? Ich würde dich gerne sehen.«

»Du weisst ja, mein Mann ist schwierig – bete für mich!«

»Wo am Finneyplatz wohnst du eigentlich genau? Ich wohne am Anfang der Tachrîrstrasse.«

»Bitte, Jassir, ich will keine Probleme. Du kannst dir nicht vorstellen, was für eine Angst ich habe, wenn ich mit dir chatte. Ich muss jetzt aufhören, mein Mann kommt. Bye.«

Taha liess Jassir keine Zeit mehr zu antworten. Schnell schloss er das Fenster und bekam einen Lachanfall, wie er schon lange keinen mehr gehabt hatte. Nach zwei Minuten beruhigte er sich wieder. Schweigend stand er vor dem Bildschirm und betrachtete dieses Gesicht, das er gar nicht kannte. Plötzlich stürmten alle Ereignisse der letzten Wochen wieder auf ihn ein, und Frage um Frage bedrängte ihn: Hatte er denn ganz vergessen, was passiert war? Ein seltsames Zittern überfiel ihn bei diesen Gedanken. Unvermittelt tauchte das Gesicht seines Vaters vor ihm auf ... die Papiere ... wo waren die Papiere?

»Hallo, Tante! ... Danke, gut. Ich komme gerade von der Arbeit ... Ja, ich esse gut. Sag mal, wo sind Papas Papiere? ... Auf dem Stauboden! Ja, stimmt, hast du mir gesagt. ... Ja, ich esse, wirklich. ... Tschüss.«

Taha stellte einen Stuhl in den engen Korridor und stieg hinauf. Mit einiger Mühe zog er eine Tüte hervor, prall wie ein Ballon. Er schleifte sie hinter sich her bis zum Zimmer seines Vaters, wo er sich auf den Boden setzte und so verharrte, bis ihm die Füsse einschliefen. Sein Vater hatte wirklich alles aufbewahrt, selbst die Unterlagen aus seiner Studienzeit und von den Seminaren, die er besucht hatte. Taha stand auf und schüttelte seine Füsse aus, damit sie zu kribbeln aufhörten. Plötzlich bemerkte er einen Lichtschein an der Wand. Es waren die Reflexe vom Metallgriff des Rollstuhls, der in einer Ecke des Zimmers stand. Er rief ihn zu sich. Er atmete tief ein, ging zu dem Stuhl, zog ihn aus der Ecke und klappte ihn auf, erweckte ihn wieder zum Leben und stellte ihn mit den Rädern auf den Boden. Dann schob er ihn zum Fenster. Wo der Griff immer an der Wand entlanggerieben hatte, war ein dunkler Streifen zu sehen. Taha stellte den Stuhl genau an die Stelle, wo sein früherer Besitzer immer in ihm gesessen hatte, und betrachtete ihn eine Weile. In den ganzen Jahren hatte er nicht einmal versucht, sich hineinzusetzen. Pessimistisch wie er war, hatte sein Vater ihn davon abgehalten, als fürchte er, die Behinderung könne sonst auf ihn übergehen. Aber nun wagte er es. Er stellte die Füsse nebeneinander auf die Stütze und bewegte die Räder ein bisschen vorwärts, dann wieder zurück. Schliesslich hielt er an und steckte die Hand in die Tüte, um die Papiere herauszuholen. Und nun wurde ihm klar, warum seine Tante gerade diese Unterlagen und Bücher versteckt hatte: Sie waren voller Blutspritzer. Als er die roten Flecken überall auf den Umschlägen sah, schauderte es ihn. Mit spitzen Fingern nahm er sie und versuchte, das Blut mit den Nägeln abzukratzen, aber es liess sich nicht entfernen. Mit der Zeit türmte sich neben ihm ein Hügel, auf den er all die Dinge warf, die er schon untersucht hatte: Kinokarten, historische Abhandlungen, Fotos, die seinen Vater als kleinen Jungen zusammen mit seinen Geschwistern zeigten. Auf einem Foto stand er neben Faika, die den Arm um ihn gelegt hatte. Auf einem anderen war er ein schlanker Soldat mit sonnenverbranntem Gesicht. Dann gab es eines mit Sulaimân, dem Lord, aus der Zeit, als dieser sein Geschäft eröffnet hatte, das später zum Drogenumschlagplatz mutiert war. Ein Truppenausweis, in dem als Dienstgrad Korporal eingetragen war. Fotos, auf denen er zusammen mit Tahas Mutter zu sehen war: unter dem Cairo Tower, im Andalusischen Garten und in Ismailîja am Meer. Überweisungen an Rajjân, Arztbriefe und Rezepte. Ein Album mit mehr als hundert Seiten, in das er Zeitungsausschnitte eingeklebt hatte, vom Beginn der Rajjân-Krise bis zu der Zeit, in der sie ihre Produkte zu einem um ein Vielfaches erhöhten Preis anboten, um die Schulden bei den Investoren begleichen zu können. Dann verschiedene zusammenhanglose Artikel aus der Zeit vom Ausbruch des Krieges bis zum September 1989, als Hussain plötzlich gelähmt gewesen war. Daneben gab es auch Bücher: über die Kreuzzüge, über die Familie Muhammad Alis bis zur Julirevolution, Bücher über Sterne, Sternzeichen, Ibn Sirîns Buch über Traumdeutung, zerfledderte alte Ausschnitte mit Pflanzenbeschreibungen. Dann ein altes, vergilbtes Couvert mit der Aufschrift »Lieto – Juwelier« und seiner Adresse im jüdischen Viertel. Taha öffnete es und fand darin ein vergilbtes Foto, das zwei Personen zeigte. Die erste war nicht schwer zu erkennen: Es war sein Grossvater. Er trug einen Gilbâb mit einer Weste darunter. Die andere Person war ebenfalls ein Mann – aber jemand hatte ihm mit einer stumpfen Schere den Kopf abgeschnitten. Taha fand auch einen Haufen Zeichnungen, auf einigen waren Vögel, Bäume oder Segelboote zu erkennen, andere zeigten Undefinierbares: bis ins Unendliche ineinander verschlungene Kreise, regelmässig angeordnete Vierecke und dicke Striche, mit solchem Druck ausgeführt, dass das Papier beinahe gerissen war.

Nach zwei Stunden war von dem Haufen unter Tahas Füssen nur noch ein dickes Buch übrig, dessen mit altägyptischen Ornamenten verzierter Umschlag über und über mit Blut bespritzt war. Es trug den Titel *Das Heraustreten in das Tageslicht – das Totenbuch*. Taha schlug die erste Seite auf und fand dort, in winziger Schrift, eine Hymne des Horus:

Ich bin dein geliebter Sohn Horus.
Ich bin gekommen, um dich zu rächen, mein Vater Osiris,
    für das Böse, das Seth getan hat.
Ich habe dir deinen Feind auf ewig unter die Füsse gelegt,
    siegreicher Osiris ...

Diese Seite schien ihm nicht weiter bemerkenswert, erstaunlich aber war, was sich dahinter befand: Jemand hatte nämlich das Buchinnere ausgeschnitten. Ein rechteckiger Hohlraum, einem Sarkophag gleich, war entstanden, so als hätte jemand dem Buch das Herz herausgerissen. An dessen Stelle lag ein blutrotes Heft aus dem Jahr 1952. Es trug das Wappen des Königreichs Ägypten, und innen waren auf zwei gegenüberliegenden Seiten der König und die Königin abgebildet. Dann folgten zwei Seiten mit den bekanntesten Spruchweisheiten einiger Politiker und Denker, allgemeinen Ratschlägen sowie den staatlichen Feiertagen. Taha zog das Heft aus seinem Versteck und legte das Buch weg. Er blätterte in ihm und erkannte unschwer die elegante Schrift seines Vaters. Auf den ersten Seiten erzählte er von seinen Eltern und seinen Geschwistern – Gedanken aus seinem engsten Lebensumfeld. Das Datum, an dem er mit der Niederschrift begonnen hatte, war nicht vermerkt. Es handelte sich nur um spontane, ungeordnete Aufzeichnungen, mal in ägyptischem Dialekt, mal auf Hocharabisch. Hussain erzählte von Hanafi al-Sahâr, Tahas Grossvater: wie er im Laden stand, von seiner Vorliebe für Umm Kulthûm, von seinen Gruselgeschichten, abends im Schein der Gaslampe, und seinem plötzlichen Tod. Danach berichtete er, wie er bei Lieto gearbeitet hatte, wie geschickt er darin geworden war, Gold und Diamanten zu polieren. Er erzählte von dessen Tochter Tûna, von seiner stillen Liebe, die er in seiner Brust geheim hielt. Er erwähnte auch Fausi, seinen Studienkollegen, der von einer Strassenbahn überfahren worden war, und Hamdîja, die Tochter seiner Tante, die mit Sabri, dem Sohn der Näherin Sâmija, weggelaufen war. Dann schrieb er vom Luftangriff am Morgen des 1. November 1956, dem vierten Tag der Sueskrise, durch den die Sendemasten von Radio Ägypten in Abu Saabal ausfielen, so dass das Programm plötzlich abbrach:

Als das Radio verstummte, hatte ich zum ersten Mal Angst. Zwei Stunden später sendete es wieder, es kam aus der Scharifainstrasse. Fachmi Omars Stimme sagte: »Hier ist Kairo.« Danach hörten wir Präsident Gamâl aus der Ashar: »Gott ist gross. ... Wir werden kämpfen. ... Wir werden uns nicht ergeben. ... Wehe den Angreifern!« Seine Stimme war sehr schön. Schnell lief ich zu den Läden im Chan, in denen es kein Radio gab, um ihnen dort zu erzählen, was Nasser gesagt hatte. Ich lud Faika zu einem kalten Getränk ein und holte mir selbst eine rote Zuckermelone. Von dem Tag an machte der Präsident uns ein Geschenk: die Umm-Kulthûm-Sendung, jeden Tag von fünf bis zehn. Und am selben Tag starb Babsi, Tûnas Kater. In den letzten Tagen hatte er ständig geknurrt. Schon zwei Wochen vorher hatten sich bei ihm seltsame Symptome gezeigt, er hatte gefaucht und gekratzt. Tûnas Mutter meinte, in der Nachbarschaft werde bald jemand sterben. Am Ende kratzte er Tûna so fest ins Bein, dass es wie Feuer brannte. Aber als ihr Vater sagte: »Wir müssen diesen Kater fortjagen, er hat Tollwut«, fing sie an zu weinen. Sie sträubte sich und jammerte. Und Onkel Lieto wollte ihr nicht weh tun. Am nächsten Tag sagte er zu mir: »Hol ein bisschen Staub, und komm dann zu mir nach Hause!« Er meinte den Diamantenstaub, den wir zum Polieren benutzen. Ich brachte ihm den Staub. Er nahm ein bisschen davon und streute ihn über Babsis Milchschüssel.

»Was soll das, Onkel Lieto?«

»Schschsch, erzähl Tûna nichts davon! Manchmal machen wir kleine Fehler, um einen grösseren Fehler zu korrigieren. Tûna liebt den Kater, aber er wird ihr Schaden zufügen.«

»Ich versteh nicht.«

Eine Woche später verstand ich es. Der Kater begann sich zu winden, zu knurren und Blut zu spucken wie ein Kriegsverwundeter, der eine Mine geschluckt hat, bis selbst

Tûna Angst vor ihm bekam und um seinen Tod betete. Am Morgen des Luftschlags auf den Rundfunk starb der Kater dann. Sein temperamentvolles Frauchen trauerte tagelang um ihn und sah dabei noch schöner aus, als wenn sie mit ihm gespielt hatte. Aber allmählich vergass sie das Ganze, als hätte es nie stattgefunden. Sie legte Make-up auf, trug wieder das weitausgeschnittene rote Kleid und die Reife um die Füsse mit den rosigen Fersen. Sie lachte auch wieder, und ich hätte sie am liebsten umarmt, hätte bloss der Scheich nicht gesagt, das sei verboten ...

Dann beschrieb Hussain aus seinem Blickwinkel heraus die ersten Kriegstage, doch hier änderte sich die Handschrift plötzlich radikal, sie wurde schlecht und unregelmässig – und auffällig klein. Er schien sich in einer anderen Lebensphase zu befinden. Die Schrift sah aus, als wolle sie nicht gelesen werden:

Am Freitag war ich bei Onkel Lieto. Jede Woche sitzen wir am Freitagabend mit ihm zusammen, weil der Samstag frei ist. Um halb zehn hörten wir plötzlich einen auf- und absteigenden Sirenenton. Ein Angriff. Wir standen auf, schlossen die Fenster und löschten das Licht. Wir, das waren ich, Faika, Tûna, ihre Mutter und Onkel Lieto. Der Angriff dauerte lange. Wir hörten die Flugzeuge und die Abwehr. Es war ein Angriff der Zionisten und der Engländer mit Mustang- und Sea-Fury-Flugzeugen. Und wir hatten die MiG-17. Der Präsident hatte gesagt: »Wehe den Angreifern!« Ganz in der Nähe hörten wir einen Einschlag. Plötzlich stand Onkel Lieto auf und schlug sich gegen die Stirn: »Um Gottes willen, ich hab vergessen, die Lampe auf dem Dach auszumachen, die Lampe im Hühnerstall!«

Er öffnete den Schrank und holte eine Stablampe heraus. »Niemand bewegt sich!«

»Soll ich mitkommen?«, fragte ich.

Aber er meinte: »Lass die Mädchen nicht allein! Pass lieber hier auf, bis ich wiederkomme!«

Onkel Lieto stieg hinauf. Ein paar Minuten später hörten wir einen Knall und das Splittern von Glas. Ich hatte Angst um ihn und rannte hoch. Über eine kleine Leiter, die durch eine enge Luke führte, stieg ich zu ihm hinauf. Zuerst streckte ich nur den Kopf raus, um mich zu vergewissern, dass es ihm gutging. Das war das erste Mal, dass ich während eines Angriffs den Himmel sah. Es hörte sich an wie bei einem Gewitter. Scheinwerfer richteten sich nach rechts und links, um nach den feindlichen Flugzeugen zu suchen. Niemand hätte je gewagt, dabei aufs Dach zu steigen. Aber Onkel Lieto wagte es. Sein Herz war unerschütterlich. Er stand links von mir, neben dem Hühnerstall, wo das Licht noch immer brannte! Und er tat etwas Sonderbares: Er richtete die Lampe, die er in der Hand hatte, gen Himmel und gab Lichtsignale. Ich verstand nicht und rief nach ihm. Als er mich bemerkte, war es, als hätte er einen Geist gesehen. Er liess die Lampe fallen, löschte auch das Licht im Hühnerstall und lief zu mir. »Warum bist du raufgekommen? Habe ich dir nicht gesagt, du sollst die Mädchen nicht allein lassen?«

»Ich hatte Angst um dich. Was machst du denn da?«

»Nichts. Ich schaue mir den Angriff an.«

Onkel Lieto schien selbst nicht zu glauben, was er sagte, und ich fragte: »Mit der Lampe?«

Lieto sank auf die Knie, bis sein Kopf auf meiner Höhe war. »Wir sollten mit niemandem darüber reden.« Dann strich er mir übers Haar. »In Ordnung, Hussain?«

Zwei Tage später kam ein Wagen mit vier Soldaten und einem Offizier. Sie gingen ins Haus des Französischprofessors Bissâh und nahmen ihn mit. Er sagte kein Wort, als wäre er mausetot. Später erfuhren wir aus der Zeitung, dass er den Zionisten geholfen hatte. Mit einer Stablampe hatte er den feindlichen Flugzeugen vom Dach seines Hauses aus Signale gegeben, damit sie das jüdische Viertel nicht angriffen. In der folgenden Nacht schlief ich nicht eine Minute, denn jetzt war mir klar, was Lieto getan hatte. Und am Tag sah ich dann die Angst in seinen Augen. Er blieb im Laden, ging nicht raus und empfing auch keine Kunden. Die ganze Zeit über liess er mich nicht aus den Augen. Ihm war klar, dass ich Bescheid wusste. Einmal rief er mich zu sich und scherzte mit mir: »Wenn du ein bisschen älter wärst, würde ich dir Tûna zur Frau geben. Dein Vater war mein bester Freund, mein Seelenverwandter.«

Aber seine Versuche nutzten nichts. Ich wusste nicht, was ich tun sollte. Chawâga Lieto war mein Lieblingsonkel! Ich würde nie vergessen, was er meinem Vater bedeutet und wie er nach seinem Tod für mich gesorgt hatte. Aber die Zeitungen waren voll von Nachrichten. Chawâga Bissâh, der Französischlehrer, war ein Verräter! Chawâga Bissâh hatte das Land an den Feind verkauft, an die Zionisten. Und Chawâga Lieto auch!

Manchmal machen wir einen kleinen Fehler, um einen grösseren zu korrigieren ...

Nach Bissâhs Festnahme kam das Leben im Viertel scheinbar wieder zur Ruhe. Aber die Gesichter verrieten Wachsamkeit und Vorsicht. Als Lieto kein Echo auf seine Tat spürte, war auch er einigermassen beruhigt. Zwei Tage später rief er mich zu sich und sagte: »Geh zur Tante, sie wird dir was geben.« Aber als ich an die Tür klopfte, öffnete mir Tûna. Sie trug ihr rotes Kleid, hatte Make-up aufgelegt und ihr Haar frisiert wie Hind Rostom[*]. Ich fragte sie nach ihrer Mutter, und sie antwortete: »Sie kommt gleich, komm rein! Möchtest du eine Limonade?« Ich wartete im Wohnzimmer. Als ich mir gerade den Bücherschrank ansah, hörte ich ihre Schritte näher kommen. Ich drehte mich um, und da stand sie vor mir. Sie kam immer näher, bis sie nur noch eine Handbreit entfernt war, sah mir in die Augen, griff nach meiner Hand und wollte sie an ihre Brust legen. Ich sagte nichts, stand nur mit offenem Mund da wie ein Idiot. Zum ersten Mal im Leben sollte ich die Brust einer Frau berühren – Tûnas Brust! Aber ich konnte nicht. Ich zitterte und schwitzte. Sie lachte. Ich blickte an mir herunter und rannte nach Hause. Und da hockte ich mich ins Bad – noch immer konnte ich es nicht glauben. Tûna! Die ganze Nacht über konnte ich nicht vergessen, was ich gesehen hatte. Ihr Körper ging mir nicht aus dem Kopf. Ich schlief ein, träumte von ihr, und beim Aufwachen war ich wieder schweissgebadet. Als ich ins Goldschmiedeviertel ging und Onkel Lieto mich sah, lächelte er mich an und sagte: »Ich bin böse auf dich. Habe ich dich nicht gestern zu Umm Tûna geschickt, damit du mir ein paar Sachen holst, Junge? Du bist mir schon einer! Lauf, mach Subhi ein Glas mittelsüssen Tee und für mich eins ohne Zucker. Und dann geh noch mal zu Umm Tûna!«

Vor dem Feuer kam mir dann der Geistesblitz. Es schien eine saubere Sache, geeignet, alle Parteien zufriedenzustellen. Ich holte eine Dose Poliersand – Diamantenstaub. Und machte es genauso, wie ich es vorher bei ihm mit Tûnas Kater gesehen hatte ... weniger als ein Gramm. Ich rührte gut um und hielt das Glas gegen das Licht. Es

[*] Ägyptische Schauspielerin (1929–2011). *(Anm. d. Übers.)*

war absolut nichts zu sehen. Dann trug ich das Tablett zu Lieto und seinem Gast, stellte es ab und nahm das Glas für den Gast herunter. »Das andere hier ist für dich, Onkel Lieto, ohne Zucker.« Er setzte es an den Mund, und ich beobachtete, wie er es ganz leerte. Ich wandte keinen Blick von ihm.

Mein Vater sagte einmal: »Für jeden Fehler, den du gemacht hast, musst du bezahlen, auch wenn er dir leidtut.« Mein Vater sagte auch: »Verrate nie dein Land, nicht mal für die Frau, die du liebst.«

Am nächsten Tag ging ich zu Lieto in den Laden und sagte zu ihm: »Ich hab von dir geträumt, Chawâga. Ich hab geträumt, du wolltest weit weggehen.«

»Warum nennst du mich denn Chawâga?«, fragte er schmunzelnd. »Habe ich dich etwa so eingeschüchtert, Junge?«

»Nein, Onkel.«

»Dann lass das bitte sein, beim Josua*! Wovon hast du denn nun geträumt, Scheich Hussain?«

»Ich hab geträumt, du gingest einen weiten Weg mit meinem Vater, Gott hab ihn selig! Er nahm dich an der Hand, und du gingst mit ihm.«

Lieto schluckte, und seine Augen wurden zu schmalen Schlitzen. »Du denkst wahrscheinlich oft an ihn. Und ausserdem, bin ich nicht wie ein Vater für dich?«

»Nein.« Lieto sah betroffen aus, und ich setzte rasch hinzu: »Noch teurer, Onkel.«

In den folgenden drei Monaten beobachtete ich, wie es ihm immer schlechterging. Er hatte furchtbare Schmerzen in der Brust, die bis in den Rücken ausstrahlten. Deswe-

---

* Ein Schwur, der sich auf Josua, den Sohn Nuns aus dem Stamm Ephraim, bezieht. *(Anm. d. Autors)*

gen musste er das Bett hüten und ging nicht mehr in den Laden. Die Ärzte konnten sich die immer wiederkehrenden Blutungen nicht erklären. Sein Fall war beispiellos in der Medizin. Zuletzt verlor er auch noch die Sprache. Die Ärzte vermuteten, er habe vielleicht eine seltene Krebsart. Sein Verdauungstrakt war voller kleiner Tumore, und ständig hatte er Blutungen. Ich allein wusste die Wahrheit über seine Krankheit, weil ich als Einziger Zeuge des Vorfalls mit Tûnas Kater gewesen war. Auch Lieto selbst kam mit der Zeit dahinter und beobachtete mich ständig mit stummem, aber doch vielsagendem Blick. Er hatte sich zusammengereimt, was ich getan hatte. Über das, was in der Nacht des Angriffs passiert war, verlor er aber kein Sterbenswort. Die Schmach und Schande, falls die Leute von seinem Verrat erführen, wären zu gross gewesen. Im Bewusstsein, dass sein Tod unausweichlich war, schrieb er seiner Frau auf einen Zettel: »Pack deine Sachen, wir reisen ins Ausland!«

»Aber wohin reisen wir denn, in deinem Zustand?«

»Hier will ich nicht sterben.«

Lieto verkaufte seinen Laden und brach in aller Ruhe auf. Auf einer Trage brachten sie ihn hinunter in die Gasse. Die Bewohner des Viertels verabschiedeten sich so herzlich von ihm, wie es nach zehn langen Jahren angemessen war. Ach, wenn sie wüssten, was er getan hatte! Gelyncht hätten sie ihn! Die ganze Zeit sah er mir in die Augen, hielt von weitem den Blick auf mich gerichtet wie auf einen Teufel, der ihn geradewegs in die Hölle schicken wollte. Ich trat erst auf ihn zu, als er schon im Krankenwagen war. Da legte ich meine Hand an die Scheibe, und er warf mir einen so bohrenden Blick zu, dass ihm beinahe die Augen aus dem Kopf fielen. Dann griff er nach dem kleinen Vorhang und zog ihn zu. Mit dem Wagen fuhr er zum Hafen und von dort aus nach Frankreich. Zwei Monate später erfuhren wir von einem Verwandten der Familie, dass er nicht mehr lebte. Und wir hörten, dass Tûna und ihre Mutter nach Israel ausgewandert waren. Wie ich ihre Stimme vermisste, ihren Geruch, ihre zarte Hand, wenn sie mich begrüsste, ihre feingliedrigen Finger, ihre rebellische Brust und alles, was mir aus Unaufmerksamkeit an ihr entgangen war, wenn sie sich vorbeugte, um das Teetablett abzustellen!

Hier hörte Taha auf zu lesen, und gleichzeitig brachen seine Hirnzellen den Kontakt zueinander ab. Drei Gedanken waren ihm gekommen. Erstens: Sein Vater war schon ein sehr exzentrischer Einzelgänger gewesen. Zweitens: Ein paar von den Geschichten in den Aufzeichnungen hatte er bei verschiedenen Anlässen schon gehört, wenn sein Vater sich zu seinen Erzählungen hatte hinreissen lassen, die kein Ende nehmen wollten. Und drittens: Sein Vater hatte normalerweise nicht gelogen. Warum hatte er all das aufgeschrieben? War es ein Geheimnis, das er mit jemandem teilen wollte? Hatte er nur eine innere Leere füllen wollen? Oder hatten krankhafte Wahnvorstellungen Besitz von ihm ergriffen? Taha blätterte weiter im Heft. Es gab noch andere Seiten, die ihn von der Geschichte dieses Lieto ablenkten. Sie bestanden aus den Überschriften von Zeitungsartikeln. Meldungen aus dem Krieg von 1967 folgten chronologisch aufeinander:

Abdel Nasser erklärt die Sperrung des Golfs von Akaba – Die Einsatzkräfte haben aufgehört zu existieren – »Ich werde mich nicht von der Stelle bewegen und keine Kompromisse eingehen« – Explosion an der Waffenstillstandslinie jederzeit möglich – Ausnahmezustand für die Streitkräfte der

Vereinigten Arabischen Republik – Der Krieg steht vor der Tür – Die Schlacht hat begonnen – 43 feindliche Flugzeuge abgeschossen – Wir alle stehen wie ein Mann hinter dem Führer – Sieben Stunden lang schwere Kämpfe in der Region von Ras al-Usch – Die Kampfhandlungen dauern an – Wir werden unsere Ziele erreichen – Die arabische Armee auf dem Marsch nach Tel Aviv – Die grösste revolutionäre Mobilmachung Asiens und Afrikas gegen die militärische Aggression – Heute Morgen in Kairo und über dem Sueskanal: neun feindliche Flugzeuge abgeschossen – Abdel Nasser beschliesst, das Amt des Präsidenten niederzulegen und es Sakarîja Muchieddin zu übertragen – Das Volk sagt nein – Der Präsident klärt das Volk über alles auf – Noch vor dem Freund ist der Feind Zeuge der Leistungsfähigkeit unserer Armeen geworden – Das Volk hat gesiegt, Abdel Nasser ist zurück – »Ich habe beschlossen, auf meinem Posten zu bleiben, bis wir alle Spuren der Aggression beseitigt haben. Danach werde ich die Frage dem Volk zur öffentlichen Abstimmung vorlegen!«

An einem Grabmal aus Marmor, das einen Glücklichen
    barg,
und an einer Grube, drin ein Landstreicher ruht' ohne
    Sarg,
ging ich vorüber, und seltsam! – sagte ich mir,
der Modergeruch ist bei diesem wie jenem so arg!
Sonderbar!

Nimm die Binde vom Auge, Stier, scher aus dem Kreis
    aus, lauf,
zerbrich das Getriebe des Schöpfrads, fluche und spucke
    drauf!

Nur einen Schritt noch, sagt er, und noch einen,
bis zum Ende des Wegs, sonst versiegt unser Wasserlauf.
Sonderbar!
*Salah Dschâhin**

Die Erzählungen setzten sich fort. Sein Vater gab alle möglichen Szenen aus seinem Leben wieder. Taha erfuhr darin von Aspekten, von denen er noch nie etwas gehört hatte. Einige Datumsangaben liessen ihn dabei aufhorchen:

25. Mai 1996 (in schlecht lesbarer, zittriger Schrift): Nâhid hat das Haus verlassen. Ich kann meinen Ring nicht abziehen, meine Finger sind geschwollen.

15. Februar 1999: Gestern war Tahas Geburtstag. Er ist einundzwanzig geworden. Ich habe kein Geld. Ich habe ihm einen Rasierapparat geschenkt.

1. Juni 2002: Taha arbeitet in einer Pharmafirma und hat mir von seinem ersten Gehalt ein Geschenk gekauft.

7. September 2005: Wenn jemand diese Papiere liest, bedeutet das, dass ich gestorben bin. Oder dass ich Tod auf Tod getürmt habe. Das wird keinen Unterschied machen. Am Anfang wollte ich gar nichts aufschreiben. Ich habe mich erst dazu entschlossen, als mir klarwurde, dass etwas in mir verbrennen wird. Und dass die Geschichte erzählt werden muss, bevor der Wind meinen dunklen Winkel für immer verweht. Bevor die Schwermut mich mit ihrem finsteren Messer abschlachtet. Bevor die Erinnerungen mich niederdrücken. Diese Nägel, dir mir so fest in der Brust stecken. Ich sitze hier und zappele als stummer Gefangener meines

* Ägyptischer Lyriker, Dramatiker und Cartoonist (1930–1986). Berühmt sind seine in ägyptischem Dialekt geschriebenen Vierzeiler, die jeweils mit dem Ausruf »Sonderbar!« enden. *(Anm. d. Übers.)*

Stuhls und weiss keine Worte, mit denen man ein Gespenst trösten könnte, das von seinen Gedanken zerfleischt wird. Langsam ersticke ich daran! Ich nehme den Stift und versuche zu schreiben. Ich drücke ihn mit der Spitze aufs Papier und rufe den Rest Tinte darin zum Kampf auf. Ich bringe sie zum Reden, beschwöre sie, das, was in meinen Hirnzellen wohnt, in die Freiheit zu entlassen. Meine wilden Laster zu bändigen, den Hass zu zügeln, der in meinem Inneren lodert, den brodelnden Vulkan zu besänftigen, ein Mittel zu finden gegen das Gift, das sich in meiner Brust gesammelt hat – oder mir tief in die Brust dringt.

Eines fernen Tages stellte ich mir vor ... stellte ich mir vor, ein einziger Mord sei genug. Danach würde ich in einer weniger unbarmherzigen Welt leben. Aber ich hatte mich getäuscht. Mein Mord an Lieto war nur der Anfang. Ein mangelhaftes Werk, das noch vervollständigt werden musste! Danach habe ich noch tausend Menschen getötet – in meiner Phantasie. Die Kriegsherren vom Juli 1952 und vom Juni 1967 habe ich einen nach dem anderen umgebracht. Jeden, der Lärm gemacht, aber vom Recht geschwiegen hat. Ich habe Lots Stamm am Golf getötet. Wenn ein Gilbâb schwach und unfähig war oder hinten ein Loch hatte, habe ich ihn zerfetzt. Ich habe Rajjân getötet, al-Saad* und Al-Hoda Egypt**. Und den, der sie kaputtgemacht hat, um uns kaputtzumachen. Ich habe Nâhid getötet und all ihre Züge an Taha. Und mich selbst habe ich tausendmal getötet, jedes Mal, wenn ich diesen allen erlaubt habe, meine Ehre zu beschmutzen.

August 2006: Schweigen ist keine Lösung mehr. Darauf zu warten, dass jemand vor dem Haus aufräumt, ist sinn-

---

* Eine Investmentgesellschaft. *(Anm. d. Übers.)*
** Ein Lebensmittelproduzent. *(Anm. d. Übers.)*

los. Nichts kratzt dir besser den Rücken als dein eigener Fingernagel, sagt man. Lauter verrottete Persönlichkeiten und tote Seelen. Ich sehe schon die Staubkörnchen in ihren Mündern, wenn ich mich von diesem Auswurf befreie. Der Staub meiner rechten Hand. Der ist mein Gesetz, begleitet von einer Warnung und einem Traum, der die Finsternis in den Seelen aufrührt. Er gibt ihnen Gelegenheit zur Reue, um damit ihre Schuld vor dem Weisen und Gerechten abzutragen. Das ist die letzte Chance für diese Menschen mit ihrem verfaulten und verwilderten Gewissen. Die Juden sind nicht mehr die einzige Plage. Es ist mittlerweile eine Ehrenpflicht, denen, die vergessen haben, was Recht ist, und die ihr Volk missachten, ins Gesicht zu sagen, dass man ihr Feind ist. Angesichts dieser Leute, die ihre Gesellschaft kaltblütig zerstören und sie wie Würmer von innen her zersetzen, war Lietos Schuld sehr gering. Der Feind, der sich im Inneren birgt, schläft ganz friedlich zwischen uns. Nachdem er geheiratet und kleine Gottheiten und Götzenbilder gezeugt hat, um sie zu verehren, geniesst er auch noch den Schutz des Religionsgesetzes. Dieselben Gesichter, die uns einmal vom König befreien wollten, sind nun selbst zu tausend Königen geworden.

Was tut denn so einer wie der Rechtsanwalt Mûssa Atîja? Warum atmet er die Luft dieses Landes und geht über dessen Boden? Niemandem bleibt doch verborgen, wie er die Hände in die Lücken eines brüchig gewordenen Gesetzes steckt, um damit unerträgliche Verbrechen als ungeschehen gelten zu lassen. Ein luxuriöses Büro und ein Stab von Helfern, die selbst den Teufel aus der Hölle befreien könnten – um anschliessend zu verlangen, dass er für die Jahre seiner Vertreibung aus dem Paradies entschädigt wird! Sie schenken Menschen die Freiheit, die sie nicht verdienen, die

die Erde mit Korruption überzogen haben. Die sie überflutet haben, um dann selbst auf den Wellen zu reiten! Die habe ich Staub fressen lassen, um die Waagschale wieder ins Gleichgewicht zu bringen.

Sulaimân, der Lord ... dieses Gespenst aus meiner Vergangenheit, das ich mal für einen Menschen gehalten habe. Bis er sein Gift verbreitete. Meine Bitten erreichten nichts bei ihm. Ich flehte ihn an. Er hat mich ignoriert, so wie die Dschinnen seine Existenz ignoriert haben und selbst die Termiten darauf verzichtet haben, seinen Stock zu fressen. Dieses Ausrufezeichen, das täglich das Auge der Sonne und mein Auge durchbohrte! Unter ihren kranken Strahlen versuchte er, unserer Pflanze Untergang und Tod einzuimpfen. Auf der Schwelle zur Hölle werden wir uns wiedersehen, mein Freund! Ich werde dir Wein einschenken, der dich für immer dürsten lassen wird.

Und was macht Machrûs Bergas noch hier? Was macht diese Pest mit dem Menschen? Dieser Potentat der verdorbenen Lebensmittel, der aus seinen billigen Kinofilmen seinen Müll über unsere Köpfe schüttet! Und dann beschenkt er uns auch noch mit einer Schwuchtel, die ebenfalls ein grosses Tier wird. Zur Strafe wird er Parlamentsabgeordneter, geschützt, respektiert und ehrerbietig gegrüsst. Am Schluss lässt er viele dem Erdbeben zum Opfer fallen. Und erlangt unter dem Schutz seiner Patrone Segen und Vergebung.

Sind wir denn alle blind geworden? Haben wir die Fähigkeit verloren, die Infektionsherde zu beseitigen, die eine Amputation unausweichlich machen werden? Wenn niemand sonst sich bewegt, vergesse ich mein Gebrechen. Ich werde die Rache des Schicksals an ihnen sein. Ich werde ihre schon vor Jahren abgestorbenen Wurzeln herausreissen. Die

Wurzeln ihres Baums, von dem aus die Vögel ihren Kot auf uns fallen lassen. Des Giftbaums. Ich bin dann nicht mehr Teil dieser Welt. Ich klopfe an die Tore der Hölle. Ich bin Johannes der Täufer, und sollte man mir den Kopf abschneiden! Mord ist dann nur noch die Nebenwirkung einer Arznei, die das sterbende Land kuriert.

15. November 2006: Zum ersten Mal sehe ich ihn mit eigenen Augen. Aber seine Geschichte verdient es, in den *Unterweltstexten* begraben zu werden.

Das war die letzte Seite im Heft. Das Ende schien herausgerissen worden zu sein. Hussain hatte noch mehr erzählen wollen, aber irgendetwas hatte ihn davon abgehalten. Taha blätterte durch die Seiten, um nachzuschauen, ob er vielleicht etwas übersehen hatte. Nichts. Zum ersten Mal sah er seinen Vater so, wie er wirklich war. Für ihn war er immer nur ein gebrechliches Geschöpf gewesen, das auf seinen Tod wartete. Auf ein Ende, das er sich nicht hatte vorstellen können. Hatte er einen Wahnsinnsanfall erlitten? Die Gedanken wüteten in Tahas Kopf.

Plötzlich schellte es. Er sammelte die Papiere ein und öffnete die Tür für die Person, die er am allerwenigsten erwartet hatte.

12

Sie war Ende vierzig, trug ein schwarzes, ziemlich enges Kostüm und fiel ihm gleich um den Hals. »Sei tausendmal gegrüsst, mein Schatz!«

Er liess zu, dass sie ihn an sich drückte und küsste, legte seine Arme aber nicht um sie. »Komm doch rein, damit ich die Tür zumachen kann!«

Sie trat ein und sah sich dabei in der Wohnung um wie eine Katze, die von ihrem Halter herausgelassen worden war und wieder zurückgekehrt ist. Für kurze Zeit stahl Taha sich davon und schloss die Zimmertür seines Vaters, um Fragen nach den verstreut herumliegenden Papieren vorzubeugen.

»Wie geht es dir, mein Schatz? Ich hab es durch Zufall erfahren. Aber deine Tante anzurufen hätte keinen Sinn gehabt, du verstehst. Ich habe gleich den ersten Flug genommen.« Sie betrachtete die Verletzungen an seinem Kopf. »Sag mir, wie geht es dir, mein Herz? Isst du auch gut? Und was ist mit der Wohnung?«

Taha seufzte und nickte. »Alles in Ordnung, Gott sei Dank.«

Um ihrem Blick auszuweichen, neigte er den Kopf. Seine Augen blieben an ihrem blutroten Nagellack hängen, der zu einer jüngeren Frau gepasst hätte. Und Trauerkleidung trug sie auch nicht.

»Alles wird besser, das verspreche ich dir. Ich werde jeden Tag zu dir kommen. Wenn du möchtest, besorge ich dir auch einen Arbeitsvertrag in Saudi-Arabien.«

Er unterbrach sie: »Das ist nicht nötig, Mama. Mir geht es gut.«

Nâhid setzte sich neben ihn und betastete mit den Fingerspitzen seine Schulter. »Ich weiss, dass du mich nicht leiden kannst, Taha.« Er vergrub sein Gesicht in den Händen, und sie fuhr fort: »Alles kann wieder so werden, wie es war.«

»Nichts wird wieder so, wie es war.«

»Ich bin deine Mutter, Taha.«

»So etwas hatte ich mir gedacht.«

»Was zwischen deinem Vater und mir vorgefallen ist, ist das eine, aber du bist etwas anderes.«

»Als du ihn verlassen hast, hast du also nur ihn verlassen?«

»Ich wollte dich mitnehmen. Er war derjenige, der sich quergestellt hat.«

»Dann hätten also wir beide ihn verlassen, nicht wahr?«

»Deswegen bin ich ja fortgegangen, Taha. Du weisst von gar nichts.«

»Ich bin ja auch noch klein, stimmt's? Weisst du überhaupt, wie alt ich bin? Los, wir spielen *Wer wird Millionär?*: Wie alt bin ich? Sie können unter vier Antworten wählen: dreissig, dreissig, dreissig oder dreissig? Wollen Sie einen Freund anrufen oder das Publikum fragen?«

Sein Ausbruch machte sie sprachlos. An seinen scharfen Ton ihr gegenüber war sie gewöhnt, aber heute teilte er wirklich gnadenlos aus. Sie musste nun einfach loswerden, was in ihr brodelte und was sie jahrelang verschwiegen hatte: »Dein Vater war nicht der, für den du ihn gehalten hast.«

»Ja, und dabei bist du doch die heilige Râbija al-Adawîja*! Und jetzt bist du glücklich in deiner Ehe?«

Nâhid nahm alle Kräfte zusammen und liess ihre Bombe platzen: »Ich konnte nicht länger mit einem Mörder zusammenleben.«

Taha rieb sich die Stirn, stand auf und lehnte sich an die Wand. Dann schmetterte er eine Vase auf den Boden und schrie: »Waaaas?«

* Islamische Mystikerin aus Basra (714?–801). *(Anm. d. Übers.)*

Damit gab er ihr das Signal, auf den Abzug zu drücken. Zuerst musste sie ihn an Samîcha erinnern, die für Taha immer nur Tante Samîcha gewesen war, ihre Freundin aus der Grundschule, mit der sie noch bei ihrer Heirat, der Geburt ihres Sohnes und selbst während ihrer Scheidung befreundet gewesen war. Er wusste nur, dass sie die Freundin seiner Mutter und geschieden war – und stundenlang mit ihr telefoniert hatte. Und dass sie einen wunderbaren Busen hatte, wenn sie sich gebückt hatte, um ihm einen Kuss zu geben. Taha wusste auch, dass sein Vater sie nicht leiden konnte. Und dass sie nach schwerer Krankheit verstorben war. Dass seine Mutter um sie getrauert hatte wie um niemanden zuvor. Was er allerdings nicht wusste, war, dass Tante Samîcha nach ihrer Scheidung einen unmoralischen Lebenswandel gepflegt hatte.

»Tante Samîcha?«

»Ja, Tante Samîcha.«

Sie lernte einen reichen, verheirateten Mann kennen. Und weil sie ein hübsches Mädchen war und keine Arbeit hatte, mit der sie etwas verdienen konnte, wollte sie sich diese Gelegenheit nicht entgehen lassen. Wie jede gute Freundin hatte Nâhid versucht, sie davon abzuhalten und das widerspenstige Pferdchen zu zügeln, das nicht daran gewöhnt war, einen Sattel zu tragen. Fast wäre es ihr auch gelungen, aber da bekam Hussain Wind von der Sache. Seine Versuche, die beiden auseinanderzubringen, hatten keinen Erfolg. Bis dann der Tag kam, an dem er Samîcha bat, sich mit ihm zu treffen. Widerwillig stimmte sie zu. Sie hatte gute Ratschläge von ihm erwartet, aber ganz im Gegenteil: Er blieb stumm, bis sie ihren Tee getrunken hatte. Danach erzählte er ihr von einem Traum, den er gehabt hatte und in dem sie die Hauptrolle spielte. Dann liess er sie sitzen und ging. Das war der Anfang vom Ende gewesen. Als Hussain Nâhid in einem Moment des

Zorns anschrie, war er so ausser sich, dass ihm der Geifer aus den Mundwinkeln troff, und dabei haute er ihr die Wahrheit um die Ohren. Er schrie ihr ins Gesicht, was er beschlossen und auch sofort in die Tat umgesetzt hatte. Und zwar mit Genuss. Zu dieser Zeit hatte Samîchas Verfall gerade begonnen. »Sie hat es verdient«, rief er. »Und auch ihr Kind wäre nicht glücklich, zu hören, was sie getan hat. Es ist gnädiger, eine Waise zu sein, als eine unzüchtige Mutter zu haben.« Nâhid bat ihn, ihr zu verraten, was er ihr gegeben hatte. Seine Antwort war, dass sie ihre Chance zur Umkehr verwirkt habe. Die Sache war entschieden. Innerhalb von zweieinhalb Monaten ging Samîcha zugrunde und starb. Und was einmal zwischen Tahas Eltern gewesen war, starb mit ihr. Nâhid behielt ihrer beider Geheimnis für sich. Sie verlor kein Sterbenswörtchen darüber.

»Das einzige Problem warst du, Taha. Entweder hätte ich dich informiert – dann hättest du dein Leben lang mit dieser Schande gelebt und deine Zukunft verloren –, oder ich ging und nahm die Schuld ganz allein auf mich. Das Problem war, dass dein Vater sich für einen Gott hielt. Er war der, der richtete und strafte.«

Sie kam auf ihn zu und wollte ihn umarmen. Sein Kinn zitterte, und er hielt sie mit einer Handbewegung zurück, ohne sie anzusehen. Das hiess, dass es genug war und sie in Frieden gehen sollte.

»Verzeih mir, Taha!«

Sie ging zur Tür und blieb dort noch einmal stehen. Ihr Blick hing an einem Bild an der Wand, das Taha als Zweijährigen zeigte. Es hatte, wie bei den ersten Farbfotos üblich, einen Orangestich. Nâhid fiel ein, dass diese Hand, die ihn in der Taille festhielt, ihre war. Sie schaute sich das Foto an, dann nahm sie es von der Wand und ging.

Für Taha war das Ganze zu viel. Er konnte sich nicht mehr beherrschen, kniete sich auf den Boden, um seine Fassung wiederzugewinnen und nicht zu explodieren. Es war kaum zu glauben, was für Überraschungen das Leben für ihn bereithielt – und alles an einem einzigen Tag!

Die Zeit verstrich, ohne dass er es merkte. Schliesslich ging er auf die Strasse hinaus. In Gedanken versunken, lief er bis zur Apotheke und setzte sich auf seinen Stuhl neben dem Telefon. Mitten in seine Grübeleien platzte ein Mädchen. Man sah ihr an, dass sie eine Dienerin war: diese schrundigen Füsse, die vernachlässigten Fingernägel und der pinkfarbene Gilbâb! Sie zog einen Zettel aus einem kleinen Beutel und gab ihn Taha. Der faltete ihn auseinander und las. Eine Telefonnummer. Er fragte sie nach dem dazugehörigen Namen, und sie antwortete: »Doktor Sâmi Abdalkâdir.«

Taha tippte die Nummer ins Telefon, dann wartete er, bis sich eine Stimme meldete: »Guten Abend, hier ist Doktor Sâmi.«

»Ich hatte bereits das Vergnügen, Sie kennenzulernen, Herr Doktor. Hier ist Taha al-Sahâr von der Sâmich-Apotheke. Ich war schon mal als Pharmareferent bei Ihnen. Wie kann ich Ihnen helfen?«

»Wenn Sie so freundlich sein wollen, notieren Sie sich bitte, mein Lieber: Hebsolan 100 mg, Xanax 0,5 mg, eine Ampulle Retarpen und eine Packung Lidocain.«

»Noch etwas?«

»Und eine Zehn-Milliliter-Einwegspritze nicht zu vergessen. Sagen Sie, könnten Sie die Apotheke wohl mal für zehn Minuten alleinlassen?«

»Das ist mir eine Ehre.« Taha legte auf und sagte zu Wâil: »Doktor Sâmi Abdalkâdir ist hier in der Nähe. Er hat mich gebeten, ihm zu helfen.« Dann wandte er sich an das Mädchen: »Für wen sind diese Medikamente?«

»Für Machrûs Bergas.«

Taha versuchte, der Gänsehaut zu trotzen, die ihm über den Rücken lief. Er wusste, wer so einen Haufen Betäubungsmittel orderte, befand sich im Endstadium einer unheilbaren Krankheit und suchte nur noch ein Mittel gegen die unerträglichen Schmerzen.

»Was hat er denn eigentlich?«, fragte er die Dienerin auf dem Weg zur Villa.

»Eine schreckliche Krankheit, Gott bewahre Sie davor.«

»Wie lange schon?«

»Das werden jetzt zwei Monate. Es geht ihm sehr schlecht, Gott schütze Sie.«

Es fühlte sich an wie ein Schlag in die Magengrube. In einem Anflug von Panik fragte er: »Welche Krankheit hat er denn genau?«

»Die Ärzte sind ratlos, sie sagen, so eine Krankheit kommt einmal auf eine Million.«

Sofort hatte Taha Lietos Geschichte vor Augen, die Aufzeichnungen seines Vaters und Mutters Erzählung von Samîcha. Die Dienerin begleitete ihn zu dem Gebäude, das er drei Monate zuvor zusammen mit seinem Vater betreten hatte, bei jenem sonderbaren Besuch damals vor dem Überfall. Nie hatte er vergessen, dass Machrûs Bergas als Service' Entlastungszeuge aufgetreten war und zu dessen Gunsten ausgesagt hatte. Ihn packte die Neugier, nun die Wahrheit über die Krankheit zu erfahren. Unterwegs erzählte ihm die Dienerin – aus purer Lust, sich mit dem gutaussehenden jungen Mann zu unterhalten –, dass die ganze Umgebung ihres Herrn auf sein Ableben wartete. Sie berichtete von seinem Sohn, der seine Besuche eingestellt hatte, von der korpulenten Herrin des Hauses, die sein Zimmer einmal am Tag betrat, einen betroffenen Blick auf ihn warf und gleich wieder ging, um sich um ihre Verwandtschaft zu kümmern, die in Erwartung der nahenden Erlösung das Haus besetzt hielt. Denn allen würde ja ein Krümelchen zuteilwerden, das ihnen ein gutes Leben ermöglichte. Ausserdem berichtete die Dienerin noch über zwei Nebenhandlungen: Zum einen verbreite ihre Herrin Lügen über die Dienerinnen. Sie selbst sei schon völlig fertig und würde am liebsten aufs Land zurückkehren, wäre sie nicht so anhänglich. Zum anderen erzählte sie von den üblichen Veränderungen im Verhalten eines Kranken, der den Tod nahen fühlt – damit spielte sie auf ihren Herrn Machrûs an: dass er immer liebenswürdiger wurde, die Nähe zu Gott suchte und von verstorbenen Bekannten sprach. Sie tratschte so viel, wie es sich für eine Dienerin gehört. Innerhalb von fünf Minuten hatte sie sämtliche Geheimnisse des Hauses ausgeplaudert. Schliesslich kamen sie bei der Mauer der Villa an. Taha wartete ein paar Minuten vor der Tür, bis die Dienerin wieder zurückkam.

»Bitte sehr, Herr Baschmuhandis.« Sie war nicht davon zu überzeugen, dass Taha kein Baschmuhandis war.

Zwischen den luxuriösen Möbeln hindurch gingen sie bis in den zweiten Stock. Dort wartete Doktor Sâmi Abdalkâdir an der Tür auf sie. Taha erinnerte ihn noch einmal an ihr erstes Treffen.

Der Arzt zog ihn ein Stück von dem Zimmer weg und sagte: »Mit den Antibiotika ist es schwierig, wissen Sie. Der Patient verträgt sie nicht. Ich brauche Ihre Hilfe, weil ich keine Vene finden kann und er sich ziemlich wehrt. Der Schmerz ist einfach zu stark.«

Taha nickte, dann betrat er den stickigen, ungelüfteten Raum. Eine Tischlampe neben dem Bett beleuchtete ihn spärlich. Auf dem Tisch befanden sich ausserdem noch tonnenweise Medikamente und ein Teller mit Watte und Eis. Machrûs Bergas lag im Bett und starrte an die Decke. Er hatte sich stark verändert, war nicht mehr der selbstsichere, gesunde Mann, sondern glich eher einem schäbigen Lumpen. Er hatte mehr als zwanzig Kilo abgenommen, und sein Gesicht war eingefallen. Er atmete flach, es schien ihm so grosse Mühe zu machen, als müsste er Luft durch ein verrostetes Blechblasinstrument pressen. Mit der Hand hielt er einen Eisbeutel umklammert, um damit den Schmerz ein wenig zu lindern. Taha setzte sich auf die Bettkante und holte die Spritze und ein Fläschchen hervor. Er machte die Injektion für Doktor Sâmi fertig, der konzentriert einige Berichte las. Als Tahas Blick zwischendurch auf Machrûs fiel, bemerkte er, dass der ihn scharf beobachtete. Taha tat, als hätte er nichts mitbekommen, und half ihm mit grosser Mühe, die blasse, verkrampfte Hand unter der Bettdecke hervorzustrecken. Sein Arm war durchlöchert wie ein Sieb, für einen weiteren Einstich war kein Platz mehr. Taha reichte dem Arzt die Spritze und band den Arm fest ab. Doktor Sâmi stach Machrûs die Nadel in die Vene. Als ihm die Flüssigkeit ins Blut drang, fuhr er zusammen. Fest umklammerte er Tahas Hand, in seinem Gesicht zuckte es. Dabei presste er zwischen zusammengebissenen Zähnen einen heiseren Schrei hervor. Nach ein paar Sekunden wurde die Nadel wieder herausgezogen, und Taha löste den Stauschlauch. Machrûs schloss vor Schmerz die Augen. Doktor Sâmis Handy klingelte, er trat beiseite, um den Anruf entgegenzunehmen, und machte Taha dabei ein Zeichen, mit der Gabe des Sedativums fortzufahren.

»Erinnern Sie sich nicht an mich?«, flüsterte er Machrûs zu. Der schüttelte den Kopf, und Taha fügte hinzu: »Ich war vor drei Monaten zusammen mit meinem Vater bei Ihnen zu Besuch.« Bergas sah ihn mit einem mehrdeutigen Blick an, und Taha sagte, um seiner Erinnerung auf die Sprünge zu helfen: »Mein Vater war gelähmt, er sass im Rollstuhl.«

Plötzlich wurde Machrûs' Blick ungewöhnlich lebhaft. Er zog an Tahas Hand, damit der ihn stützte, bis er halb sass. Dann holte er tief Luft, und nachdem er sich vergewissert hatte, dass der Arzt am Fenster am anderen Ende des Zimmers weitertelefonierte, suchte er nach einem Stimmband, das noch funktionsfähig war, und fragte dann: »Ihr Vater ist gestorben?«

»Gott hab ihn selig«, sagte Taha, steckte die Spritze in das Fläschchen und zog langsam die Flüssigkeit auf. »Darf ich Sie etwas fragen? Ich weiss, dass das nicht der passende Zeitpunkt ist, aber ...«

Machrûs' Stimme bebte: »Was wollen Sie?«

»Wissen Sie vielleicht, was mein Vater – Gott hab ihn selig – von Ihnen wollte?«

»Fragen Sie nicht, manche Dinge sollte man nicht aussprechen. Ähähähä ...« Ein trockener Husten zerriss ihm fast die Brust. Währenddessen liess Taha keinen Blick von seinem Gesicht und sah, wie es rot anlief. Anschliessend fuhr Machrûs fort: »Besser, Sie vergessen alles und machen sich davon. Der Ort hier ist infiziert.«

Taha band Machrûs' Arm erneut ab und klopfte mit dem Finger darauf, um eine Vene zu finden, die sich freiwillig für eine zweite Injektion zur Verfügung stellte. Schliesslich stiess er auf eine ganz versteckte. Er hielt die Hand fest und wollte die Nadel hineinstechen. Aber Machrûs packte ihn am Handgelenk, um ihn daran zu hindern. Eine sonderbare Furcht zeigte sich auf seinem Gesicht. Seine Augen starrten auf die Spritzennadel, als wäre sie ein vergifteter Dolch. Taha nickte beruhigend und klopfte ihm auf die Hand, um ihm ein wenig Vertrauen einzuflössen. »Haben Sie keine Angst!«, sagte er und stach hinein. Die Flüssigkeit strömte in die ausgedörrten Adern. Eine Minute, und Machrûs' Körper begann zu erschlaffen. Die Lebensfunktionen wurden immer schwächer. Plötzlich, während er mühsam die Lider offen hielt, sagte er: »Ihr Vater hat mir von einem Traum erzählt. Er hatte geträumt, dass ich in drei Monaten sterben würde.« Das wunderte Taha nicht. Was ihn wunderte, war vielmehr, was dann kam: »Ich habe Service an jenem Tag nicht getroffen.« Kaum hatte Machrûs das gesagt, fiel er in tiefen Schlaf. Taha blieb minutenlang in derselben Position sitzen und betrachtete sein Gesicht. Er versuchte zu begreifen, was er gehört hatte.

Dann riss ihn der Arzt aus seinen Gedanken. »Wie sieht's aus, sind Sie fertig?«

»Ja, ich bin fertig, Doktor.« Taha lächelte müde, verabschiedete sich mit rätselhaften Worten und ging.

In der Apotheke liess er Wâil die Kunden bedienen und zog sich ins Labor zurück, um sich mit den bedrückenden Fragen auseinanderzusetzen, die sich über seinen Kopf hermachten wie eine Hyäne, die ein unvergleichlich schmackhaftes Stück Aas gefunden hat. Er war voller Zweifel und konnte kaum noch das Gleichgewicht halten. Nachdem er eine Beruhigungspille genommen hatte, zog er sich einen Stuhl heran, setzte sich und legte die Füsse auf einen Tisch voller Petrischalen. Gab es so etwas wie diesen Diamantenstaub, und hatte er tatsächlich diese Wirkung? Noch wichtiger war aber, dass er nun über Service Gewissheit hatte. Wie ein Squashball hüpften die Gedanken unermüdlich in ihm hin und her. Was ihm den Kopf eigentlich so schwer machte, wusste er nicht, vielleicht war es die Pille, die er genommen hatte. Er fiel in tiefen Schlaf und fuhr dann plötzlich wieder hoch, als hätte er an einen Elektrodraht gefasst. Als er versuchte aufzustehen, kribbelte sein Fuss und gehorchte ihm nicht. Also stellte er sich auf den anderen. Schliesslich ging er zu Wâil hinaus.

»Was ist denn, Herr Doktor? Sie sehen müde aus.«

»Wie spät ist es jetzt?«, fragte Taha.

»Zwanzig nach elf.«

»Um Gottes willen! Warum hast du mich nicht geweckt, Wâil?«

»Ich hab es ja versucht. Sie haben ganz laut geschnarcht.«

»Und wie bist du zurechtgekommen?«

»Alles in Ordnung. Ich hab nur von der Apotheke Rida eine Schachtel Amlodipin geholt, weil es alle war.«

»Hast du es schon bezahlt?«

»Nein, noch nicht. Wollen Sie eine Minute hier warten? Dann bringe ich ihnen das Geld.«

»Nein, ich hab keine Zeit. Ich bezahle es auf dem Heimweg.«

Taha holte seine Jacke und ging. In Doktor Ridas Apotheke traf er seinen Kollegen Amr. Er begrüsste ihn und gab ihm das Geld, und sie plauderten eine Weile über Medikamente und Preise, bis sie wunderbarerweise auf Service zu sprechen kamen.

»Das Einzige, was ich von ihm weiss, ist, dass er seit dem Tag, an dem er den Ziegelstein in die Scheibe geschmissen hat, mich belästrigt«, sagte Amr.

Taha sah interessiert aus. »Service? Und natürlich kriegt er, was er will?«

»Ich geb es ihm, damit er abhaut, wir wollen doch keine Probleme. Am ersten Tag kam er und wollte Tramadol und Apetryl. Am zweiten Tag wollte er Tramadol, Apetryl und Einmalhandschuhe, am dritten Tag …«

Der Täter trug Einmalhandschuhe, auf dem Rollstuhlgriff haben wir Spuren von Puder gefunden. Dieser Satz Walîd Sultâns klingelte in Tahas Kopf. Er liess seinen Kollegen stehen und rannte nach Hause. Unterwegs entschuldigte er sich telefonisch, dass er wegen besonderer Umstände nicht zur Arbeit kommen könne. Er sprang die Treppe hoch, stürmte in die Wohnung, flitzte in sein Zimmer und schaltete den Computer an. Bei der *Google*-Suche gab er »Diamantenstaub« ein, dann fügte er noch das Wort »Gift« hinzu. Nach ein paar Sekunden erhielt er die Ergebnisse:

Diamantenstaub
In früheren Jahrhunderten gab es immer wieder Berichte über politische Morde, die von einer langsamen Tötungsmethode mit einer giftigen Substanz, bekannt als Diamantenstaub, berichteten. Zum ersten Mal erwähnt wurde er im Jahr 1250 im Zusammenhang mit dem Tod Friedrichs II., des Kaisers des Römischen Reiches.

Die nächste Erwähnung findet sich im Jahr 1512, als man den Verdacht hegte, dass er bei der Ermordung Bayezids II., des Sultans des Osmanischen Reiches, durch seinen Sohn Selim verwendet worden war. Während der Renaissance in Florenz, genauer gesagt während der Herrschaftszeit Caterina de' Medicis, gab es vermehrt Berichte, dass sie eine Substanz namens Herrschaftspulver verwende. Dies war nur ein Synonym für eine Mischung aus Diamantenstaub und Arsen. Unter dem Vorwand, die Armen und Kranken zu speisen, testete Caterina de' Medici ihren magischen Staub, mass die Zeitdauer, bis die Wirkung eintrat, ermittelte den Wirkungsgrad im Verhältnis zur Menge und untersuchte die Symptome bei den Opfern. Schliesslich gelangte sie zu befriedigenden Ergebnissen, die sie in die Lage versetzten, die Gegner ihres Regimes zu liquidieren.

Ein weiteres Mal erscheint der Staub in der Autobiographie Benvenuto Cellinis, des hochberühmten Goldschmieds und Bildhauers aus der Epoche von Pier Luigi Farnese, dem Herzog von Parma, der für seine Grausamkeit gegenüber seinen Feinden, seine Ausschweifungen und später für seine Pädophilie bekannt war. Der Diamantenstaub begleitete ihn in seiner Herrschaftszeit als Mittel zur Liquidierung seiner Feinde, was Benvenuto Cellini in seinen letzten Aufzeichnungen, die er im Gefängnis verfasste, erwähnt. Dort beschreibt er das Fortschreiten und die Wirkung der Krankheit auf sich selbst, nachdem einer seiner Bewacher ihm Diamantenstaub ins Essen gemischt hatte. Bis heute hat niemand Klarheit darüber gewonnen, ob Diamantenstaub wirklich ein Mordwerkzeug im Gefolge grausamer Herrscher war oder ob es sich nur um ein Schauermärchen handelt, das einst von Minenbetreibern erfunden wurde, um die Arbeiter daran zu hindern, die Edelsteine zu schlucken.

Auf Websites zur Geschichte fand Taha nur so viel, also suchte er auf naturwissenschaftlichen Seiten weiter, bis er dort auf eine weitere Information stiess:

> Diamantenstaub gilt als eins der gefährlichsten Gifte, weil es geruchs- und geschmacksneutral ist und sich zu Beginn der Vergiftung keine eindeutig erkennbaren Symptome zeigen. Die tödliche Dosis beträgt weniger als 0,1 Gramm. Die Wirkungsweise des Gifts lässt sich dahin gehend zusammenfassen, dass beim Verschlucken schon einer sehr geringen Menge der winzigen Splitter die Fremdkörper – das heisst der Diamantenstaub – durch die peristaltischen Bewegungen entlang des gesamten Verdauungstrakts in Fleischwucherungen eingebettet werden. Die natürliche Bewegung des Körpers führt dann dazu, dass diese Splitter immer tiefer eindringen, so dass es zu einer langsamen, unstillbaren Blutung kommt, die anfangs schwer festzustellen

ist, bis der Staub schliesslich das Organsystem erreicht. Die diesen Vorgang begleitenden Schmerzen sind unvorstellbar. Die genannten Symptome treten innerhalb einer Zeitspanne von durchschnittlich drei Monaten auf. Schon in der Anfangsphase ist eine Rettung des Betroffenen schwierig. Die einzige Möglichkeit ist eine Operation zur Entfernung der Diamantsplitter, und diese ist nahezu unmöglich. Festzuhalten bleibt, dass der Mord mit Diamantenstaub in der europäischen Renaissance zu den bevorzugten Methoden zur Herbeiführung eines langsamen Todes gehörte.

Das waren die einzigen Informationen, die zu finden waren. Taha sass etwa drei Stunden vor dem Computer und recherchierte im Internet, ohne dabei noch auf etwas Erwähnenswertes zu stossen.

In seiner linken Schädelhälfte pochte die Migräne, und seine Augen wurden immer lichtempfindlicher. Taha zog die Vorhänge zu, bis der Raum im Dunkeln lag, nahm zwei Migranil-Pillen und zündete sich eine Zigarette an. Dann ging er ins Zimmer seines Vaters. Nur eine Frage trieb ihn um: Wo hat er ihn versteckt?

Der Staub seiner rechten Hand!

Er rief seine Tante an: »Hallo. ... Ja, Tante. Gott erhalte dich! ... Gott sei Dank! ... Tante, hör mal, hast du nicht ein Tütchen oder Fläschchen gefunden, als du saubergemacht hast? Mit so einer Art weissem Puder drin? ... Sicher? ... Nein, Tante, was denn für Drogen? ... Das war was von Papa, ja. ... Es ist Kakerlakenpulver, ja. ... Ich hab so viele Kakerlaken hier. ... Gut, Tante. ... Ja, wirklich, ich esse. ... Natürlich. ... Tschüss, Tante.«

Taha ging durch die Wohnung, die verwaist war, seit er fast alle Möbel in ein Zimmer geräumt hatte. Diesen Raum nahm er von seinen Nachforschungen aus, weil er selbst ihn vollgestellt hatte. Er suchte im Zimmer seines Vaters, in Bad und Küche und in seinem eigenen Zimmer. Als er nichts fand, kehrte er ins Zimmer seines Vaters zurück.

Der Staub meiner rechten Hand!

Er öffnete den Kleiderschrank, leerte ihn Stück für Stück und untersuchte erst die rechten, dann die linken Ärmel. Nichts. Er setzte sich in eine Ecke und überdachte noch einmal, was er gelesen hatte. Dabei starrte er auf eine leere Stelle auf dem Zimmerboden. Er wusste nicht, wie lange er in dieser Position verharrt hatte. Plötzlich stand er auf, als hätte ihn etwas gestochen, holte einen Hammer und einen Schraubenzieher und begann den PVC-Boden herauszureissen. Nach drei Stunden, in denen er sich die Hände wund gearbeitet hatte, lag der Raum nackt und in Trümmern wie Port Saîd zur Zeit des Krieges. Aber gefunden hatte er nichts. Um wieder zu Atem zu kommen, machte er eine Pause. Die Sonne ging gerade unter. Feine goldene Strahlen drangen durchs Fenster und durch den Staub, der nach dem Herausreissen des Bodens überall in der Luft hing, bis sie auf ein Hindernis trafen, das unter seinen Füssen einen Schatten in Form eines Stuhls warf – eines Rollstuhls.

Warum war er nicht schon vorher auf die Idee gekommen? Es war die am nächsten liegende Möglichkeit. Er griff nach dem Stuhl und untersuchte ihn, löste die Scharniere und Muttern. Schliesslich fiel sein Blick auf die trauriggraue Armlehne. *Die rechte Hand ...* Er zog kräftig daran, und ein kleines Fläschchen fiel heraus, das mit einer dünnen Schnur umwickelt war. Taha hielt es sich vor die Augen. »Jasminduft – al-Sahâr, Fabrik für Parfums und Duftessenzen« stand darauf. Er löste die Schnur, öffnete die Hand und klopfte behutsam mit dem Finger auf das Fläschchen. Ein weisses Pulver rieselte heraus, glitzernd und weich anzufühlen. Er rieb es zwischen den Fingerspitzen und hielt es sich vor die Augen, um die Lichtreflexe auf den winzig kleinen Oberflächen zu beobachten. Mehrere Minuten lang betrachtete er es, dann schüttete er es zurück in die Flasche, als sperrte er eine Schlange ein.

Damit war alles klar. Sein Vater hatte nichts anderes im Sinn gehabt, als die verlorene Gerechtigkeit wiederherzustellen.

Sein Vater war ein Mörder gewesen!

Taha hörte wieder die Worte seiner Mutter: *Das Problem war, dass dein Vater sich für einen Gott hielt. Er war der, der richtete und strafte.* Die Wände der Wohnung begannen es herauszuschreien. Ein Erdbeben liess seine Hand und seine Finger zittern, und die Migräne führte ihre Arbeit zu Ende. Ein breiter Riss tat sich in seiner linken Seite auf, und wieder begann das regelmässige Pochen. Es war nicht auszuhalten. Taha warf einen letzten Blick auf das Fläschchen, dann steckte er es in die Tasche und verliess das Haus, um ein wenig Luft zu schnappen.

13

Als Taha auf der Flucht vor seinen Gedanken auf der Strasse ankam, stand er mitten in ohrenbetäubendem Lärm. Seine Augen nahmen nichts wahr als das blendende Licht der Autoscheinwerfer. Wenn er einatmete, brannte seine Lunge, und Ausatmen war fast unmöglich. Sein Verstand hatte schon vor Minuten ausgesetzt. Er rief Jassir an, aber der entschuldigte sich, weil »das Match« gerade in vollem Gang sei: »Al Ahly gegen Zamalek, mein Lieber!« Wie absurd ihm das Wort »Match« vorkam! Er hatte keine Ahnung, warum er solchen Widerwillen verspürte. Vielleicht wünschte er sich sogar, dass Al Ahly unterlag. In einem Café, an dem er vorbeikam, sassen sie alle dicht gedrängt und mit gereckten Hälsen, um das Spiel zu verfolgen. Ausgesprochen ordinär sahen sie aus, wie sie da ihre Schischa rauchten und vor blinder Konzentration die Mäuler aufrissen, als sei der Trainer ein Schwager von ihnen. Wenn es zu einem Angriff kam, sprangen sie allesamt mit der Energie eines Dobermanns auf. Dann setzten sie sich wieder, um zu schimpfen und zu fluchen und die Spieler anzuschreien, als könnten die sie hören! Seine Füsse trugen ihn automatisch weiter, bis er sich auf dem Sphinxplatz wiederfand. Sein Blick fiel auf ein silbernes Schild: »Cairo Jazz Club«. Er blieb stehen und wunderte sich über diesen Zufall, der zugleich den salzigen Geschmack aus seinem Mund vertrieb, den Geschmack nach Blut. Er erklomm einige Stufen und ging hinein, obwohl einer der Stiere vor der Tür ihn aufzuhalten versuchte: »Eintritt nur für Paare!« Mit der Schlagfertigkeit des Handelsvertreters antwortete Taha: »Meine Freundin ist schon drin.«

Die Beleuchtung im Inneren war gedämpft. Ein paar Scheinwerfer lösten die Dunkelheit nicht auf, sorgten aber dafür, dass man alles zuordnen konnte: Farben, Geräusche, selbst

Personen. Hohe Lederstühle, im Halbkreis um eine Bar. Überall junge Männer und Frauen. Brasilianische Musik, die der ganzen Atmosphäre einen gewissen Zauber verlieh. Eine Ecke war für die noch nicht anwesende Band reserviert. Ein Klavier und eine Gitarre – und ein Schlagzeug. Als Taha vor den Drums kurz stehen blieb, hörte er aus einer weit entfernten Nische ein »Psss«. Er brauchte ein paar Sekunden, bis er sicher war: Sie war es. Ganz allein sass sie an einem Dreiertisch und winkte ihm zu. Zögernd ging er zu ihr. Sara trug abgewetzte Jeans und eine schwarze Bluse, über der eine lange Silberkette baumelte. Aber sie hatte kein Kopftuch an. Ihr rebellisches, welliges Haar lag ihr wie ein Heiligenschein um den Kopf – falls Heilige denn Jasminparfum verwenden. Das i-Tüpfelchen bildete ein kleiner Silberring in einem Löchlein unter ihrem Mund. Ihre grossen Augen waren von Wimpern überschattet, die sich dem wildesten Krieger ins Herz bohren könnten. Vor ihr auf dem Tisch lagen Stift und Papier. Daneben stand eine halbleere Flasche Stella-Bier.

Als Taha näher kam, lächelte sie. »Ist das ein Zufall?«

»Tja ...« Er fuhr sich mit der Hand über den Kopf. »Ich war zufällig in der Nähe und hab mir gesagt, ich sag dir mal guten Tag.«

»Lass doch das Gerede, es gibt keine Zufälle. Setz dich! Ein Bier?«

Er nahm Platz und schüttelte den Kopf. »Lieber einen Nescafé.«

»Nescafé?« Sie lachte. »Sitzen wir hier im Café El Fishawy?« Dann gab sie dem Kellner ein Zeichen: »Ein Stella, Târik!«

»Du hast ja dein Kopftuch ausgezogen!«

»Es ist hier nicht der Ort. Mit Kopftuch käme ich mir vor wie ein Alien.«

»Woran schreibst du?«

»An einem Artikel für die Zeitung.«

»Hier?«

»Hier habe ich die besten Einfälle. Wie geht's dir?«

»Gut.«

Sara gab ihm eine Zigarette aus ihrer Schachtel. »Warum hast du deine Freundin nicht mitgebracht?«

Taha zündete erst ihre, dann seine Zigarette an. »Ich hab keine Freundin.«

Sie rutschte mit ihrem Stuhl näher an ihn heran. »Doch hoffentlich nicht aus medizinischen Gründen?«

Er musste lächeln. »Nein.«

»Dann bist du wohl zu kompliziert dafür.«

»Nenn es, wie du willst.«

»Hast du Angst, ein zweites Mal verletzt zu werden? Oder ein drittes?«

»Ein viertes Mal.«

»Willst du vom Thema ablenken?«

»Nein, überhaupt nicht! Ich kann ja kaum auf mich selbst aufpassen. Ich glaub nicht, dass ich da noch auf jemand andern aufpassen könnte.«

Sara beugte ihren Kopf vor, warf ihr Haar nach vorn und schüttelte es wieder zurück. Dann fragte sie: »Du hast gesagt, dass du Medikamente verkaufst.«

»Ich verkaufe sie nicht, ich vertreibe sie. Schmerz- und Beruhigungsmittel.«

»Die könnte das ganze Volk gebrauchen!«

»Nein, das ist für die Praxen. Das Volk kann sich die nicht leisten. Nur die Leute, die fünfhundert Pfund pro Arztbesuch bezahlen.«

»Ui, dann bist du also doch an sozialen Fragen interessiert! Und ich hatte gedacht, du gehst nur zur Arbeit und wieder nach Hause.«

»Du hast vergessen, dass ich in einer Apotheke arbeite. Der psychische Zustand der Ägypter lässt sich gut an den Medikamenten ablesen, die sie am häufigsten verlangen.«

»Und welche sind das?«

»Durchfallmittel.«

Sie lachte. »Schön! Man merkt, dass du kein einfacher Mensch bist.«

»Ich hab mir übrigens deinen Blog angesehen.«

»Und was hältst du davon?«

»Das Thema ›Mädchen und Politik‹ hat mir gefallen.«

»Darüber hab ich geschrieben, weil ich das Gefühl hatte, die Menschen lassen alle wichtigen Themen beiseite und konzentrieren sich nur auf den Körper der Frau. Als wären damit, dass man ihn bedeckt, sämtliche Probleme der arabischen Welt inklusive Palästinas gelöst.«

»Sonst hab ich aber das Gefühl, dass du gegen alles und jedes bist, dass du schlicht gegen Windmühlen kämpfst«, warf Taha ein. »Ich hätte gar nicht gedacht, dass du so eine Aktivistin bist.«

Sie tat einen Schluck aus der Flasche. »Ich nehme auch an Demonstrationen teil und schlage alles kurz und klein. Und einmal wollten sie mich sogar verhaften. Dieses Land ist gegen *uns,* Käpt'n, nicht wir sind gegen das Land. Welche politische Einstellung hast du eigentlich? Was denkst du über die Regierung? Oder interessiert dich das nicht?«

»Ich habe keine bestimmte Einstellung.«

»Du interessierst dich nur für libanesische Popsängerinnen wie Haifa Wahbi – und für Fussball, Al Ahly und Zamalek und so was?«

»Nein, überhaupt nicht. Ich lebe schon immer mit Büchern. Mein Vater, Gott hab ihn selig, war Geschichtslehrer. Ich meine, ich bin nicht in bestimmter Weise aktiv. Ich habe keine Zeit, auf Demonstrationen zu gehen oder zu verfolgen, was auf der Strasse los ist. Die Arbeit frisst meine ganze Zeit. Und eine Erfahrung, wie ich sie gemacht habe, kann einem das Gefühl geben, in einem andern Land zu leben.«

»Und wenn du Zeit hättest?«

»Offen gesagt, ich glaube nicht, dass ich teilnehmen würde. Wir leben nicht in einem Land, das sich durch eine Demonstration verändern liesse.«

»Ach so, du denkst also, Demonstrationen sind Zeitverschwendung.«

»Die letzte Demonstration, die etwas bewirkt hat, war meiner Meinung nach die auf der Abbâsbrücke im Jahr 1946.* Ich habe das Gefühl, dass wir seitdem nur Theater spielen. Oder vielleicht versagt uns einfach die Stimme. Irgendwas läuft schief.«

»Man merkt, dass du was von Geschichte verstehst – aber nicht von der Zukunft.« Sara trank den letzten Tropfen aus der Flasche, dann betrachtete sie Taha mit zusammengekniffenen Augen. »Hinter dir steckt ein grosses Geheimnis, stimmt's?«

Er lehnte sich zurück und beobachtete die Mitglieder der Band, die begonnen hatten, ihre Plätze hinter den Instrumenten einzunehmen. »Warum sagst du das?«

»Unter uns: Ich kann Gedanken lesen!«

Als die Musiker ihre Instrumente zu stimmen begannen, wurde es ziemlich laut, und Taha sagte mit erhobener Stimme: »Wie sehr du dich auch anstrengst, was ich denke, kannst du dir nicht vorstellen, glaub mir!«

* Im Februar 1946 wurde bei einer Arbeiter- und Studentendemonstration gegen die britische Militärpräsenz auf Befehl der ägyptischen Polizei die Abbâs-Zugbrücke hochgezogen, während der Protestzug gerade darüber marschierte. Viele der Demonstranten fielen dabei in den Nil und ertranken. Daraufhin eskalierten die Proteste, und der damalige Ministerpräsident musste zurücktreten. *(Anm. d. Übers.)*

Sie flüsterte ihm ins Ohr: »Das ist schon mal der erste Beweis dafür, dass ein grosses Geheimnis hinter dir steckt.«

»Mach weiter!«

Sie rückte noch näher an ihn heran und sah ihm forschend in die Augen. »Du hast nicht viele Freunde. Du wunderst dich, dass ich Alkohol trinke. Irgendwas hat dich ausgerechnet heute hierhergeführt. Vielleicht läufst du vor etwas davon ... oder ... ich meine, du bist sicher ... in mich verliebt!« Die letzten Worte hatte er nicht gehört, und so wiederholte sie sie. Er lehnte sich zurück, sah ihr in die Augen, und sie fuhr fort: »Denk mal an den Tag, an dem ich in die Apotheke gekommen bin. Ich wäre fast gestorben vor Lachen, als du den Jungen, der bei dir war, ans Telefon geschickt hast, damit du mit mir reden konntest. Ausserdem sehe ich ja immer, wie du mich anstarrst, wenn ich mit dir im Aufzug fahre.«

Taha verzog den Mund. »Du bist ganz schön dreist.«

»Mir macht das nichts aus. Wenn mir jemand gefällt, sage ich es ihm ins Gesicht.«

Taha wusste nicht, was er antworten sollte, und so lächelte er nur.

In dem Moment begann die Band zu spielen: *Oye como va* vom grossen Santana. Für ein paar Sekunden schloss Sara die Augen, um sich dem Rausch, den die Latinorhythmen in ihr auslösten, ganz hinzugeben. Dann stand sie auf. »Tanzt du mit mir?«, fragte sie, doch er schüttelte den Kopf. Sie runzelte die Stirn, was sie noch attraktiver machte. »Steh auf!«

»Ich kann nicht ...«

Doch Sara drängte ihn. »Schlagzeug spielen und uns alle verrückt damit machen, das kannst du – aber tanzen kannst du nicht? Denkst du vielleicht, all die andern hier können es?«

»Egal, ich kann es nicht.«

»Steh auuuuf!«

Sie zog ihn am Arm, bis er schliesslich nachgab. Dann legte sie sich seine Hände auf die Schultern und zog ihn zwischen den Tänzern hindurch mit sich. Wie eine Schlange zwischen den Blättern eines Baumes wand sie sich dabei in der Taille in alle Richtungen. Schliesslich kamen sie in der Nähe der Band an. Da drehte sie sich zu ihm um, zog seinen Kopf zu sich herunter und berührte ihn mit ihren Lippen am Ohr. »Aber bitte nicht so steif wie ein Bettrost, entspann dich!« Sie nahm seine Hand und brachte ihn auf Trab. Wenn sie etwas konnte, dann tanzen! Ihre Bewegungen waren flüssig, sie folgte dem Rhythmus so natürlich wie fliessendes Wasser, gab sich ihm hin wie ein Instrument in der Hand des Musikers. Wenn sie näher an Taha herankam, streifte ihr Haar ihn im Gesicht. Sie duftete nach Parfum, und ihr Atem roch nach Alkohol. Während die Musik ihr in den Körper fuhr und sie immer mehr mit sich riss, tanzte er so hölzern wie eine mitten auf der Tanzfläche verwurzelte Nilakazie. Den Blick liess er dabei nicht von dem jungen Mann, der über dem Schlagzeug thronte. Von seinen Händen ergoss sich der Rhythmus auf die Trommeln, und die sandten einem ihre Vibrationen bis tief ins Herz.

Sara kam wieder nahe an ihn heran. »Willst du noch lange so dösig bleiben?«

Er schüttelte den Kopf. »Ich bin nur ...«

Sie hörte nicht auf seine Rechtfertigung. Als das Stück vorbei war, klatschte sie in die Hände und rief: »Wooow!« Dann begann das nächste, *Tango apasionado,* und sie wandte sich ihm wieder zu. »Das hab ich doch schon mal gehört!«, sagte sie.

»Das ist Astor Piazzolla.«

Sie zwinkerte ihm zu. »Du bist ja ein richtiger Tangofreak! Du musst wieder anfangen zu trommeln. Selbst wenn deine Nachbarn davon Kopfschmerzen kriegen.«

Das Stück floss ruhig dahin, und die Tänzer bewegten sich langsamer. Die Köpfe neigten sich einander zu wie Bäume in der Morgenluft. Sara sah Taha in die Augen und kam spontan näher. Er legte seine Hand um ihre Taille, aber trotz allem, was sie dort erspürte, ging ihm diese Musik auf die Nerven. Er konnte die Drums nicht sehen, doch die Vibrationen stachen ihm wie Akupunkturnadeln in die Lider. Mehrere Sekunden schloss er die Augen, und als er sie wieder öffnete, waren sie voller Tränen.

Als sie sein Schluchzen hörte, hob sie den Kopf. »Was ist, was hast du?« Er schluckte schwer, sagte aber kein Wort. »Ist was passiert?«, fragte sie.

»Nein, ich hab nur an meinen Vater gedacht, Gott hab ihn selig. Ich kann nicht, es tut mir leid, ich muss gehen.« Er machte kurz eine entschuldigende Geste und liess sie stehen. Verblüfft sah sie ihm nach, bis er verschwunden war.

Während seine Hand zitterte und sein Kopf so leer wie die Schale einer verspeisten Doumpalmenfrucht war, wiederholte er sich noch einmal jedes Wort, das seine Mutter gesagt hatte. Sie, die eine Ewigkeit lang geschwiegen hatte, um dann lauter gottloses Zeug von sich zu geben. Wie die Ohrfeige, die Imâd Hamdi einst Abdalhalîm Hâfis verpasst hatte. »Du bist ein Findelkind, ein Findelkind! Das ist nicht deine Mutter, und ich bin nicht dein Vater. Geh mir aus dem Haus!«[*]

Wie schwer wog dieser Satz: »Ich bin nicht dein Vater!«

Taha fror immer mehr und schlug den Kragen hoch, um sich gegen den frischen Wind zu schützen. Währenddessen betrachtete er die Passanten und die Verliebten, die die Kälte gar nicht zu spüren schienen. Und ein paar Golfaraberinnen, die, mit kajalumrandeten Augen unter den Gesichtsschleiern,

[*] Eine Szene aus dem Film *al-Chatâja (Sünde)* von 1962. Der ägyptische Schauspieler Imâd Hamdi lebte von 1909 bis 1984. *(Anm. d. Übers.)*

in Pferdekutschen sassen. Dann eine lautstarke Hochzeitsfeier: Die Freunde des Bräutigams drückten mit so monotonem und penetrantem Tüt-tüt-tütütüt auf die Hupe, dass sie selbst einen stummen Fels in den Wahnsinn hätten treiben können. Service' Gesicht beobachtete ihn, der klopfende Schmerz liess seinen Kopf erdröhnen wie die riesige Klangschale in einem weitläufigen buddhistischen Tempel. Als er immer heftiger wurde, holte er schliesslich eine Schachtel Migranil heraus und nahm zwei Pillen. Vielleicht liess sich das schmerzhafte Pochen damit bestechen und zum Schweigen bringen. Die Pillen kratzten ihm im Hals, als er sie ohne Wasser schluckte – in dem Moment stiess seine Hand an das Fläschchen, das er im Stuhl seines Vaters gefunden hatte. Er zog es aus der Tasche und betrachtete es. Wie winzig es aussah, verglichen mit seiner Wirkung. Der Effekt war tatsächlich ideal – es war gleichsam der König aller Gifte: ein nichtchemisches Gift, das lautlos wie eine Schlange in den Körper eindrang, so dass die Wirkung sich erst Monate später zeigte. Es gab dem, der es schluckte, noch die Gelegenheit, eine neue Seite aufzuschlagen – eine einzige Seite nur. Aber die reichte, um vor dem schmerzhaften Ableben noch ein paar Fehler zu korrigieren und zum Beispiel als kleine Sühneleistung seine Steuerschuld zu begleichen.

»Jasmin? Oder Rosen, Pascha?« Ein kleines Mädchen versuchte, ihm im Glauben, er warte auf seine Freundin, ausgeblichene, in Zellophan gewickelte rote Rosen zu verkaufen.

Taha entschuldigte sich und setzte seinen Heimweg fort. Auf dem Platz sah er Service. Er sass auf einem Auto und unterhielt sich mit jemandem. Ohne überhaupt nachzudenken, hob Taha langsam seine Hand zum Gruss. Service blickte sich misstrauisch um. Tahas Herz schlug schneller, als dieser dann seinen Blick erwiderte. Er überspielte seine Angst und lächelte, was bedeuten sollte: Der Gruss ist für dich! Service tastete nach seinem Klappmesser und kam mit schweren Schritten heran. Dabei liess er Taha nicht aus den Augen, um herauszufinden, was dieser im Schilde führte.

»Hast du Angst herzukommen oder was?«, sprach Taha ihn an.

»Wovor soll ich Angst haben, Bruder?«

»Ich weiss, dass du's nicht warst.«

Service kratzte sich verwundert am Kopf. »Und warum sagst du mir das?«

»Weil ich nicht möchte, dass jemand böse auf mich ist.«

»Wegen dir hab ich auf der Polizeiwache übernachtet und alles, aber am Ende war Gott sei Dank alles klar. Und beim Herrn der Kaaba, ich hab nur den Mund gehalten wegen dem Todesfall bei dir.«

»Betrachte es als Strafe dafür, dass du die Scheibe eingeschlagen hast.«

»Klar, und ich schwöre, die …«

»Schwör nicht! Was vorbei ist, ist vorbei.«

Das war das Letzte, was Service erwartet hätte. Er sah Taha lange an mit seinen Augen, die vorher noch so tot gewirkt hatten, dann nickte er. »In Ordnung, Bruder.«

»Und du bekommst auch noch ein Versöhnungsgeschenk von mir.«

»Mensch, willste hier etwa den Yehia Chatine* raushängen lassen?«

»Aber nicht vor dem Jungen, vor Wâil! Der verrät es sonst dem Inhaber. Mach mir nur von weitem ein Zeichen, dann komm ich raus. Was hättest du denn gern?«

---

* Ägyptischer Schauspieler (1917–1994), u.a. bekannt für die Patriarchenrolle in der Verfilmung der *Kairo-Trilogie* von Nagîb Machfûs. (*Anm. d. Übers.*)

»Die Rezeptur. Nur Gâlid kannte sie. Zum Teufel, ich weiss nicht, wie ich Kontakt zu ihm krieg.«
»Ich hab sie ja. Sie gehört schon dir.«
»Gut, ich komm zu dir.«
Das war eine sonderbare Überraschung, die Taha ihm bereitete. Service würde sich die ganze Nacht den Kopf darüber zerbrechen. Aber er würde einfach zu keinem Ergebnis kommen.

14

Unterdessen war Walîd Sultân nach einer Rundfahrt durch die Gegend im Polizeirevier angekommen. Als er aus dem Auto stieg, sprangen alle, die an der Tür gestanden hatten, beiseite und nahmen sofort die Hand an die Mütze. Mit einem flüchtigen Wink erwiderte er den Gruss. Dann ging er in sein Büro, wo ein Rekrut fünf Minuten zuvor, als er gehört hatte, der Pascha sei unterwegs, ein Raumdeo versprüht hatte. Walîd setzte sich auf seinen Stuhl, zündete sich eine Zigarette an und warf die Schachtel auf den Schreibtisch. Nach einer Minute wurde der Kaffee gebracht. Kurz darauf trat ein Offizier mit ein paar Akten in der Hand ein und nahm vor ihm Haltung an.

»Wie geht's, Basjûni? Was haben wir denn heute?«

»Gott erhalte Euer Exzellenz, Pascha! Wir haben diese Schwuchteln, die ihren Kollegen umgebracht haben.«

»Ach ja. Sag dem Schliesser, er soll sie in einer halben Stunde reinbringen, damit ich vorher noch meinen Kaffee trinken kann. Was noch?«

»Nur noch der Junge von gestern.«

»Haben wir ihn im Computer?«

»Nein.«

»Bring ihn rein!«

Basjûni faltete einen Zettel auseinander, den er in der Hand hatte. »Oberst Issâm und Madame Buschra Sîra vom Finneyplatz haben Euer Exzellenz angerufen.«

Walîd griff nach dem Hörer und wählte aus dem Kopf eine Nummer. Nach ein paar Sekunden hörte er Buschra Sîras Stimme, weich und mit vielen französischen R: »Allô?«

Nach fünfundzwanzig Jahren Einsatz für die Gesellschaft – über den Club und das XXX-Konsortium für Sozialdienste – war sie eine echte Mademoiselle, wenn sie auch mittlerweile die

Fünfundfünfzig überschritten hatte. Ihr Gesicht trug noch die Spuren einstiger Attraktivität, restauriert durch drei Schönheitsoperationen, von denen hinter dem Ohr und unterhalb der Schläfe ein paar kleine Narben zurückgeblieben waren. Sie war blond, hatte grosse Augen, und um die Taille trug sie eine Goldkette, die, wenn sie sich bückte, um ihren wuscheligen Golden-Retriever-Welpen Marco auf den Arm zu nehmen, alle Blicke auf sich zog. Ihr Dienst an der Gesellschaft lief mittlerweile darauf hinaus, Menschen, die Liebe verdienten, diese auch zu verschaffen. Ihre Kontakte und Beziehungen hatte sie über den lokalen Bereich hinaus in die gesamte arabische Welt ausgedehnt. Über ein weitverzweigtes Netz exportierte sie Mädchen in andere Länder, damit sie dort ganz offiziell eine Zeitehe eingingen. Die Ehemänner in spe waren Emire und Scheichs vom Golf, Leute in führenden Positionen, mit blühenden Geschäften und üppigen Bäuchen. Die versorgte sie mit Russinnen, Araberinnen, Inderinnen oder auch Schwarzen. Alle Nationalitäten und Hautfarben waren lieferbar, je nach den Vorlieben des Kunden, wie abwegig und seltsam diese auch sein mochten. Wenn sie noch für Ägypter arbeitete, dann nur für die, die die Zukunft ihrer Kinder und Enkel bis in die dreissigste Generation abgesichert hatten.

Einmal war sie verhaftet worden. In aller Ruhe hatte sie damals, von Sicherheitsleuten umringt, das Haus verlassen und war in den Polizeiwagen gestiegen. Am folgenden Tag veröffentlichte man unter Nennung ihrer Initialen B. S. einen Bericht über sie. Aber schon zwei Tage später wurde sie nach intensiven Telefonaten mit ihren Freunden wieder entlassen und nahm ihre Aktivitäten gleich wieder auf, als wäre nichts gewesen. Einer, die so viele Leute im Rücken hatte, konnte man nicht so einfach ein Bein stellen. So leicht war sie nicht auszuschalten, hatte sie doch die Stimme – beziehungsweise ein anderes Organ – der ganz Grossen auf ihrer Seite. Sie brauchte nur den Namen eines ihrer Geschäftsfreunde im In- oder Ausland zu nennen, und nach einer Stunde war ihr Problem gelöst.

»Ich weiss nicht, warum ich das Gefühl habe, dass Ihr Anruf mit jemandem hier bei mir zu tun hat.«

Basjûni ging hinaus und schloss die Tür hinter sich.

»Walîd Sultân!«, entgegnete Buschra. »In Ihrem Revier lässt sich ja auch kaum etwas verstecken.«

»Worum geht es? Wieder um den Dienst an der Gesellschaft?«

»Sie haben einen Jungen in Gewahrsam. Er heisst Karîm. Ich brauche ihn.«

»Arbeiten Sie nicht mehr mit Frauen, Buschra?«

»Jeder nach seinem Geschmack.«

»Zu wem gehört dieser Junge?«

»Zu einem VIP.«

»Und wer ist dieser VIP?«

»Das kann ich Ihnen nicht sagen.«

»Muss ich Ihnen alles aus der Nase ziehen, Buschra?«, sagte er absichtlich grob.

»*Calm down!* Sie an meiner Stelle würden ihn auch nicht gern verärgern. Ausserdem: Eine Hand wäscht die andere. Ich vergesse so was nicht. Was ist denn eigentlich passiert?«

»Ich bekam eine Meldung über eine Wohnung. Ich ging hin, klopfte an, und ein junger Kerl machte auf, der ziemlich schwul aussah. Und ich roch Haschisch. Ich trat also die Tür ganz auf und ging rein. Da seh ich doch fünf Kerle in Nachthemden, einer auf dem andern! Als sie mich bemerkten, wurden sie kreidebleich. Unser Kunde hier war auch dabei: in einem roten Babydoll! Als wir im Revier ankamen, fragte ich ihn, wie er heisst. Er stotterte. Und dann gab er mir Ihre

Nummer und sagte: ›Rufen Sie da an!‹ Aber ich hielt ihn hin. Ich wusste ja, dass Sie sich mit mir in Verbindung setzen würden.«

»*Fuck,* Sie wussten also schon, dass ich anrufen würde.«

»Ich weiss nicht, was das für ein Dienst an der Gesellschaft sein soll, den Sie da erbringen.«

»Sie kennen doch den Kessel, mit dem Sie sich morgens Ihren Tee kochen? Stellen Sie sich mal vor, der hätte kein Ventil! Dann würde er explodieren. Und genau das würde auch mit der Gesellschaft passieren, wenn es nicht jemanden wie mich gäbe.«

»Sie sind also das Ventil.«

»Ich bin darauf angewiesen, dass der Junge heute Abend entlassen wird, Walîd, *please!*«

»Das geht nicht. Er muss bis morgen hierbleiben und dem Staatsanwalt vorgeführt werden.«

»Sie wollten mich doch anrufen, wenn Sie jemanden haben, der zu mir gehört. Ich tue alles dafür, dass der Junge diese Nacht nicht dortbleiben muss. Ich überlasse Ihnen eine Wohnung am Ende der Tachrîrstrasse.«

»Die kenn ich schon, das ist die unter der Brücke, bei dem Restaurant. Wollen Sie mir immer noch nicht sagen, wessen Begleiter dieser Junge ist?«

»Ist das Ihr letztes Wort?«

»Um Ihretwillen kann ich ihm einen von den Rekruten zuweisen, dann kann er in dessen Arm übernachten.«

»Gut, Walîd. Ich werde sehen, dass ich zurechtkomme. Aber, *please,* zwingen Sie ihn nicht zu reden!«

Ohne ihm Zeit für eine Antwort zu lassen, legte sie auf. Sie wusste nicht, dass sie es ihm gerade unter die Nase gerieben hatte. Und dass er die ganze Nacht nur an einen Namen denken würde.

In dem Moment klopfte Basjûni an die Tür. Er kam in Begleitung eines jungen Mannes, der sehr erschöpft aussah. Walîd sah ihn prüfend an. Er war Ende zwanzig, gutaussehend, mittelgross und glattrasiert bis auf einen schmalen Spitzbart am Kinn. Sein Haar stand wie ein Hahnenkamm nach oben.

»Nimm die Ketten ab, die du dir da umgehängt hast, Mädel!«, schrie Walîd ihn an und wartete keine Sekunde. Schnell riss er sie ihm herunter und steckte sie in die Tasche. »Jede Menge Muskeln und Haare auf der Brust ... und dann eine Schwuchtel! Ich wollte dich ja nicht im Babydoll in die Zelle schicken, sonst wärst du noch der letzte Schrei geworden. Wie ist es nur so weit mit dir gekommen?«

»Bei Gott, ich ...«

»Aktiv oder passiv?« Der Junge senkte den Kopf, und Walîd setzte hinzu: »Antworte, du H...sohn!«

»Je nachdem.«

»Meine Güte, du fährst ja richtig Karussell! Woher kommst du, Junge?«

»Aus Nasr City.«

»Und was arbeitet dein Vater?«

»Er ist Generaldirektor in Pension.«

»Und er weiss, dass sein Ein und Alles eine Schwuchtel ist?« Der Bursche sah zu Boden, und Walîd drang auf ihn ein: »Woher kennst du Buschra?«

»Wir haben uns auf einer Party getroffen.«

»Wie lange arbeitest du schon mit ihr zusammen?«

»Ein Jahr.«

»Und zu wem schickt sie dich?«

Karîm sagte kein Wort. Er schwieg, als gehe ihn die Frage nichts an.

»Sie hat dir eingeschärft, nichts zu sagen«, meinte Walîd. »In Ordnung. Und was kriegst du so für eine Nummer?«

Er erhielt keine Antwort.

»Wie du willst.« Er nahm den Telefonhörer ab. »Ist Antar noch bei uns, Basjûni, oder ist er beim Revisionsgericht? ... Noch bei uns. Gut, komm her!«

In Karîms Gesicht zuckte es, und Walîd trieb ihn in die Enge: »Unten wirst du ein paar Leute treffen, die dich zu schätzen wissen. Da kannst du für eine Schachtel Zigaretten einen Siebensitzer mieten.«

Als Basjûni eintrat, begann Karîm zu zittern. Er näherte sich dem Schreibtisch und flehte: »Genug, Pascha!«

»Wenn du möchtest, Basjûni, zieh ihm doch das Babydoll an, und sprüh ihn mit Parfum ein, bevor er reingeht.«

Der Offizier zog Karîm am Arm, aber der klammerte sich an den Schreibtisch und rief: »Ich tu ja alles, was Sie wollen.«

»Warte, Basjûni!«, sagte Walîd grinsend, dann fragte er Karîm erneut: »Zu wem bist du gegangen?«

Walîd verstand sein Schweigen richtig und befahl Basjûni zu gehen. Als sie allein waren, nannte Karîm zögerlich den Namen: »Hâni Bergas.«

Walîd liess sich seine Verblüffung nicht anmerken. Er drehte sein Gesicht zum Fernseher, sah ein paar Sekunden dem Wrestling zu und fragte dann: »Und ist er aktiv oder passiv?«

»Passiv.«

»Was gibt er dir dafür?«

»Fünftausend.«

»Im Monat?«

»In der Woche.«

»Du H...sohn, du bist ja ein richtiger Businessman!«

In dem Moment klingelte das Telefon. »Ein Hâni Bergas ist am Telefon, Pascha. Er will Sie sprechen.«

Walîd sah zu Karîm hinüber und grinste, dann drückte er auf die Klingel. »Wir werden unser Gespräch später fortsetzen.«

Basjûni kam herein. »Zu Diensten, Exzellenz.«

»Nimm ihn in den Computer auf, und bring ihn zu seinen Brüdern.«

»Zu Befehl, Exzellenz.«

Basjûni zog ihn hinaus, während Walîd sich den Hörer ans Ohr hielt. »Hallo.«

»Guten Tag, Walîd Bey. Hier spricht Hâni Bergas.«

»Es ist mir eine Ehre, Sie persönlich kennenzulernen, Hâni Bey. Guten Tag.«

»Ich habe schon viel von Ihnen gehört.«

»Nur Gutes hoffentlich. Wie geht es Ihrem Vater?«

»Beten Sie für ihn!«

»Möge der Herr ihm Gesundheit verleihen! Was kann ich für Sie tun?«

»Ich möchte mit Ihnen etwas besprechen, aber nicht am Telefon. Können wir uns treffen?«

»Bitte sehr, kommen Sie in mein Büro!«

»Treffen wir uns lieber hier, dann haben wir unsere Ruhe. Ich wohne im Four Seasons. Wollen Sie mir die Ehre erweisen, in der Library Bar?«

»Offen gesagt, ich stecke mitten in meinen Ermittlungen und ...«

»Ich stehle Ihnen nicht viel Zeit.«

»Gut, in einer Viertelstunde.«

Walîd legte auf und lehnte sich in seinem bequemen Sessel zurück. Er drehte den Fernseher leiser, sah in die Luft und wälzte dabei eine Frage im Kopf: Was würde Bergas junior für die Freiheit seines Geliebten zahlen? Obwohl er keinen persönlichen Kontakt zu ihm gehabt hatte, war er doch über seine Geschichte und die seiner Angehörigen vollkommen im Bilde. Die Polizei war wie eine grosse Familie, in der man schwer etwas geheim halten konnte. Er wusste, dass Hâni Bergas die Amerikanische Richmond-Universität in London absolviert hatte. Er wusste auch, dass er die Firmen der Familie leitete. Er hatte die Medien mit seiner Reklame und die Strassen mit seinen Plakaten so überflutet, dass die Person seines Vaters ganz dahinter verschwunden war. Niemand kannte den wirklichen Umfang seiner Geschäfte, Kinoproduktionen und sonstigen Aktivitäten. Er war das unbestrittene Zentrum der Familie geworden. Statt in einem Haus lebte er lieber in Hotels. Persönliche Informationen, Fotos, Stellungnahmen oder Erklärungen gab es von ihm nicht. Wenn jemand irgendeinen Verdacht gegen ihn äusserte, dann nur seinen Hintern betreffend. Manche betonten, solche Gerüchte tauchten zwangsläufig bei jedem Prominenten auf, der nicht verheiratet sei. Andere meinten, er suche eben ständig jemanden, der ein immer grösser werdendes Loch stopfen könne.

Und es schien, als hätten sie recht.

Walîd sah auf seine Uhr, dann zog er noch einmal an seiner Zigarette und brach zu dem Treffen auf.

*

Unterdessen kam Taha, nachdem er Service mit seinen Fragen stehengelassen hatte, bei der Apotheke an. »Kennst du Châlids Telefonnummer?«, fragte er Wâil.

»Von unserem Châlid? Ja, klar!«

Taha ging ins Labor, zog sein Handy heraus und tippte die Nummer ein. »Hallo?«

»Wer ist da?«

»Ich bin Taha. Wir haben uns nie kennengelernt. Ich arbeite in der Apotheke von Doktor Sâmich und wollte Sie um einen Gefallen bitten.«

»Bitte sehr.«

»Service ...«

»Ja, was ist mit ihm?«

»Ich will nicht Ihre Zeit verschwenden, aber ich hab ein Problem mit ihm und brauche die Rezeptur.«

»Er hat Sie drangekriegt?«

»Nun, so kann man es nennen.«

»Lassen Sie Doktor Sâmich sehen, wie er damit zurechtkommt. Er hat mich schliesslich rausgeworfen.«

»Doktor Sâmich weiss gar nicht, dass ich Sie anrufe. Betrachten Sie es als einen Gefallen unter Kollegen.«

Châlid schwieg ein paar Sekunden, und Taha dachte schon, er würde ablehnen. Aber dann sagte er: »Zerstossen Sie zwei Erec zusammen mit einer Tramadol und einer Parkinol.«

»Aber das ist doch keine Rezeptur!«

»Sie müssen ihn im Glauben lassen, es sei eine. Was soll das Ganze sonst bringen? Er ist auch felsenfest überzeugt davon, dass sie aus dem Ausland kommt. Der Junge ist nämlich am Ende, die Drogen fressen ihn auf.«

»Wie konnte es so weit mit ihm kommen?«

»Sie haben doch selbst gesehen, wozu er fähig ist, da brauchte man nicht weiter nachzuhelfen. Ich musste was tun, um ihn auf Dauer von mir abhängig zu machen. Und dann hab ich ja auch ein paar Millim dafür gekriegt. Ich denke, Sie passen schon auf. Machen Sie Doktor Sâmich klar, dass jeder an meiner Stelle dasselbe getan hätte. Es war absolut nicht mein Fehler!«

Taha dankte ihm und beendete das Gespräch. Dann ging er zu den Regalen und begann die einzelnen Bestandteile der Rezeptur zusammenzustellen. Er nahm die Kapseln aus den Packungen und öffnete sie, indem er beide Kapselhälften behutsam gegeneinanderdrehte. Den Inhalt schüttete er auf einen Teller und zerrieb ihn. Dann zog er sein Fläschchen aus der Tasche. Er öffnete es, klopfte mit dem Zeigefinger darauf, so dass eine kleine Menge von dem Staub – dem Erbe seines Vaters – herausrieselte, und vermischte ihn mit dem Pulver auf dem Teller. Mit der dem Apotheker eigenen Sorgfalt füllte er das Ganze dann in ein dunkles Fläschchen und ging nach Hause. Dort stellte er es vor sich auf den verwaisten Esstisch und betrachtete es mehrere Minuten lang. Um seine Nerven zu entspannen, schluckte er anschliessend eine Tablette von seiner Medizin. Danach stand er auf, ging ins Bad, zog sich aus und legte sich in die Wanne. Er steckte den Stöpsel in den Abfluss und liess das Wasser laufen, bis es ihm fast bis zum Kinn reichte. Nachdem er es wieder abgestellt hatte, rutschte er tiefer, bis seine Ohren unter der Wasseroberfläche lagen. In seinem Kopf war nichts mehr zu hören als seine eigenen Atemzüge – und das laute und regelmässige Tropfen des Hahns.

*

Währenddessen betrat Walîd Sultân die Library Bar im dritten Stock des Hotels Four Seasons, einen ruhigen Raum mit gedämpfter Beleuchtung und Blick auf den Nil. Die Atmosphäre war geprägt von leisen Gesprächen und dem Duft teurer kubanischer und dominikanischer Zigarren. Im Hintergrund lief unaufdringliche Musik. Die vollbesetzte Bar war Treffpunkt prominenter Politiker und Intellektueller, die eine entspannte Umgebung suchten, um Finanzprobleme oder arabische und internationale Angelegenheiten zu besprechen. Oft wurden hier politische Entscheidungen getroffen, noch bevor die Cognacflasche zur Hälfte geleert war.

Hâni Bergas sass in dem Teil der Bar, der Aussicht auf den Nil bot, und wirkte verträumt wie ein Ritter aus einem Stück von Shakespeare. Sein langes Haar war links gescheitelt, das

Gesicht glattrasiert, er trug einen grauen Nadelstreifenanzug, eine dunkelrote Krawatte und eine Pasha-de-Cartier-Uhr mit Lederarmband, neuestes Modell. In einer Hand hielt er ein Glas, mit der anderen spielte er an seinem Blackberry. Als er die Ankunft seines Gastes bemerkte, lächelte er liebenswürdig und streckte ihm zum Gruss seine weiche Hand entgegen. Walîd erwiderte den Händedruck freundlich, jedoch nicht ohne Vorsicht.

»Willkommen, willkommen, Walîd Bey. Bitte sehr.« Walîd setzte sich und betrachtete prüfend seinen Gastgeber. Der legte sich für mehrere Sekunden, die sich in die Länge zogen, die Finger unters Kinn und fragte dann: »Wein?«

»Wein«, antwortete Walîd.

Hâni gab dem Kellner ein Zeichen. *»S'il vous plaît ... Une coupe pour mon ami, et une bouteille de Golan Sauvignon avec un plat froid de fruits de mer.«* Zu Walîd meinte er dann: »Ein grossartiger Wein, Sie werden ihn mögen.«

»Syrisch?«

»Israelisch. Offen gestanden, das Land, das den besten Wein produziert. Sie sind sehr clever dort.«

Walîd verzog den Mund. »Sie sind in allem clever.«

Hâni lachte. »Mit dieser Art zu denken machen Sie es sich ganz schön schwer. Krieg ist Krieg, und Business ist Business. Und Palästina – das ist wieder ein ganz anderes Thema. Business ist es allerdings auch.«

Walîd lächelte. »Soweit es den Wein betrifft, haben Sie recht.«

»Probieren Sie diese wunderbare dominikanische Zigarre! Die ist angenehmer als die kubanische Cohiba.«

»Die ist mir zu stark, das vertrage ich nicht.«

»But you look strong.«

»Nein, das kommt nur, weil ich als Student geboxt habe.«

»Ich will Sie nicht zu lange aufhalten. Lassen Sie uns zum Punkt kommen, *directly*. Sie wissen natürlich, was mit meinem Vater ist?«

»Möge der Herr ihn gesund machen und er sich wieder erholen!«

»Unser Leben liegt in Gottes Hand. Die Ärzte machen mir, offen gestanden, keinerlei Hoffnung. Sein Fall ist aussergewöhnlich, und es geht ihm sehr schlecht.«

»Es ist Krebs, oder?«

»Nicht wirklich.«

Der Kellner kam und brachte die Weinflasche. Er öffnete sie und schenkte zwei Gläser ein. Anschliessend stellte er einen viereckigen Teller mit einem kalten Meeresfrüchtecocktail auf den Tisch und zog sich dann zurück.

Hâni erklärte weiter: »Wir haben ihn in England röntgen und endoskopisch untersuchen lassen, und dabei sind wir auf etwas sehr Seltsames gestossen: ein Pulver, das sich über die ganze Speiseröhre verteilt hat. Es hat dort Wucherungen verursacht, die krebsähnliche Symptome hervorrufen. Die Schmerzen sind unerträglich.«

»Ein Pulver?«

»*Diamonds.* Diamanten!«

»Diamanten?«

»Wir können uns das auch nicht erklären.«

»Sie haben den Verdacht, dass es sich um ein Verbrechen handelt?«

»Jeder erfolgreiche Mensch hat Feinde. Aber mein Vater doch nicht!«

»Sie können Anzeige erstatten, wenn Sie den Verdacht hegen, dass ...«

»Dafür ist es zu spät. Wir haben ihn schon nach Ägypten zurückgeholt, wie die *Doctors* in England es uns geraten haben.

Walîd Bey, ich werde nicht erlauben, dass er nach seinem Tod obduziert wird. Das wäre pietätlos.«

Für Walîd Sultân kam dies alles sehr überraschend. Das Sonderbarste aber war, wie gelassen Hâni Bergas die Sache nahm.

»Ich hoffe, er erholt sich wieder.«

Hâni seufzte. »*Anyway,* ich wollte Ihnen nur mitteilen, dass ich vorhabe, nach dem Tod meines Vaters selbst in seinem Wahlbezirk zu kandidieren. Sie kennen seinen Ruf und wissen, wie sehr die Menschen ihn mögen. Und ich möchte es genauso machen, selber *way.*«

Walîd nickte verwundert. »Kann ich da irgendwie behilflich sein?«

»Sie haben Rang und Einfluss. Und ich habe Châlid al-Sammân am Hals. Ich brauche Ihre Hilfe, damit die Dinge laufen. Und damit alle zufrieden sind. Alle.«

Walîd lehnte sich in seinem Stuhl zurück. »Wenn etwas in meine Zuständigkeit fällt ...«

»Alles im Bezirk fällt in Ihre Zuständigkeit«, unterbrach ihn Hâni. »Normalerweise spreche ich nicht über solche Dinge, aber Sie haben ja gesagt, ich solle selbst zu Ihnen kommen. Verstehen Sie mich richtig: Gewinnen werde ich so oder so. Die neueren Umfragen fallen allesamt zu meinen Gunsten aus. Aber Châlid al-Sammân macht sich einen Spass daraus, mich zu verleumden und Gerüchte über mich zu streuen.«

»Was für Gerüchte genau?«

Hâni wurde ein wenig rot, aber dann lächelte er. »Bei Wahlen sind Schläge unter die Gürtellinie ganz normal. Man kann alles Mögliche über jemanden in Umlauf setzen, und die Leute glauben auch ... alles Mögliche.« Er rückte an den Tisch heran und machte Walîd ein Zeichen, ebenfalls näher zu kommen. »Ich will, dass al-Sammân den Mund hält ... dass er verschwindet!«

»Dass er verschwindet? Und wie?«

Hâni zog an seiner Zigarre und blies den Rauch in die Luft. Er zeigte mit dem Finger auf den Kringel, der langsam aufstieg, um sich schliesslich aufzulösen, und sagte: »So!«

»Ich weiss nicht, was ich dazu sagen soll«, sagte Walîd lächelnd, während Hâni einen eleganten goldenen Füllhalter und einen kleinen Zettel aus der Jackentasche zog und ihm beides über den Tisch zuschob.

»Schätzen Sie selbst, wie viel Sie wert sind!«

Walîd sah sich um, blickte dann auf den Zettel und schob ihn zur Tischmitte zurück.

Aber Hâni schob ihn erneut zu ihm hin. »Nur keine falsche Scham!«

Langsam griff Walîd nach dem Füllhalter und spielte damit, während er sich umsah. Dann schrieb er eine 5 auf den Zettel.

Hâni neigte lächelnd den Kopf. »Was halten Sie von ein paar Nullen?«

Walîd schrieb vier Nullen, dann fügte er noch zwei hinzu.

Hâni nahm den Zettel an sich hin und las ihn. Dann wandte er sein Gesicht dem ruhig dahinströmenden Nil zu, lächelte und beugte sich wieder über den Tisch. »Was soll das?«

Walîd zündete sich eine Zigarette an. »Für Hâni Bergas ist das nicht viel.«

»Ich weiss, dass al-Sammân Ihnen einen Besuch abgestattet hat.« Walîd war erstaunt. Er sah Hâni ins Gesicht, und der fuhr fort: »*People talk.* Es ist kein Verbrechen, sich zu besuchen. Ich werde ganz *direct* mit Ihnen sein. Sein *offer* an Sie – wie hoch war das?« Deutlich überrascht lehnte Walîd sich zurück, und Hâni setzte hinzu: »Nehmen Sie mir meine Worte nicht übel! Ich schätze Intelligenz sehr. Oder haben Sie ihm schon Ihr Wort gegeben?«

Das ging über Walîd Sultâns Kräfte. Er stellte die verschiedensten Mutmassungen an. Woher wusste Hâni Bergas von al-Sammân? Er musste auch von der Anzahlung für die Beendigung des Wahlkampfs erfahren haben. Wie weit hatte er sich schon verstrickt? Er hasste es, wenn man sich in seine Angelegenheiten mischte. Schon oft hatte er von Leuten seines Umfelds Geschenke angenommen. Er hatte sich begünstigen lassen, um das neueste Automodell fahren zu können. Oder eine Rolex angenommen dafür, dass er einem verwöhnten Sohn die Haft ersparte und ihn in die Arme seines Vaters zurückkehren liess. Die Wahlkampfzeit bot ihm die günstige Gelegenheit, sich etwas Gutes zu tun. Er nahm von einem Korrupten, um ihm zum Sieg über den anderen Korrupten zu verhelfen. So lautete seine Interpretation der Angelegenheit. Er fand es nur recht und billig und akzeptierte es. Wie jeder Kriminalkommissar zeigte er sich stets kooperativ und profitierte dabei von den Möglichkeiten, die seine Herkunft ihm bot, von der Macht, die sein Amt ihm verlieh, von der Heuchelei um ihn herum – und von der Tatsache, dass man in dieser Nation schon immer die Nähe derer gesucht hatte, die Sterne und Adler auf ihrer Uniform trugen. Walîd zeigte sich kooperativ, soweit ihm das sein Verbleiben im Amt garantierte. Aber damit, eingeschüchtert oder aus einer höheren Position heraus bedroht zu werden, wollte er sich nicht abfinden, selbst wenn dies in freundlichem Ton geschah. Er verspürte den dringenden Wunsch, das Gespräch zu beenden und zu verschwinden. Ein Wunsch, wie ihn Mäuse in der Falle hegen. Allerdings erlaubte seine Situation ihm noch eine Verteidigungsmassnahme, eine letzte Reaktion: »Hâni Bey, ich bin doch verwundert. Sie werden Ihr Ziel erreichen und so oder so gewinnen, das ist so gut wie sicher. Man wird die Urnen austauschen, und alles ist in Ordnung. Aber etwas ist mir entgangen. Die Gerüchte müssen wohl ganz oben eine schlimme Wirkung gehabt haben« – er lächelte –, »oder es sind nicht nur Gerüchte.«

Nervös stach Hâni seine Gabel in ein glibberiges Stück Aal und schob es sich in den Mund. »Mir scheint, wenn Seine Exzellenz der Minister von al-Sammâns Besuch erführe, wäre das nicht so nett.«

»Und wenn die Menschen im Wahlbezirk etwas von Karîm erführen, wäre das, glaube ich, auch nicht so nett.«

Hâni lachte mit vollem Mund, dann sah er sich um und flüsterte: »Sie sind ausgesprochen dreist.« In dem Moment klingelte Hânis Telefon. Er entschuldigte sich und hielt sich den Hörer ans Ohr. »Ja. … Ja. … Hm. … Hm. … Welches Problem? … Wer?« Für Sekunden hielt er den Kopf gesenkt, dann sprach er weiter: »Du weisst, was zu tun ist. Auf Wiederhören.« Er schwieg eine Weile und schien in Gedanken. Seine Blicke hingen an dem Barmann, der die Gläser füllte. Dann wandte er seine Aufmerksamkeit wieder seinem Gegenüber zu. »Wo waren wir stehengeblieben?«

Walîd kniff die Augen zusammen. »Ich hatte gesagt, es geht offensichtlich nicht nur um die Wahlen.«

Diese Bemerkung machte Hâni Bergas klar, dass der Ball nicht mehr in seinem Spielfeld lag. Er nahm sich ein weiteres Stück vom Teller und kaute es hingebungsvoll mit geschlossenen Augen. »*Delicious*. Denken Sie gut nach! Antworten Sie nicht sofort!«

Walîd Sultân erhob sich. »Entschuldigen Sie mich.«

Hâni lächelte und nickte ihm zum Gruss stumm zu. Dann zerquetschte er die Zigarre zwischen seinen Fingern.

*

Eine halbe Stunde vorher
Vor dem Eingang des Hotels Four Seasons stieg der Chauffeur aus und öffnete seiner Herrin die hintere Tür.

»Bleiben Sie in der Nähe!«, sagte sie, ging mit grossen Schritten auf die Drehtür zu und dann nach links, wo sich die Aufzüge befanden. Sie betrat einen davon, und nachdem sie eine Karte in den Schlitz des Lesegeräts gesteckt hatte, wählte sie den fünfundzwanzigsten Stock. Oben angekommen, trat sie in einen Korridor, der zu einer äusserst luxuriösen Suite führte. Vor der Tür blieb sie stehen und hielt sich ihr Handy ans Ohr. Kurze Zeit später flüsterte sie ihren Namen: »Buschra Sîra«, und wie durch ein »Sesam, öffne dich!« wurde ihr augenblicklich Einlass gewährt.

Der Anruf war von einem eleganten Mann in den Vierzigern entgegengenommen worden, der Hâni Bergas, was den Schnitt seines Anzugs, den Haarscheitel und die grelle Krawatte betraf, sehr ähnlich sah. Es war Ihâb, sein Sekretär und Geheimniswahrer. Er führte Buschra in einen eleganten Empfangsraum mit gedämpftem Licht, der von leiser Musik berieselt war und einen grandiosen Blick auf den Nil bot. Der Mann zog die Vorhänge zu und wandte sich dann an Buschra: »Das soll ja wohl ein Scherz ein. Was soll das heissen, Karîm kommt nicht?«

»Er macht Probleme.« Sie zog eine Schachtel More-Zigaretten aus der Handtasche, steckte sich eine zwischen die Lippen, zündete sie an und nahm einen tiefen Zug. »Gestern war eine Party mit der Clique«, berichtete sie dann, »und zufälligerweise haben sie ihn verhaftet. Der Kriminalhauptkommissar ist ein persönlicher Freund von mir. Karîm bleibt heute Nacht bei ihm im Polizeirevier.«

»Er bleibt über Nacht?«

»Das ist nicht das Problem. Das Problem ist, dass der Junge geredet hat.«

»Was soll das heissen, er hat geredet?«

»Walîd Sultân, dieser Nichtsnutz, hat ihm gedroht, und daraufhin hat er ihm gesagt, zu wem er immer geht. Er hat mich eben angerufen.«

»*Shit.*«

»Aber ich versichere Ihnen, Walîd ist ein persönlicher Freund. Er wird nicht reden. *I promise.*«

Ihâb drehte ihr den Rücken zu und wandte sich zum Fenster. Dann strich er sich über das lange Haar und sagte: »Ich muss es ihm sagen.«

»Das ist nicht nötig. *I can handle the situation.*«

»*Handle!* Das kommt ziemlich spät.« Er nahm sein Handy und wählte eine Nummer. Nach ein paar Sekunden hörte er Hânis Stimme von der Bar. »Exzellenz Pascha, es gibt ein Problem: Karîm. Er ist gestern verhaftet worden. Er hat geredet. ... Ihr Gast, der bei Ihnen sitzt ... Zu Diensten, Exzellenz.« Er legte auf und wandte sich an Buschra: »Karîm ist auf dem Revier?«

Sie sah ihm tief in die Augen, wusste seinen Blick zu deuten und nickte zur Antwort.

»Machen Sie sich schon mal Gedanken, was Sie Mister Hâni sagen wollen.«

»Ich habe eine Überraschung für ihn, über der er das Problem vergessen wird«, sagte sie und hielt sich das Telefon ans Ohr. »Warte vor dem Aufzug!«

Ihâb sah ihr ins Gesicht, und sie nickte ihm beruhigend zu. Für ein paar Minuten ging sie hinaus, dann kehrte sie in Begleitung eines jungen Mannes zurück, der ihm irgendwie bekannt vorkam. Er trug eine offene schwarze Daunenjacke, enge Jeans und rote Sportschuhe.

»Willkommen, Amîr!«

Der Junge trat ein und sah sich in der Suite um, während Buschra ihn Ihâb vorstellte, der nicht aussah, als könne er ihn zuordnen. »Denken Sie an die Sendung *Star 2008*, das Lied *Ich will dich!*«, sagte sie.

Ihâb lächelte flüchtig, dann nickte er, zog sie am Arm beiseite und flüsterte ihr ins Ohr: »Einen zweiten Fehler können Sie sich nicht mehr erlauben, Buschra.«

Sie nickte, und nachdem er sich stumm von Amîr verabschiedet hatte, brachte sie ihn zur Tür. Als er sie hinter sich geschlossen hatte, kam sie eilig zurück, legte dem jungen Mann die Hände auf die Wangen und tätschelte sie zärtlich. »Amîr, ich möchte dich heute ganz *fresh*, okay?«

Er antwortete: »*I am cool. Don't worry.*«

»Über eins sollten wir uns einig sein: Was hier geschieht, muss auch hier bleiben. Wenn ich mich über dich ärgern muss, wirst du dir wünschen, mich nie getroffen zu haben. Du kannst dir ja gar nicht vorstellen, mit wem du arbeiten wirst. Wenn auch nur ein Wort nach aussen dringt, kann ich nicht dafür garantieren, was passiert, okay? Ein VIP ist auf Geheimhaltung angewiesen«, sagte sie und zog eine Pillenschachtel und mehrere Kondome aus der Handtasche. »Kann sein, dass du die brauchst, okay?«

Amîr zog die Jacke aus und nahm sich ein paar Kekse vom Tisch. »Wen soll ich denn überhaupt treffen?«

»Nur keine Eile! Ich hab mir sagen lassen, du bist sehr klug. Zieh dich aus!«

Er nahm es auf, als hätte er es schon erwartet. In Sekundenschnelle hatte er seine Kleider abgelegt. Buschra stellte sich vor ihn und prüfte ihn, als sei er ein Sklave, den sie kaufen wollte. Er war kräftig gebaut und gut anzusehen. Sie liess ihre Blicke nach unten wandern und verweilte dort eine Weile. Er sah ihr in die Augen, dann legte er seine Hand auf ihre Schulter und wollte sie küssen. Mit einer Bewegung des Zeigefingers hielt sie ihn jedoch zurück. »Stopp! Bück dich!«

Er sah sie erstaunt an, dann wandte er ihr den Rücken zu und beugte sich vor.

»Okay. Geh dich jetzt duschen. Ich bleib noch bei dir.« Sie legte ihm die Hand auf die Schulter, und gemeinsam gingen sie ins Bad. »Wenn du fertig bist, wartet ein Wagen auf dich, und du kannst fahren, wohin du willst. Es ist auch ein Umschlag für dich da. Zieh dir ein bisschen was an, iss gut, und mach es dir bequem. Wenn du dem Pascha gefällst, dann hast du die CD in der Tasche. Alles klar?«

»Sie haben mir versprochen, dass er auch einen Clip für mich macht.«

»Zeig mir diese Nacht, wie klug du bist!«

»Okay.«

Unter Buschras Aufsicht duschte Amîr. Sie gab sich erst zufrieden, als sie ihm Boxershorts angezogen und ihn mit Parfum eingesprüht hatte.

Da schellte es an der Tür. Buschra führte Amîr ins Schlafzimmer, wo zahlreiche Kerzen standen, und platzierte ihn auf dem Bett zwischen den mit Straussenfedern bestickten Kissen.

Hâni Bergas hatte geklingelt. Mit einem Gesicht voll unterdrückter Wut trat er nun auf Buschra zu. »Ist das wahr, was ich da gehört habe?«

»*Unexpected mistake.* Ich verspreche Ihnen, dass das nicht wieder vorkommt.«

Er strich ihr über die Wangen, umarmte sie freundlich, dann drückte er seine Hand um ihren Kiefer langsam zu, bis man ihrem Gesicht den Schmerz ansah. »Erinnern Sie sich noch, wer Sie aus dem Gefängnis geholt hat, Buschra? Wissen Sie, mit wem ich alles sprechen musste, damit Sie am nächsten Tag rauskamen? Einen Fehler darf sich jeder bei mir erlauben. Aber bei Ihnen sind es jetzt schon zwei. Den Begriff ›Wiederholung‹ gibt es in meinem Wörterbuch nicht, haben wir uns verstanden?«

Behutsam befreite sie ihr Gesicht aus seinem Griff. »Okay.«

»Sind Sie sicher, dass der Junge bei Walîd Sultân geredet hat?«

»Unfortunately.«

Für Sekunden schloss er die Augen. Als er sie wieder öffnete, fiel sein Blick auf den Aschenbecher. Er griff danach und warf ihn an die Wand, so dass er mit lautem Krach zersplitterte. Nachdem er kurz stehen geblieben war, um Luft zu holen, wandte er sich wieder an sie: »Das wird Sie teuer zu stehen kommen«, sagte er, zog seine Jacke aus, knöpfte sich die Manschetten auf und setzte sich.

Sie quetschte sich hinter seinen Sessel, legte ihm die Hände auf die Schultern und massierte ihn. »Beruhigen Sie sich doch, *please,* denken Sie an Ihre Nerven! Ich hab eine Überraschung für Sie, dank der Sie den ganzen Stress vergessen werden.« Er schob ihre Hand weg und stöhnte vor Wut auf. Aber sie sprach weiter: »Jemanden, den Sie seit vielen Monaten haben wollen. Jemanden, der eine schöne Stimme hat«, sagte sie und zwinkerte ihm zu. Er sah sie grimmig an, doch sie nahm ihre Handtasche und ging. *»Bonne nuit.«*

Minutenlang blieb er in Gedanken versunken, dann rief er seinen Sekretär an: »Also, was hast du gemacht? Ich erwarte, dass ich die Sache in einer Stunde vergessen kann, als wäre sie nie passiert. Gib dir Mühe, und halt dich in der Nähe!«

Er legte auf, ging zum CD-Player und wählte ein Album von Frank Sinatra: *My Way.* Dann zog er sich aus, öffnete ganz behutsam die Tür zum Schlafzimmer und trat in den Raum, in dem Amîr immer noch so dalag, wie Buschra ihn verlassen hatte. Hâni wickelte sich ein Handtuch um die Hüften, setzte sich auf die Bettkante und legte seine Hand auf Amîrs Knie. Der schien nervös, versuchte aber zu lächeln. Nie hätte er sich vorstellen können, einmal Hâni Bergas höchstpersönlich zu begegnen! Deshalb blieb er stumm und sagte kein Wort.

Hâni sah ihm ins Gesicht, dann wanderte sein Blick über Amîrs Körper. »Deine Stimme ist nicht das Schönste an dir«, sagte er und streichelte ihm die behaarte Brust, während Frank Sinatra sang: »*And more, much more than this, I did it my waaaaay.*«

*

Eine Stunde später
Ein Polizeiwagen hielt am Eingang der Wache. Ein Offizier und drei Rekruten stiegen aus und führten sechs junge Männer hinein. Fünf von ihnen hatten so blutverschmierte Gesichter, dass man ihre Züge kaum erkennen konnte. Unter einer Flut von Beleidigungen und haufenweise Fusstritten zerrten die Polizisten die Festgenommenen in das Gebäude. Die Protokollaufnahme war zu einem Streit ausgeartet, bei dem zwei Personen verletzt worden waren, die jetzt im Krankenhaus lagen. Die anderen hatte man verhaftet, um sie am Morgen der Staatsanwaltschaft vorzuführen.

In der Zelle war die Luft stickig wie in einem mit einer Toilette ausgestatteten Pharaonengrab. Als sie eintraten, boten sie alle verbliebene Energie auf. Die anderen Insassen rückten von ihnen ab, um nicht mit dem Blut und dem Schweissgeruch in Kontakt zu kommen. Schweigend setzten sich die Neuankömmlinge und lehnten sich mit dem Rücken an die Wand. Routiniert wie ein Metzger nach dem Schlachten wischten sie sich das Blut ab.

Einer der sechs hatte ein sauberes Gesicht und unbeschädigte Kleidung. Der schob nun die Hand in seinen Strumpf und zog ein kleines Foto heraus. Er sah es sich an und liess dann seine Blicke über die Gesichter der Mithäftlinge wandern. Schliesslich verharrte er bei einem von ihnen, der gedankenverloren in der Ecke sass. Er betrachtete ihn genau, faltete dann das Foto wieder zusammen und schob es zurück in seinen Strumpf.

Niemand beachtete ihn, als er aufstand und zu der Hocktoilette ging, die hinter ein paar Ziegelreihen verborgen war. Er zog sich die Hose herunter und kauerte sich mitten in die stinkende Hölle. Dann krümmte er sich zusammen und streckte die Hand zu seinem Gesäss aus, um – anders als sonst, denn normalerweise flutschte dort alles von selbst – etwas herauszuziehen. Was er schliesslich zu fassen bekam, war ein Taschenmesser! Ein eingeklapptes und in eine Plastiktüte gewickeltes Taschenmesser. Er empfand keinerlei Ekel, als er es aufklappte, um es dann zu dem Foto in seinen Strumpf zu stecken. Anschliessend zog er sich die Hose wieder hoch und ging auf seinen Platz zurück.

Ausdruckslos starrte er in dem gedämpften Licht, das durch eine kleine Öffnung in der Tür hereinfiel, den jungen Mann an, der sich ganz in die Ecke gekauert hatte. Als er sich sicher war, den Richtigen vor sich zu haben, zog er das Taschenmesser geschickt aus dem Strumpf, stand auf und ging auf ihn zu. Und bevor der nur seine Augen zusammenkneifen konnte, um zu erkennen, wer sich da über ihm aufgebaut hatte, hatte das Messer ihm schon die Halsschlagader durchschnitten.

Laut gurgelnd wie ein Wasserrohr, in das Luft eingedrungen ist, schoss das Blut in einer Fontäne heraus. Der junge Mann neigte sich zur Seite, die Hand an der durchschnittenen Kehle. Die anderen gerieten in Panik und wichen zurück, während er sich verkrampfte, auf die Seite fiel und seine Herzschläge immer schwächer wurden. Sein Schlächter wischte das Messer an der Schulter eines der jungen Männer ab, die mit ihm gekommen waren. Dann steckte er es wieder ein und setzte sich in aller Ruhe neben sein Opfer. Es dauerte nur einige Sekunden, dann war der Körper bis auf ein unwillkürliches Nervenzucken still. Unter ihm breitete sich eine Blutlache immer weiter aus, bis sie die Füsse der anderen Insassen erreichte.

Zwei Tage später erschien auf der Panoramaseite der Zeitungen unter dem Titel »Bluttat in Dukki« eine kurze Nachricht: »Ein junger Mann fand vorgestern infolge einer Auseinandersetzung in der Polizeiwache von Dukki den Tod. Wie die Kriminalpolizei von Gisa erklärte, war zwischen den in Gewahrsam genommenen Insassen ein Streit ausgebrochen, in dessen Folge Karîm Anwar (31) von dem arbeitslosen Saîd Farûk (37) getötet wurde, der Anwar mit einem scharfen Gegenstand die Kehle durchschnitt.«

15

Taha nahm ein Bad. Er liess das warme Wasser auf sich wirken, bis seine Nerven sich wieder beruhigt hatten. Irgendwie musste er sich ja auf sein Unternehmen vorbereiten. Ein Gefühl jedoch liess ihm keine Ruhe, es war wie ein Erdölbohrer, der immer tiefer in den Boden dringt: Er musste zu Ende führen, was sein Vater angefangen hatte. Als er sich dann in dessen Stuhl setzte, das Licht ausschaltete und sich das Fernglas vor die Augen hielt, wusste er nur eins ganz genau: Das Urteil über Service war gesprochen. Ohne Revisionsmöglichkeit. Hinzu kam: Um abschreckend zu wirken, durfte das Ganze nicht unbemerkt vonstattengehen. Es musste bekannt werden, sonst nutzte es nichts. Die Menschen mussten sehen, was passierte.

Als ihm das gerade durch den Kopf ging, sah er Sara aus dem Taxi steigen. Wie üblich legte sie es darauf an, schön zu sein. Er beobachtete sie genau und ebenso diesen Hohlkopf, der mit quietschenden Reifen und einer grossen Abgaswolke in seinem BMW angejagt kam, damit sie sich zu ihm umdrehte und er sie grüssen konnte. Dabei machte er ihr mit einem Handzeichen klar, dass er ihre Telefonnummer wollte. Nachdem sie ihn empört abgewiesen hatte, parkte er das Auto an seinem Lieblingsplatz: unter Tahas Balkon. Anschliessend drehte er die Musikanlage auf – um die beiden waschtrommelgrossen Lautsprecher unterzubringen, hatte er auf die Vorteile eines Kofferraums verzichtet – und versuchte, Sara mit dem Dubdubdub eines Lieds von Tâmir Husni* zu beeindrucken. Als der Hauseingang sie geschluckt hatte, brachen er und seine Freunde in lautes Lachen aus und signalisierten einander mit unanständigen Gesten, das Mädchen sei eine heisse Braut.

* Ägyptischer Sänger (geb. 1977). *(Anm. d. Übers.)*

Das war zu viel für Taha. Schnell stand er auf und suchte nach einem Werkzeug, mit dem man Autoscheiben zertrümmern oder Lack zerkratzen konnte, vielleicht auch jemandem den Schädel einschlagen. Er zog eine alte Schublade seines Vaters auf, in der dieser sein Werkzeug aufbewahrt hatte: Zangen, Nägel, die Fassung einer durchgebrannten Birne, Lötdraht – und einen Engländer. Der schien optimal. Ohne zu zögern, nahm Taha ihn an sich und ging wieder ans Fenster. Er hob die Hand und zielte mit seiner Waffe auf die Heckscheibe des Autos. Aber irgendetwas hielt ihn zurück. Es würde Lärm machen, oder vielleicht sah ihn sogar jemand! Besser versteckte er sich wieder hinter der Jalousie.

Er suchte nach einem anderen Werkzeug, einem, an dem man keine Fingerabdrücke hinterlassen konnte und das keinen Lärm machte. Der Staub schied aus, denn er sagte sich: »Das Gesetzbuch unterscheidet zwischen Verbrechen, Vergehen und Ordnungswidrigkeiten. Das hier ist nur eine Ordnungswidrigkeit, da reicht eine Strafe wegen Ruhestörung. Und ein Schmerzensgeld dafür, dass er Sara belästigt hat. Und eine Wiedergutmachung moralischer Schäden für mich. So wie es das öffentliche Recht vorsieht. Ich will Jassir mal nach diesem öffentlichen Recht fragen.«

Dann fand er, was er brauchte. Seit sein Vater das alte Auto verkauft hatte, lag sie bei den Werkzeugen: eine gelbe Plastikflasche mit der Aufschrift »Bakim Bremsflüssigkeit«. Er erinnerte sich, was sein Vater ihm auf der Galâabrücke erzählt hatte. Ohne lange nachzudenken, riss er die Flasche aus dem Schlaf und nahm sie in die Hand: Sie war noch halbvoll. Mit einem Nagel stach er ein Loch in den Deckel. Dann öffnete er das Fenster einen Spaltbreit und drückte die Flasche zusammen, so dass ein dünner Strahl herausspritzte. Mühelos und mit einer Geschicklichkeit, wie man sie sich durch das Pinkeln im Stehen erwirbt, richtete er den Strahl auf das Autodach. Am liebsten hätte er auch noch ein Schimpfwort dazugeschrieben. Zufrieden mit seiner Tat, machte er schnell das Fenster zu und legte sich auf den Boden. Von einer Glückswelle überrollt, schloss er die Augen, während er den aufgestörten Freier schreien und schimpfen hörte.

»Liebe ich Sara?«, fragte er sich, den Blick zur Zimmerdecke gerichtet. Nach einigen Minuten spähte er neugierig durch die Jalousie. Er sah, wie der Besitzer des Wagens inmitten seiner Freunde rasend vor Wut auf das Autodach blickte, von dem sich der Lack löste wie die Haut eines Leprakranken. Er drohte dem Verursacher mit dem Schlimmsten und stiess ein paar hässliche Flüche aus.

Im selben Moment hörte man ein Heulen aus der weissen Villa – Bergas' Villa. Taha nahm sich das Fernglas und richtete es auf die geschlossenen Fenster gegenüber. Hinter den Scheiben sah er Schatten, die sich aufgeregt und konfus hin- und herbewegten. Kurz darauf fuhren zahlreiche Autos heran und verursachten am Zugang zur Villa ein gehöriges Chaos. Taha brauchte nicht lange nachzudenken, um zu begreifen, dass Machrûs Bergas sein Leben ausgehaucht hatte. Er stand nun auch auf der Liste der Toten und war zu Lieto gestossen. Mit Ablauf seiner Gnadenfrist hatte er aus demselben Kelch getrunken.

Am nächsten Tag machte sich der Leichenzug von der Omar-Makram-Moschee aus auf den Weg. Sie beteten für ihn und übergaben ihn der Erde, dann kehrten sie zur Moschee zurück, wo sie in einem gewaltigen Pavillon, in dem ein riesiges Mikrofon installiert war, die Totenfeier begingen, erfüllt von Klatsch, unterdrücktem Lachen und Zigarettenrauch. Hâni Bergas stand da, die Augen hinter einer schwarzen Brille verborgen, und drückte die Hände der bedeutendsten Männer des Landes, die die Strasse mit ihren Autos zugeparkt hatten. Er nahm Beileidsbekundungen entgegen und drängte den Scheich mit einem Handzeichen, sich zu beeilen und dieser langen Nacht ein Ende zu setzen.

Es dauerte Tage, bis das Leben in der Strasse wieder zur Normalität zurückgekehrt war. Nach der ersten Parlamentssitzung kündigte sich im Wahlbezirk allmählich der bevorstehende Urnengang an. Die Stofftransparente von al-Sammân und Bergas überlappten einander derart, dass sie sämtliche Luftzirkulation unterbanden. Megaphone waren zu hören, und Stimmen wurden gesammelt – es war ein erbitterter Kampf.

Aber er sollte nicht lange währen.

*

Eine Woche später
Walîd Sultâns Büro, 11 Uhr 10 vormittags
Seine Finger spielten mit der Kaffeetasse, während er in sein Handy sprach: »Ich hab deinetwegen jemanden angerufen, Schatz. Der bringt das in Ordnung. Ich habe ihn angewiesen, dass sie deinem Mann am Wochenende nicht freigeben. Gut so, meine Dame? Am Donnerstag sind wir beide dann zusammen. ... Wovor hast du Angst? Wenn dein Mann aus dem Haus geht, werde ich gleich angerufen. Sag deiner Mutter, du machst eine Dienstreise. Ain Suchna ist nur eine Stunde von hier. Du fährst am gleichen Tag hin und zurück, am Abend bist du schon wieder zu Hause. Das wird lustig. Ich werde dir was zeigen, was du dein Lebtag noch nicht gesehen hast. Bye.«

Walîd löschte die Nummer aus der Anrufliste. Im selben Moment klingelte das Festnetztelefon. Er blickte auf das Display und nahm den Hörer ab. »Ja, bitte?«

»Kommen Sie zu mir, Walîd!«

Er drückte seine Zigarette aus, trank den letzten Schluck Kaffee und begab sich zum Büro des Revierchefs. Dort klopfte er an die Tür und trat ein.

Der Chef beendete gerade mit grimmigem Blick ein Telefonat. »Er kommt sofort zu Ihnen, Exzellenz. Ich bin sicher, dass es sich um ein Missverständnis handelt. Überzeugen Sie sich selbst, Exzellenz!« Er legte den Hörer auf und wandte sich an Walîd: »Sie sollen in einer Stunde bei der Staatssicherheit sein.«

»Jawohl.«

Der Revierchef zündete sich eine Zigarette an und blies den Rauch in die Luft, dann sagte er: »Ich weiss nicht, das scheint mir eine grosse Sache.«

Nachdem Walîd diese dürren Worte entgegengenommen hatte, ging er wieder. In Anzug und Krawatte und sehr besorgt, setzte er sich ins Auto. Sein Kopf brummte wie ein Dieselmotor, während er die Situation einzuschätzen versuchte. Die Art und Weise, wie man ihn einbestellt hatte, die Geschwindigkeit, mit der dies geschehen war, und die Stelle, die es verlangt hatte, konnten nur von einem künden: dass sein Fehler so gross war wie der, den Adam einst begangen hatte, und dass er nun aus dem Paradies vertrieben werden sollte.

Die Zeit zog sich träge dahin, bis er vor dem ehrfurchtgebietenden Gebäude in Nasr City ankam. Am Tor liess er sein Handy zurück, anschliessend wartete er eine halbe Stunde in einem durch die Klimaanlage weit heruntergekühlten Raum. Dann rief ihn jemand zu einem Gespräch in ein Büro. Über einen roten Teppich ging er einen langen Flur entlang und blieb schliesslich vor einer Tür stehen. Die zwei Männer, die ihn bei seinem Eintreten empfingen, mussten im Rang oberhalb eines Brigadegenerals stehen. Das schloss er aus ihrem Alter, ihren strengen Blicken und ihrem abschätzigen Ton. Nach ein paar Minuten erfuhr Walîd, warum er hier war: »Sie werden beschuldigt, von der Ehefrau eines Polizisten eine sexuelle Dienstleistung gefordert zu haben, um ihrem Gatten im Gegenzug seine Versetzung aus Oberägypten zu ermöglichen.«

Äusserlich beneidenswert selbstsicher, erwiderte er: »Leeres Geschwätz! Sie ist nur eine Freundin.«

Das war der letzte Satz, den Walîd äussern konnte, bevor einer der Männer einen Kassettenrekorder aus einer Schublade zog und auf den Wiedergabeknopf drückte: »Gut so, meine Dame? Am Donnerstag sind wir beide dann zusammen. ... Wovor hast du Angst? Wenn dein Mann aus dem Haus geht, werde ich gleich angerufen. Sag deiner Mutter, du machst eine Dienstreise. Ain Suchna ist nur eine Stunde von hier. Du fährst am gleichen Tag hin und zurück, am Abend bist du schon wieder zu Hause. Das wird lustig. Ich werde dir was zeigen, was du dein Lebtag noch nicht gesehen hast. Bye.«

Hier endete die Aufnahme.

»Dieses Gespräch hat erst vor einer Stunde stattgefunden, richtig?«

Walîd lief der Schweiss über die Stirn. »Ich ...«

»Madame Ingi hat Sie angezeigt und dann zum Reden gebracht, damit wir das Gespräch aufzeichnen konnten. Bitte lesen Sie!« Er drückte Walîd das Protokoll in die Hand.

Mit jeder Zeile, die er las, wurde sein Hemd feuchter. Diese Schlampe, von der er einmal gedacht hatte, sie brauche jemanden fürs Bett! Sie hatte ihn um einen Gefallen gebeten und er sie um ihre Freundschaft. Nie hätte er sich vorstellen können, dass sie ihn in eine perfekt ausgeheckte Falle würde tappen lassen.

Als er seine Überraschung überwunden hatte, bestritt er die Anschuldigung vehement. Aber die Entscheidung war schon gefallen: »Bis zum Prozess werden Sie von der Arbeit freigestellt. Sollten sich die gegen Sie gerichteten Vorwürfe erhärten, werden Sie endgültig aus dem Amt entfernt.«

Der letzte Rat der Herren war: »Fahren Sie von hier aus gleich nach Hause, und bleiben Sie dort, bis wir Sie vorladen!«

Niedergedrückt von der Last dieser Worte, stieg Walîd in sein Auto. Er setzte sich die Sonnenbrille auf, klappte den Sitz in eine bequemere Position, zündete sich eine Zigarette an, schaltete das Handy aus – und schlief ein.

16

Taha dachte an nichts anderes als an Service und den Mord, den er an ihm verüben würde. Wenn er ihm nahezu täglich bei seinen Bemühungen zusah, Bergas' Sohn die Mehrheit im Wahlbezirk zu verschaffen, hielt er gespannt die Luft an. Er belauerte ihn so geduldig wie ein Jäger seine Beute.

Bis dann der Tag kam, an dem Service ihm von weitem ein Zeichen machte. Sofort rannte er aus der Apotheke und ihm nach, fand ihn aber nicht mehr. Nachdem er erst nach rechts, dann nach links geblickt hatte, sah er ihn schliesslich am Ende der Strasse. Service lief so schnell, dass Taha ihm kaum folgen konnte. Als er jedoch auf dem Platz ankam, schien Service sich in Luft aufgelöst zu haben. Obwohl er sich überall umsah, fand er keine Spur von ihm. Er griff in seine Hosentasche, aber das Fläschchen mit der Rezeptur und dem Staub seines Vaters war nicht da. Sein Gedächtnis war so lädiert, dass ihm einfach nicht einfiel, wo er sie hingestellt hatte. Er stieg die Treppe zu seiner Wohnung hinauf. Als er gerade in der finsteren Ecke neben der Wohnungstür seinen Schlüsselbund herauszog, bewegte sich plötzlich etwas, und er fuhr vor Schreck zusammen.

»Was ist, Bruder? Hast du Angst vorm Dunkeln?«

Sofort erkannte er den eigentümlichen Tonfall, wie auch Service das Stockwerk und die Wohnung gleich wiedergefunden hatte.

»Wer hat das nicht? Aber gut, dass du gekommen bist! Ich hab dir nämlich was zu sagen.« Um sich wieder zu beruhigen, öffnete Taha schnell die Tür und schaltete das Licht an. »Bitte sehr.«

Service trat ein und setzte sich an den Tisch, während Taha in die Küche ging.

»Tee?«

»Nicht nötig, ich geh gleich wieder. Ich dachte mir bloss, ich komm mal vorbei und sag guten Tag.«

»Trink doch einen Tee mit mir!«, sagte Taha, während er darauf wartete, dass das Wasser kochte. »Ruh dich aus, Âdil!«

»Ey, so nennt mich heute keiner mehr!«

Taha zerbrach sich seinen Kopf, wo bloss die verdammte Rezeptur war. Dass dieser Kerl die ganze Zeit hinter ihm stand, steigerte noch seine Anspannung. Er liess Service' Spiegelbild auf der heissen Teekanne nicht aus den Augen und bemerkte dabei, dass dieser den Blick starr auf die Messerschublade gerichtet hielt. Taha nahm sein Handy und rief den Terminplaner auf, denn er war sicher, dass er dort eingetragen hatte, wo die Rezeptur deponiert war. Nur zwei Wörter leuchteten auf dem Display auf: »dritte Küchenschublade«. Taha öffnete sie und nahm das Fläschchen heraus. Dann ging er mit dem Tablett zum Tisch.

»Bitte sehr.« Er reichte Service ein Teeglas, zog das Fläschchen heraus und stellte es neben das Tablett. »Ich hab dir die Rezeptur mitgebracht.«

Service nahm sich das andere Glas. »Danke, Kollege. Nur keine Umstände!«

Taha lächelte. »Selbst der Prophet hat Geschenke angenommen.«

»Du bist ein Gentleman«, sagte Service und streckte die Hand nach dem Fläschchen aus. Er öffnete es und roch daran. »Is das genau dasselbe wie von Gâlid?«

»Du willst mich wohl beleidigen?«

Service leerte das Fläschchen in den Tee, nahm einen Löffel in die Linke und rührte um. Taha sah er dabei die ganze Zeit in die Augen. Schliesslich setzte er das Glas an den Mund und trank es in einem Zug aus.

Der Täter ist Linkshänder, blitzte es in Tahas Kopf auf, als er sah, wie Service mit der linken Hand umrührte und das Glas zum Mund führte.

Service nahm eine Schachtel Zigaretten aus der Tasche, zog eine davon heraus und reichte sie Taha. Während der sie sich anzündete, sagte Service: »Guck mal, ich hab schon alles probiert, was Gott erschaffen hat: Codein, Tramadol, Codaphen, Tussilar, Ismurset, Sultan, Rivotril, Inkaton, Ixifin, und auch Codilar und Parkinol. Aber die Rezeptur hier – voll krass! So was hab ich im Bett noch nicht erlebt, da gehst du ab wie 'n Zug! Da braucht die Frau einen bloss anzugucken, schon fängt sie zu schreien an.«

Taha lächelte. »Diesmal wird die Rezeptur dich zum Schreien bringen!«

Auf diesen Satz reagierte Service nicht. Er sah aus, als sei ihm plötzlich etwas eingefallen, und stand auf. »'tschuldigung, Toilette!«

»Bitte sehr.«

Man konnte nur staunen, wie Service nun zielgerichtet ins Bad ging, als sei er hier zu Hause. Zwischen dem ersten und zweiten Zimmer bog er ohne Zögern in die versteckte Ecke, die vom Wohnzimmer aus nicht einsehbar war. Also war dieses Schwein wirklich schon mal hier gewesen! Er hatte seinem Vater einen einzigen Besuch abgestattet – den letzten Besuch.

Nach ein paar Sekunden hörte Taha ihn husten, toben und spucken. Service wusste nicht, dass schon alles entschieden war. Dass das Gift ihm bereits in die Körperzellen drang. Eine Reise ohne Wiederkehr hatte begonnen.

»Gesundheit!«, sagte Taha grinsend, als Service mit rot angelaufenem Gesicht zurückkam.

»Merk dir eins: Niemand spielt mit Service!«

Schweigend sah Taha ihn an. Nach einigen Sekunden öffnete Service die Tür, um zu gehen, aber Taha hielt ihn zurück. »Willst du nicht wissen, was ich dir noch erzählen wollte?«

Service wartete gespannt, und Taha holte Luft und sagte dann: »Ich hab von dir geträumt.«

Nach ein paar Minuten ging Service. Er trat auf die Strasse, Tahas Staub und dessen Traum trug er in sich. Einen Traum, dessen Bedeutung er nicht ermessen konnte. Beim Zuhören hatte er nur genickt und eine spöttische Bemerkung gemacht.

Taha beobachtete ihn vom Fenster aus, bis er verschwunden war. Dann schluckte er gegen das Pochen in seinem Kopf eine seiner Pillen. Gegen die Trommeln, die dort in gleichmässigem Takt hämmerten, so dass ihm der Schädel dröhnte – wie bei einer afrikanischen Zeremonie, mit der ein böser Geist aus dem Körper, aus dem Leben vertrieben werden soll.

Es gab etwas zu feiern. Taha zog sich in sein Zimmer zurück und nahm das Tuch von seinem Schlagzeug. Er holte seine Stöcke und setzte sich hin. Zum ersten Mal seit dem Überfall trat er die Pedale der Bassdrum, so dass das ganze Zimmer vibrierte. Taha schloss die Augen und gab sich für einen Moment ganz dem Klang hin. Dann begann er einen regelmässigen Takt zu schlagen, synchron zu dem Hämmern in seinem Kopf. Er hob die Hände, die schon lange nicht mehr getrommelt hatten, und liess sie schnell wie nie zuvor in einem harten Rockrhythmus niedersausen. Als er schliesslich schweissgebadet aufhörte, wusste er nicht, wie viel Zeit vergangen war. Er lehnte sich mit dem Rücken an die Wand, und der Anflug eines Lächelns stahl sich auf seine Lippen.

Im selben Moment machte die lästige Klingel seiner Ruhe ein Ende. Er öffnete die Tür, und Jassir stand vor ihm. Er hatte einen Handkoffer und einen Rucksack mit Wechselwäsche dabei und zeigte eine äusserst klägliche Miene. Ohne Taha Zeit zu geben, ihn zu begrüssen, schob er ihn wortlos zur Seite und ging ins Wohnzimmer. Mit angewiderter Miene liess er dort den Koffer fallen und legte sich aufs Sofa.

»Was ist los?«, fragte Taha.

Jassir zündete sich eine Zigarette an und blies den Rauch in die Luft. »Spinnerei, dein Name ist Weib!«

»Du siehst aus, als hättest du einen Pantoffel an den Kopf gekriegt.«

»Erinnerst du dich noch an das Mädchen, von dem ich dir erzählt habe? Das auf *Facebook*?«

Taha konnte das Lachen nur mit Mühe unterdrücken. »Ja, die Verheiratete. Was ist mit ihr?«

»Ich hab vergessen, die Inbox zu schliessen, und bin weggegangen. Und die Dame des Hauses hat die Nachrichten gelesen und weiss über alles Bescheid!«

Taha hielt sich die Hand vor den Mund. »Ach je!«

»Sie ist wild geworden wie ein Rhinozeros und hat mir eine Szene gemacht. Ihre Stimme hätte jeden Hund durchdrehen lassen.«

»Hat sie dich rausgeschmissen?«

»Sie wollte selbst gehen. Aber Sina tat mir leid. Also hab ich gesagt: Bleib du hier, ich gehe. Ich konnte es gar nicht glauben, offen gestanden. Schliesslich wollte ich längst schon mal Urlaub machen.«

»Hat sie die Bilder von dem Mädchen im Badeanzug gesehen?«

»Hat sie. Und dann fragte sie dauernd: ›Was bin ich eigentlich für dich? Was hat die, was ich nicht habe?‹ Das ganze blöde Frauengeschwätz. Ich wollte ihr sagen: Schau doch mal in den Spiegel, aber krieg keinen Schreck! In einem Pornofilm hab ich mal einen Mann gesehen, den mindestens fünf oder sechs Frauen vom Strick am Galgen losbinden. Nach kurzer

Zeit konnte ich es nicht mehr mit ansehen und hab auf *delete* gedrückt. Und was ist mit uns? Wir müssen auf so was verzichten, nur um ins Paradies zu kommen! Hauptsache, ich kann ein paar Tage bei dir bleiben, bis sie sich wieder beruhigt hat. In Ordnung?«

Taha kämpfte mit dem Lachen. »Das hast du ja gut hingekriegt, du Dummkopf! Fühl dich nur wie zu Hause.«

*

In den kommenden Wochen war Taha ganz davon in Anspruch genommen, Service zu beobachten. Es war aufreibend. Und er kämpfte gegen seine Vergesslichkeit und gegen das Zittern in seiner Hand, mit der er alles fallen liess, als hätte sie ein Loch. Um der Erregung Herr zu werden, die ihn jedes Mal überkam, wenn er den Burschen durchs Viertel stolzieren sah, nahm er die doppelte Dosis seiner Medizin. Er suchte mit dem Fernglas nach ihm. Service hatte natürlich noch keine Ahnung, was die Rezeptur bereits in seinem Körper in Gang gesetzt hatte, um ihn für seine Taten büssen zu lassen. Taha wünschte, die Zeit bis zu dem Moment, in dem er Service den Staub verabreicht hatte, zurückdrehen zu können. Nur um es noch ein zweites und drittes Mal zu tun. Aber für die nächsten drei Monate musste er die Luft anhalten und alles vergessen.

Wenn er irgendwo die Zeitung *Hoffnung der Heimat* sah, stand ihm gleich Saras Bild vor Augen, und ihm fiel wieder ein, wie er mit ihr getanzt hatte. Wie dumm von ihm, einfach zu gehen und sie stehenzulassen! Er schüttelte seine Sorgen ab und stieg in den Daewoo, den er erst kurz zuvor von der Firma bekommen hatte. Vorher hatte er sich fünf Jahre lang in öffentlichen Verkehrsmitteln von einer Praxis zur anderen gequält und war dabei so oft umgestiegen, dass es in keinem Verhältnis mehr zur zurückgelegten Entfernung stand. Als er dann das Auto bekommen hatte, hatte er auf die Rückbank einen grossen Karton voller Muster, Kataloge und Werbeplakate gestellt und einen Lufterfrischer in Form einer Medikamentenschachtel, ebenfalls ein Werbegeschenk, an den Rückspiegel gehängt. Taha beseitigte alle Reste von Fertiggerichten, räumte leere Pepsi-Dosen weg und entfernte vorübergehend auch den Firmenslogan auf der Seitentür, den er jedoch später wieder dort anbringen wollte. Das Auto war zu einer Art Zweigstelle seiner Wohnung geworden, in der er ass und trank, sich umzog und manchmal, zwischen zwei Praxisterminen, auch schlief. Es fehlte nur noch die Möglichkeit, auch sein Bedürfnis darin zu verrichten!

Angetan mit grauem Anzug, blauer Krawatte und schwarzen Schuhen, behielt er nun den Haupteingang der Zeitung genau im Auge. Es dauerte eineinviertel Stunden, bis er sie von weitem erblickte. Sie trug enge Jeans, die ihre höllisch schönen Beine zur Geltung brachten, und eine rosa Bluse. Ihre Handtasche war so voluminös, dass ein Kind hineingepasst hätte. Als er sie sah, stieg er aus dem Auto, holte Luft und machte: »Psssssss ...«

Sara wandte sich um und zog die Stirn kraus, um ihn zu identifizieren. Taha winkte, dann quetschte er sich durch den Verkehr über die Strasse zu ihr. Er sah ihr direkt in die Augen, und sie lächelte und stemmte ihre Hände in die Hüften.

»Schon wieder ein Zufall?«

»Gehst du mit mir ein Eis essen?«

Sie sassen am Fenster des Cafés Groppi am Talaat-Harb-Platz, der Kellner kam und brachte ihnen zwei Eisbecher an den Tisch.

»Zuerst wollte ich mich bei dir für damals entschuldigen, als ...«

»*Peace*«, sagte sie und leckte am Schokoüberzug. »Und du isst wirklich keine Schokolade? Das glaube ich dir nicht.«

»Serotonin.«

»Wer?«

Taha zündete sich eine Zigarette an und fuhr fort: »Das Glückshormon. Deswegen magst du so gern Schokolade.«

»Und brauchst du denn nicht auch ein bisschen Glück?«

»Natürlich brauch ich es, aber ich will es nicht künstlich.«

»Mir kommt es so vor, als ging's dir jetzt besser als beim letzten Mal.«

Er nickte. »Nun ja.«

»Willst du mir dein grosses Geheimnis nicht verraten?«

Taha erblickte die blonde Strähne, die unter ihrem Kopftuch hervorgerutscht war. »Du hast ja eine andere Haarfarbe!«

»Ja, ich hab was geändert. Genau wie du immer das Thema wechselst!«

»Versprichst du mir, dann nicht weiterzufragen?«

»Ich will es versuchen.«

»Stell dir vor, du würdest eines Tages plötzlich entdecken, dass du eine grosse Lüge lebst.«

»Wie denn das?«

»Nur eine Frage, hab ich gesagt!«

»Aber das ist ja keine Antwort.«

»Als ich noch in der Sekundarschule war, hat meine Mutter uns verlassen«, sagte Taha, kratzte sich am Kopf und suchte nach den richtigen Worten. »Es war ein Streit wie jeder andere auch, und er führte zur Scheidung. Von da an änderte sich mein ganzes Leben. Du kannst dir ja vorstellen, was das heisst, ein Heim ohne Mutter! Schon kurze Zeit später hörte ich, dass sie wieder geheiratet hatte. Die grosse Lüge war, dass ich dachte, sie wäre wegen meinem Vater gegangen, Gott hab ihn selig! Aber wie sich gezeigt hat, hatte ich irgendwie gar nichts kapiert.«

»Das heisst, es kam heraus, dass sie gar kein Teufel war!«

»Und er kein Engel.«

»Und das hast du jetzt entdeckt.«

»Du hast es erfasst«, sagte er und drückte seine Zigarette aus.

»Und was ist dann passiert?«, fragte sie.

»Dann hab ich mich hier mit dir hingesetzt. Hast du mich jetzt nicht genug ausgefragt?«

»In Ordnung, Herr Doktor. Ich lasse Sie in Ruhe, aber nur, weil das das erste Interview ist.« Sie lachten, und Sara fuhr fort: »Das war eine Überraschung, als du in den Jazz Club gekommen bist.«

»Es ist schön dort.«

Sie lächelte und sagte, ohne ihm in die Augen zu blicken: »Ich war ein bisschen high.«

Taha musste lachen. »Es hat mir gefallen, wie du getanzt hast.«

»Das ist der einzige Moment, in dem ich die ganze Welt um mich herum vergesse. Wenn ich tanze, werde ich meine Dämonen los. Wie bei einer Geisterbeschwörung. Apropos Dämonen: Wer ist eigentlich dieser Alien, der bei dir wohnt?«

»Das ist mein Freund Jassir.«

»Du kannst dir ja gar nicht vorstellen, wie der an mir klebt. Ob ich komme oder gehe – wie ein Gecko! Der ist wohl nicht ganz dicht? Einmal hat er mich auf der Treppe angehalten und gefragt: ›Bist du Jasmin?‹ Wer ist denn diese Jasmin?«

Taha lachte. »Das ist eine lange Geschichte. Jassir ist mein bester Freund seit der Kindheit. Der Arme ist tatsächlich ein bisschen einfach gestrickt. Er arbeitet als Rechtsanwalt, ist verheiratet und hat eine Tochter. Aber er guckt dauernd den Mädchen und Frauen hinterher – seit ich mir im Internet einen Spass mit ihm erlaubt hab. Ich hab nämlich auf *Facebook* so getan, als wär ich eine Jasmin, die bei uns am Finneyplatz wohnt. Ich hab ein Profil mit dem Bild eines schönen Mädchens erstellt und angefangen, mit ihm zu chatten.«

»Hm, schlimme Sache, das muss man schon sagen. Und dann?«

»Das Ganze war ein Scherz. Aber seine Frau hat die Nachrichten gelesen. Und die hatte ich, ehrlich gesagt, ganz schön aufgemotzt, mit Worten und Bildern, ziemlich überzeugend – sie hat ihn rausgeschmissen.«

Sara seufzte. »Verflixt!«

»Ob du's glaubst oder nicht: Seitdem hockt er als Flüchtling in meiner Wohnung und geht gar nicht mehr vom Computer weg. Er wartet nämlich darauf, endlich diese Jasmin zu treffen. Stundenlang sitzt er auf dem Balkon und schaut auf die Strasse, um sie vielleicht zu sehen. Ich warte, bis er mal Zigaretten holen geht, dann schicke ich ihm eine Liebesbotschaft oder ein Bild von einem Mädchen, das dem Profilfoto ähnlich sieht. Wenn er wiederkommt, um mit ihr zu chatten, ist sie immer schon weg. Er setzt sich hin und raucht, bis ich vor blauem Dunst nichts mehr sehen kann, und dann schreibt er ihr. Oder er fotografiert sich selbst mit dem Handy und schickt ihr die Bilder. Dann macht sie ein Date mit ihm aus, zu dem sie nicht kommt. Immer wieder erklär ich ihm, dass sie ja verheiratet ist und das alles hinter dem Rücken ihres Mannes macht. Aber soll er diese Freundin doch toll finden!«

»Dass du ein Schuft bist, ist dir wohl klar?«

»Glaub mir, das tu ich doch alles nur, weil es nötig ist. Am Anfang tat er mir noch leid. Ich wollte es ihm beichten, damit er nach Hause geht. Aber dann sagte ich mir, dieser Kerl hat eine Lektion verdient, und liess ihn machen. Und stell dir vor: So langsam vermisst er seine Tochter, und seine Frau auch.

Deshalb denk ich, ich bleib noch ein bisschen mit ihm zusammen, bis er wieder zu sich kommt. Ausserdem lenkt er mich ab. Allein halte ich es in der Wohnung nicht aus.«

Sara lachte, bis ihre Backenzähne zu sehen waren. »So brav siehst du aus mit deiner Brille und deinem Anzug, und dann bist du so eine Nummer!«

Taha lächelte und schwieg, bis sie verstummte und so noch schöner aussah. Er wandte keinen Blick von ihr.

Schliesslich stützte sie die Ellenbogen auf den Tisch, nahm einen Löffel von der Schokolade und sah ihn dabei mit zusammengekniffenen Augen an. »Was willst du eigentlich?«

Er strich sich über den Kopf, lehnte sich zurück und betrachtete die Vorübergehenden auf der Strasse. »Ich weiss nicht. Ich weiss es wirklich nicht.«

»Wer soll es denn dann wissen?«

»Hörst du noch immer nicht auf zu fragen?«

»Gut, dann frag du!«

»Wer bist du?«

»Wer ich bin?«, fragte sie erstaunt. »Ich bin Sara, mein Herr. Absolventin der Medienwissenschaftlichen Fakultät, Abteilung Journalistik. Weiblich, ledig. Ich hab einen einzigen Bruder – das heisst, er muss nicht zum Militär. Ich arbeite für das Politikressort der Zeitung *Hoffnung der Heimat.* Willst du noch wissen, wie viel ich verdiene?«

»Weisst du, dass du schön bist?«

Der Löffel in ihrer Hand zitterte. »Sag mir was, was ich noch nicht weiss.«

»Und eingebildet.«

»Ich kenne meine Möglichkeiten.«

»Denkst du, du weisst alles?«

»Ich weiss mehr als du.«

»Das bezweifle ich.«

»Weisst du, was man auf dem Pflaster vor der Tür vom Groppi sieht?«

»Was denn?«

»Einen Bienenstock.«

»Was soll das bedeuten?«

»Das bedeutet, die Fliesen bilden ein Wabenmuster.« Sie zwinkerte ihm zu. »Verrat es niemandem!«

»Weisst du denn, welche Funktion die Milz im Körper hat?«, fragte Taha.

Verschmitzt lächelnd sah sie ihn an. »Schachmatt.«

»Findest du es nicht komisch, dass du weisst, wie das Pflaster vor dem Eingang aussieht, aber deinen eigenen Körper nicht kennst?«

»Aber es zu wissen nutzt nichts, und es nicht zu wissen schadet nichts.«

»Reine Theorie!«

»Apropos Theorie: Hast du von Machrûs Bergas gehört?«

Das Glas Nescafé in Tahas Hand zitterte. »Nein, was denn?«

»Der Arzt, der ihn behandelte, hat erklärt, dass an seinem Tod manches fragwürdig ist.«

Taha schluckte schwer. »Und weiter?«

»Er heisst Doktor Sâmi Abdalkâdir. Du kennst ihn sicher.«

»Nein.«

»Wo Rauch ist, ist auch Feuer. Ich will versuchen, ihn zu treffen. Ich bin sicher, da gibt es eine Überraschung.«

»Ja, aber was hast du davon?«

»Eine Journalistin braucht einen Knüller, ein Thema, um sich einen Namen zu machen. Etwas, womit sie ihren Platz behaupten kann.«

»Egal, ob sie damit jemandem schadet?«

»Schaden tut sie nur dem, der was falsch gemacht hat.« Sara schwieg einen Moment, dann fragte sie: »Willst du mit mir kommen?«

»Was heisst das, mit dir kommen? Heisst das, dir mein Herz auszuschütten? Mich bei dir wohl zu fühlen?«

»Und was hast du mir dabei zu bieten?«, fragte sie und lachte spöttisch.

»Sag ich nicht, dass du eingebildet bist?«

Sie frotzelten noch eine Stunde so herum, dann ging Sara. Zum Dank schenkte sie ihm noch ein vielsagendes Lächeln und liess ihn dann mit seinen Fragen allein.

Als Taha wieder in die Wohnung kam, hatte Jassir schon seine Rauchwolken an die Decke geblasen. Ganze zwei Wochen lang klammerte er sich nun schon an Taha wie eine hungrige Laus. Er war wie die frommen Leute, die die Nähe eines Heiligengrabs suchen. So wie diese mit ihren Händen über das Grab strichen, streichelte Jassir den Computer und wartete auf ein Wunder von seiner Geliebten – die Taha sich doch nur ausgedacht hatte. Seinen Pillenkonsum hatte er inzwischen etwas eingeschränkt. Auch seine Punkfrisur hatte er ein wenig gestutzt, so dass sie jetzt aussah wie billige Zuckerwatte. Selbst auf seine Karohemden versuchte er zu verzichten, allerdings vergeblich. Andererseits hatte ihn nun doch eine Art Sehnsucht beschlichen, besonders nach seiner Tochter Sina – was seine Frau betraf, so musste er sich dafür etwas mehr anstrengen.

Taha ging ins Zimmer und fand Jassir dort vor dem Computer, den Blick starr auf den Bildschirm gerichtet. »Was ist denn mit dir los, soll ich dir vielleicht einen Tefal-Monitor kaufen?«

Jassir sah ihn angewidert an. »Nervensäge!«
»Wo ist das Essen? Du bist heute dran!«
»Ich weiss, ich weiss.«

Tahas Blick fiel auf die Shorts, die Jassir anhatte. »Wie kommst du dazu, die zu tragen?«

»Was soll das, Taha, willst du mir jetzt wegen jeder Kleinigkeit Vorhaltungen machen?«

»Und wie kommst du zu diesem Hemd aus meinem Schrank? Fehlt nur, dass du auch noch meine Boxershorts und Unterhemden anziehst! Wenn man dir den kleinen Finger reicht ...«

»... dann steck nicht gleich einen Ring dran! Ich werd dir was Besseres kaufen. Das ist ja eh nur Ramsch von El Tawheed & El Nour.«

»Das ist Timberland, du Arschloch!«

»Also ab zu Kentucky Fried Chicken, Bruder!«

»Ab zu Kentucky, du Blödmann! Gib mir eine Zigarette!«

Jassir warf ihm eine hin.

Taha fragte: »Wie geht's der Schnecke?«

»Ruf mich, wenn du merkst, dass sie wieder online ist. Sie chattet nur, wenn die Luft rein ist.«

»Ihr Mann hat noch immer keinen Schimmer?«

Jassir klickte auf ein Porträt von ihr. »Das ist ein Esel. Der lässt so einen Sonnenschein allein und gibt sich mit irgendwelchen Schlampen ab. Das arme Mädchen! Sie ist jeden Tag allein im Bett. Aber von solchen Dingen verstehst du ja noch nichts. Die erzählt mir vielleicht Sachen ... Am liebsten würde ich in *Facebook* reinspringen. Die Arme!«

»Die Arme! Darling, du wirst ja plötzlich ganz weich. Dabei hast du doch selbst deine Frau alleingelassen!«

»Die kannst du im Dschungel aussetzen, mein Lieber, dann frisst sie die Löwen. Sprich lieber von was Angenehmerem!«

»Ich weiss was: An der Uni haben wir uns mit einem Experiment beschäftigt, das man in Europa mit einem Affen gemacht hat. Sie haben ihm Sonden in bestimmte Hirnregionen eingeführt. Dann haben sie ihm einen Knopf gegeben, und wenn er auf den drückte, spürte er die gleiche Lust, wie wenn er mit seinem Weibchen zusammen wär. Er hatte auch noch einen zweiten Knopf, bei dem fühlte er sich, als wär er satt gefressen. Und stell dir vor, der Affe liess den Fressknopf links liegen und drückte immer nur auf den Sexknopf, bis er einen Herzanfall kriegte. So weit wie der Affe willst du es doch wohl nicht treiben!«

»Nee, aber was diesen Knopf angeht – kriegt man den vielleicht in der Abdalasîssstrasse zu kaufen?«

»Statt immer nur so dazusitzen wie eine Grille, geh lieber nach Hause, und drück auf den Knopf! Pass bloss auf, denn was passiert wohl mit einem Organ, wenn es nicht mehr benutzt wird, he?«

Jassir stand auf, um sich umzuziehen. »Was willst du essen?«

»Es schrumpft. Und schweif nicht vom Thema ab!«

»Wenn ich nach Hause gehe, mein Lieber, krieg ich die Haut abgezogen.«

»Sag ich doch, es schrumpft!«

»Dann schrumpft es halt. Soll es in Ehren sterben! Wenn ich mit einer Frau spreche, knack ich immer ihren Code. Bei der hier auf *Facebook* brauch ich zwei Wörter, dann hab ich Showtime und Al Jazeera Sport. Zu Hause hab ich nur Staatsfernsehen.«

»Jetzt aber ab mit dir, ich hab einen Riesenhunger! Geh und hol uns was zu essen!«

Als Jassir verschwunden war, um zweimal Fast Food zu holen, ging Taha ins Internet und schickte ihm in Jasmins Namen eine Nachricht: »Jassirchen, wo bist du? Du bist wohl noch nicht vom Staatsanwalt zurück? Ich sehne mich schrecklich nach dir. Gute Nacht, mein Schatz, bye. Huaaah!«

Eine Viertelstunde später kam Jassir mit Sandwiches und ein paar Zeitungen zurück. »Der Mann mit dem Bier, wie heisst der?«

»Sulaimân. Was ist mit ihm?«

»Der ist heute gestorben. Sie haben einen Zettel an seinen Laden gehängt. Die Trauerfeier ist bei Stella-Bier. Hahaha!«

Taha konnte über diesen Scherz nicht lachen. Ein Fünfzig-Volt-Schlag durchfuhr ihn von den Füssen bis zum Kopf. Minutenlang blieb er in sich versunken, bis er Jassir aus dem Nachbarzimmer schreien hörte. Er hatte die Nachricht entdeckt und verfluchte Tahas gesamten Stammbaum, seine Sandwiches und den Tag, an dem er geboren worden war.

17

In den folgenden Wochen konnte Taha nicht mehr verhehlen, was er für Sara empfand. Er konnte sich nicht mehr konzentrieren. Sobald sein Handy klingelte, sprang er auf. Alle fünf Minuten checkte er seine E-Mails. Auch bildete er sich fälschlicherweise ein, Gedichte schreiben zu können. Bei allem, was er sagte, meinte er ihren Namen erwähnen zu müssen. Er verfolgte ihre Artikel mit der Ungeduld eines Studenten, der auf seine Prüfungsergebnisse wartet. Regelrecht besessen war er von ihren Wimpern, ihren Augen und ihrem Lachen, bei dem ihre gleichmässigen Zähne inmitten ihrer bronzenen Haut aufblitzten. Ihre hektischen Handbewegungen und ihre mitreissende Begeisterung! Wie sie freudig mit den Fingern auf den Tisch trommelte und wie sehr sie den Sänger Muhammad Munîr* mochte. Ihr Schweigen, ihre Frotzeleien, ihre Verrücktheit und selbst die Art, wie sie ihre Lippen um die Zigarette legte. Sie war nicht das Paradies – aber sie war das Feuer, das die Menschheit glücklich gemacht hatte. Sie war nicht das Zuckerpüppchen, nach dem suchte, wer einen sicheren Hafen wollte. Aber auch nicht eine, die einem geschickt das Geld aus der Tasche zog, so wie die, der er mal zum Valentinstag Teddys gekauft hatte. Sara war eine dritte Spezies. Eine, die einen einfach nicht mehr losliess. Eine, bei der man nicht wusste, wie lange man bei ihr bleiben würde, es aber auch gar nicht wissen wollte. Die man einfach nur jeden Tag, jede Stunde sehen wollte. Um ihr zuzuhören, ohne etwas zu verstehen, sich in ihren Gesichtszügen zu verlieren. Um sie ganz genau zu betrachten. Auch die Fehler, die man zu lieben begann, nur weil

---

* Ein besonders bei linksgerichteten Studenten beliebter ägyptischer Musiker (geb. 1954), der traditionelle Sufimusik mit Elementen westlicher Popmusik verbindet. *(Anm. d. Übers.)*

sie ein Teil von ihr waren. Ihre Weiblichkeit. Ihren Mut und ihre Schroffheit. Ihren Nagellack, der ihre Haut so veredelte wie bei Costa Coffee das Karamellaroma ein Glas heisse Schokolade. Wenn sie ging, blieb der mit dem Parfum von ihrem Hals vermischte Tabakgeruch zurück. Den hatte er noch in der Nase, bis er aufwachte. Dann, wenn sein langsamer Mord ihm wieder vor Augen stand, umfing ihn Schweigen. Er fühlte ein Brennen in sich und lauerte auf Service. Diese Tat, vor der alle Verlockungen verblassten, zwang ihn in einen Zustand dauernden Beobachtens, der ihn daran hinderte, sein Leben weiterzuleben.

Die ganze Zeit über hielt er die Luft an.

Parallel dazu hielten auch in Walîd Sultâns Alltag die Überraschungen an. Dahinterzukommen, wer ihm diesen Fusstritt versetzt hatte, der ihn zwang, im Pyjama zu Hause herumzusitzen, war nicht schwer. Unter den Blicken der Rekruten, die zuvor seinem Kommando unterstanden hatten, war er von der Arbeit freigestellt worden. Unter diesen eifersüchtigen Blicken, in denen stumme Schadenfreude aufblitzte. Auf Kaution hatte man ihn nach Hause entlassen. Inzwischen jedoch mieden ihn alle, selbst die engsten Freunde. Er zog sich von seinen Kindern zurück und auch von seiner Frau, deren Nerven vorübergehend blankgelegen hatten. Sie konnte nicht mehr schlafen. Mit einer Stimme wie eine Kriegssirene schrie sie Tag und Nacht die Dienerinnen an. Walîd liess die Barthaare an seinem vom Rasieren schon länger entzündeten Kinn wuchern. Er kam und ging möglichst unbemerkt. Tröstenden Worten und den vergifteten Fragen der Neugierigen ging er aus dem Weg. Solche Fragen setzten ihm einen Schwarm Insekten in die Brust, die ihn so ins Herz stachen, dass er in fiebrige Unruhe geriet. Wie ein Liebeskranker verfolgte er alle Nachrichten von Bergas' Sohn. Er stellte sich die verschiedensten Szenarien vor, wie er ihn umbringen könnte. Er hörte Hânis Halswirbel schon zwischen seinen Händen knacken. Den Brandgeruch, der ihm in die Nase drang, wenn er an ihn dachte, wurde er einfach nicht los. Walîd fühlte sich wie jemand, den man zwingt, mit anzusehen, wie man seine Frau vergewaltigt.

Seine Frau! Nûra, diese einfältige Kreatur, die mit jeder Sekunde, die der Uhrzeiger vorrückte, noch ein bisschen schwabbeliger wurde! Sie störte seine Ruhe und riss ihn mit einer Frage aus seinen Gedanken, die ihn irgendwann einmal dazu treiben würde, sie eigenhändig umzubringen: »Willst du hier immer so rumsitzen? Sag das bloss keinem deiner Bekannten, sonst behandeln sie dich wie den letzten Dreck! Meine Freundinnen im Club kann ich auch nicht mehr treffen. Was soll ich denen denn sagen? Mit uns ist es aus, endgültig! Heb mir Geld von der Bank ab! Ich fahre an die Küste, bis die Scheisse, in der wir jetzt sitzen, vorbei ist.«

Vorbei! Allein dieses Wort war wie ein Wunder.

Einen Monat später war die Wahlprozedur beendet. Hâni Bergas hatte seinen Sitz im Parlament gewonnen.

Währenddessen machte im Viertel die Nachricht von Service' Krankheit die Runde. Er schrie nicht mehr so viel herum. Er habe Krebs, hiess es, und solch ein Ende nehme es eben mit den Klebstoffschnüfflern. Service magerte ab, bis seine Knochen hervorstanden und die Schläfen einsanken. Er wurde zu einem räudigen Gespenst, das sich nur noch aufraffte, um sich wie ein sterbender Stier den Angriffen des Toreros entgegenzustellen. Seine Blicke wurden immer stechender. Bis in die ersten Morgenstunden streifte er umher. Manchmal blieb er plötzlich stehen und schrie auf, als hätte ihn eine Schlange gebissen. Von seinen Gefährten zog er sich ganz zurück. Und noch bevor Sulaimân, der Lord, starb, hatte Hâni Bergas Service in ein kleines Krankenhaus gesteckt. Dort war er mehrere Tage geblieben, dann lief er weg, um wieder an seine Drogen zu kommen. Die Ärzte hatten ihm mitgeteilt, irgendein Fremdkörper fresse ihn von innen her auf wie ein Wurm und seine Tage seien mehr oder weniger gezählt.

Taha beobachtete ihn vom Fenster aus und sah seinem langsamen Sterben zu. Hartnäckig wie ein alter Baum hielt Service sich aufrecht. Er beobachtete Taha mit beinahe vernichtendem Blick. Einmal stand er zehn Minuten lang vor der Apotheke und starrte hinein. Als Taha versuchte, ihn zu ignorieren, schrie Service, so laut er konnte: »Taaahaaa!« Erst als seine Stimme in ein Röcheln überging, hörte er auf, musste Blut spucken und verschwand. Taha erschrak und liess die Flasche fallen, die er in der Hand hatte. Er beruhigte Wâil mit undeutlich gemurmelten Worten und ging dann ins Labor, um sich von der Aufregung zu erholen. Dort nahm er einen Tranquilizer, setzte sich auf den Stuhl und kaute an seinen Nägeln. Nach ein paar Minuten entfaltete die Pille langsam ihre Wirkung. Taha legte die Hände auf den kleinen Schreibtisch und bettete seinen Kopf darauf. Dann schloss er die Augen, das Zittern in seinem Fuss hörte auf, und er schlief ein.

*

Ein paar Stunden später lag Walîd auf dem riesigen Sofa, neben sich einen überquellenden Aschenbecher. Er war barfuss, und ein regelmässiges Schnarchen kam aus seinem halbgeöffneten Mund. Auf dem Tisch standen schmutzige Plastikteller und eine leere Dose Birell-Bier. Ein struppiger Bart bedeckte sein Kinn, und er hatte einige Kilo zugenommen. Nur der Fernseher, der auf lautlos gestellt war, warf sein flackerndes Licht in den Raum, es lief gerade Wrestling. Als es ein Uhr nachts schlug, klopfte jemand an die Tür. Jemand, der verzweifelt schien, äusserst verzweifelt.

Einmal klopfen reichte nicht, den Schlafenden zu wecken. Erst nach siebenmaligem, energischem Hämmern – bei gleichzeitiger Betätigung der Klingel – wachte Walîd auf. Er erhob sich, tappte wie ein Betrunkener zur Tür, schaute durch den Spion und wandte angewidert das Gesicht ab. Er öffnete die Tür nur einen Spaltbreit. »Was ist los, du dreckiger Hund?«

Service' Stimme war rau, als hätte er Sand geschluckt. »Pascha ...«

»Was willst du?«

»Nehmen Sie es mir nicht übel, Pascha, ich weiss, es ist schon spät. Aber ich will mit Euer Exzellenz sprechen.«

»Später, Service, später. Ich hab jetzt keine Zeit.«

»Ich kann nicht mehr, Pascha. Bloss fünf Minuten.«

Walîd Sultân antwortete nicht. Er schloss die Tür, kratzte sich am Hinterkopf, kickte ein paar leere Dosen beiseite, die auf dem Boden lagen, und öffnete sie wieder. »Komm rein!«

Service trat in das unaufgeräumte Wohnzimmer. Nachdem der Hausherr sich gesetzt hatte, nahm auch er auf dem Sofa Platz.

Walîd zündete sich eine Zigarette an und warf Service ebenfalls eine zu. »Wie geht's dir jetzt?«

Mit weit aufgerissenen Augen antwortete der: »Ich sterbe, Pascha.«

»Warum bist du nicht mehr im Krankenhaus?«

»Die Ärzte haben gesagt, es bringt nichts mehr, Pascha. Ich will nicht am Ende meiner Tage noch so getriezt werden.«

»Was genau hast du denn eigentlich?«

»Ich bin vergiftet worden, Pascha.«

»Von der ganzen Scheisse, die du dir reinpfeifst!«

»Ich sage Ihnen, ich bin vergiftet worden, Pascha. Die Ärzte haben mich geröntgt und alles genau untersucht. Ich hab überall kleine Knoten, wie Steinchen. Und ich blute wie verrückt.«

»Von Krebs kriegt man noch schlimmere Sachen. Gott mache dich gesund!«

»Nein, Pascha, das ist keine Krankheit. Die Ärzte haben gesagt, da ist Pulver in mir drin – Diamantenstaub.«

18

Um genau zweiundzwanzig Uhr des folgenden Tages kam Taha bei der letzten Praxis an, die er in seinem Terminkalender vermerkt hatte – bei der von Doktor Sâmi. Mit seinem Lederköfferchen setzte er sich ins Wartezimmer. Darin hatte er neben Publikationen, Papieren und Werbegeschenken auch ein Fläschchen, das mit einer dünnen Schnur umwickelt war. Es trug die Aufschrift »Jasminduft – al-Sahâr, Fabrik für Parfums und Duftessenzen«. Er hatte es immer bei sich, und all seine Gedanken kreisten nur darum. Niemand allerdings wusste davon.

Taha setzte sich die Ohrhörer ein und drückte auf den Wiedergabeknopf seines MP3-Players, um sich mit ein bisschen Musik zu berieseln. Um sich die Zeit zu vertreiben, warf er ausserdem noch einen Blick in eine ausländische Zeitschrift. Diese Warterei, bis er zu dem Arzt vorgelassen wurde, war so langweilig! Nur um dann zu wiederholen, was er schon einmal gesagt hatte, und vielleicht noch ein bisschen draufzulegen: »Hebsolan, das Wirksamste ... Hebsolan, die Dosis ist zwei Tabletten ... Die Firma verlangt von mir, dass ich in Dukki und Muhandissîn in den kommenden sechs Monaten mehr verkaufe ... denn Doktor Saîd Iskandar ... Es war mir ein Vergnügen, Herr Doktor ...« – immer dieselbe zerkratzte Platte, die er stets so geschickt herunternudelte. Aber die Situation war jetzt eine ganz andere als früher, denn Doktor Sâmi war für ihn inzwischen eher Freund als Kunde, vor allem nach dem Treffen bei Machrûs Bergas. Eine Viertelstunde später rief ihn die Arzthelferin mit näselnder Stimme herein: »Doktor Taha, bitte!« Er nahm die Ohrhörer heraus und ging ins Sprechzimmer.

Doktor Sâmi empfing ihn lächelnd: »Was gibt's Neues, Taha? Setzen Sie sich!«

»Alles bestens, danke. Ich freue mich, Sie wiederzusehen. Und ich hab eine Überraschung für Sie.« Er zog ein weisses Couvert aus der Tasche. »Das bekommt nicht jeder von uns, glauben Sie mir! Dieser Umschlag war für Doktor Saîd Iskandar bestimmt. Aber ich hab Himmel und Hölle in Bewegung gesetzt. Bei Gott, sagte ich mir, den darf doch nur Doktor Sâmi kriegen! Und den andern erklärte ich: ›Dieser Mann verschreibt nur noch Hebsolan.‹ Nun, das war ja das Geringste, was ich tun konnte. Der Direktor kam, ein Ausländer, und hin und her – natürlich auf Englisch. Ich sagte ihm: ›Doktor Sâmi Abdalkâdir ist einer unserer besten Kunden, Mister, was sagen Sie dazu?‹ Und er meinte: ›*Go, my son, I trust your choice.*‹ Bei dem hab ich nämlich einen Stein im Brett. Das hier sind Tickets für einen Flug nach Scharm al-Scheich, dazu drei Nächte im Marriott Hotel, Meeresblick. Als kleines Dankeschön für die Hebsolan-Verkäufe.«

Doktor Sâmi öffnete das Couvert und warf einen Blick hinein. »Vielen Dank, mein Lieber«, sagte er. Sein Telefon klingelte kurz. Er nahm den Hörer ab und horchte: »Ja. ... Hm. ... Woher kommt sie? ... Oh! ... Gut, lass sie rein!« Er legte auf und wandte sich an Taha: »Nehmen Sie's mir nicht übel, ich muss mich entschuldigen. Ich habe ein eiliges Interview mit einer medizinischen Fachzeitschrift.«

Taha stand auf. »Ich wollte sowieso gerade gehen.«

Doktor Sâmi brachte ihn zur Tür. »Grüssen Sie den ausländischen Direktor von mir! Und schauen Sie mal, ob Sie eine schöne Konferenz für uns finden!«

»Aber natürlich, Herr Doktor, ganz wie Sie wünschen. Und an das Hebsolan brauche ich Sie ja nicht zu erinnern.«

Während Taha diesen Satz sagte, ging die Tür auf. Er verabschiedete sich von dem Arzt mit einem warmen Händedruck, drehte sich um – und da stand sie vor ihm und sah ihn verwundert an: Sara! Er suchte nach einer Ausflucht und kratzte sich am Kopf, während sie auf ihn zukam. »Was machst du denn hier?«

»Ich arbeite«, antwortete er.

Aber der Arzt liess ihnen keine Zeit, er unterbrach ihre geflüsterte Unterhaltung: »Sie kennen sich?«

»Natürlich, Herr Doktor«, antwortete Taha. »Fräulein Sara ist meine Nachbarin.« Dann kam ihm ein Gedanke, und Sara riss die Augen auf, als ihr schwante, was er sagen wollte. Aber es gelang ihr nicht mehr, ihn davon abzuhalten, und so fügte er noch hinzu: »Sara arbeitet für die Zeitung *Hoffnung der Heimat,* sie ist eine grosse Journalistin, Herr Doktor.«

Als der Arzt das hörte, veränderte sich seine Miene. »Haben Sie nicht der Sekretärin gesagt, Sie hiessen Nancy und kämen von der medizinischen Fachzeitschrift *Die Gesundheit,* mein Fräulein? Und Sie wollten für die nächste Ausgabe einen Artikel über mich schreiben?«

Sara räusperte sich und antwortete, den Blick auf Taha gerichtet: »Tatsächlich wollte ich mit Ihnen über Ihre Erklärung zu Machrûs Bergas' Tod sprechen.«

Ungehalten entgegnete der Arzt: »Hört ihr denn nie auf, mich an der Nase herumzuführen? Ich habe bereits gesagt, ich werde mich zu diesem Thema nicht äussern. Gehen Sie bitte!« Er nahm den Telefonhörer ab, um die Gebäudesicherheit anzurufen.

Aber Taha machte einen Schritt auf ihn zu. »Das ist nicht nötig, Herr Doktor. Fräulein Sara ist eine anständige Person, ich werde sie mit rausnehmen.«

»Warte, Taha!«, hielt Sara ihn zurück und ging auf den Schreibtisch zu. »Haben Sie nicht erklärt, dass bei diesem Sterbefall manches im Dunkeln liegt?«

»Ja, aber das habe ich zurückgenommen. Meine Informationen waren nicht richtig. Bitte sehr, auf Wiedersehen.«

Sara warf dem Arzt noch einen scharfen Blick zu, dann zog Taha sie aus der Praxis.

Unterwegs schwieg sie zunächst, fuhr dann aber plötzlich auf: »Eins verstehe ich nicht: Hattest du nicht gesagt, du kennst ihn nicht?«

Ohne ihr in die Augen zu schauen, antwortete er: »Ich kannte ihn wirklich nicht. Ich hab ihn heute zum ersten Mal getroffen.«

»Das kann ja wohl nicht sein, ich hab dich doch gerade, bevor ich reinkam, mit ihm wiehern gehört.«

Nervös zündete Taha sich eine Zigarette an. »Genau das üben wir ja in der Firma: möglichst schnell eine Beziehung zu den Ärzten aufzubauen.«

»Du kannst dir nicht vorstellen, was mir da durch dich entgangen ist! Ich hab nämlich rausgefunden, dass Machrûs Bergas gar nicht der einzige Fall war. Was sagst du dazu? Andere Leute sind vorher schon auf die gleiche Art umgekommen.«

Tahas Herz schlug schneller. »Wer genau?«

»Ich hab beispielsweise durch Zufall entdeckt, dass der Rechtsanwalt Mûssa Atîja an genau den gleichen Symptomen gestorben ist. Und nicht nur er. Sulaimân vom Lord auch. Und jetzt auch noch Machrûs Bergas.«

»Guckst du vielleicht zu viel *Detektiv Korombo**?«

»Ich bin doch nicht schwachsinnig. Sieh dir das mal an!« Sie öffnete ihre Handtasche, nahm ein paar Papiere heraus und drückte sie ihm in die Hand. Sie enthielten eine Reihe von Berichten mit den Todesursachen der darin erwähnten Personen. Taha las, und Sara fuhr fort: »Ich bin durch Zufall darauf gekommen, als ich von jemandem gehört hab, dass Mûssa Atîja keines natürlichen Todes gestorben ist. Da hab ich mich mit seiner Frau getroffen. Aber die wollte nichts dazu sagen

* Eine ägyptische Trickfilmserie. *(Anm. d. Übers.)*

und beschuldigte Murtada Mansûr und Farîd al-Dîb und all die andern grossen Anwälte. Als ich die Namen hörte, sagte ich mir, offen gestanden, nur: Das wird der Knüller der Saison, ein Mord unter den Staranwälten! Ich machte weiter und erhielt dann von einem Bekannten die Berichte. Die Formulierung ›Fremdkörper, die entlang der gesamten Speiseröhre eingedrungen sind‹ fiel mir sofort auf. Gleichzeitig erkundigte ich mich nach Mûssas Beziehung zu den Leuten, die seine Frau beschuldigte. Und es stellte sich heraus, dass die drei die dicksten Freunde gewesen waren! Ich kam wieder zu mir und sagte mir: Das Thema ist gestorben. Aber dann bekam ich einen Anruf von derselben Quelle, und die sagte, es gebe noch einen Fall mit den gleichen Symptomen. Diesmal war es Sulaimân, der Lord. Dieselbe Diagnose – aber jetzt gab es mehr Einzelheiten. Es stellte sich heraus, dass es sich bei den Fremdkörpern um Diamantenstaub handelte. Wieder fing ich an zu zweifeln. Konnte das ein Zufall sein? Dann hörte ich von Doktor Sâmis Erklärung über Bergas. Er war nämlich hier in Ägypten sein behandelnder Arzt gewesen.«

Winzige Schweissperlen traten Taha auf die Stirn. »Hinter jedem Todesfall siehst du ein Geheimnis. Du musst verrückt geworden sein.«

»Versteh doch, mein Lieber, diese Symptome sind nicht normal! Ausserdem gibt es Gemeinsamkeiten: Alle Todesfälle ereigneten sich in derselben Gegend. Alle Opfer waren etwa drei Monate lang krank. Alle drei starben einen sehr schmerzhaften Tod. Zwei von ihnen starben an der gleichen Substanz in der Speiseröhre – und ich bin mir sicher, dass es bei dem dritten nicht anders ist. Es gibt ein Muster.«

»Alle drei waren Schurken!«

»Genau. Und das deutet darauf hin, dass ein und dieselbe Person hinter ihrem Tod steckt.«

»Ich denke, das sind nur Zufälle.«

»Ich glaube nicht an Zufälle. Der Tod deines Vaters war kein ...«

Taha warf seine Zigarette weg, wandte sich zu ihr und unterbrach sie: »Mein Vater geht dich nichts an!«

Sara wurde wütend. »Was? Soll ich etwa den Mund halten, genau wie du damals den Mund gehalten hast, als die Ermittlungen eingestellt wurden?«

Taha wurde laut. »Du bist ganz schön provokant. Was hätte ich denn tun sollen?«

»Aufhören, so negativ zu sein! Nach der Wahrheit suchen!«

»Ich und negativ? Du willst mich ja nur für deine Zwecke einspannen, weil du Journalistin bist. Bei dir geht es immer nur um Recherchen, Recherchen, Recherchen. Nie im Leben wirst du was verstehen! Und weisst du auch, warum? Weil du denkst, alle Leute warten nur darauf, dass du ihnen Ratschläge erteilst. Komm doch erst mal wieder zu dir!«

»Warum? Meinst du, ich bin betrunken?«

»Nein, das verhüte Gott. Ich bin der, der betrunken ist.«

Damit war das Gespräch zu Ende. Sie öffnete die Autotür, und weg war sie.

Taha kehrte nach Hause zurück und versuchte das Hämmern in seinem Kopf, das sich schon wieder bemerkbar machte, zum Schweigen zu bringen. Er klopfte an die Wohnungstür, aber niemand reagierte darauf. Jassir war offenbar schon ins Café gegangen, um sich mit ein paar Dampfsteinen in der Wasserpfeife das Hirn durchzupusten. Taha steckte den Schlüssel ins Schloss. Drinnen stellte er sein Köfferchen auf den Boden und legte ab. Er hatte Durst, ging in die Küche und öffnete den Kühlschrank. Dabei hob er den Arm und schnupperte an seiner Achselhöhle. Nach einem letzten Schluck zog er sich das Unterhemd aus. Auf dem Weg ins Bad hörte er die Türklingel. Er schaute durch den Spion, konnte aber nichts sehen. Es war, als blickte er in eine Höhle. Auch als er auf den Lichtschalter drückte, änderte sich nichts. »Diese verdammten chinesischen Glühbirnen!«, seufzte er leise.

Noch einmal klopfte es, dann hörte er eine undeutliche Stimme, die er nicht erkannte. Er öffnete die Tür einen Spaltbreit, ohne jedoch die Kette zu lösen. Im selben Moment fuhr eine scharfe Zange dazwischen und kniff die Kette glattweg durch. Danach war alles nur noch wie in einem verschwommenen Traum. Als Taha versuchte, die Tür wieder zu schliessen, erhielt er einen so heftigen Schlag aus der Dunkelheit, dass er mehrere Meter rückwärts flog. Er stiess gegen die Schreibtischkante und fiel auf den Rücken. Als er die Augen wieder öffnete, konnte er keine Details ausmachen, denn seine Brille war fortgeschleudert worden. Alles um ihn herum wackelte, wie die Kronleuchter bei einem Erdbeben. Nur ein riesiger Schatten kam auf ihn zu, packte ihn am Kragen und versetzte ihm einen solchen Fausthieb, dass ihm sofort jegliche Lust auf Widerstand verging. Er fiel zu Boden, und die Person packte seine Füsse und zog ihn hinter sich her. Sie schleifte ihn bis in den dritten Raum und warf ihn dort auf den nackten Boden. Taha versuchte, zu begreifen, was vor sich ging, aber schon erhielt er einen weiteren Hieb, so dass er gegen die Wand schlug und endgültig zusammensackte.

*

»Taha! Taha! Taha!«

Eine Stimme, die aus der Hölle kam. Ein salziger Geschmack im Mund. Ein auf ihn gerichteter, blendend heller Lichtstrahl, der ihn zwang, die Augen zu schliessen. Und dann noch dieser Kopfschmerz, so stark, dass ihm fast der Schädel platzte! Als er zum zweiten Mal die Augen öffnete, konnte er ein paar Einzelheiten erkennen. Vor ihm stand jemand. Er brauchte noch ein paar Sekunden, um zu begreifen, dass er sich kopfüber im Stuhl seines Vaters befand. Eine weitere Person kam herein und schüttete ihm aus dem Eimer, der unter dem Waschbecken gestanden hatte, einen Schwall fauliges Wasser ins Gesicht.

»Setz ihn richtig hin!«

Der mit dem Eimer befolgte den Befehl wortlos. Er kam auf Taha zu und drehte ihn um wie ein Hühnchen. »Du H… sohn!«

Diesem hässlichen Schimpfwort, anhand dessen er Service' Stimme identifizieren konnte, folgte ein Fausthieb, der Tahas Hoden aufschreien liess. Taha selbst gab dabei keinerlei Laut von sich, weil sein Mund mit Klebeband verschlossen war. Ganz zu schweigen von dem dünnen Draht, der seine Hände an den Armlehnen fixierte.

»Scheisse, sei ruhig, damit er reden kann!«

Taha erkannte Walîd Sultâns Stimme. Allmählich wurde sein Blick klarer. Vor ihm hatte sich Service aufgebaut wie eine Mauer kurz vor dem Einsturz. Sein ausgezehrtes Gesicht wirkte äusserst bedrohlich. Keuchend vor Wut stand er da, in der Hand die Zange, die eben noch die Türkette durchgekniffen hatte. Mit grosser Kraft hebelte er sie auf und zu, kam näher und fuhr Taha mit ihr zwischen die Beine. Der schrak zurück.

»Was denn? Ist das Täubchen weggeflogen oder was?« Er nahm Tahas Zeigefinger zwischen die rostigen Backen der Zange und hob dabei seine eigene linke Hand, um ihm die beiden fehlenden Fingerglieder zu zeigen. Währenddessen stand Walîd Sultân am Fenster, zündete sich eine Zigarette an und blickte auf die Strasse hinunter. »Du weisst noch nicht, wie das ist, wenn man dir einen Finger abkneift«, sagte Service lachend und wollte gerade die beiden Metallbacken zusammenpressen, als Walîd schrie: »Serviiiiiice!«

Der Schrei war laut genug, um Service daran zu hindern, den Finger abzutrennen. Der kalte Schweiss lief Taha über die Stirn.

»Geh uns zwei Gläser Tee machen!«

»Tee? Aber Pascha!«

»Wie viel Zucker für Sie, Taha?« Der antwortete natürlich nicht, und so übernahm Walîd die Antwort: »Zwei Löffel, denk ich mal. Oder gib ihm drei, Service!«

Grollend zog dieser sich zurück. Walîd nahm sich einen Stuhl, um Taha gegenüber Platz zu nehmen. In der Hand hielt er Hussains Heft. Kaum war Tahas Blick darauf gefallen, wich ihm auch schon alles noch verbliebene Blut aus dem Gesicht. Walîd blies den Rauch seiner Zigarette an die Decke, dann streckte er die Hand nach dem Klebeband aus und riss es so schnell ab, dass Taha vor Schmerz aufstöhnte.

»Dieser dumme Service! Er wollte Sie heute Nacht umbringen. Grosser Gott, wenn ich nicht hier gewesen wäre, wer weiss, was dann passiert wär!«

»Wo ist Jassir?«

»Ihr Freund? Beten Sie, dass er jetzt nicht kommt!« Walîd kratzte sich am Kinn und blickte in das Heft. Er blätterte es durch und hielt dann plötzlich inne. »Hagg Hussain, all das hier hätte ich gar nicht von ihm gedacht. Er war ein Held, ja, wirklich! Lassen wir mal das Gesetz und das ganze dumme Zeug beiseite. Dieser Mann hat dem Land mehr gedient als irgendeiner von den Grossen … Hören Sie, hören Sie mal, was er hier schreibt: ›Sind wir denn alle blind geworden? Haben wir die Fähigkeit verloren, die Infektionsherde zu beseitigen, die eine Amputation unausweichlich machen werden? Wenn niemand sonst sich bewegt, vergesse ich mein Gebrechen. Ich werde die Rache des Schicksals an ihnen sein. Ich werde ihre schon vor Jahren abgestorbenen Wurzeln herausreissen. Die Wurzeln ihres Baums, von dem aus die Vögel ihren Kot auf uns fallen lassen. Des Giftbaums. Ich bin dann nicht mehr Teil dieser Welt. Ich klopfe an die Tore der Hölle. Ich bin Johannes der Täufer, und sollte man mir den Kopf abschneiden! Mord ist dann nur noch die Nebenwirkung einer Arznei, die das sterbende Land kuriert.‹ Sein Stil ist einfach sagenhaft! Auch diese Stelle hier: ›... verrottete Persönlichkeiten und tote Seelen. Ich sehe schon die Staubkörnchen in ihren Mündern, wenn ich mich von diesem Auswurf befreie.‹ Haben Sie gehört: ›die Staubkörnchen in ihren Mündern‹? Ist das nicht stark? Als ich zufällig den Stuhl auseinandergeklappt habe, um mich draufzusetzen, hab ich diese Überraschung darin gefunden.« Taha sah ihn konsterniert an. Er sagte kein Wort, bis Walîd fortfuhr: »Service hat mir da vielleicht eine Geschichte erzählt – die würden Sie gar nicht glauben! Dieser Junge weiss, dass es mit ihm zu Ende geht. Aber er ist noch stark. Ein richtiges Ungeheuer, der Hundesohn! Übrigens weiss er, was Sie getan haben. Der hat sein ganzes Leben auf der Strasse zugebracht. Und Sie sind keiner, der ihn reinlegen könnte.«

»Er hat meinen Vater umgebracht.«

»Sie haben recht, Auge um Auge. So heisst es im Gesetz unseres Herrn. Niemand kann Ihnen einen Vorwurf machen.«

»Und all das, nur weil ich Anzeige erstattet habe, als er in der Apotheke randaliert hat.«

Walîd schüttelte den Kopf. »I wo, da geht es um viel grössere Dinge, Taha.«

Im selben Moment erschien Service mit zwei Teegläsern auf einem Tablett in der Tür. In der anderen Hand hielt er eine schwarze Plastiktüte. »Tee!«

Walîd trank einen Schluck, dann nahm er Tahas Glas und drückte es ihm in seine an die Armlehne gefesselte Hand. »Trinken Sie, Taha!«

Ein paar Schritte entfernt stand Service und durchbohrte ihn mit seinen Blicken. »Trink, du Sohn einer ...! Dir werd ich's zeigen, dass dir Hören und Sehen vergeht! Du willst mich vergiften? Mich umbringen? Mich, Service? Damit du's weisst: Ich lass mich operieren, und dann geht's mir wieder bombig. Aber den Tag erlebst du nicht mehr, du H...sohn. Dann bist du schon bei deinem Vater, der neugierigen Nase, die sich selbst ins Unglück gebracht hat.«

»Service, hör auf!«, rief Walîd ihm zu.

Taha konnte nicht sprechen. Das Ganze schien ihm wie ein Albtraum, aus dem es kein Entrinnen gab. Sein Blutdruck sackte ab, er verlor die Kontrolle über die Nerven seiner Hand, begann zu zittern, und das Glas fiel herunter.

»Und auf deine Seele kannst du dann scheissen«, setzte Service noch eins drauf.

Walîd ging langsam zur Tür. Die Hände in den Taschen, sah er Taha noch einmal an. »Service ist so böse, dass ich gar nicht mehr weiss, was ich tun soll. Soll ich dich losbinden, oder soll ich zulassen, dass er sich an dir rächt?«, fragte er. Dann meinte er lächelnd zu Service: »Das ist das erste Mal, dass ich sehe, wie jemand sich im Voraus für seinen eigenen Tod rächt.«

Service kam näher und hielt die schwarze Tüte auf. »So Gott will, Pascha, gibt es gar keinen Tod oder so was. Warten Sie bitte mal zwei Minuten draussen, Exzellenz!«

Walîd antwortete nicht und ging hinaus.

»Diesmal nehm ich 'ne Tüte«, sagte Service und hielt sie Taha vors Gesicht. »Weil dein Vater letztes Mal so 'ne Sauerei gemacht hat. Grüss ihn von mir!«

Taha lief der Schweiss von der Stirn und mischte sich mit der Blutspur, die von seinen Lippen rann. Sein Gesicht wurde blass, seine Atemzüge schneller, und das Herz klopfte ihm bis zum Hals. Bevor er auch nur ein Wort sagen konnte, hatte Service ihm schon die Tüte über den Kopf gestülpt und hielt die Ränder so fest zu, dass er keine Luft mehr bekam. Er hatte noch versucht, so tief wie möglich einzuatmen, so viel Luft einzuziehen, dass es für eine knappe Minute reichen würde. Aber sein Herz raste vor Angst, und die angehaltene Luft entwich zum Teil gleich wieder. Verzweifelt rang er nach Atem. Aber nur die Tüte bewegte sich vor seinem Mund nutzlos vor und zurück. Er verkrampfte sich und versuchte, seinen Kopf aus Service' Griff zu lösen. Aber er sass so fest wie ein Nagel im Schraubstock. Service drückte ihm auf beiden Seiten des Halses die Schlagadern mit solcher Kraft zu, dass Taha in einen Abgrund stürzte. Ihm wurde schwarz vor Augen, seine Finger verkrampften sich mehr und mehr, seine Füsse trampelten wie verrückt auf den Boden, und seine Seele war kurz davor, aus seinem Mund zu entweichen – da war plötzlich alles vorbei. Sein Hals war wieder frei, und er spürte neben sich einen harten Aufprall. Ein paar Sekunden später wurde die Tüte von seinem Hals gelöst, er holte tief Luft und hustete so heftig, dass er sich fast erbrach. Als er seine Augen wieder öffnete, wartete eine Überraschung auf ihn: Zu seinen Füssen lag Service bewegungslos und mit weit aufgerissenen Augen auf dem Bauch. Vor dem Mund hatte er weissen Schaum. Seine rechte Hand krampfte noch einen Moment und erschlaffte dann. Neben ihm stand Walîd Sultân mit einem schwarzen Gerät in der Hand, das wie ein elektrischer Rasierapparat aussah. Lächelnd drückte er auf einen Knopf, man hörte ein scharfes elektrisches Knistern und sah einen tanzenden blauen Funken.

»Keine Angst, das ist ein Elektroschocker. Hab ich Ihnen nicht gesagt, dieser Service ist dumm? Das Ungeheuer hat doch ganz vergessen, dass ich Polizist bin. Nur weil man gegen mich ermittelt, hat er gedacht, wäre ich genauso ein Dreckskerl wie er selbst.« Walîd zog ein rotes Schweizer Messer aus der Tasche, griff nach dem Draht, mit dem Taha gefesselt war, und schnitt ihn durch.

Taha stand auf und lehnte sich an die Wand. »Ist er tot?«

Walîd ging zu Service hinüber und trat ihn mit dem Fuss, aber er bewegte sich nicht und gab auch keinen Laut von sich. »So ein Rüpel! Kommen Sie Taha, setzen Sie sich!« Er selbst zog sich den Holzstuhl heran und nahm Platz. Seine Schuhe stellte er dabei neben Service' Kopf, nachdem er ihn mit dem Absatz zur Seite geschoben hatte. Taha kam näher und setzte sich in den Stuhl seines Vaters. »Haben Sie etwa gedacht, ich würde Sie im Stich lassen?«

»Ich verstehe nicht.«

»Service hat mitten in der Nacht an meine Tür geklopft. Sie sehen ja, in welchem Zustand er ist. Ich liess ihn hereinkommen und lud ihn zu einer Zigarette ein.« Walîd zog eine Schachtel Zigaretten heraus und zündete Taha eine davon an. Dann fuhr er fort: »Er erzählte mir, er werde langsam vergiftet. Die Ärzte hätten ihm gesagt, ein seltsames Pulver wär in ihn eingedrungen und hätte zu Knoten und Geschwüren geführt. Und dass es für ihn sehr wenig Hoffnung gebe. Als er fragte, was für ein Pulver, sagten sie ihm: ›Wir haben eine Kultur angelegt und es analysiert. Es hat sich herausgestellt, dass es Diamantenstaub ist.‹ Diamanten? Wo hatte ich diese Geschichte schon mal gehört? Genau, diese Schwuchtel, die den Wahlbezirk gewonnen hat. Die mich zu Hause festgesetzt hat. Der hatte mir gesagt, dass sein Vater aus demselben Grund gestorben ist. Diamantenstaub! Mein Gott! Ich fragte Service, wer seiner Meinung nach dafür verantwortlich ist. ›Taha‹, sagte er. Taha? Der aus der Apotheke? Dieser anständige, ruhige, liebenswerte Junge? Warum sollte er so was tun? ›Weil der Junge fertig ist seit der Sache mit seinem Vater und sich in den Kopf gesetzt hat, dass ich das war‹, antwortete er. Vor allem erzählte Service mir aber von der Rezeptur und dass nur Sie ihm das angetan haben konnten. Ich weiss nicht, warum, aber offen gestanden begann die Sache mich zu interessieren. Ich brachte ihn also zum Reden und gab ihm zu verstehen, wenn ich ihm helfen solle, müsse er mir alles von A bis Z erzählen.«

In dem Moment brüllte Service auf. Es hörte sich an wie das Gähnen eines Nilpferds. Walîd griff sich den Elektroschocker und versetzte ihm schnell eine Ladung hinters Ohr, die jede Auflehnung schon im Keim erstickte. Service fiel wieder in tiefen Schlummer.

Walîd stand auf und löschte das Licht im Zimmer, dann ging er zum Schreibtisch, legte das Heft darauf ab, nahm das Fernglas, hielt es sich vor die Augen und sah auf die Strasse hinunter. »Das Ganze ist überhaupt nicht so, wie Sie es sich vorstellen, Taha. Das ist ein viel grösseres Ding als nur ein Streit zwischen Ihnen und diesem Nichtsnutz.« Taha wusste nicht, was er sagen sollte, und Walîd fuhr fort: »Deshalb war ich auch einverstanden, mit hierherzukommen. Erstens wollte der Typ Ihnen Böses, und Sie sind ein anständiger Kerl. Und zweitens wollte ich hinter die Sache mit Ihrem Vater kommen – und die Sache mit dem Diamantenstaub. Als ich dann das Heft fand, war mir alles klar. Das Geheimnis Ihres Vaters ist zu gross, als dass Sie es allein bewahren könnten. Oder denken Sie da anders?«

»Ich sehe, dass Ihre Beziehung zu Service anders ist, als ich dachte.«

»Natürlich. Wissen Sie, wer dieser Service ist? Er ist die wichtigste Person in diesem Land. Kennen Sie einen Klempner? Service ist genau wie ein Klempner. Können Sie sich vorstellen, dass jemand ohne einen Klempner leben könnte? Ich selbst brauche ihn ständig bei meiner Arbeit. Es muss eine Verbindung zwischen der Welt oben und der Welt unten geben. Jemanden, der die Abflüsse reinigt, die man mit der Hand nicht erreichen kann. Der die Löcher in den Kanälen schliesst. Der für einen nach etwas sucht, das man verloren hat. Der an die Kakerlaken herankommt, die einen stören. Solange man etwas von ihm will, erträgt man auch seinen Geruch, den Ekel vor ihm, seinen Tee, seine Zigaretten und dass er einem die Seife aus dem Bad klaut. Aber wissen Sie, ab wann das nicht mehr gutgeht? Wenn man von diesem Klempner verlangt, dass er einem die Wohnung einrichtet. Stellen Sie sich vor: ein Klempner als Innenarchitekt! Darin liegt der Fehler: dass man ihn mit etwas betraut, das nicht zu ihm passt.« Walîd zeigte zum Fenster. »Ihr Vater sass seit vielen Monaten immer an diesem Platz. Er amüsierte sich. Daran war nichts Schlimmes, solange das Licht ausgeschaltet war. Bis dann einmal das Licht im Zimmer brannte und ihn jemand entdeckt hat. Er wurde genauso beobachtet, wie er selbst die andern beobachtet hat. Denn wenn man aus dem Fenster schauen kann, kann man durch ebendieses auch selbst gesehen werden.«

Als Taha einfiel, wer das Licht damals angeknipst hatte, wurde ihm beklommen zumute. »Ich selbst hab es angeschaltet«, stöhnte er leise.

»Es ist nicht Ihre Schuld, dass er in der Villa etwas gesehen hat, was er nicht hätte sehen sollen. Etwas, weswegen Service den Auftrag erhielt, Ihren Vater zum Schweigen zu bringen. Und das tat er. Service kam nicht Ihretwegen, er kam wegen

Ihres Vaters. Dass Sie auch anwesend waren, war reiner Zufall.«

Taha schluckte. »Und warum hat er Ihnen all das erzählt?«

»Service hat es mir erzählt, weil alle ihn betrogen hatten. Weil er verzweifelt war. Nur weil er krank war und alle wussten, dass er sterben würde, verzichteten sie auf seine Dienste. Und wenn der Klempner nicht zu seinem Recht kommt, verstopft er einem eben die Rohre, bevor er nach Hause geht, damit man ihn doch noch mal benötigt.«

»Und Sie haben beschlossen, ihm zu helfen?«

»Natürlich. Service wollte zwei Fliegen mit einer Klappe schlagen: Er wollte mir sein Geheimnis anvertrauen und von mir dabei unterstützt werden, sich an Ihnen zu rächen.«

»Und was interessiert Sie an seinem Geheimnis?«

»Gute Frage. Es war Hâni Bergas, der Service zu Ihrem Vater geschickt hat. Derselbe, der mich aus dem Dienst hat entfernen lassen. Service und ich hatten ein gemeinsames Interesse, verstehen Sie?«

»Das heisst, Hâni Bergas ...«

»... forderte den Kopf Ihres Vaters«, unterbrach Walîd ihn. »Er war offenbar in der Villa, als das Licht angeschaltet wurde. Er sah Ihren Vater und wusste, dass der ihn beobachtet hatte.«

»Und was war in der Villa los?«

»Das erfahren wir nach der Werbepause«, sagte Walîd und beugte sich über Service. Er fühlte ihm den Puls am Hals und meinte: »Mehr weiss dieser Esel selbst nicht.« Dann zog er eine leere Spritze aus der Tasche. »Natürlich müssen offiziell andere das Urteil über ihn fällen. Aber erlauben Sie mir, dass ich diesmal Sie dazu einlade!« Walîd nahm die Spritze aus der Zellophanhülle, steckte die Nadel hinein und zog an dem Kolben, bis die Spritze mit zehn Kubikzentimeter Luft gefüllt war. Dann zog er Service' Kopf zu sich heran, dieser begann zu stöhnen und zu röcheln. Walîd stach ihm die Spritze in eine hervortretende Vene und drückte die gesamte Luft hinein. Taha sah erschrocken zu und wich so weit zurück, dass er schliesslich mit dem Rücken gegen die Wand stiess. Walîd wiederholte den Vorgang, dann legte er Service ein paar Minuten – lange genug, damit sich ein mächtiger Thrombus bilden konnte – die Hand in den Nacken. Als der Blutkreislauf zusammenbrach, verkrampften sich Service' Finger und wurden von einem Nervenzittern geschüttelt. Er erstickte, und sein Herz, das seit dem Augenblick seiner Geburt unaufhörlich geschlagen hatte, blieb stehen. In aller Ruhe stand Walîd auf. Er zog die Spritze aus der Vene, wickelte sie in ein Taschentuch und steckte sie ein.

»Was ist, Herr Doktor, haben Sie damals an der Universität nicht auch schon Tote gesehen?«

»Ist er tot?«

»Ägypten hat zurzeit achtzig Millionen Einwohner. Ich glaube nicht, dass einer davon Service vermisst.« Walîd kam näher, und Taha drückte sich fest an die Wand. »Sie sind überrascht? Ist es nicht genau das, was Sie wollten? Nicht das, was Ihr Vater gewollt hatte?«

Aus Tahas Nase floss ein dünner Faden Blut. Seit dem Überfall war dies bei ihm chronisch geworden. Die feinen Kapillaren platzten bei jeder Art von Stress.

Walîd zog ein Taschentuch heraus und wischte Taha die Nase ab. »Wir können uns nicht unterhalten, wenn Sie in diesem Zustand sind.«

»Worüber sollen wir uns denn unterhalten?«

Walîd kratzte sich an der Nase. »Nun, wir haben eine Menge zu tun. Sie müssen ruhig bleiben!«

»Ich soll ruhig sein?«

»Ich habe Ihnen einen Dienst erwiesen«, unterbrach Walîd ihn. »Sie könnten jetzt an seiner Stelle sein. Ich rufe Sie morgen wegen eines Treffens an.« Dann nahm er sich Hussains Heft vom Schreibtisch. »Das behalte ich noch ein bisschen.« Er steckte es ein und wischte das Teeglas und ein paar Stellen ab, die er berührt hatte. Anschliessend zog er sein Handy heraus, tippte ein paar Sekunden darauf herum, hielt es in Tahas Richtung, der wie versteinert neben Service' Leiche stand, und machte ein Foto. »Warum lächeln Sie nicht?«, fragte er schmunzelnd.

»Wollen Sie mich etwa mit ihm allein lassen?«

»Sind Sie denn noch ein Kind? Sie sind doch Doktor, haben Sie da nicht gelernt, Leichen zu sezieren? Vierteilen Sie ihn, und warten Sie morgen auf meinen Anruf!«

Erregt rannte Taha zu ihm und hielt ihn an den Kleidern fest. Aber Walîd wandte sich um und verdrehte ihm dabei so heftig das Handgelenk, dass er aufstöhnte.

»Wollen wir jetzt weich werden und zu sabbern anfangen? Dann bedenken Sie eines: Ich hab Sie in der Hand. Ich hab die Papiere Ihres Vaters, und Ihr Foto ist auf meinem Handy. Kommen Sie zur Vernunft, und denken Sie bloss nicht daran, das anzuzeigen! Die Sache ist gegessen.« Er versetzte Taha einen so heftigen Stoss, dass der neben die Zimmertür fiel. »Morgen sind wir verabredet. Und überlegen Sie es sich gut: Wenn Sie abhauen sollten, finde ich Sie!«

Walîd steckte seinen Kopf vorsichtig durch die Tür, um sich zu vergewissern, dass der Flur leer war, dann ging er in aller Ruhe hinaus.

Taha blieb fünf Minuten auf dem Boden liegen und versuchte, zu begreifen, was passiert war. Er suchte nach seiner Brille, bis er sie endlich in einer entfernten Ecke fand, und nahm zwei von seinen Pillen, um sein Gleichgewicht wiederzugewinnen. Er hatte nicht die Kraft, ins Zimmer zu gehen, und so setzte er sich für eine Weile, die ihm sehr lang vorkam, an den klapprigen Esstisch, bis er den Schlüssel im Türschloss hörte.

19

»Warum sitzt du so da? Was ist los, Junge? Was hast du denn da im Gesicht, hast du dich geprügelt? Und wer liegt da auf dem Boden? Ach, du Scheisse!«

»Setz dich, Jassir!«

Eine halbe Stunde lang erzählte Taha Jassir seine Geschichte. Er berichtete vom Geheimnis seines Vaters, von Walîd Sultân, Hâni Bergas und von Service, der jetzt im Zimmer auf dem Boden lag und darauf wartete, dass sie sich entschieden, wie sie ihn beseitigen sollten.

Jassir war wie vom Donner gerührt, er stand auf und sprang wie verrückt um Taha herum. Er warf einen flüchtigen Blick ins Zimmer, dann sagte er: »Mist, wir sitzen in der Tinte. Gott strafe dich und deinen Vater! Ich hab mit dem Ganzen nichts zu tun, das geht mich alles gar nichts an.«

Taha wurde böse. »Willst du etwa abhauen und dich ins Unglück stürzen? Du wirst dich jetzt hinsetzen und dich wie ein Mann benehmen. Und sei ruhig, damit ich nachdenken kann!«

»Was gibt's denn da noch nachzudenken? Da kann man nur auf Notwehr plädieren. Sonst gelte ich als dein Komplize, weil ich bei dir war. Paragraph 40, mein Lieber, dort heisst es: Wer dem Täter eine Waffe oder ein Tatwerkzeug oder irgendwelchen andern Mist besorgt, der bei der Begehung des Verbrechens eingesetzt wird oder auf irgendeine Art und Weise dazu geeignet ist, das Verbrechen vorzubereiten, zu erleichtern oder zu vollenden, wird als Mittäter betrachtet.«

»Notwehr geht nicht. Es gibt inzwischen eine Million Dinge, die auf das Motiv hinweisen. Zuallererst Wâils Aussage – er ist der Junge, der bei mir in der Apotheke arbeitet. Ich könnte Stein und Bein schwören, niemand würde mir glauben. Und Walîd hat mir auch gedroht, falls ich Anzeige mache.«

Jassir wollte zur Tür gehen, doch dann zögerte er. Er schlug sich gegen die Stirn und setzte sich wieder zu Taha. »Man wird uns hinrichten, Gott strafe dich! Und die Kaution liegt bei mindestens fünfzehntausend!«

Taha schwieg eine Weile, während sein Verstand rotierte wie eine Windmühle im Orkan. »Und wenn es keine Leiche gibt?«

»Dann gibt es auch keinen Prozess.«

»Dann komm!«

Taha und Jassir zogen die Leiche an den Füssen hinter sich her. Sie wog eine Tonne, jedenfalls kam es ihnen so vor, als sie sie in die Badewanne wuchteten. Jassir ging und kaufte auf Tahas Anweisung hin Tüten mit Salz und Ammoniaksalz. Die leerte Taha über dem Toten aus, bis dessen Gesicht nicht mehr zu sehen war. Dann riss er den Duschvorhang herunter und deckte Service damit zu. »So kann er bis zum Morgen warten, ohne dass er zu stinken anfängt.«

»Und morgen mischen wir ihn mit trockenem Brot, oder machen wir einen Auflauf aus ihm?«

»Morgen findet sich eine Lösung.«

Die Nacht verging in Schweigen. Jassir schluckte ein paar Pillen, bis ihn der Schlaf im Sitzen übermannte. Von Zeit zu Zeit fing er kurz zu zittern an oder gab unverständliche Laute von sich. Taha indessen sass bis in die ersten Morgenstunden hinein in seinem Zimmer und starrte an die Decke.

»Jassir! Jassir, steh auf!«

Jassir schlief mit offenem Mund auf der Sofakante im Wohnzimmer, und der Speichel tropfte ihm auf die Kleider.

Taha beschrieb ihm die Geschäfte in der Gaischstrasse, die Chemikalien verkauften. In seiner Studienzeit war er dort oft

Kunde gewesen. »Besorg zehn Flaschen Natronlauge, aber höchstens eine oder zwei in einem Laden! Die nehmen es heute sehr genau.«

»Und warum ich?«

»Gut, dann bleib du bei Service, und ich gehe.«

»Ich geh ja schon.«

»Nimm ein Taxi, und halt dich nicht zu lange auf. Wenn jemand Fragen stellt, drück ihm zehn Pfund in die Hand!«

Drei Stunden später kam Jassir fluchend und schimpfend mit einem Karton voll ätzender Flüssigkeit zurück. Taha schloss sich mit seinem Gast, der eine ins Grünliche spielende blassblaue Färbung angenommen hatte, im Bad ein. Er öffnete die erste Flasche, zögerte dann aber, verschloss sie wieder und ging in die Küche. Er zog eine Schublade auf, nahm ein Fleischerbeil heraus und ging damit ins Bad zurück. Dort beugte er sich über den Toten und nahm dessen Hand, die Hand, an der zwei Fingerglieder fehlten – Service' Erkennungszeichen. Er drückte sie auf den Badewannenrand, hob das Beil und schlug mit aller Wucht und mit geschlossenen Augen zu. Er brauchte mehrere Hiebe, bis die Hand abgetrennt war. Als die Knochen brachen, gab es ein lautes Knacken. Taha fasste die Hand am kleinen Finger, warf sie in einen Plastikbeutel, schüttete Salz hinein und legte ihn dann ins Gefrierfach. Anschliessend band er sich ein altes Unterhemd um den Kopf, um seine Nase vor dem Gestank zu schützen, und ging zurück ins Bad. Nachdem er den ausgestreckt daliegenden Körper seiner Kleider und Accessoires beraubt hatte, leerte er die Flaschen mit der ätzenden Flüssigkeit eine nach der anderen darüber aus. Dann liess er ihn allein, damit er sich in aller Ruhe auflösen konnte.

Als er gerade die Badezimmertür schloss, schellte es. Jassir fuhr zusammen, und Taha zog ihn am Ellenbogen. »Rein mit dir, verdammt noch mal!«

Taha zog die Vorhänge zu, um die Wohnung abzudunkeln, und vergewisserte sich, dass alle Türen geschlossen waren. Er machte ein verschlafenes Gesicht und öffnete dann die Wohnungstür. Vor ihm stand Sara.

»Musst du heute nicht zur Arbeit, oder schmollst du noch wegen gestern?«, fragte sie.

»Weder noch. Ich hab geschlafen.«

Sara kam auf ihn zu und blickte ihn an. »Was hast du da im Gesicht? Hast du dich geprügelt?«

»Darüber reden wir später, in Ordnung?«

Plötzlich war sie sehr besorgt, nahm seinen Kopf in beide Hände und blickte ihm prüfend in die Augen. »Was ist passiert?«

»Ooch, nichts, hab ich dir doch gesagt.«

Sara liess sich nicht gern abwimmeln und verzog schmollend den Mund. »Weisst du überhaupt, wie du aussiehst?«

»Also gut, ich hab mich geprügelt.«

»Wann denn?«, fragte sie und erhaschte einen Blick über seine Schulter auf die verstreut herumliegenden Sachen.

»Gestern«, sagte Taha, und als sie auf das Riesenchaos in seiner Wohnung starrte, versuchte er zu erklären: »Umm Fathi macht gerade sauber.«

Sara tat, als wolle sie gehen, aber als er schon die Tür schliessen wollte, sagte sie: »Irgendwas stimmt hier doch nicht!« Sie stiess ihn zur Seite und trat mitten ins Wohnzimmer. »Das ist das erste Mal, dass ich in deiner Wohnung bin.« Sie blickte auf den Esstisch, der bei der Rauferei am Vorabend umgeworfen worden war. »Wo ist der Alien?«

Taha versuchte, sie am Handgelenk fortzuziehen. »Er ist nicht hier. Und was du hier machst, gehört sich nicht. Jetzt benimm dich mal!«

»Aber wer hat das Licht im Bad angemacht?«

»Ich hab doch gesagt, Umm Fathi ist drin, Sara«, schrie er sie an, als sie ihm wie ein Stück Seife entschlüpfte.

»Warum bist du so schlecht gelaunt?«

»Tu mir den Gefallen, und lass mich jetzt allein!«

»Mit wem hast du dich denn geprügelt?« Ihr Blick fiel auf die fremden Kleider, die weder nach Taha noch nach seinem Freund aussahen. Fragend runzelte sie die Stirn. »Und was ist das?«

Bevor sie eine weitere Frage stellen konnte, zog er sie so fest am Arm, dass seine Finger einen Abdruck hinterliessen. »Du weisst nicht, wie ich bin, wenn ich in Rage komme!«

Sara sah ihn scharf an, dann machte sie sich von seiner Hand frei und ging in einem Anfall weiblicher Wut hinaus – den Blick auf die Kleidungsstücke geheftet, die Taha gerade mit den Füssen unter das Sofa schob.

*

Service brauchte neun Stunden, bis er grösstenteils durch den Abfluss verschwunden war. Er hinterliess unerträglich widerliche Dämpfe und eine Schaumschicht, ähnlich der, wie sie sich auf einer Knochenbrühe bildete. Ausserdem Knochenreste, die sich einfach nicht auflösen wollten und die Taha mühsam entsorgen musste. Er steckte sie in eine schwarze Tüte und säuberte das Bad mit drei Flaschen Karbol. Dann legte er sich neben Jassir aufs Sofa. »Ich kann gar nicht glauben, dass von einem Tag auf den andern solche Sachen passieren können.«

»Und ich kann nicht glauben, dass dein Vater, dieser gesegnete Mann, all das angestellt haben soll. Und du erst, ein Killer! Lauge und Salz, du hast dir alles ganz genau überlegt. So eine verdammte Kriminellenfamilie!«

»Als wir neulich im Café sassen, hätte ich es selbst nicht geglaubt. Aber schliesslich steht jetzt fest, dass dieser Esel meinen Vater umgebracht hat. Und mein Vater hatte auch seine Gründe für das, was er getan hat.«

»Er hat gemordet, dreimal sogar! Und hätte er nicht im Rollstuhl gesessen – wer weiss, was er dann erst gemacht hätte! Er wär vielleicht herumgeflogen wie Spiderman!«

»Man kann ja auch nicht verstehen, warum das Land zulässt, dass diese Leute, die man ausmerzen müsste, uns alle terrorisieren. Mein Vater war im Recht. Was sagt dir dein Gefühl, verdient so ein Schwein wie der da drin zu leben? Wenn man Wundbrand hat, bleibt nur noch die Amputation. Stell dir vor, man würde darauf verzichten!«

»Und was ist mit deinem Vater? Wollte er die ganze Welt verändern? Hielt er sich etwa für Goldorak? Was für eine verdammte Katastrophe!«

»Es ist nun mal passiert.«

»Und die Sache mit diesem Staub stimmt auch?«

»Im Netz gibt es Quellen, die es bestätigen, und andere, die sagen, das sind Märchen. Aber nach dem, was mein Vater gesagt hat und was ich gesehen habe, kommt es der Wahrheit äusserst nahe.«

»Und deine Nervensäge vorhin sah ganz so aus, als hätte sie was gemerkt.«

»Sie hat tatsächlich was gemerkt. Sie hat Wind bekommen von der Sache mit dem Staub.«

»Dann wird sie uns schnatterschnatter ins Unglück stürzen«, stöhnte Jassir.

»Was mich verrückt macht, ist das mit diesem Hâni Bergas.«

»Das soll ja wohl ein Witz sein!«

»Und woher weiss Walîd Sultân davon, dass das Licht angeschaltet wurde? Ich kann mir auch nicht vorstellen, dass ein einfacher Streit zwischen Service und mir solche Folgen gehabt haben soll. Service war kein Idiot, die Sache ist viel grösser.«

»Jetzt spiel du hier bloss noch den Achmad al-Sakka* und spreng das ganze Land in die Luft! Lassen wir Service – Gott schütze uns! Und dein Vater hatte davor ja schon drei andere ausgeschaltet. Sehr schön, Gott sei uns allen gnädig! Aber jetzt solltest du diese Wohnung verlassen, die macht mir nämlich langsam Angst. Ich geh zu meiner Frau zurück, mein Lieber. Die ist zwar ein richtiges Rhinozeros, aber trotzdem angenehmer als dieses Horrorhaus hier, in dem du lebst. Und such du dir irgendwas, bis Gott es wieder gut mit dir meint, geh ins Ausland oder irgendwohin weit weg von hier!«

»Ich muss wissen, was meinem Vater passiert ist«, erwiderte Taha.

»Was dir selbst gestern passiert ist, reicht dir wohl noch nicht, mein Freund? Und wohin mit den Resten des Dinosauriers in der Badewanne, weisst du wohl auch nicht?«

»Wir tun sie in einen Koffer und werfen ihn irgendwohin.«

»Warum sprichst du im Plural? *Wir* tun, *wir* werfen?«

Taha schrie: »Wenn du mir, verdammt noch mal, nicht helfen willst, dann verschwinde auf der Stelle!«

»Ich gehe wirklich! Auch wenn ich mich schon längst zum Affen gemacht habe, hänge ich voll mit drin. Vorsatz, Motiv und Unterdrückung von Beweisen – und die Nachbarn haben gesehen, wie ich gegangen und mit Kartons und Tüten zurückgekommen bin. Und Jasmin, was wird die erst dazu sagen? ›Huuch!‹ Und dabei hab ich ihr doch erklärt, ich bin Staatsanwalt!«

»Mensch, nun reicht's mir aber! Jetzt ist nicht die Zeit, herumzuschreien und zu jammern. Hau schon ab! Ich ruf dich an, ich komm schon zurecht.«

* Ägyptischer Actiondarsteller (geb. 1973). *(Anm. d. Übers.)*

»Und was willst du mit dem verdammten Walîd Sultân machen?«

»Ich weiss nicht. An den hätte ich jetzt zuallerletzt gedacht.«

»Wirst du ihn treffen?«

»Denkst du, ich hab eine Wahl?«

*

Am selben Abend waren Taha und Walîd Sultân nach einem kurzen Telefonat übereingekommen, sich auf dem Mukattam zu treffen.

Eine halbe Stunde war schon vergangen, und noch immer war Walîd Sultân nicht aufgetaucht. Taha sass an einer gut einsehbaren Stelle am Nafûraplatz auf einem alten Reisekoffer, als er plötzlich aus der Strasse 9 einen Streifenwagen auf sich zukommen sah. Er konnte erkennen, wie der Hauptmann den Fahrer mit einem Handzeichen aufforderte, langsamer zu fahren. Vor Angst begann Taha am ganzen Körper zu zittern, aber er zählte eins und eins zusammen und kam zu dem Ergebnis, dass jedwede Aktion ihn teuer zu stehen kommen würde. So begnügte er sich damit, sitzen zu bleiben und ganz unbekümmert zu tun, bis der Wagen vor ihm hielt und der Hauptmann, gefolgt von einem Rekruten, ausstieg.

»Guten Abend.«

Taha stand auf und legte eine Ruhe an den Tag, die er in Wirklichkeit gar nicht hatte, während der Hauptmann hastig auf ihn zukam.

»Die Papiere bitte!«

Taha holte seinen Ausweis heraus und klemmte dabei den Koffer zwischen seine Füsse. »Bitte sehr.«

Der Hauptmann prüfte das Dokument und hob dann den Kopf. »Sie kommen aus Dukki, Taha?«

»Ja.«

»Sind Sie zum Mukattam gekommen, um jemanden zu besuchen?«

»Nun ja.«

Diese Antwort schien den Hauptmann nicht zufriedenzustellen. »Was heisst ›nun ja‹?«, fragte er lächelnd.

»Ich warte auf einen Freund von mir.«

»Und wenn man auf einen Freund wartet, bringt man einen Koffer voller Kleider mit?«

»Nein, das sind keine Kleider.«

Warum konnte er bloss seine Zunge nicht im Zaum halten?

»Und was ist dann in diesem Koffer?«

»Was ist los, Herr Hauptmann, warum machen Sie den Leuten hier auf dem Mukattam denn so eine Angst?« Das war Walîd Sultâns Stimme. Er sprach durch das Fenster seines Autos, das neben ihnen angehalten hatte.

Der Hauptmann liess Taha stehen und drehte sich um. »Guten Abend.«

»Oberstleutnant Walîd Sultân, Hauptkommissar vom Revier Dukki.«

»Seien Sie gegrüsst, Pascha.«

»Taha ist der Bruder meiner Frau. Er bringt ihr ein paar Sachen von seiner Mutter. Gibt es irgendwelche Probleme?«

»Überhaupt nicht, Pascha. Sie wissen, der Mukattam ist ein Dschungel, und es gibt Informationen ...«

»Sie gehören zum Revier al-Chalîfa?«

»Ja, zu al-Chalîfa, mein Herr. Hauptmann Hâtim Nigm.«

»Ihr Revier leitet ... ähm ... ich glaube, Muatas Bey Hassan, stimmt's?«

»Genau, Euer Exzellenz.«

»Ich werde Sie ihm ans Herz legen. Er ist ein guter Freund von mir.« Dann wandte er sich zu Taha: »Los, das Essen wird kalt!«

Taha legte den Koffer ins Auto und stieg ein. Sie fuhren zur Corniche, wo eine frische Brise wehte, man sich hinter dunklen Autoscheiben heimlich küsste, eine Clique Jugendlicher herumlärmte, man einen Song von Muhammad Hamâki* hörte und die staubigen Lichter Kairos glimmen sah.

Nahe dem Nilufer parkten sie in einer abgelegenen Ecke vor einer alten, unbewohnten Villa.

Walîd warf die Zigarette weg, die er in der Hand hatte. »Warum sind Sie nicht mit Ihrem Wagen gekommen?«

»Der kriegt gerade eine neue Benzinpumpe.«

»Rücken Sie etwas vor!«

Taha rutschte auf seinem Sitz nach vorn. Walîd tastete ihn kurz nach Waffen ab, indem er ihm mit den Händen über die Brust, unter seine Achseln, über den Rücken und schliesslich über die Beine fuhr. Dann lehnte er sich in seinem Sitz zurück.

»Was haben Sie in dem Koffer?«

»Service.«

»Was? Wollen Sie mich auf den Arm nehmen?«, schrie Walîd, blickte sich um und sprach mit gedämpfter Stimme weiter: »Wie sind Sie denn bloss auf die Idee gekommen?«

»Hätte ich ihn in der Wohnung lassen sollen?«

Nervös zündete Walîd sich eine neue Zigarette an. »Haben Sie ihn zersägt?«

»Nein.«

»War es eine ätzende Flüssigkeit?«

»Sie haben so was offenbar schon mal gemacht, genau wie die Luftinjektion.«

* Ägyptischer Popsänger (geb. 1975). *(Anm. d. Übers.)*

»Wissen Sie, wie viele Polizeireviere ich schon durchlaufen habe? Sajjida Sainab, Hilwân, Darrâsa, Dukki. Das heisst, ich hab praktisch schon viermal so lange gelebt wie Sie. Ich hab Dinge gesehen, die Sie niemals sehen werden. Das mit der Säure machen die Frauen vom Land mit ihren Ehemännern. Aber Sie sind schliesslich Apotheker. Ist Ihnen denn wirklich nichts Besseres eingefallen? Wie auch immer, diesen Mist nehmen Sie jedenfalls wieder mit, wenn Sie aussteigen, so wie Sie ihn hergebracht haben!«

»Kann ich vielleicht erfahren, was Sie von mir wollen?«

»Eine Hand wäscht die andere.«

»Ich habe Sie ja gar nicht darum gebeten, ihn zu töten.«

»Sie haben mich nicht gebeten? Sie selbst haben ihn doch getötet! Ich hab nur das Band ein bisschen vorgespult«, hielt Walîd ihm vor.

»Und mich die Suppe allein auslöffeln lassen!«

»Jeder fege vor seiner eigenen Tür! Mir haben Sie es immerhin zu verdanken, dass er Sie nicht abgekocht hat.«

Taha seufzte. »Also was wollen Sie von mir?«

»Nichts. Vollstrecken Sie das Testament Ihres Vaters. Sorgen Sie dafür, dass er Frieden findet.«

»Erstens ist das kein Testament. Und zweitens habe ich das mit Service gemacht, weil ich sicher war, dass er meinen Vater umgebracht hatte, und niemand mir glaubte. Nennen Sie es Rache. Nennen Sie es, wie Sie wollen. Aber ich werde nicht so weitermachen. Mein Vater hatte seine Motive und Gründe. Und Sie sehen ja, wohin uns das geführt hat.«

»Auch nicht, nachdem Sie erfahren haben, dass Service nur das Messer in der Hand eines andern war?«

Taha schwieg. Die Worte blieben ihm im Halse stecken. Aber dann fuhr er fort: »Warum sollte ich Ihnen vertrauen?«

»Mir ist egal, ob Sie mir vertrauen. Sie haben einfach keine Wahl«, sagte Walîd und stieg aus. Er ging zu einem Auto in der Nähe, in dem ein junger Mann und ein Mädchen sassen, und klatschte in die Hände. Die beiden schreckten zusammen. Dann verscheuchte er sie: »Los, nimm die Hure, die du da bei dir hast, und verschwinde, sonst bring ich euch beide aufs Polizeirevier von al-Chalîfa. Ab mit dir!«

Erschreckt liess der junge Mann den Motor aufheulen und fuhr fort.

Walîd blickte auf die leere Stelle vor sich, dann machte er Taha mit dem Zeigefinger ein Zeichen herzukommen. »Wie geht es Sara?«, fragte er plötzlich.

»Sara?« Die Frage überraschte Taha. »Was geht das Sie an? Und woher kennen Sie sie überhaupt?«

»Ich bin suspendiert – vorübergehend – und nicht aus dem Dienst ausgeschieden. Ich hab einen von der Staatssicherheit aus meiner Abteilung nach ihr gefragt. Ich hab gesagt, es betrifft den Sohn meiner Schwester, wir wollen sichergehen, weil er vorhat zu heiraten.«

»Heiraten? Dazu werden Sie ja vielleicht gar nicht eingeladen. Lassen Sie Sara aus dem Spiel!«

»Es tut mir leid. Aber möchten Sie nicht wissen, was er über sie gesagt hat?«

»Mit diesen Leuten habe ich nichts zu tun, klar?«

Er wollte gehen, aber Walîd packte ihn am Kragen und stiess ihn bis an den Abhang. Kurz bevor Tahas Füsse den Rand der Böschung erreicht hatten, blieb er stehen.

»Du Sohn einer …« Taha verschluckte den Rest, denn im selben Moment löste sich neben seinen Füssen ein Stein und fiel in die Dunkelheit. Erst nach drei Sekunden hörten sie den dumpfen Aufprall. Der Abgrund war zu tief, um einen Sturz unversehrt überstehen zu können.

Walîd kam mit seinem Gesicht ganz nahe an Taha heran und flüsterte: »Halten Sie sich etwa für einen Mann? Ich hab mich nach Ihnen erkundigt und erfahren, dass Sie ein kluger und gewitzter Vertreter sind. Aber mir gegenüber nutzt Ihnen das nichts. Ich kann dafür sorgen, dass Sie selbst Ihren Namen nicht mehr kennen. Und nicht nur Ihren eigenen, sondern die Namen aller, die Sie lieben. Denken Sie bloss nicht, ich wüsste mir nicht zu helfen, nur weil ich vom Dienst suspendiert bin! Ich hab jetzt nichts mehr zu verlieren. Und glauben Sie mir, nichts ist einfacher, als jemandem Schmerzen zu bereiten. Suchen Sie weiter nach dem, der Ihnen ein Unrecht zugefügt hat. Verstanden?«

Mit weit aufgerissenen Augen nickte Taha. Walîd strich ihm den Kragen wieder glatt und liess ihn dann los. Taha stützte sich auf die Motorhaube des Autos und versuchte, seine Fassung wiederzugewinnen.

»Wissen Sie, was das Problem ist?«, meinte Walîd. »Die Leute sehen das alles ganz falsch. Ein Polizeioffizier ist hierzulande das Grösste. Das Amt ist wie ein Bilderrahmen: Wenn Sie darin sind, sind Sie alles. Aber ausserhalb des Rahmens sind Sie gar nichts. So bin auch ich zum Beispiel innerhalb meines Büros mit den zwei Stühlen vor mir ein Pascha. Es ist ein ziiiemlich grosses Revier, und überall hab ich ein Wörtchen mitzureden. Aber ausserhalb des Reviers bin ich ein Niemand. Wenn man in diesem Land keine Macht hat, hängt man in der Luft. Und damit Sie es wissen, mein Lohn ist nicht der Rede wert. Ja, ich hab Rekruten, die mich vor der Arbeit zu Hause bedienen, einen Wagen mit Benzingutscheinen, Mitgliedschaften in Clubs und kostenlose Kreditkarten. Ich bezahle dafür gar nichts. Hinzu kommen noch das Prestige, die Beziehungen und dass Gross und Klein sich mir gefällig zeigen. Aber auch ich diene ja allen. Ich schlafe nie. Und

ohne jemanden wie mich könnten auch Sie nicht schlafen.«
Taha sah ihn an, ohne etwas zu erwidern, und so fuhr Walîd fort: »Bei den Menschen kann man nur auf eine Weise etwas erreichen: mit Angst. Schon seit Moses, Friede sei über ihm, werden sie nur mit Hilfe ihrer Angst regiert. Damit kriegt man sie! Alle Propheten gingen zum Volk, nur Moses nicht. Er ging als Einziger zum Pharao. Und warum? Weil es nichts bringt, mit dem Volk zu reden. In Ägypten muss man mit dem Grossen sprechen, und der bringt dann die Kleinen zur Räson.«

Taha schwieg eine Weile, dann fragte er: »Wurden Sie wirklich wegen sexueller Korruption suspendiert?«

Walîd lachte aus vollem Halse. »Ja, sexuell! Die Frau ist doch ein Flittchen, mein Lieber. Sie war es, die hinter mir her war. Sie hatte ein Auge auf mich geworfen. Ob ich mit ihr gegangen bin? Ja, bin ich. Sie hat mich um einen Gefallen für ihren Mann gebeten, und den hab ich ihr getan. Das ist doch kein Verbrechen, das halbe Land lebt doch von Gefallen. Schliesslich ist sie ja zu mir gekommen. Und dann stellte ich fest, dass sie arm dran war und der Bey ihre speziellen Bedürfnisse nicht befriedigte. Und ich dachte mir, dann tue ich es eben an seiner Stelle. Aber dann kam heraus, dass diese Hundetochter sich zu mir legen sollte, damit ich rausflog. Danke sehr.«

»Hâni Bergas?«

»Nicht er allein, er hat noch so eine Schlange dabei. Ihr ist das Gesetz schon so lange auf den Fersen, aber nie erwischt es sie. Einmal haben sie sie übel abgekocht, als ich einen Kerl unter Druck gesetzt habe, der ihnen wichtig war. Diesmal haben sie gewonnen, aber das wird nicht immer so sein.«

Taha lächelte verschmitzt. »Sie fühlen sich also ungerecht behandelt.«

»Ich bin nicht der Schlimmste von diesen Leuten. Das System wird von gaaanz oben koordiniert. Es hat ein Gehirn, Hände und Füsse. Ich bin nur ein kleines Rädchen, das keinen Zug aufhalten kann. Entweder man läuft mit – oder man zerbricht. Eine dritte Möglichkeit gibt es nicht. Die Grossen fressen immer die Kleinen.«

»Adham al-Scharkâwi.«

»Bitte?«

»Er war der Einzige, der einen Zug aufgehalten hat.«*

»Und das ist es, was mir an Ihrem Vater so gefallen hat. Er war der Einzige, der die dritte Möglichkeit gesehen hat: die Säuberung. So macht man das nämlich in einem Land, in dem das Gesetz nur noch ein löchriger Lappen ist. Manchmal ist der Tod die beste Lösung. Denken Sie mal an diese Kerle, die wir im Knast umbringen. Hätten die sich gebessert, wenn sie wieder rausgekommen wären? Nie und nimmer! Wenn die entlassen werden, sind sie schlimmer als je zuvor. Nur ihr Tod zur rechten Zeit bringt uns und dem Volk Ruhe. Sonst begehen die jede Minute ein Verbrechen.«

»Sie kehren also nicht wieder in den Dienst zurück?«

»Nicht, solange Hâni Bergas den Wahlbezirk führt. Und selbst wenn ich zurückkäme – ich habe ja jetzt keine weisse Weste mehr. Sie denken, es war nur einer, der mir übel mitgespielt hat. Nein! Sehr viele Leute haben davon profitiert, dass ich von meinem Platz verschwunden bin.«

»Was hat mein Vater gesehen?«

»Alles zu seiner Zeit.«

---

* Adham al-Scharkâwi (1898–1921) kämpfte gegen die britische Besatzung und die feudalen Strukturen in Ägypten und gilt als eine Art moderner Robin Hood. Er soll tatsächlich einen Zug von Alexandria nach Kairo aufgehalten und überfallen haben. Es gibt Filme und Lieder über sein Leben. *(Anm. d. Übers.)*

»Das reicht mir nicht.«

»Dann überlegen Sie sich mal eine überzeugende Erklärung für die Notizen Ihres Vaters!« Diese Drohung liess Taha verstummen. Hasserfüllt sah er Walîd an, und der fuhr fort: »Ihr Vater, Gott hab ihn selig, hat getan, was er tun musste und noch mehr. Seine ganze Vergangenheit hat er uns in seinem Heft hinterlassen. Und Sie haben dann mit Service weitergemacht. Für Ihren Vater ist alles vorbei, aber Sie haben Ihren Weg noch vor sich. Ich will Ihnen nur Ihre Lage klarmachen, Ihnen zeigen, wo genau Sie stehen. Waren Sie in der Armee?«

Taha antwortete nicht, und Walîd fuhr fort: »Waren Sie also nicht. In der Armee heisst es zurechtzukommen. Von Anfang an gewöhnt man Sie daran, unter allen Umständen zu gehorchen. Das heisst, Sie sagen ja und jawohl und tun es dann auch. Mehr will ich auch nicht, bis unser Problem gelöst ist. Wenn Sie denken sollten, Service' Tod sei die endgültige Lösung, dann liegen Sie falsch. Service war erst der Anfang!«

Fünf Minuten lang schwiegen sie. Walîd liess Taha in Ruhe, bis der schliesslich antwortete: »Ich mache nur wegen einer Sache mit: damit ich erfahre, was mein Vater gesehen hat, bevor er starb.«

Walîd klopfte ihm auf die Schulter. »Vielleicht halten Sie mich für das Schlimmste, was Ihnen im Moment passieren kann. Aber glauben Sie mir, ich bin das Beste, was Sie kriegen können. Ihr Vater, Gott hab ihn selig, hat das Ganze richtig gesehen. Dieses Land sollte man wirklich in Brand stecken. Essen Sie mit mir zu Abend?« Er wartete die Antwort nicht ab. »In der Strasse 9 gibt es ein Restaurant, wo sie wunderbaren Kebab machen. Da werde ich Ihnen eine Geschichte erzählen.«

*

Im Restaurant Khedive ass Walîd Sultân so viel Kebab, als hätte er vor, die gesamte Libysche Wüste zu durchwandern, während Taha nur ein Glas Pepsi trank. Es war das Erste, was er seit dem Morgen in den Magen bekam. Walîd sah sehr entspannt aus, er lockerte seinen Gürtel, rülpste zweimal und blies genüsslich den Rauch seiner Zigarette in die Luft, während er ein Mädchen mit den Augen verschlang, das in einiger Entfernung sass.

»Was wissen Sie über Schwule?«, fragte er Taha, ohne ihn anzublicken.

Taha seufzte und schüttelte den Kopf. »Ich weiss, dass es viele gibt.«

»Das wissen alle, die den Film *Der Jakubijân-Bau** gesehen haben. Aber niemandem ist klar, dass diese Leute eine ganze Welt für sich sind. Mit verschiedenen Klassen und Schichten. Als ich im Viertel al-Hussain gearbeitet hatte, gab es da das Zweisternehotel Perle. Eines Tages machten wir dort eine Razzia und verhafteten die Jungen. Sie schliefen in der Eiseskälte auf Zeitungen. Wissen Sie, was das für welche sind? Sie kommen vom Land, sind passive Schwule. Drei Viertel von ihnen wurden missbraucht, als sie noch klein waren. Dann kommt so ein Junge nach Kairo und wird immer weiter benutzt, bis er total verwöhnt und schlaff ist. Er wird süchtig nach Sex wie nach Drogen und schliesslich durch und durch krank. Da fangen die Kunden an, sich zu ekeln, und alle halten sich von ihm fern. Gleichzeitig hat er keine Einnahmequelle mehr, und in sein Dorf kann er auch nicht zurück. Wie ein schmutziges Taschentuch schmeisst man ihn weg. So liegt er dann da, ausgesaugt wie Zuckerrohr, bleich und die Arme voller Einstiche.

---

* In dem gleichnamigen Roman (2002; deutsch 2007) des ägyptischen Schriftstellers Alaa al-Aswani (geb. 1957), auf dem der Film (2006) basiert, wird u.a. Homosexualität thematisiert. *(Anm. d. Übers.)*

Und wenn zwei von ihnen sich prügeln und der eine dem andern dabei mit dem Klappmesser mitten durchs Gesicht fährt, kommt kein Tropfen Blut. Wie bei den Vampiren im Film! Wissen Sie auch, warum?«

»Warum denn?«, seufzte Taha gelangweilt.

»Weil sie jeden Tag wie Kühe gemolken werden«, fuhr Walîd fort. »So ein Junge geht zu irgendeinem Blutspendezentrum. Da pressen sie einen Liter aus ihm raus. Dafür kriegt er einunddreissig Pfund, ein Saftpack, ein T-Shirt – und herzlichen Glückwunsch! Diesen Vorgang nennen sie Pumpe, weil das Blut abgepumpt wird. Einmal hab ich einen Jungen befragt, der Susan hiess, sie geben sich untereinander nämlich Mädchennamen. Er war der Älteste von ihnen. Ich fragte ihn: ›Warum tust du denn so was bloss?‹ Er antwortete: ›Entschuldigen Sie, Pascha, haben Sie schon mal mit einem Mann geschlafen?‹ – ›Nein, du Muttersöhnchen!‹, sagte ich. Da meinte er: ›Sie werden es erst wissen, wenn Sie es probieren.‹ Das ist die Sorte von ganz unten. Dann gibt es eine Klasse in der Mitte, die ganz weichen. Jungs, die schon missbraucht werden, wenn sie noch zur Schule gehen. Die Hälfte von ihnen ist in den Hammams am Golf ausgebildet worden. So einer begleitet seinen Freund überallhin und fürchtet, dass er Zugluft abbekommen könnte. Als wäre er seine Freundin! Das sind die, die auffallen. Rote Gürtel, hautenge Hosen mit tiefsitzendem Bund, so dass man den Slip sieht. Auf Partys und in zweifelhaften Lokalen findet man sie haufenweise. Die meisten Prozesse gibt es ihretwegen, wie bei der Sache mit dem Nariman Queen Boat[*].«

---

[*] Das nach der letzten ägyptischen Königin benannte Schiff lag in Kairo vor Anker und war ein Homosexuellen-Nachtclub. Es wurde am 11. Mai 2001 von der Polizei gestürmt. 52 Männer wurden verhaftet und wegen »Unzucht« teilweise zu hohen Haftstrafen verurteilt. Ihre

»Und weshalb diese schlüpfrige Vorlesung?«

»Ich erzähle Ihnen das alles wegen der dritten Sorte, die uns interessiert. Diese erreichen die höchsten Positionen, und ihre Stimmen sind wie Trommeln überall zu hören. Wenn Sie ihre Namen hörten, würden Sie es nicht glauben. Einer höher gestellt als der andere. So wie Hâni Bergas.«

Taha runzelte die Stirn. »Und was soll ich tun?«

»Das, was Sie schon mit Service getan haben.«

»Was denken Sie denn von mir? Dass ich jeden Tag auf nüchternen Magen zwei Menschen umbringe? Bei Service gab es gewisse Umstände, aber bei dem andern ...«

»Ich beobachte Hâni Bergas seit dem Prozess. Er wohnt immer im Hotel, er mag keine Wohnhäuser. Das ist der Schlüssel zu ihm.« Taha sah ihn wortlos an, und Walîd fuhr fort: »Hören Sie gut zu. Überlassen Sie die ganze Organisation mir. Ich werde immer hinter Ihnen sein, bei jedem Schritt. Im passenden Moment werde ich Sie anstupsen. Sie brauchen es dann nur zu tun. Sie sind Apotheker und haben sicher noch ein paar Tricks im Ärmel. Dann sind wir quitt. Die Notizen Ihres Vaters gehen in Flammen auf. Ihr Bild auf meinem Handy wird gelöscht. Jeder von uns geht seiner Wege, und alle sind zufrieden.« Er lächelte.

»Und Sie waschen Ihre Hände in Unschuld!«

»Wie ich Ihnen schon gesagt habe: Ihre Optionen sind begrenzt.«

Taha wandte den Kopf ab und rang nach Atem. »Und was garantiert mir, dass ich heil aus der Sache rauskomme?«

Walîd strich sich übers Haar. »Dasselbe, was mir garantiert, dass Sie sich keine Spielchen einfallen lassen.« Er zog

Namen und Adressen wurden in den Medien veröffentlicht. Internationale Menschenrechtsorganisationen legten damals scharfen Protest ein. *(Anm. d. Übers.)*

an seiner Zigarette, dann fügte er hinzu: »Ich habe mal auf Channel 2 einen ausländischen Film gesehen. Mit dem kräftigen Kerl, der so ähnlich aussieht wie der in *Braveheart*. Zwei, die sich nicht kennen, treffen sich in einer Bar. Beide haben ein Problem mit ihrer Frau. Nachdem sie sich betrunken haben, vereinbaren sie, dass jeder von ihnen die Frau des andern umbringt. Der Erste tut es auch. Aber der Zweite macht einen Rückzieher. Und natürlich gewinnt er am Ende. Amerikanischer Quatsch!« Taha liess seine Blicke abschweifen, aber Walîd holte ihn zurück: »Ich möchte Ihnen versichern, dass so was in Wirklichkeit nicht passiert.«

Taha gab keine Antwort. Das Gespräch war beendet.

Sie fuhren mit dem Auto den Mukattam hinunter, und am Eingang zur Totenstadt des Imam al-Schâfii hielt Walîd den Wagen an. »Steigen Sie aus!«

»Hier soll ich aussteigen?«

»Haben Sie es schon vergessen? Nehmen Sie den Mist, den Sie dabeihaben, und gehen Sie damit auf die andere Seite des Friedhofs! Gehen Sie rein, und werfen Sie das Zeug irgendwohin! Aber dass Sie bloss niemand sieht! Und tun Sie sonst nichts, bevor ich es Ihnen sage!«

»Aber sie werden die Knochen ganz leicht finden! Und dann kommen sie dahinter, dass es Service ist. Die DNA ...«

»Warum sollten sie das tun? Hat er sich seinen Namen in die Knochen gravieren lassen? Und ausserdem machen die gar keinen DNA-Test. Wenn wir auf so was stossen, wissen wir doch gleich, das bringt nichts. Es lohnt sich nicht. Falls überhaupt jemand Anzeige erstattet.«

»Was soll das heissen?«

»Der ganze Friedhof des Imam ist doch ein einziges Drogenlager. Niemand hat ein Interesse daran, dass die Polizei da reingeht. Wenn einer was findet, behält er das für sich. Wichtig ist nur, dass Sie niemand sieht. Und denken Sie daran: Solange man mich nicht damit in Verbindung bringt, kommt auch keiner auf Sie!« Nach diesen Worten liess er den Wagen an. »Unternehmen Sie nicht zu viel in den kommenden Tagen, und rufen Sie mich nicht an! Ich werde Sie anrufen.« Taha sah ihn mit leerem Blick an, und Walîd fragte: »Wollen Sie immer noch nichts über Sara erfahren?«

Zweifel flogen ihn an, wie Wespen mit ihrem beängstigenden Summen, und Taha machte einen Schritt auf das Autofenster zu. »Erzählen Sie schon!«

»Die Staatssicherheit hat dieses Mädchen im Auge. Sie ist bereits als aktives Element bei Demonstrationen aktenkundig. Warum kümmern sich Frauen überhaupt um Politik? Das verstehe ich nicht. Freiheitsbewegungen, Sitzstreiks und der ganze Unsinn, mit dem man es heutzutage zu tun hat. Wenn Sie mal so richtig Ärger haben wollen, dann legen Sie sich mit ihr an.« Taha klappte die Kinnlade herunter, und seine Finger verkrampften sich, während Walîd fortfuhr: »Aber wenn dieses Mädchen Wind von etwas bekommt, lässt sie Sie sofort im Stich. Ich will Sie nur vorbereiten, damit Sie keinen Schlag in den Nacken kriegen. Das ist eine Krawallschachtel, die nichts als Probleme macht.« Taha wollte gehen und wandte Walîd den Rücken zu. Der jedoch lehnte sich aus dem Fenster und rief ihm hinterher: »Ich hab noch vergessen, Ihnen zu sagen, dass sie öfter in eine Wohnung im Stadtzentrum geht, die beobachtet wird. Da bleibt sie dann drei Stunden.« Und spöttisch grinsend setzte er hinzu: »Obwohl so was doch höchstens eine halbe Stunde dauert.«

Taha reagierte nicht. Er stand nur still da, während ein Gedanke den anderen jagte. Schliesslich war das Auto verschwunden.

Es war schon nach vier Uhr morgens, als Taha unter der

Sajjida-Aischa-Brücke hindurch die Totenstadt des Imam betrat. Seine schwere Last nahm er dabei von einer Hand in die andere. Er hatte das Gefühl, von dunklen Schatten verfolgt zu werden, und jeder Baum und jede Grabstele wurden zu einem lauernden Wesen. Die schmale Mondsichel konnte die tiefe Finsternis ringsum nicht auflösen, die ihn vollkommen wahnsinnig machte. Adrenalin schoss ihm ins Blut und liess seine Handflächen schweissnass werden. Fünf Minuten irrte er umher, und es kam ihm unglaublich vor, dass er in seinem Koffer tatsächlich Service mit sich trug. Mit den Augen suchte er nach einer Ecke oder einem Eingang, wo er seinen Widersacher der Erde übergeben könnte.

»Was is' los, Käpt'n, suchen Sie was?«

Erschrocken hob Taha den Kopf und sah vor sich einen grossen, gebeugten Mann in einem wallenden Gilbâb. Nur wenige Meter entfernt stand er neben dem Eingang zu einem alten Grabhof unter einer matt schimmernden Lampe. Er sah aus wie ein Aasgeier. Sein Gesicht konnte Taha im Gegenlicht nicht erkennen.

Der Mann rief noch einmal und kam dabei näher: »Suchst du jemanden, Süsser?«

Wie festgenagelt stand Taha da.

Der Mann steuerte mit ruhigen Schritten auf ihn zu, bis er direkt vor ihm stand. »Kann ich was für dich tun?«

Taha sah in ein verwittertes Gesicht. »Nein, danke.«

Der Mann musterte Taha eine Weile und sagte unwillkürlich: »Du siehst aus wie ein Doktor.«

Taha fuhr zusammen. »Woher weisst du das?«

»Berufsgeheimnis. Ich bin Gâbir, dein ergebener Diener. Gâbir Ghasâl. Der älteste Wärter im ganzen Friedhof des Imam.«

»Sehr erfreut.«

Gâbir kam ganz nahe, sein Atem roch nach reifem Roquefort, und er fragte: »Medizin an der Universität Kairo oder der Ain Schams?«

»Kairo.«

»Hast du eine Prüfung? Brauchst du Ersatzteile?«

Taha nahm den Ball an. »Nein, ich hab was, das ich zurückbringen will.«

»Zurückbringen? Einmal verkaufte Ware wird weder zurückgenommen noch umgetauscht.«

»Die Sektion ist abgeschlossen, und mir macht der Anblick zu schaffen. Die Studenten spielen nämlich mit diesen Dingen. Und das waren ja auch mal Menschen – aus Fleisch und Blut.«

Gâbir sah ihn mit ausdruckslosem Blick an. »Und was darf's sein?«

»Eine Beerdigung für den Toten.«

»Und warum haben die ihn nicht auf dem Friedhof für Unbekannte begraben?«

Taha zögerte, suchte nach einer Antwort und kratzte sich am Hinterkopf.

Aber Gâbir kam ihm zu Hilfe: »Dafür braucht man Genehmigungen und Papiere.«

Taha verstand den Wink, steckte die Hand in die Tasche und zog zwei Zwanzigpfundscheine heraus. »Mit Gottes Segen!«

»So geht das nicht, Herr Doktor. Die Antwort muss zur Frage passen.«

Taha zog seinen letzten Geldschein aus der Tasche, eine Zehnpfundnote. »Jetzt hab ich nur noch drei Pfund, um nach Hause zu kommen.«

Gâbir streckte die Hand aus und nahm den Koffer an sich. »Wie heisst denn der Karîm, der Ehrenwerte?«

»Äh, Karîm heisst er.«

»In Ordnung, Süsser. Moment, ich leer den Koffer für dich.«

Taha hielt ihn zurück. »Nein, das ist nicht nötig. Lass ihn so!«

»Wenn du vor der Prüfung noch mal alles wiederholen willst, frag nur nach Gâbir Ghasâl!«

»So Gott will. *Salâm alaikum.*«

Er liess den Alten stehen und ging. Immer schneller lief er durch das Labyrinth aus Grabstelen und mit rostigen Ketten verschlossenen Toren. Er hatte das Gefühl, verfolgt zu werden, und es war ihm, als höre er hinter sich einen Gilbâb rascheln – in der Dunkelheit verschwammen sämtliche Konturen und Einzelheiten, und alle Wege sahen gleich aus. Taha drehte sich abrupt um, doch er sah niemanden hinter sich. Auf der Suche nach einem Ausgang zur Strasse tappte er hierhin und dorthin, bis sein Blick auf einen verfallenen Brunnen fiel, auf dem stand: »Lest die Fâtiha für den Inhaber dieses Brunnens, Hanafi al-Sahâr.«

Taha blieb stehen. Diese durstigen Kaktusfeigen und die brüchigen Stufen ... Sein Blick wanderte zu einem im Boden eingesunkenen Eisentor, über dem eine weissgekalkte, kaum noch lesbare Tafel angebracht war. Langsam ging er darauf zu und wischte mit der Hand den Staub ab: »Grabstätte der Familie al-Sahâr«. Sonst hatte er immer eine Karte gebraucht, um sie zu finden. »Gott hab dich selig, Papa«, murmelte er. »Lobpreis sei Gott, dem Herrn der Weltbewohner, dem Erbarmer, dem Barmherzigen.[*]«

»Was hast du, Doktor? Hast du dich verirrt?«

Taha erblasste, als er dieses Zischen hörte, dessen Urheber er nicht hatte kommen hören. Er gab einen leisen Ton der Über-

[*] Ein Teil der Fâtiha, der ersten Sure des Korans. *(Anm. d. Übers.)*

raschung von sich und prallte zurück. »Wiiiie, Onkel Ghasâl! Machst du denn keine Geräusche?«

Gâbir grinste verschmitzt mit seinem zahnlosen Mund. »Du bist also aus der Familie al-Sahâr?«

Taha schwieg kurz, dann sagte er: »Nein«, und ging weiter, bis er die Asphaltstrasse erreichte ...

20

Als Taha wieder zu Hause ankam, wartete Jassir vor dem Eingang schon auf ihn.

»Was führt dich denn hierher?«

»Ich kam mir dreckig vor, weil ich dich in so einer Lage alleingelassen habe. Und ausserdem ist meine Frau zu ihrer Familie nach al-Minufîja gereist.«

»Sie kommt aus al-Minufîja?«

Jassir nickte resigniert.

»Mach dir nichts draus. Warum bist du nicht raufgegangen?«

»Mir ist nicht nach Gespenstern.«

Eine halbe Stunde später lag Taha in seinem Zimmer auf dem Boden. Neben ihm drehte Jassir sich einen Joint. »Gâbir Ghasâl! Hättest du ihm bloss gesagt: ›Jassir ist mein Freund‹ – der hätte dich auf Händen getragen. Das ist mein ganz spezieller Liebling.«

»Hab ich etwa vor, mich mit seiner Tochter zu verloben?«

»Mach dir nur keine Sorgen! Der hat einen ganzen Schrank voll Drogen und Angst vor der Polizei. Wichtig ist nur ... schau, mein Lieber« – er setzte sich in den Schneidersitz –, »... du verkaufst erst mal die Wohnung. Eine Anzeige im *al-Wassît*, da kriegst du ein hübsches Sümmchen zusammen. Dann lässt du dir einen Pass ausstellen und haust ab an den Golf. Da gibt's Pfizer und Kaiser und Cataflam und all die andern Firmen – was dein Herz begehrt. Du vergisst diese Raja-und-Sakîna*-Freundin und suchst dir eine arabische

---

* Die Schwestern Raja und Sakîna waren berüchtigte Serienmörderinnen, die zu Beginn des 20. Jahrhunderts in Alexandria zahlreiche Frauen umbrachten. Sie wurden 1921 zusammen mit ihren Ehemännern hingerichtet. Ihr Leben wurde mehrfach verfilmt. *(Anm. d. Übers.)*

Puppe, die dich ihren BMW fahren lässt und dich rundum verwöhnt – und Ende.«

»Nicht bevor ich weiss, was mit meinem Vater passiert ist.«

»Ach, mein Schätzchen! Jetzt hör mir mal gut zu: Dein Vater ist tot, Gott hab ihn selig. Und du selbst hast eh schon genug abgekriegt. In diesem Zustand kannst du doch kaum noch heiraten! Du hast einen Motorschaden, nur die Karosserie ist noch intakt, Taha. Ausserdem bist du einfach zu weit gegangen.«

»Du hast gut reden.«

»Dieser Walîd Sultân wird dich benutzen, bis er dich an die Wand gespielt hat. Und dann stehen wir beide da.«

Taha nahm Jassir den Joint aus der Hand und betrachtete ihn, bevor er daran zog.

Unterdessen fuhr Jassir fort: »Du wirst es wohl erst merken, wenn du das Messer schon vor der Nase hast.« Er stand auf, ging zum Kühlschrank und öffnete die Tür. »Und dann war's das! Warum klappert der Kühlschrank eigentlich so?« Er wartete Tahas Antwort nicht ab. Der versuchte zwar noch, ihn zu warnen, aber Jassir hatte schon das Gefrierfach geöffnet – »Hast du nicht noch was Leckeres?« – und wich sofort zwei Meter zurück. »Ach, du Scheisse! Gott zerstöre das Haus deiner Mutter! Sag nichts – ist das die Hand von diesem Esel? Was macht die denn hier? Willst du sie in Essig einlegen?«

Ohne den Blick von der Glut seines Joints abzuwenden, sagte Taha: »Die Leute müssen wissen, was mit Service passiert ist, damit sie keine Angst mehr haben. Sie müssen wissen, dass es mit jedem Schurken mal aus ist.«

»Ja, und du sitzt dann ganz in der Patsche. Mensch, ich hätte ja nicht gedacht, dass auch die Karosserie hinüber ist. Steh doch mal auf, damit wir uns dein Heck ansehen können!

Denkst du etwa, weil du die Hand eingefroren hast wie das Tiefkühlfleisch von Halwani Brothers, ist alles in Ordnung, und sie können dich nicht festnehmen? Gott strafe dich!«

Taha legte sich wieder auf den Boden und schloss die Augen. »Vielleicht überlässt du die Sache lieber mir.«

»Nein, ich steige ganz aus. Und dabei hatte ich mir geschworen, dich nicht alleinzulassen. Aber du hast offenbar von dem Schlag auf den Kopf was zurückbehalten.«

»Du wirst es nie verstehen.«

»Was du jetzt mit diesen Sainabfingern machst, musst du selbst wissen.«

Taha schüttelte den Kopf und antwortete nicht. Er sah dem blauen Dunst nach, der bis zur Zimmerdecke aufstieg und eine ganz besondere Wirkung auf ihn hatte. Er sog ihn sich tief in die Brust – wie er ihn betäubte, wie er duftete! Ein leichtes Husten brachte ihn wieder auf den Boden zurück.

Jassir sagte gerade: »Steh auf, pack deine Sachen, und ab hier – in dieser Wohnung ist es nicht geheuer.«

Mit einem Mal stand Taha auf und ging ohne ein weiteres Wort aus dem Raum. Jassir folgte ihm bis ins Wohnzimmer.

»Hast du gehört, was ich gesagt habe?«

»Nein, Jassir«, antwortete Taha, ohne sich umzudrehen.

»Gott sei mir gnädig, wenn du das Zeug nicht wegpackst, kriegen sie dich. Und dann, Kollege, heisst es nur noch: Wenn ihr ihn seht, stürzt euch auf ihn, und bringt ihn um! Und vergewaltigt ihn!«

»Ja, aber gib mir was von dem, was du immer schluckst!«

Jassir zog ein paar Pillenschachteln aus der Tasche, öffnete Tahas Hand und legte sie alle hinein. »Die machen dich auch nicht higher, als du sowieso schon bist. Ich verzieh mich.«

Taha nahm sich eine Flasche Wasser und ging ins Zimmer seines Vaters. Bis auf ein mattes Flackern, das vom Platz hereinfiel, war alles dunkel. Er zog sich sein Hemd aus, setzte sich, den Rücken an den Schreibtisch gelehnt, gegenüber dem offenen Fenster auf den Boden, packte ein paar von Jassirs Pillen aus und warf sie sich in den Mund. Dann stellte er die Flasche neben sich auf den Boden und legte den Kopf zurück, um den riesigen Baum gegenüber dem Fenster zu betrachten. Er beobachtete, wie ein leises, sommerliches Lüftchen die Zweige bewegte und in den Blättern spielte. Wie viel Zeit darüber verging, wusste er nicht. Da hörte er plötzlich etwas flattern. Als er wieder zu sich kam, sah er die Krähe. Seit dem Tod seines Vaters war sie nicht mehr hier gewesen. Mit ihrem spitzen Schnabel pickte sie an der Fensteröffnung. Sobald sie aber Taha erblickte, hörte sie damit auf. Eine Minute, die wie eine Ewigkeit schien, beobachtete sie ihn mit ihren kohlschwarzen Augen und kam dann auf den Boden des Zimmers geflattert. Auf ihren dürren Füssen hüpfte sie zwischen den herausgerissenen Bodenbelägen herum und gab ein trockenes Krächzen von sich. Dann näherte sie sich Tahas ausgestreckten Beinen. Seltsamerweise zeigte er keine nennenswerte Reaktion. Er fühlte sich wie im Wachkoma. Seine Extremitäten waren wie betäubt, und er verspürte unter der Haut ein angenehmes Kribbeln wie von zerplatzenden Sodabläschen. Die Krähe beobachtete ihn weiter, bis aus einer dunklen Ecke neben dem Fenster ein leises Quietschen zu hören war. Ein regelmässiges Quietschen, das Taha gut kannte. Er hatte seinen Vater einmal gebeten, im Bett liegen zu bleiben, bis er alles wieder in Ordnung gebracht hatte. Diese Schraube, die am Vorderrad des Rollstuhls rieb ... Die Krähe erschrak und flog krächzend davon, während das Quietschen immer lauter wurde, denn nun kam der Stuhl aus der Dunkelheit in den matten Lichtkreis gerollt. Taha drängte sich an den Schrank – da war doch ein

Fuss auf der Fussstütze! Und eine Hand, die sich ausstreckte, um das Rad zu drehen und die Person im Stuhl immer näher auf ihn zuzurollen ... Bald war seine Stirn schweissüberströmt. Er hob den Blick, um zu sehen, wer in dem Stuhl sass. Aber durch das Gegenlicht von der Strasse her war das Gesicht nicht zu erkennen. Der Stuhl kam langsam näher, und Taha drückte sich immer tiefer in die Ecke. Ein Quietschen, als würde ein Schmied ein Schwert schärfen, sprengte ihm den Kopf. Sein Atem ging stossweise, und er öffnete den Mund, um zu schreien, brachte aber keinen Ton heraus. Er hielt sich die Ohren zu und vergrub das Gesicht zwischen seinen Knien. Es war, als würde er ertrinken und jedes Mal Wasser schlucken, wenn er den Mund öffnete. Nach ein paar Sekunden berührten die Räder des Rollstuhls seine Füsse. Es schüttelte ihn, und er krampfte sich zusammen, als hätte er einen elektrischen Schlag bekommen.

»Taha!«

Die Stimme erkannte er sofort – es war die seines Vaters. Er hob den Kopf, sah aber nicht, was er erwartet hatte. Vor seinen Augen glitzerte es sonderbar, wie winzig kleine Sterne, die in seinen Pupillen explodierten. Dann war mit einem Mal alles dunkel.

Taha wusste nicht, wie lange es gedauert hatte, bis er wieder erwacht war. Er sass noch immer an derselben Stelle. Die Wasserflasche neben ihm war umgefallen und hatte seine Hose durchnässt. Er stand auf, um Licht zu machen. Dann schaute er in die dunkle Ecke, ging hin und inspizierte sie aus der Nähe. Sie war leer, so wie immer. Er wischte sich den Schweiss von der Stirn und stellte sich ans Fenster. Auf seiner Uhr war es Viertel nach vier Uhr morgens. Still wie ein verlassenes Dorf lag der Platz da. Taha griff nach dem Fernglas und hielt nach einem Nachtschwärmer Ausschau, fand aber keinen. Er legte es wieder hin, ging ins Wohnzimmer und dann zum Kühlschrank. Aus dem Gefrierfach nahm er die Tüte, die schon mit einer Eisschicht überzogen war. Er suchte nach einem Kugelschreiber und einem Zettel, und nachdem er ein paar Worte darauf notiert hatte, öffnete er die Tüte und liess das Papier zwischen die blau verfärbten Finger fallen. Anschliessend lief er in sein Zimmer und machte zielstrebig beide Fensterflügel halb auf. Er zog sein Unterhemd aus und wischte die Tüte damit ab. Dann drückte er Service' Hand zum Abschied – was er früher nie getan hatte –, trat zwei Schritte zurück und warf sie mit voller Wucht aus dem Fenster. Taumelnd flog sie mitten auf den Platz. Sie prallte an einen Baumstamm, fiel auf die Motorhaube eines Autos und dann auf den Boden. Taha sah noch eine Weile zu ihr hin, und ein Lächeln trat ihm auf die Lippen. Er schloss das Fenster, legte sich hin und tauchte in einen traumlosen Schlaf.

Vier Stunden später erwachte er davon, dass jemand an die Tür hämmerte und danach die Klingel malträtierte. Taumelnd stand er auf. Unterwegs warf er eine Blumenvase um und stolperte über einen Teppich. Schliesslich öffnete er die Tür.

»Du Wahnsinniger!« Das war Jassirs Stimme.

Taha befühlte Jassirs Hemdtasche, und ein Päckchen Zigaretten fiel ihm in die Hand. »Wie spät ist es?«, fragte er.

»Fünf nach halb neun«, sagte Jassir, dann schrie er los: »Du hast die Tüte auf die Strasse geworfen, du Unglückswurm! Die Pillen haben dir wohl das Gehirn aufgefressen. Und ich dachte, sie würden dich daran hindern, eine weitere Katastrophe heraufzubeschwören!«

Taha fuhr zusammen. »Was ist denn passiert?«

»Beweg dich, und guck selbst!«

Taha sprang zum Fenster, öffnete die Flügel gerade so weit, dass er hindurchspähen konnte, und hielt sich das Fernglas vor die Augen. Auf dem Platz war ein Gedränge wie am Jüngsten Tag. Die Menschen standen flüsternd im Kreis um einen Punkt in der Mitte. Sie reckten die Hälse wie Giraffen, damit ihnen nur ja keine Einzelheit entging, die vielleicht geeignet war, vier Beamten der dritten Laufbahngruppe, während sie an ihren Schreibtischen gekochte Bohnen frühstückten, die Langeweile zu vertreiben. Polizisten drängten sie mit Absperrzäunen und ineinander verschränkten Händen ab. Eine recht grosse Menge an Offizieren umstand ein hohes Tier in Uniform und einen anderen Mann in dunklem Anzug, der wichtig aussah und den eine ehrfurchtgebietende Aura umgab. Auch Rechtsmediziner waren vor Ort, mit ihren weissen Handschuhen, transparenten Tüten und ihrer lässigen Art, die sie vor dem Pöbel zur Schau stellten.

»Bist du sicher, dass ...?«

»Natürlich, mein Bester«, fiel Jassir Taha ins Wort. »Oder hat sonst noch jemand so eine Hand wie Service? Als ich heute früh ins Gericht kam, hörte ich, wie die Leute über den Müllsammler redeten, der sie gefunden hat. Unten steht alles kopf. Gott strafe dich!«

»Ich erinnere mich an nichts.«

»Natürlich nicht«, schrie Jassir. »Es war mein Fehler, zuzulassen, dass du dir gestern den Schädel zugedröhnt hast. Komm, pack deine Sachen! Verschwinde ein paar Tage, bis sich alles wieder beruhigt hat!«

»Das geht nicht.«

Jassir kam auf ihn zu. »Taha, ich weiss, wie es in dir aussieht. Aber, bei deinem Vater, mach dich aus dem Staub! Geh zu deiner Tante! Tu's für mich! Für deinen Vater! Du bist diesen Leuten nicht gewachsen. Du bist überhaupt niemandem gewachsen. Du weisst nichts über das Gesetz und provozierst so einen Aufstand. Sultân wird mit dir spielen wie einer vom

Rifâi-Orden mit den Schlangen.* Er wird dich irgendwann aus dem Ärmel ziehen und den Leuten weismachen, er habe dich aus einem Loch hervorgezaubert. Er macht dich alle. Du merkst ja selbst gar nicht mehr, was du anrichtest. Du wirst langsam verrückt.«

Schweigend sah Taha ihn an. Ihm fiel wieder ein, dass er Worte auf einem Zettel notiert hatte – aber welche Worte, war ihm entfallen. Nur daran, wie seine Finger sie geschrieben hatten, konnte er sich erinnern, wie sie dann den Zettel zusammengefaltet und ihn in Service' Hand gelegt hatten.

»Jassir ... ich hab einen Zettel geschrieben und ihn in die Tüte gesteckt.«

Jassir sah plötzlich zerknautscht aus wie ein benutztes Taschentuch. Er legte sich die Hand auf die Stirn und fragte: »Und was steht da drauf?«

»Ich weiss es nicht mehr«, antwortete Taha.

Jassir holte tief Luft. »Mein Gott, du wirst ja wohl nicht deine Ausweisnummer draufgeschrieben haben! Du hast zehn Minuten, um deine Sachen zu packen. Diese Wohnung kannst du vergessen. Alles, was gewesen ist, kannst du vergessen. Taha, ich kann nicht länger bei dir bleiben. Und hierher kann ich auch nicht mehr kommen. Ich habe eine Tochter, die ich aufwachsen sehen will.«

Nach diesen Worten ging er. Wie ein Verrückter rannte Taha in sein Zimmer. Er holte einen Reisekoffer vom Schrank, öffnete ihn und stopfte alles hinein, was ihm in den Blick kam. Da hörte er es an der Tür klopfen. Ziemlich laut klopfen. Mehrere Sekunden blieb er wie angewurzelt stehen, dann schlich er auf Zehenspitzen in den Flur. Er spähte durch den

* Die Angehörigen des von Achmad Rifâi (1118–1182) gegründeten Sufiordens sind dafür bekannt, Schlangen in Häusern finden und beschwören zu können. *(Anm. d. Übers.)*

Türspion und sah einen Mann in den Vierzigern. Er hatte einen breiten Schnurrbart, kräftige Schultern und trug einen Diplomatenanzug von undefinierbarer Farbe. Er sah aus wie ein Kriminalpolizist. Taha zog sich flink zurück, während das Klopfen immer lauter wurde. Im Zimmer hob er schnell die Reste der Pillenschachteln vom Boden auf, warf sie in die Toilette und drückte auf die Spülung. Dann holte er tief Luft, öffnete mit schläfrigem Blick die Tür und tat so, als wisse er von nichts.

»Ja?«

»Wie viele Personen sind in der Wohnung?«, fragte der Mann mit rauer Stimme.

»Ich bin allein hier. Warum?«

»Wir brauchen Sie in fünf Minuten unten, wenn Sie erlauben. Der Kriminalhauptkommissar wird Ihnen ein paar Fragen stellen.«

»Was ist denn los?«

»Das werden Sie unten erfahren.«

Taha zog einen Anzug an und nahm sein Arbeitsköfferchen mit, um durch ein respektables Auftreten jeden Verdacht zu zerstreuen. Er schluckte eine Stugeron, um so weit wie möglich im Gleichgewicht zu bleiben, und ging hinunter. Im Eingangsbereich sass der neue Kriminalhauptkommissar auf einem Plastikstuhl, vor sich einen kleinen Schreibtisch, auf dem eine Tasse Kaffee stand. Um der Sache mit der Hand nachzugehen, hatte er sein Büro vorübergehend hier aufgeschlagen. Neben ihm sassen die Türhüter der Nachbarhäuser und einige Bewohner, darunter auch Sara und ihr schmächtiger Bruder. Als sie Taha bemerkte, wandte sie den Blick ab und sah auf die Strasse hinaus. Er ging langsam zu ihr und versuchte dabei, niemanden auf sich aufmerksam zu machen.

»Bist du immer noch böse?«

»Warum sollte ich böse sein, hast du denn was angestellt?«

»Sara ...«

In gedämpftem Ton unterbrach sie ihn: »Seit dem Tag, an dem ich dich kennengelernt habe, ziehst du eine Mauer zwischen uns hoch. Immer gibt es etwas, das ich nicht verstehe. Immer gibt es ein Geheimnis. Ich sehe, dass man dich geschlagen hat, soll dir aber keine Fragen stellen. Ich frage nach dem Überfall, und du antwortest nicht. Du weisst alles über mich, und ich weiss nichts über dich.«

Er sah zu Boden, um dort vielleicht eine Antwort zu finden. Aber nach einer passenden Entgegnung zu suchen war so schwierig, wie an einem Nagel zu ziehen, der einem tief im Fuss sitzt – einem krummen Nagel. Also sagte er gar nichts. Unter normalen Umständen hätte dieses Schweigen eine Diskussion in Gang gesetzt, die nicht zu seinen Gunsten verlaufen wäre. Aber die Zerbrechlichkeit und Schwäche, die in seinen Augen lag, konnte Sara schwer ertragen. Sie sah ihn lange an, und er presste die Lippen zusammen, als wollte er verhindern, etwas preiszugeben.

»Was ist bloss los mit dir?«, flüsterte sie, und er antwortete mit einem Lächeln, das allerdings sofort erstarb, als der Kriminalbeamte nach ihm rief: »Bitte, mein Herr!«

Er liess Sara stehen und ging zu dem Schreibtisch. Walîd Sultâns Nachfolger trank in grösster Ruhe seinen Kaffee. Er war in den Vierzigern, schlank, gutaussehend, glattrasiert und hatte bronzefarbene Haut. Er trug einen dunkelgrauen Anzug mit offenem Hemdkragen. Ein Bein über das andere geschlagen, bedachte er betont lässig die Leute um sich herum mit prüfenden Blicken.

»Ihr Name?«

»Taha. Taha Hussain al-Sahâr.«

Der Mann hob die Lider und musterte ihn. »In welchem Stock wohnen Sie, Taha?«

»Im zweiten.«

»Was machen Sie beruflich?«

»Ich arbeite in einer Pharmafirma.«

»Was haben Sie da im Gesicht?«

»Ich hatte vorgestern eine Auseinandersetzung mit einem Taxifahrer.«

»Um welche Zeit?«

»Ungefähr um zehn.«

Sara sah ihn verdutzt an.

»Haben Sie Anzeige erstattet?«

Taha hob den Kopf, um den Gott der Antworten um Hilfe anzuflehen, der früher immer in den Decken der Prüfungssäle gewohnt hatte. »Wenn jeder, der sich mit einem Taxifahrer um den Fahrpreis streitet, Anzeige erstatten würde, dann würde ja das ganze Land die Nacht im Polizeirevier verbringen.«

Der Kommissar lächelte und beobachtete dabei weiter Tahas Gesicht, dann fragte er: »Haben Sie eine Ahnung, was vorgefallen ist?«

»Ich habe am Morgen Geschrei gehört.«

»Kennen Sie Service?«

»Ich hab von ihm gehört.«

»Ein Müllsammler hat seine Hand gefunden. Sie lag in einer Tüte. Jemand hat sie neben ein Auto geworfen.« Taha stellte sich dumm und sagte kein Wort, und der Mann fuhr fort: »Haben Sie heute Nacht oder am frühen Morgen irgendwas gehört oder gesehen?«

Taha schüttelte den Kopf und fragte: »Woher wissen Sie denn, dass es Service' Hand ist?«

»Weil keine zweite Hand so ist wie diese«, antwortete der Kommissar. Dann schlug er ein Heft auf, schob es Taha hin und gab ihm einen Kugelschreiber dazu. »Notieren Sie Ihren Namen, Ihre Adresse und Telefonnummer! Danach werde ich Ihnen einen Satz diktieren, und Sie schreiben ihn für uns auf.«

Taha stellte den Koffer auf den Boden und bückte sich, um seinen Namen zu schreiben. Währenddessen zog der Kommissar aus seiner Hemdtasche ein transparentes Tütchen mit einem Zettel darin. Als Taha ihn erblickte, blitzte in seinem Kopf etwas auf. Plötzlich erinnerte er sich wieder. Er sah seine zittrige Hand schreiben. Sah sich den Zettel zusammenfalten und in diese andere Hand stecken – eine Hand, der zwei Fingerglieder fehlten. Mit ganzer Wucht hatte er sie fortgeschleudert und war ihr noch mit den Blicken gefolgt, bis sie auf den Boden geprallt war.

Er kam erst wieder zu sich, als der Polizist ihm zurief: »Was ist los? Haben Sie Ihren Namen vergessen?«

Lächelnd schüttelte Taha den Kopf und nahm den Stift in die Hand, und zwar in die, mit der er sonst nicht schrieb. Er holte Luft und brachte mit steifem Handgelenk in aller Ruhe seinen Namen zu Papier. Die Schrift seiner Linken war krakelig und sah aus, als wäre sie seekrank. Aber sie erfüllte ihren Zweck: Mit seiner eigentlichen Handschrift wies sie keinerlei Ähnlichkeit auf. Als er fertig war, fragte er den Kommissar: »Noch was?«

Der warf einen Blick auf den kleinen Zettel und bat Taha, zu seiner Adresse noch den Satz hinzuzufügen: »Mit einem kleinen Fehler korrigieren wir grosse Fehler.«

Taha schrieb, als hätte er die Worte zum ersten Mal gehört. Als er fertig war, reichte er das Heft dem Kommissar. Der warf einen prüfenden Blick darauf und klappte es zu.

»Falls Ihnen noch was einfällt, kommen Sie sofort ins Revier!«

Taha nickte. »Natürlich.« Er verabschiedete sich und ging zu Sara zurück.

»Ich wusste ja gar nicht, dass du Linkshänder bist«, überfiel sie ihn sogleich.

Taha zwang sich zu einem Lachen. »Das wusste ich bis jetzt selbst noch nicht.«

»Glaubst du mir jetzt? Ich hab dir doch gesagt, hier am Platz passieren komische Dinge. Und jetzt ist auch noch Service umgebracht worden.«

»Aber er ist zerstückelt worden. Das passt nicht zu deiner Theorie.«

Sie neigte den Kopf und sah ihm aufmerksam in die Augen. »Ich hab das Gefühl, du bist irgendwie zufrieden. Oder kommt mir das nur so vor?«

Taha versuchte seine Verlegenheit zu verbergen. »Warum sollte ich zufrieden sein? Das war der Ehemann meiner Mutter!«

»Wann hattest du denn nun die Auseinandersetzung mit diesem Taxifahrer?«

»Ich weiss nicht mehr, Sara ...«

Im selben Moment klingelte sein Handy. Es war eine unbekannte Nummer. Er hielt es sich ans Ohr, und jemand sagte: »Das hatten wir nicht vereinbart, Herr Doktor.«

Walîd Sultâns Stimme war unschwer zu erkennen. Eilig entschuldigte sich Taha bei Sara, verliess das Haus und entfernte sich ein Stück.

»Es war keine Absicht.«

»Sie wollen mich wohl auf den Arm nehmen«, schrie Walîd. »Was soll das heissen, keine Absicht?«

»Es heisst: Es war keine Absicht. Ich war nicht richtig bei mir.«

»Sie reden, als hätten Sie gewusst, was Sie taten.«

»Ich geh jetzt meine Sachen packen.«

»Wenn Sie die Wohnung verlassen, machen Sie sich bei jedermann verdächtig. Darauf warten die doch nur: dass einer am Platz es mit der Angst zu tun kriegt. Dass er plötzlich abhaut und seine Routine aufgibt. Gehen Sie wie gewohnt zur Arbeit, und kommen Sie zur üblichen Zeit wieder. Ich will keinerlei Dummheiten mehr von Ihnen hören, verstanden?«

Taha schaute zum Himmel. »Ich kann hier nicht länger bleiben.«

»Glauben Sie mir, Sie sind nicht in der Position, darüber zu diskutieren.« Das Gespräch brach ab.

Taha steckte das Handy wieder in die Tasche und zündete sich eine Zigarette an. Er machte grosse Schritte, als hätte er Angst, einen Zug zu verpassen. Seine Füsse trugen ihn zur Corniche. Vor lauter Nachdenken schwitzte er dabei so stark, dass ihm die Brillengläser beschlugen. Schliesslich kam er zur »Prinzessin«, einer kleinen Anlegestelle, an der drei Boote mit aufgerichteten Segeln vertäut waren. Taha stieg die wenigen Stufen zum Fluss hinab. Unten waren zwei Männer. Einer von ihnen lag laut schnarchend in einem Sessel, der andere sass mit angezogenen Beinen am Wasser und rauchte eine Schischa. Als er Taha mit Anzug und Köfferchen auf sich zukommen sah, stand er hastig auf und betete dabei insgeheim um Gottes Hilfe gegen sämtliche Vertreter von Stadtverwaltung, Versicherung, Gouvernement, Stadtteil oder Steuerbehörde.

»Was wünschen Sie, Pascha?«

»Ein Boot.«

»Für wie viele Stunden?«

Taha schwieg einige Sekunden lang, den Blick auf die sanften Wellen gerichtet, dann antwortete er: »Für drei Stunden ... oder vier ... egal.«

»Das schönste Boot für den Pascha, der uns zum ersten Mal

die Ehre gibt«, entgegnete der Mann. Dann rief er in die andere Richtung: »Arabi, Junge! Komm, hol die *Titanic* für den Baschmuhandis!«

»Die *Titanic?!*«

Wenig später stiess Arabi die *Titanic* in die Flussmitte. Er war ein dunkelhäutiger, magerer Junge, der ein Händchen für die Segel hatte. Er liess sie frei, so dass sie sich aufblähten und das Boot vom Ufer fortzogen. Taha stellte sein Köfferchen neben ein Sofa mit Pflanzenornamenten und setzte sich hin. Nach ein paar Minuten klappte der Junge, der mit angezogenen Beinen dasass, eine Holzkiste auf, in der jede Menge Kassetten lagen. Nach einer Weile fand er, wonach er suchte: das Lied *Tu mir ruhig weh!* von Târik al-Scheich. Weil der Kunde allein gekommen war, ging er wohl davon aus, dass er an Liebeskummer litt, und wollte nun mit der Musik zu seiner inneren Läuterung beitragen. Einige Sekunden vergingen, und schon erschallte von dem ausgeleierten Band in fruchtlosem Jammern: »Tu mir ruhig weh! Ich kann nicht klagen, selbst meine Augen weinen nicht, und tadeln werd ich dich niiiiie!«

Taha schloss die Augen und machte dem Jungen ein Zeichen, das heissen sollte: »Vielen Dank, aber jetzt reicht es!« Der Junge stoppte das Band und wandte seine Aufmerksamkeit wieder den Segeln zu. Taha zog die Schuhe aus, nahm die Brille ab, legte sich, den Kopf auf sein Köfferchen gebettet, auf das Sofa und blickte auf zu den Wolken.

»Möchten Sie an einen bestimmten Ort, Pascha?«, fragte der Junge.

»Egal wohin, nur weit weg von hier«, antwortete Taha. Dann schloss er die Augen, überliess sich dem Schaukeln des Bootes – und wartete auf den Zusammenprall mit dem Eisberg.

21

Am selben Abend
»Meine Damen, Fräulein und Herren, zum Ende meiner Ansprache habe ich nun das Vergnügen, eine liebe Kollegin ans Rednerpult zu rufen. Eine Dame, die in vorbildlicher Weise dazu beigetragen hat, die Arbeit des Clubs voranzutreiben und die Ziele im Auge zu behalten, die uns allen so sehr am Herzen liegen. Dabei hat sie der Gesellschaft wertvolle Dienste geleistet und auch im Hinblick auf die Förderung der Frau auf allen Ebenen eine führende Rolle gespielt. Wir hören die Rede von Frau Buschra Sîra!«

Rauschender Beifall hallte durch den Kleopatra-Saal des Semiramis-Hotels. Zwischen den Tischen hindurch schritt Buschra Sîra hinauf aufs Podium. In ihrem rückenfreien purpurroten Kleid und mit ihrem Hinterteil, für das sie einen Waffenschein gebraucht hätte, wurde sie von den Augen des Publikums regelrecht verschlungen. Als sie mit dem wiegenden Gang eines Mannequins zum Mikrofon stöckelte, klapperten ihre hochhackigen Schuhe über den Marmorfussboden. Sie schob sich eine Haarsträhne aus dem Gesicht, die ihr vor die langen Wimpern gefallen war, griff nach ihrem Manuskript, und mit einem Lächeln, das ihre ebenmässigen Zähne entblösste, begann sie vorzutragen: »Verehrtes Publikum, ich kann gar nicht beschreiben, wie glücklich ich bin, Sie heute hier zu sehen. Der heutige Tag ist die Krönung unserer jahrelangen Bemühungen, die Beteiligung der Frau an der gesellschaftlichen Entwicklung voranzutreiben. Ich erinnere mich noch, wie ich im Jahre 1984 der Gesellschaft als Gründungsmitglied beigetreten bin. Ich erinnere mich auch an unser allererstes Projekt. Es hatte zum Ziel, der Prostitution junger Mädchen ein Ende zu setzen. Damals fragte ich mich: Was sind die Gründe für dieses

Phänomen? Unwissenheit? Oder Armut? Im Laufe der Jahre sah ich klarer und fand heraus: Die gravierendsten Gründe waren Verbote und Repressionen. Keine Gesellschaft kann den von ihr beschworenen Aufschwung und Fortschritt erzielen, solange mehr als achtzig Prozent der jungen Leute unter Isolation und fehlender sexueller Befriedigung leiden und durch extremistische religiöse Tabus und Denktraditionen an der Teilhabe gehindert werden. Heute stehen wir an der Schwelle zu einem neuen Zeitalter, einem Zeitalter der Öffnung und der Befreiung, einem Zeitalter, in dem die Verbote auf dem Rückzug sind, denn sie prallen nun auf Freiheit, Offenheit, Toleranz und ein breiteres Verständnis für unsere Probleme ...«

Als sie zwischen zwei Sätzen einmal aufblickte, sah sie ihn am Ende des Saals stehen. Mit verschmitztem Lächeln lehnte er an der Tür. Sieben Minuten noch, dann war ihre Rede beendet.

»... in dem freiheitlichen Klima, das wir erleben, werden wir uns zu einem verständnisvolleren und helleren Morgen aufmachen. Vielen Dank!«

Mit einem breiten Lächeln für die Menge stieg sie vom Podium und verliess den Saal. Als sie zu ihm trat, blies er gerade den Rauch seiner Zigarette in die Luft und blickte aus dem Fenster auf den Nil. Ohne etwas zu sagen, nahm sie ihm die Zigarette aus der Hand, zog daran und hinterliess dabei rote Spuren auf dem Filter. Dann blies sie den Rauch zur Decke.

»Was für eine Überraschung! Sie hier zu sehen, hätte ich nicht erwartet.«

Lächelnd drehte er sich zu ihr. »Immer noch im Dienst der Gesellschaft?«

»Und Sie? Noch immer die Kraft, Witze zu machen?«

»Ich brauche Sie für etwas. Für einen Gefallen unter alten Freunden.«

»Worum geht's?«

»Nicht hier!«

Sie sah ihm tief in die Augen, dann steckte sie die Zigarette in einen mit Sand gefüllten Aschenbecher. »Ich habe zu tun.«

»Ich werde warten, bis Sie fertig sind«, sagte er.

Sie liess ihn stehen und kehrte in den Saal zurück, um sich wieder unter die eleganten Anzüge und prächtigen Kleider zu mischen. Die Feier begann mit einem Essen für die Konferenzteilnehmer, und allein, was dabei übrig blieb, hätte ein ganzes Dorf satt machen können. Es folgte die Ehrung der Protagonisten einer Ramadan-Fernsehserie und einiger Sänger, denen man kunststoffbeschichtete Plaketten und formelle Schmeicheleien angedeihen liess. Der nächste Programmpunkt war die berühmte Bauchtänzerin Muhga, deren Musikbegleitung jedoch im Lachen und Gläserklirren unterging. Schliesslich ebbte der Lärm allmählich ab, und die Feier klang aus.

Buschra stöckelte hinaus und blickte sich suchend nach ihm um, fand ihn aber nicht. Seufzend trat sie in den Aufzug, fuhr in die Eingangshalle hinab und ging zu ihrem Oberklasse-Chrysler. Als sie die Autotür öffnete, sah sie Walîd im Wagen sitzen und auf sie warten. Durch den Rückspiegel blickte sie in das Gesicht des Chauffeurs. Um ihr ein Zeichen zu geben, schüttelte er den Kopf. Sie verstand sofort, was er meinte.

»Abb Asîm ist ein höflicher Mann«, sagte Walîd. »Er hat darauf bestanden, dass ich hier auf Sie warte statt draussen neben dem Auto.«

Zähneknirschend stieg sie ein.

Walîd richtete das Wort an den Fahrer: »Bring uns zum Cairo Gate an der Wüstenstrasse!«

Der Mann sah Buschra an, und sie nickte ihm zu. Bei der genannten Mall hielt das Auto gegenüber den berühmten Geschäften. Walîd nahm fünfzig Pfund aus dem Portemonnaie und steckte sie dem Fahrer in die Tasche. »Rauch eine Schischa, Abb Asîm, und mach es dir gemütlich, bis wir dich wieder rufen!«

Der Chauffeur sah zu Buschra, die ihm aufmunternd zunickte. Er stieg aus, und nun waren sie und Walîd hinter den dunklen Autoscheiben unter sich.

»Wie steht's?«, fragte er.

»Ich bin aus freien Stücken hier ...«, sagte sie.

»Ja, nur aus einer Laune heraus.«

»Kommen Sie zum Thema!«

»Von meinem Prozess haben Sie wohl gehört?«

»Von der sexuellen Korruption?«

»Sie wissen, wovon ich rede.«

Buschra schlug die Beine übereinander und sah ihn verwundert an. »Was soll das heissen?«

Walîds Augen betrachteten ihre hellen Oberschenkel, dann sagte er: »Normalerweise würde ich das, was geschehen ist, als Geschäftsbereinigung betrachten.«

»Wovon sprechen Sie? Ich verstehe nicht.«

Er beugte sich vor und legte ihr die Hand um die Taille. »Buschra, glauben Sie mir, ich nehme die Sache nicht persönlich, im Ernst. Als ich es mit Papier und Bleistift nachgerechnet habe, bin ich zu dem Ergebnis gekommen, dass Sie bei allem, was Sie taten, im Recht waren.«

Sie konnte ihm nicht direkt in die Augen blicken und beobachtete deshalb sein Gesicht im Rückspiegel, während er weitersprach.

»Jeder an Ihrer Stelle hätte dasselbe getan. Ich bin schuld am Tod eines der besten Pferde in Ihrem Stall, eines Pferdes, das ein unverzichtbares Bindeglied zwischen Ihnen und einem VIP war. Einem VIP, dessen Geheimnis ich gelüftet, den ich rüde behandelt und gezwungen habe, seinen Geliebten, der ihn so glücklich gemacht hatte, umzubringen. Kein Wunder, dass Sie mir eine Anklage angehängt haben. Und da sie von Ihnen kam, musste sie natürlich sexueller Natur sein. Ich seh das schon alles ein, ungelogen. Das Mädchen sieht nicht schlecht aus und ist ein Flittchen. Und ihren Ehemann kann sie nicht ausstehen. So ist sie meine Beute geworden.« Buschra schluckte nervös, und Walîd fuhr fort: »Ich bin nicht gekommen, um Ihnen Vorwürfe zu machen oder zu drohen. Es war ein gelungenes Manöver. Ich hatte ja eine Reaktion von Ihnen oder vom Bey, der um seinen Ruf fürchtet, erwartet. Aber damit, dass Sie mich auf die Strasse gesetzt haben, sind Sie viiiel zu weit gegangen!«

Sie versuchte sich zusammenzureissen. »Nun wollen Sie mir also doch drohen!«

»Überhaupt nicht. Ich bin nur gekommen, um Ihnen ein paar Punkte zu erklären, die Ihnen entgangen sind, Buschra. Ohne Sie ärgern zu wollen: Letzten Endes sind Sie eine Hure. Eine schicke zwar, aber Ihr Wissen wird mit der Zeit zu gefährlich. Vor allem für eine Person in der Öffentlichkeit, die nicht möchte, dass ihre schmutzige Wäsche vor andern Leuten gewaschen wird. Wenn Hâni Bergas sich in irgendeiner Weise bedroht fühlt, wird er nicht zögern, sich Ihrer zu entledigen. Das scheint er mir mit Karîm sehr deutlich demonstriert zu haben. Und beim nächsten Mal sind Sie an der Reihe! Das ist ein Mann, dessen Erfolg auf seinem Ruf gründet. Jemand wie Sie rückt ihn in ein schlechtes Licht.« Walîd beobachtete, wie ihre Gesichtszüge entgleisten, ihre Blicke ihm auswichen und ihre Augen sich weiteten, und fuhr mit seiner Analyse fort: »Einen Fehler haben Sie schon begangen. Gehen müssen Sie so oder so, das ist nur noch eine Frage der Zeit. Die Fehler müssen ja gar nicht schwerwiegend sein. Gerade bei so schmutzigen Angelegenheiten ... Ihre Todesmeldung in einer Tageszeitung braucht nicht mehr als fünf Zeilen. All Ihre Beziehungen werden Ihnen dann nichts mehr nutzen. Nun, bestehen Sie immer noch darauf, dass ich derjenige bin, der Ihnen droht?«

»Worauf wollen Sie hinaus?«

»Ich will nicht am Tod einer weiteren Person schuld sein. Führen wir unsere Interessen doch zusammen!« Verdutzt sah Buschra ihn an, und er fragte: »Haben Sie noch immer mit Hâni Bergas zu tun?«

»Und wenn?«

Er kam ihr so nahe, dass er ihren Atem spürte. »Die Abmachung sieht folgendermassen aus: Sie werden mir ein paar Fragen beantworten. Und dafür verspreche ich Ihnen, Sie aus allem rauszuhalten.«

Mit weit aufgerissenen Augen überlegte sie. Er schwieg, um seine Worte wirken zu lassen. Sie trommelte mit den Fingernägeln gegen die Scheibe, zündete sich eine Zigarette an, löschte sie wieder und drehte sich zu Walîd. »Was wollen Sie wissen?«

»Sie haben mich noch nie enttäuscht«, sagte er lächelnd.

*

Vier Tage später
Der Platz war wieder zur Ruhe gekommen, und die Leute begannen, die vier Finger und den Zettel zu kommentieren: »Jetzt schlagen die Kerle sich schon gegenseitig die Köpfe ein.« – »Hoffentlich ist der Platz jetzt wieder sauber, zum Kuckuck.« – »Gedankt sei der Hand, die dem die Hand abgeschnitten hat, das war so ein Dreckskerl.« Auf den Gesichtern lag allgemein ein Gefühl der Genugtuung, der Sicherheit und der Erwartung.

In der Pharmafirma war Taha inzwischen zu einem Zombie geworden. Sein Leistungstief glich er aus, indem er eine grosse

Menge Waren »verbrannte«, das heisst sie an bestimmte Drogerien verkaufte. Sein direkter Vorgesetzter wagte nicht, Tahas Zustand zur Sprache zu bringen. Er sah zu schlimm aus, als dass man ihm hätte ins Gewissen reden können. Seine düstere Miene, sein aufbrausendes Wesen und dann noch die Wunden unbekannten Ursprungs – dies alles bewirkte, dass man ihm mit einer Art Scheu begegnete. Selbst die Ärzte, die mit ihm arbeiteten, begannen ihm zu schmeicheln, kaum dass er hereinkam. Er war wie ein zum Tode Verurteilter, er hatte nichts mehr zu verlieren. Selbst Sara ging er aus dem Weg, seit Walîd Sultân diese Glut in ihm angefacht hatte, die Glut des Zweifels. Sie versengte ihn mit Rauch und Hitze, trotz der ganzen Beruhigungspillen, die er schluckte und die schon ein Teil seiner selbst geworden waren. Seine Phantasien von ihr allerdings verfolgten ihn. Als wäre sie an seine Lider gekettet, hatte er sie vor Augen, sobald er aufwachte und wenn er einschlief, falls er denn einschlief. Eines Tages wartete er sogar im Stadtzentrum, vor dem Redaktionssitz, auf sie. Während er die Tür des Gebäudes nicht aus den Augen liess, trugen seine Gedanken ihn fort wie ein reissender Strom einen Baumstamm. Seine Mutter fiel ihm wieder ein. Irgendetwas in ihm begann zu brodeln, ihn zu bedrücken. Warum hat sie nicht abgewartet? Warum hat sie nicht durchgehalten?, schrie es in ihm. Ihr Unterleib war ihr wichtiger als du!

Plötzlich wurde er aus seinen Gedanken gerissen, als Sara aus der Tür trat. Er hatte in einiger Entfernung auf sie gewartet, um sie sehen und vielleicht beobachten zu können. Schnellen Schritts kam sie heraus und sprach dabei in ihr Handy. Er wollte schon auf sie zugehen, aber irgendetwas hielt ihn zurück. Vorsichtig folgte er ihr bis in die Huda-Schaarâwi-Strasse. Sara trat in ein altes Gebäude mit Kuppeldach neben der Commercial International Bank und fuhr mit dem Aufzug nach oben. Taha wusste nicht, was er tun sollte. Aber der Dämon verlangte sein Recht. Nach einigen quälend langen Minuten folgte er ihr in das Haus.

Plötzlich tauchte wie aus dem Nichts der Türhüter auf. »Wohin bitte, mein Herr?«

»Zu Doktor ... Achmad.«

»Achmad und wie weiter?«

Taha suchte mit den Augen die Messingschilder ab, bis er ein passendes fand. »Doktor Achmad Muhanna, Spezialist für ...«

»Erster Stock, auf der rechten Seite.«

Taha lächelte und trat in den Aufzug. Aber der Türhüter sagte: »Nein, Herr Baschmuhandis, gehen Sie zu Fuss! Im ersten hält der Lift nicht.«

Das Gebäude hatte sechs Stockwerke. Es war nicht leicht, herauszufinden, in welche Wohnung Sara gegangen sein mochte. Taha irrte umher, bis sich neben ihm eine Tür öffnete, aus der eine ältere Dame trat. Sie warf ihm einen Blick zu, der ihn in Verlegenheit brachte, und zwar umso mehr, als er sich tatsächlich ziemlich verdächtig benahm. Also ging er die Treppe wieder hinunter, trat auf die Strasse und begnügte sich damit zu warten.

Die Zeit verging nur langsam. Taha bekam Hunger und kaufte sich ein Lebersandwich von einem Wagen, um den sogar die Tetanuserreger einen Bogen machten. Als er wieder auf seine Uhr schaute, stellte er fest, dass der grosse Zeiger schon drei Umdrehungen absolviert hatte – da sah er sie vor der Tür stehen. Sie war nicht allein, bei ihr war ein sonderbarer junger Mann in schwarzem T-Shirt, mit drei Glücksarmbändern um die Hand, einem kleinen Ring in der Augenbraue und einem abgenutzten Rucksack über der Schulter. Rasch versteckte sich Taha, bis sie in die Kasr-al-Nil-Strasse einbogen. Dann lief er ihnen hinterher bis zum Hotel Odeon neben dem gleichnamigen Kino. In diesem Haus mit den drei Sternen neben der Tür verschwanden sie. Taha wartete kurz, dann folgte er ihnen. Bis auf einen dicken Mann in einem Sessel war die Eingangshalle leer. Taha grüsste ihn und sah sich suchend um, bis er die Stockwerksanzeige des Aufzugs sah, auf der die Zehn aufleuchtete. Er drückte auf den Knopf, und der enge Holzkasten kam zu ihm herunter. Im Inneren roch es stark und unangenehm, offenbar hatte jemand den Weg zur Toilette nicht gefunden. Er wählte die zehnte Etage und hielt den Atem an, bis er wieder ausstieg.

Die Beleuchtung war gedämpft, die Einrichtung im Stil der Siebziger. In tiefen Sesseln versunken sassen junge Leute und flüsterten miteinander, und Muhammad Munîr sang: »Ich ging mit dir bis zum Ende. War für dich der Anfang schon Ende? Deine Augen zogen mich in einen Traum, der nicht hielt.« Taha liess seinen Blick über die Gesichter der Gäste wandern. Schliesslich entdeckte er die beiden auf der Terrasse, die zur Strasse hinaus lag. Sie sassen unter einem Sonnenschirm, der an der Mauer befestigt war und das Logo von Stella-Bier trug. Sara zündete sich gerade eine Zigarette an, drückte dabei ihre Brüste gegen den Tisch und lauschte einer offensichtlich amüsanten Unterhaltung. Seine Füsse trugen ihn in ihre Richtung.

»Guten Abend, Sie sind allein?« Das war der korpulente Kellner, der den Gast platzieren wollte.

Taha zeigte mit der Hand auf einen Tisch hinter Saras Rücken. »Geht es hier?«

»Bitte sehr. Was möchten Sie trinken?«

Mit seinem Anzug und dem Köfferchen, das er nun zwischen seinen Füssen abstellte, wirkte er unter den Anwesenden wie von einem anderen Stern.

»Irgendwas ... Saft!«

Sara schien in das Gespräch vertieft zu sein. Sie drehte sich ihre Haarsträhnen um die Finger und wippte mit dem Fuss. Dann lachte sie und schlug ihre Handfläche gegen die ihres Begleiters. Eine halbe Stunde lang beobachtete Taha die beiden, vor sich sein Glas Limonensaft, das langsam schal wurde. Plötzlich stand sie auf und sagte: »Ich geh mal zur Toilette.« Schnell rutschte Taha mit seinem Sessel zurück. Aber der blieb irgendwo hängen, neigte sich zur Seite und fiel um. Dabei machte er einen solchen Lärm, dass alle Köpfe sich in seine Richtung drehten. Der erste war Saras. Taha stand auf, klopfte den Staub von seinem Anzug und versuchte, unter dem leisen Lachen der Anwesenden die Reste seiner Würde aufzusammeln. Der Schweiss lief ihm über die Stirn.

Sofort kam Sara heran. »Taha! Seit wann sitzt du denn schon hier?«

Er strich sich über den Kopf und sah ihr in die Augen. »Seit kurzem.«

Sie wirkte ziemlich durcheinander. »Und was machst du hier?«

Er nahm seinen Koffer, zog sein Portemonnaie heraus und legte zehn Pfund auf den Tisch. »Nichts«, sagte er und ging.

Sie folgte ihm bis zum Aufzug. »Können wir eine Minute reden?«

Er wandte sich zu ihr um und verzog dabei die Lippen zu einem gezwungenen Lächeln. »Weisst du es?«

»Was denn, Taha?«

Muhammad Munîr unterbrach sie: »Ja, so leid bin ich es. So lange hab ich gewartet. Bin müde geworden, als ich meine Gefühle für deine Augen versteckte.«

Grinsend sah Taha hinauf zu den Lautsprechern unter der Decke und trat dann wieder in den übelriechenden Fahrstuhl.

Am Abend hatte Taha seine letzte Runde durch die Arztpraxen hinter sich gebracht, während deren Sara ihn zwanzigmal vergeblich angerufen hatte. Dann war er nach Hause gegangen und stand gerade unter einer kalten Dusche, durch die er sich ein bisschen zu entspannen versuchte, als es an der Tür schellte. Mit einem Handtuch um die Lenden ging er zur Tür, in der Rechten einen Knüttel, den er einem Hausierer bei dessen letztem Besuch abgekauft hatte. Er blickte durch den Spion und sah Sara vor Nervosität zitternd warten. Nach kurzem Zögern öffnete er ihr.

»Ja?«

»Warum gehst du nicht ans Handy?«, fragte sie und stiess die Tür mit der Hand auf. »Ist Jassir hier?«

»Nein.«

Sie kam herein und warf ihre Handtasche auf den Tisch. Dann liess sie sich auf das zerfetzte Sofa fallen, zog die Schuhe aus und winkelte das rechte Bein unter sich an, um bequem zu sitzen. »Hast du gerade geduscht?«

»Was willst du?«

Sie zündete sich eine Zigarette an. »Können wir reden?«

»Bitte sehr, rede!«

»Kannst du dich neben mich setzen?«

Taha stöhnte auf: »Ich fühle mich ganz wohl hier.«

»Sei nicht so misstrauisch!«

»Ich zieh mir nur schnell was an und komm dann wieder«, gab er sich geschlagen.

Er ging in sein Zimmer und wühlte in dem ganzen Plunder dort, bis er auf gebügelte Wäsche stiess. Als er das Handtuch abgelegt hatte und dabei war, die Hose anzuziehen, spürte er einen leichten Luftzug neben seinem Ohr und erschauerte. Er zog die Hose hoch, drehte sich um – und da stand sie! Ohne etwas zu sagen, stürzte sie auf ihn zu, drang in seine Hoheitsgewässer ein und warf dort ihren Anker aus. Sie sah ihm in die Augen, aber er wich ihrem Blick aus.

»Das ist ein Missverständnis, Taha. Er ist nur ein Freund, nicht mehr. Und warum tust du so, als wäre ich mit ihm allein in einer Wohnung gewesen?«

»In der Wohnung in der Huda-Schaarâwi-Strasse?«

Sara lächelte. »Spionierst du mir nach?«

»Weich der Frage nicht aus!«

»Was hast du mir gesagt, wann du geboren bist?«

Er schob ihre Hand weg.

»Wer dich nämlich so reden hört, denkt, du bist sechzig.«

Taha wandte sich ab, um sich etwas zum Anziehen zu suchen, und sie bemerkte die gebogene Naht auf seinem Rücken. Zärtlich lehnte sie sich an ihn und strich tastend mit den Fingerspitzen darüber. Er hörte auf zu suchen und drehte sich zu ihr um, und sie sagte: »Im zweiten Stock ist eine Wohnung, aus der wir vorübergehend einen Stützpunkt für die Bewegung gemacht haben, an dem wir uns treffen können: die Clique von der Zeitung, ein paar Freunde vom Café Takîba und vom After Eight Café, Autoren und Journalisten. Wir reden dort über Politik, das Land und andere Sachen. Und in ein paar Tagen demonstrieren wir auf dem Tachrîrplatz für Palästina. Wenn du möchtest, kannst du auch kommen.« Wortlos beobachtete Taha sie, und sie fügte hinzu: »Ich habe dir schon vor einiger Zeit gesagt, dass nicht alle verstehen, was ich denke.«

»Das kommt daher, dass deine Gedanken ihnen zu abgehoben sind.«

»Jetzt mal im Ernst, ich weiss, dass viele Leute das an mir stört. Aber was soll ich machen? Ich lehne sehr viele Dinge in unserer Gesellschaft ab, halte aber den Mund, um im Haus und draussen keinen Streit zu provozieren. Und mit dir scheint es ähnlich zu sein. Da musst du was ändern, jede Zeit hat ihre besonderen Umstände. Dass unsere Meinungen sich unterscheiden ...«

Taha unterbrach sie: »Sich unterscheiden? Du gehst auf Demonstrationen, rauchst Haschisch und trinkst Bier, gehst bis zum Morgen aus – und dann noch diese Komödie mit dem Kopftuch!«

»Und an Demonstrationen teilzunehmen macht mich natürlich gleich zur Prostituierten!«

»Das hab ich nicht gesagt. Ich will dir nur klarmachen, dass du dir selbst widersprichst.«

»Aber ich sehe in deinen Augen, was du denkst. Nur damit du es weisst: Die Hälfte aller Handypornos beginnt mit Frauen, die einen Gesichtsschleier tragen. Nennst du das etwa Religion?«

»Und deshalb bist du jetzt eine Heilige?«

»Jedenfalls bin ich ehrlich. Rauchst du denn etwa nicht? Hast du noch nie Haschisch geraucht? Und sag mal, wenn ich jetzt mit dir schlafen würde, wer von uns beiden hätte dann was falsch gemacht? Du wärst natürlich bei deinen Freunden der tolle Hecht und ich die ...«

»Ein Mädchen wird nie wie ein Junge sein, meine liebe Suâd Husni*.«

»Das gilt aber nur in orientalischen Gesellschaften. Und weisst du auch, wo genau? Hier in deinem Kopf«, erwiderte Sara und tippte ihm an die Stirn.

Taha packte sie heftig am Handgelenk. »Jetzt bin ich also auch noch rückständig! Und was ist mit dir? Wach doch mal auf! Du lebst eine riesengrosse Lüge. Dieses Leben, das du führst, wird das Land jedenfalls nicht wieder in Ordnung bringen. Und es wird auch Palästina nicht befreien.«

* Einflussreiche ägyptische Schauspielerin und Sängerin (1943–2001). Sie war insgesamt viermal verheiratet. *(Anm. d. Übers.)*

»Ja, richtig, aber dein Leben wird das tun, der Käfig, in den du dich sperrst. Seit wann ist denn Freiheit eine Sünde?«

»Das nennst du Freiheit?«

»Besser als so ein beschränktes Leben ohne ein Ziel. Ich tu wenigstens was.«

»Und du glaubst, dieser Kerl mit dem Piercing tut auch was?«

Sara sah ihn scharf an. »Das ist seine persönliche Freiheit. Und ausserdem ist Ibrahîm, abgesehen von seinem Aussehen, sehr engagiert, es läuft sogar ein Prozess gegen ihn. Wir leisten Widerstand, um etwas zu verbessern. Wir erheben unsere Stimme, um etwas zu ändern. Es kommt ja nicht auf das Aussehen an. Wir haben mal siebzehntausend Unterschriften gesammelt, damit …«

»Unsinn«, unterbrach er sie. »Herrschaften wie du und er treten um sich, rütteln an allem – und am Ende beissen sie auf Granit. Ihr habt ja gar kein Gespür für das Volk. Das ist sich nämlich selbst genug, wie eine trächtige Wasserbüffelkuh stehen die Leute nicht auf, um sich zu kratzen, wenn es sie juckt. Du sagst dann natürlich, sie führen ein beschränktes Leben und haben kein Ziel. Aber du gehörst ja auch zur Schicht der Intellektuellen! Zu diesen räudigen, ungewaschenen Typen mit den wilden Frisuren, die Glücksarmbänder tragen und über alles genau Bescheid wissen. Partys, Rauchen, Trinken, Menschenrechte, Bekämpfung der Korruption und dazu eine Prise Palästinaproblem … Wenn einer von denen irgendwas tut, fress ich einen Besen! Aber momentan ist nicht die Zeit für grosse Worte. Das einzige Ziel, das diese Kerle haben, wenn du vor ihnen herläufst, ist, dir auf den Hintern zu starren.«

Sara lächelte, senkte den Blick und sah ihm dann wieder in die Augen. »Weisst du, was ich so an dir mag? Dass du dich noch immer auf den Beinen hältst. Du bist ein richtiger *survivor!* Nie hätte ich gedacht, dass jemand all das, was du mitgemacht hast, überleben kann. Und nur aus diesem Grund ertrage ich auch deine Worte. Aber an eines solltest du denken: Richte deine Wut gegen den Richtigen!«

Grübelnd liess er sie stehen und ging ans Fenster.

»Liebst du mich, Taha?«

Die Frage kam so überraschend wie ein Peitschenhieb mitten ins Gesicht.

Er zog die Schultern hoch. »Und wenn?«

Sie tauchte die Peitsche in Öl und machte jede Menge Knoten hinein, dann schlug sie noch einmal zu: »Weisst du, was dein Problem ist? Du weisst nicht, was du willst. Nicht einmal ein ›Ich liebe dich‹ bringst du über die Lippen. Das traust du dich nicht, du Wassermann! Du fürchtest dich davor, dass jemand deine Gefühle sehen könnte. Sieh doch mal, wie lange wir uns schon kennen, und nie hast du mir gesagt, was du empfindest. Dabei kann man es dir doch an den Augen ablesen. Sogar vor dir selbst hast du Angst. Du möchtest, dass ich dir nah bin – aber auch wieder nicht zu nah.«

Während sie so in seiner Seele las, sah er sie unverwandt an, schliesslich wich er zurück und lehnte sich mit dem Rücken an die Wand.

Sara kam langsam näher und blickte ihm in die Augen. »Wenn man jemanden liebt, liebt man ihn so, wie er ist, Taha.«

»Du verstehst nichts.«

»Dann erklär es mir! Sag mir, wer du bist!«

Er antwortete nicht.

»Hab ich's nicht gesagt?«, meinte sie.

Seine Blicke schweiften zur gegenüberliegenden Wand. Dort hing in einem brüchigen Rahmen ein kleines Foto, auf dem sein Vater zu sehen war, der ihn in irgendeinem Garten auf dem Arm hielt. Beide lachten sie, als gehöre die Welt ihnen allein. Tahas Augen füllten sich mit Tränen, und schweigend schloss er die Lider. Schliesslich wurde Sara klar, dass sie keine Antwort von ihm erhalten würde, und so ging sie.

Eine halbe Stunde blieb er noch sitzen, unfähig zu begreifen ... Unaufhörlich hämmerten ihre Worte in seinem Kopf. Und eine Frage liess ihm einfach keine Ruhe: Wer bin ich? Einen Moment lang kam es ihm vor, als hätte er es vergessen. Sein Gesicht im Spiegel erkannte er nicht wieder. Er schluckte eine Kopfschmerztablette und löschte das Licht. Dabei verlor er jedes Zeitgefühl. Irgendwann leuchtete auf seinem Handydisplay Jassirs Nummer auf.

»Hast du deine Sachen gepackt?«

»Ich kann nicht weg.«

»Warum nicht?«

»Es ist wie beim Domino: Ich kann nicht mehr ziehen.«

»Hast du es so gemütlich hier, mit zwei Zimmern, Sara und WC?«

Taha streckte die Hand nach einem Zigarettenstummel aus, an dem noch Lippenstiftspuren zu sehen waren. »Nein, das ist es nicht.« Er musste ihm von Walîd Sultâns Anruf erzählen.

Jassir meinte dazu: »Schau mal, die Papiere deines Vaters, von denen er so besessen ist, nutzen ihm gar nichts. Und Fotos akzeptiert das Gericht nicht. Das ist alles nur Gerede. Schaden kann er dir allerdings. Ein vom Dienst suspendierter Hauptkommissar ist schlimmer als Service. Dir bleibt nur, auszureisen, bevor die Sache zu stinken beginnt. Hast du einen Pass?«

»Ich gehe nicht weg.«

»Ach, du möchtest Ägypten nicht verlassen, meine liebe Sherine*, ›hast du nicht aus seinem Nil getrunken‹? Und dann noch diese Freundin! Dabei brauchst du nur ein Visum, und raus bist du aus dem ganzen Schlamassel. Bei Gott, wenn ich ein anständiges Zeugnis hätte, wäre ich schon längst abgehauen, und sei es in die Pharmabranche im Senegal.«

»Ich kann nicht einfach so weiterleben mit dem Wissen, dass der Mörder meines Vaters noch frei herumläuft.«

»Also ist es nicht Walîd Sultân, der dich hier hält. Du willst die Sache zu Ende bringen. Hast dich an Service noch nicht genug ausgetobt, was? Willst du etwa das ganze Land umbringen?« Taha schwieg, und schliesslich beendete Jassir das Telefonat: »Du musst wissen, was du tust.«

---

* Ägyptische Sängerin und Schauspielerin, eigentlich Schirîn Abdalwahhâb (geb. 1980). *(Anm. d. Übers.)*

22

Ungefähr eine halbe Stunde brauchte der Lieferservice, um das Haschisch-Piece in die Huda-Schaarâwi-Strasse zu bringen. Der Bote schellte, übergab die Ware an die Wohnungsmieter und ging wieder. Die Clique lag im Kreis auf schäbigen Sofas. An den Wänden, die voller Fingerabdrücke waren, hingen abstrakte Gemälde und Zeitungsausschnitte. Überall lagen Papiere und Bücher, Reste einer Fischmahlzeit und leere Stella-Flaschen herum. Es war äusserst stickig. Hatte die eine Rauchwolke sich verzogen, drehte man sich schon den nächsten Joint. Vier junge Männer und drei Frauen waren anwesend, unter ihnen Sara, die, den Rücken gegen die Wand gelehnt, im Schneidersitz dasass und mit dem braunhäutigen jungen Mann ihr gegenüber stritt. Schliesslich bekam auch sie ihren Anteil, einen geschickt gedrehten Joint. Sie nahm einen tiefen Zug und sagte: »Ich finde, das ist ein sehr trivialer Roman.«

»Weil du ihn nicht verstehst«, sagte der junge Mann, um Sara zu provozieren.

Die ging auch gleich hoch: »Was versteh ich nicht? Schliesslich hab ich mir den Roman ganz reingezogen, um einen Artikel drüber zu schreiben. So wie dieser Autor schreibt, mein Lieber, muss er sexuell frustriert sein. Jedes Kapitel trieft nur so vor Sex. Und Homosexualität ist bei ihm was ganz Normales. Ausserdem hat er einfach keinen Stil.«

»Du willst also die Kunst zensieren?«

»Sieh mal, ich bin gegen jede Art von Zensur. Und wie du weisst, hab ich auch kein Problem damit, über Sex zu schreiben. Aber das ist kein Roman, Haitham, sondern ein Porno. Da schreibt der erst ein ganzes Kapitel über männliche Masturbation und dann noch eins über eine Frau, die sich selbst befriedigt. Was soll das?«

»Genau wie Paulo Coelho in *Elf Minuten*.«

»Warte, warte, warte«, unterbrach sie ihn, »was ist denn das für ein Vergleich? Bei Paulo Coelho hat der Sex schliesslich eine Funktion, mein Lieber. Die Protagonistin ist gezwungen, als Prostituierte zu arbeiten, und entdeckt durch ihre Erfahrungen eine neue Welt. Das Ganze hat letztlich einen Sinn. Aber der da hätte sein Buch auch *Die zehn besten Wege, sich selbst zu befriedigen* nennen können. Es gibt Jungs in der Sekundarschule, die wollen sich genau diesen Roman kaufen, und wenn er nicht da ist, fragen sie, ob es was Ähnliches gibt. Die fragen nicht nach Paulo Coelho!«

»Ich glaube, der Autor versucht ganz einfach, die Tabus zu brechen, mit denen wir leben, gegen die ganze Repression anzukämpfen. Und ausserdem: Passieren die Dinge, die er beschreibt, in der Realität etwa nicht?«

»Und was wirklich passiert, muss man deshalb auch gleich aufschreiben? Ausserdem, was meinst du denn eigentlich für eine Repression? Alles geht doch auf die Strasse und rebelliert.«

»Offenbar drückt dir das Kopftuch aufs Gehirn«, meinte Haitham spöttisch. »Du solltest besser einen Gesichtsschleier tragen. Zu dieser Rebellion, meine Gute, kommt es doch überhaupt nur wegen dem ganzen ›Finger weg!‹, ›Bababa‹ und ›Schäm dich!‹. Wäre alles erlaubt, gäbe es gar keine Repressionen oder Frustrationen. Wie bei einem *open buffet,* wo alle satt werden. Jeder ist gut genährt, und es gibt keinerlei Streit.«

»Du meinst also, wenn du in einem Restaurant arbeiten würdest, würdest du aufhören zu essen? Hunger ist doch Hunger! Und ausserdem gibt es im Ausland mehr Belästigungen und Vergewaltigungen als hier, trotz der ganzen Offenheit.«

»Das sind Ausnahmefälle.«

»Du bist also der Ansicht, die ganzen unmoralischen Sachen in diesem Roman sind Kunst?«

»Natürlich. Und sie haben auch eine ganz bestimmte Wirkung, das spüre ich. Ausserdem ist es nicht Aufgabe des Autors, die Gesellschaft zu verbessern. Falls du so denkst, solltest du vielleicht einen Besinnungsaufsatz für die Schule schreiben. Der Roman ist frei. Kunst ist nicht an eine Botschaft gebunden. Sie muss frei fliessen.«

Sara unterbrach ihn: »Frei fliessen, so ein Blödsinn! Ich sehe doch, dass der Autor frustriert ist und einfach nur einen Porno geschrieben hat. Und wenn er am Mittwoch in der Diskussionsgruppe ist, werde ich ihm das auch vor euch allen sagen.«

»Und warum hast du den Roman dann besprochen, wenn er dir gar nicht gefällt?«

»Weil der Chefredakteur genau den wollte. Der Autor ist ein Freund von ihm, mein Lieber.«

»Und deshalb bist du zum Gesellschaftsressort gegangen?«

»Nein, ich wollte nur einen Themenwechsel. Und ein bisschen auf die Strasse kommen. Jetzt schreibe ich über Gewerkschaften und Gesellschaft, Ermittlungen und Verbrechen und solche Sachen.«

»Pass auf, dass du nicht plötzlich über Todesfälle schreibst!«

»Jetzt bringst du mich aber zum Lachen, hahaha!«

Da mischte sich Ibrahîm ein, der bisher schweigend in einer Ecke gesessen hatte: »Ich bin Saras Meinung. Ich finde, der Autor hat es wirklich übertrieben. Und ich weiss nicht, warum du so begeistert bist. Das Thema muss wohl deinen Geschmack getroffen haben.«

Haitham wurde rot und suchte nach einer Antwort, aber da klingelte Saras Handy. Sie wühlte es aus ihrer Handtasche heraus und las die Nummer auf dem Display, dann stand sie auf und entfernte sich, während die jungen Männer ihr verstohlen auf den Hintern blickten, der aus ihren etwas heruntergerutschten Jeans hervorguckte. Sie ging in die Küche und nahm den Anruf dort entgegen.

»Guten Morgen, Frau Baschmuhandisa Sara.«

Mit gedämpfter Stimme antwortete sie: »Guten Morgen, Rida. Was gibt's?«

»Ich hab die medizinischen Berichte und die Totenscheine besorgt, die Sie haben wollten.«

»Von Machrûs Bergas? Kannst du mir vorlesen, was darin steht?«

»Nein, das sind alles medizinische Ausdrücke. Ich hab mir wirklich ein Bein ausgerissen, um ...«

Sara verstand, worauf er hinauswollte. »Ich bring das in Ordnung, ich kann heute bei dir vorbeikommen.«

»Ich warte auf Sie.«

»Danke, Rida.«

Gedankenverloren kehrte sie an ihren Platz in dem verrauchten Raum zurück. Die Asche ihrer Zigarette fiel neben ihr auf den Boden, ohne dass sie einmal daran gezogen hätte. Als einer der ungehobelten Kerle wieder über den Sex in dem Roman reden wollte, stand sie unvermittelt und wie von der Tarantel gestochen auf und ging.

Ibrahîm versuchte noch, sie aufzuhalten: »Wohin gehst du? Bleib doch noch etwas!«

»Ich muss was für die Zeitung erledigen.«

Er nahm ihre Hand und flüsterte ihr zu: »Was hast du? Du gefällst mir nicht.«

»Nichts, Ibrahîm. Ich habe nur zu arbeiten.«

»Kommst du heute ins Le Grillon?«

»Klar, wenn ich früh genug fertig bin.«

»Gehst du auch auf die Demonstration?«

»*Sure.*«

»Halt dich immer bei mir, dann kann ich dir helfen, falls was passiert. Du hast Männer hinter dir!«

»Okay«, sagte sie und nickte ihm flüchtig zu.

Dann liess sie ihn stehen und nahm ein Taxi zum Gesundheitsamt. Dort wartete sie eine Weile, bis aus dem Archiv ein Mann zu ihr herauskam. Er grüsste sie und übergab ihr einen Umschlag mit einer Akte, während sie dreissig Pfund zusammenfaltete und ihm in die Hand drückte.

»Machen Sie fünfzig draus, Frau Doktor!«

Sara runzelte die Stirn. »Warum, Rida? Wir hatten doch eine Abmachung.«

»Bei Gott, gerade für diese Akte musste ich mein Letztes geben. Und um die Dokumente zu kopieren, musste ich bis ins oberste Stockwerk.«

»In Ordnung«, sagte sie und nahm noch zwanzig Pfund aus ihrer Handtasche, als ihr plötzlich ein Geistesblitz kam. »Warte, ich brauch noch was. Es gibt da einen, dessen Akte ich gern studieren möchte.«

»Welches Krankenhaus, und wie heisst er?«

Sie sah zur Decke, um ihrer Erinnerung aufzuhelfen, und antwortete dann: »Âdil Bakr. Sein Spitzname war Service. Er lag vor vielleicht einem Monat im Militärkrankenhaus in Agûsa.«

»Ich such ihn für Sie raus, aber das geht nicht für zwanzig Pfund.«

»Mach's kurz, Rida! Es ist noch viel zu tun. Ich brauch es sofort.«

Er verschwand für zehn Minuten und kam dann mit einer Akte zurück. Er gab sie Sara und verlangte noch einmal zehn Pfund. Dann ging sie.

*

Am Abend war Taha unterwegs zum Libanonplatz. Er wartete kurz, dann kam ein Auto angefahren. Walîd Sultân liess die Scheibe herunter und machte Taha ein Zeichen einzusteigen. Danach setzte sich der Wagen wieder in Bewegung. Zehn Minuten schwiegen sie, während die Tachonadel fast eine zweite Umdrehung machte. Schliesslich hielt Walîd an einer dunklen Stelle neben ein paar Bäumen an. Er schaltete die Scheinwerfer aus, und das Auto wurde zu einem Teil der Dunkelheit. Dann drehte er sich zu Taha, sah ihm eine Weile grinsend ins Gesicht, ballte die Faust und liess sie unvermittelt vorschnellen. Dieser Hieb des ehemaligen Boxers riss Taha das Kinn zur Seite, und er schlug mit dem Hinterkopf gegen die Autoscheibe. Seine Brille flog auf das Armaturenbrett, und seine oberen Schneidezähne gruben sich so tief in seine Lippe, dass ihm das Blut bis aufs Hemd spritzte. In seinem Kopf summten tausend Bienen. Er stöhnte laut auf und hob die Hände hoch. Kurz darauf setzte Walîd Sultân sich jedoch wieder gerade hin, holte ein Taschentuch hervor und wischte sich damit in aller Ruhe die Faust ab. Ein weiteres reichte er Taha, der ihn mit seinen Blicken durchbohrte. Er nahm die Hände wieder herunter und schrie, aber Walîd befahl ihm, den Mund zu halten.

»Das war für Service' Hand.«

Taha war still, befühlte seine Lippe und versuchte, die Blutung zu stoppen. Dann setzte er sich die Brille wieder auf, während Walîd das Autoradio anschaltete. Der staatliche Rundfunk sendete karibische Rhythmen. Das Dröhnen der Trommeln war ohrenbetäubend, und Wellen von Schmerz überrollten Taha wie Donnerschläge.

»Es gibt für Sie zwei Wege, aus Ihrer Situation herauszukommen«, sagte Walîd. »Entweder Sie sind ein Mann – wenigstens, was Ihren Vater betrifft –, oder Sie weinen wie eine

Frau. Der erste Weg ist der leichtere, glauben Sie mir! Sind Sie bereit zuzuhören?« Taha sah ihn angewidert an, und Walîd fuhr fort: »Ich betrachte das als Einverständnis. Morgen, und keinen Tag später, muss Hâni Bergas der Vergangenheit angehören.«

»?!«

Walîd kam Tahas Frage zuvor: »Vergessen Sie den Staub, behalten Sie ihn für sich! Als Andenken an Ihren Vater, diesen tapferen Mann, der in aller Ruhe sein Recht selbst in die Hand genommen hat.«

»Ich verstehe nicht.« Die Trommeln machten Taha wahnsinnig.

Walîd zündete sich eine Zigarette an, nahm einen Zug und fuhr fort: »Morgen hat Hâni Bergas eine Verabredung mit seinem Jungen. Amîr heisst er, Sie kennen ihn. Er ist einer von denen, die bei *Star 2008* ausgeschieden sind.«

Blitzartig kam Taha die Erinnerung an die Szene bei dem Gesangswettbewerb, in der Amîr hatte gehen müssen. Auch sein Gesicht war ihm gleich wieder präsent.

Unterdessen fuhr Walîd fort: »Er will ihn im Four Seasons in der Murâdstrasse treffen. Aber morgen wird nicht Amîr zu dem Treffen kommen, sondern Sie werden dort sein.«

Taha schwieg und versuchte, dem Druck standzuhalten, den er plötzlich in der Brust verspürte. Nur mit Mühe konnte er sich beherrschen. »Und wo werden Sie sein?«, fragte er.

»Ich halte mich da raus. Das ist meine einzige Bedingung.«

»Was soll das heissen? Ich kann so was doch nicht allein machen!«

»Ich werde Ihnen alles genau skizzieren«, unterbrach Walîd ihn.

»Aber es gibt kein perfektes Verbrechen!«

»So ist das nur in den Büchern. Denken Sie etwa, all die Verbrechen, von denen Sie in der Zeitung lesen, werden aufgeklärt? Ach, mein Guter! Wenn es zwanzig Autodiebstähle gegeben hat, hängt man sie demjenigen an, den man als Ersten zu fassen kriegt. Und wenn ein Mordfall zu lange ungelöst bleibt, schicken wir dem erstbesten Verdächtigen, den wir verhaftet haben, einen Polizisten ins Haus, damit er dort zwei Unterhemden des Opfers deponiert. Und schon ist seine Schuld bewiesen.«

»Und was ist mit dem Mord an meinem Vater? Service hatte schliesslich ein Motiv!«

»Bergas hat ihn rausgezogen wie ein Haar aus dem Kuchenteig.«

»Dann legen Sie los!«, presste Taha zwischen zusammengebissenen Zähnen hervor.

»Ich biete Ihnen die Möglichkeit, Ihr Ziel zu erreichen und gleichzeitig eine weisse Weste zu behalten. Hören Sie gut zu!«, sagte Walîd, zog eine weisse Karte mit dem Hotellogo aus der Jacke und reichte sie Taha. »Ich lade Sie für eine Nacht ins Four Seasons ein. Ein Tag umsonst mit all den grossen Tieren, die Sie sonst nie im Leben zu Gesicht bekämen. Ein Zimmer im zwanzigsten Stock mit Blick auf die Pyramiden. Wie hört sich das an?«

»Fahren Sie fort!«

»Das ist die Karte für die Tür. Ohne die können Sie den Aufzug nicht benutzen. Zimmer 2016 im zwanzigsten Stock. Hâni Bergas wird neben Ihnen sein, im Zimmer 2017. Und unter der Nachttischschublade wird das hier auf Sie warten.« Walîd zeigte auf einen Elektroschocker, der neben der Gangschaltung lag. »Die Balkone sind durch Holzpaneele voneinander getrennt, um die Sie leicht herumsteigen können, solange Sie nicht nach unten blicken.« Er öffnete das Handschuhfach und holte ein kleines Fläschchen mit einem weissen Pulver heraus. »Das ist nichts von Ihrem Staub, das ist *mein* Staub. Sie kennen doch das kleine Keramikstück an den Zündkerzen? Die Autodiebe mahlen es klein und streuen es gegen die Scheiben. Und die zersplittern in Sekunden! Damit öffnen Sie die Balkontür und können rein. Dann bringen Sie das Ganze zu Ende und kehren wieder zurück, wie Sie gekommen sind. Sie holen Ihre Sachen, verlassen in aller Ruhe das Hotel – und danke, das war's.«

»Das Ganze zu Ende bringen – wie denn?«

»Das überlasse ich Ihnen. Es sollte nur auf elegante Art geschehen. Ein Apotheker ist doch wie ein Magier. Sie können sicher noch ein paar Überraschungen aus Ihrem Hut zaubern.«

»Magier« war das einzige vernünftige Wort an jenem Abend.

Bis in alle Einzelheiten erläuterte Walîd seinen lückenlos ausgefeilten Plan. Er war die Essenz jahrelanger Erfahrungen und zahlreicher Kontakte. Von Dieben und Mördern hatte er Dinge gelernt, die an den Akademien nicht gelehrt wurden. Schliesslich trennten sich ihre Wege vorläufig wieder, bis Taha seinen Befehl erhalten würde – den Befehl, die Hinrichtung zu vollziehen.

In dieser Nacht sass Taha mit angezogenen Beinen im Bett, im Gesicht eine neue Verletzung neben den alten Wunden, die noch immer nicht verheilt waren. Immer wieder riss ihn der Schmerz aus seinen dunklen Träumen. Wie ein Stier in der Arena lief er in der Wohnung umher und verstreute überall die Asche seiner Zigarette, biss sich die Nägel wund, schluckte ohne Wasser Tabletten gegen Schwindel und Kopfschmerzen und noch andere Dinge: Schlaf- und Beruhigungsmittel, die angesichts dieses überbordenden Wahnsinns allerdings wirkungslos blieben. Er warf einen Blick auf das Foto im Wohnzimmer, die Augen, die ihn aus dem Rahmen heraus durchbohrten, die Augen seines Vaters. Sie folgten ihm, wohin er auch ging, machten ihn in jedem Winkel ausfindig, selbst bei ausgeschaltetem Licht. Langsam ging Taha zu dem Bild, betrachtete dieses spöttische Lächeln, nahm den Rahmen ab und drehte das Foto zur Wand. Er spürte ein Brennen auf der Haut, zog Hemd und Unterhemd aus, ging in sein Zimmer, holte seine Schlagstöcke und begann zu trommeln. Mit geschlossenen Augen überliess er sich einem dröhnenden Rhythmus, der die Scheiben zum Klirren brachte. Dabei dachte er an seine Hausaufgabe, an die Prüfung am kommenden Tag, und legte sich einen Spickzettel zurecht – seine einzige Erfolgsgarantie. Er konnte nicht einfach abwarten, was passieren würde.

Plötzlich schellte es. Taha hielt in seinen Überlegungen inne und hörte auf zu trommeln. Als es noch einmal schellte, ging er zur Tür und blickte durch den Spion. Es war Sara. Bevor sie ein drittes Mal klingeln konnte, öffnete er.

»Bist du allein?«, fragte sie ihn.

Er wich ihrem Blick aus und nickte.

»Sollen wir uns an der Tür unterhalten?«

Taha trat zur Seite, Sara kam herein und setzte sich auf den erstbesten Stuhl.

»Du, ich hab heute etwas erfahren und möchte mich gern vergewissern.«

Er schwieg, und sie kam näher und sah ihm prüfend ins Gesicht.

»Ich werde dir keine persönlichen Fragen stellen, ich will mich nicht in dein Leben einmischen«, versicherte sie. »Ich möchte dir nur sagen, dass ich durch Zufall einen medizinischen Bericht über Service in die Hand bekommen und dadurch erfahren habe, dass bei ihm die gleichen Symptome auftraten, die schon die andern Toten vor ihm aufgewiesen hatten.«

»Und was geht das mich an?«

»Taha, zwei Tage bevor man die Hand gefunden hat, hast du dich geprügelt – und zwar nicht mit einem Taxifahrer, wie du dem Polizisten erzählt hast. Du warst um diese Zeit doch mit mir zusammen in der Praxis!«

Er grinste, und ohne sie anzusehen, sagte er: »Dann muss ich Service ja wohl umgebracht haben.«

»Und am nächsten Tag war auch deine Wohnung in Unordnung, es lagen fremde Kleider herum und …«

Er unterbrach sie: »Ich bin später noch mal mit dem Taxi losgefahren. Was ist denn dabei? Die Wohnung war unordentlich, weil hier geputzt wurde, und die Kleider waren Jassirs.«

»Taha, sag mir nur eines: Sag mir, dass du mit dem, was hier auf dem Platz passiert, nichts zu tun hast!«

Er kniff verächtlich die Augen zusammen. »Wenn dich das beruhigt …«

Sara unterbrach ihn: »Schwöre!«

»Bei Jassirs Leben!«

Ihr Blick fiel auf das umgedrehte Foto, und sie sagte: »Schwöre bei der Seele deines Vaters!«

Er schwieg.

»Taha, ich bin doch kein Schulmädchen mehr!«

»Worauf genau willst du eigentlich hinaus?«, fragte er.

Sie sah ihn an und bemerkte die Verletzung an seiner Lippe. »Seit ich dich das erste Mal gesehen hab, sage ich immer, hinter dir steckt ein grosses Geheimnis. Die Sache mit deinem Vater war nicht bloss Pech. Irgendwas sagt mir, dass es da um was viel Grösseres geht. Also lüg mich nicht an! Was geht hier vor?«

»Hör auf mit deinen Journalistenfragen!«

»Taha, das sind keine Journalistenfragen. Die Papiere, die ich dabeihabe, zeigen, dass was faul ist an ...«

»Und angenommen, ich hätte damit zu tun – was würdest du denn dann machen?«

Sie sah ihm lange in die Augen und antwortete: »Ich würde meinen Artikel schreiben, komme, was wolle.«

»Hier in meiner Wohnung suchst du also nach einem Knüller?«

Sara forschte in seinem Gesicht nach irgendeinem Hinweis, fand aber keinen. »Ich glaube dir«, sagte sie schliesslich.

Mit den Fingerspitzen befühlte sie seine Lippe. Er schloss die Augen und wich zurück. Wieder kam sie näher, nahm ihn an der Hand, zog ihn ins Bad und liess ihn sich vor dem Spiegel hinsetzen. Dann befeuchtete sie sein Handtuch mit heissem Wasser und wischte ihm über Rücken, Schultern, Arme und die gebogene Naht am Hals. Sie liess kühles Wasser nachfliessen und hielt seinen Kopf ins Waschbecken. Mit geschlossenen Augen gab er sich der betäubenden Wirkung auf seine Nerven hin, er wurde still und ruhig. Nass, wie er war, wandte er sich zu ihr um und versank in ihren Armen. Sie umfing ihn und küsste ihn auf den Kopf. Dabei bemerkte sie, dass der Duschvorhang fehlte und die Befestigungsringe zerbrochen waren. Dann gingen sie hinaus in sein Zimmer, schweigend setzte er sich aufs Bett, und sie fragte: »Ein bisschen besser jetzt?«

Er grinste nur und schwieg. Da klingelte sein Handy.

»Willst du nicht rangehen?«

Als Taha Walîds Nummer auf dem Display sah, schüttelte er den Kopf.

»Gut, ich lass dich jetzt ausruhen, und morgen reden wir.« Sie wollte gehen, blieb dann aber noch einmal stehen und lächelte. »Sag mal ... ich könnte ein bisschen von dir profitieren. Schreib mir doch was für meine Kolumne!«

Auf seinen Lippen erschien ein Lächeln. Er suchte nach einem Blatt Papier, und nachdem sie ihm einen Kugelschreiber gegeben hatte, notierte er: »Nehmen Sie eine Tablette nach der Mahlzeit!«

Plötzlich erstarrte sie und sah ihn scharf an. »Du bist ja gar kein Linkshänder!« Ihre Züge gefroren.

Ihm fiel keine bessere Reaktion ein, als wie angewurzelt stehen zu bleiben.

»Du bist ein Lügner!«, schrie Sara ihn an und schrieb es ihm dann auf die Haut.

Taha verbarg sein Gesicht in den Händen, atmete tief ein und hörte, wie klappernde Absätze sich entfernten und eine Tür zuschlug.

23

Am Abend des folgenden Tages
Tahas Telefon klingelte. Ein kurzer Anruf, den er schon erwartet hatte. Er schnallte sich eine kleine Tasche um den Bauch und setzte ein Basecap auf, das sein Gesicht zur Hälfte verdeckte. Dann nahm er ein Taxi zum Hotel Four Seasons.

Dort passierte er die Drehtür und den Metalldetektor, ohne dass das Gerät einen Ton von sich gab. Den Blicken der beiden jungen Männer am Empfang mit ihrem Dauerlächeln und den glänzenden Haaren wich er aus, erklomm links die Stufen zu den Aufzügen, zog die Magnetkarte aus der Tasche, steckte sie in den schmalen Schlitz und gab eine Nummer ein. Folgsam fuhr der Lift bis in den zwanzigsten Stock. Nach wenigen Sekunden, die Taha wie eine Ewigkeit vorkamen, öffnete sich die Tür wieder. Er stieg aus und folgte den Zimmernummern bis zur 2016. Dort zog er wieder die Karte durch, stiess mit dem Ellbogen die Tür auf, um keine Fingerabdrücke zu hinterlassen, und trat ein. Vor Aufregung hatte er ganz weiche Knie und setzte sich erst einmal auf den Boden, um wieder zu Atem zu kommen.

Das Appartement war wirklich luxuriös. Links befand sich ein weitläufiges, komfortables Marmorbad. Vor ihm lag ein Zimmer mit zwei in Weinrot und Gold gehaltenen Himmelbetten und einem grossen Plasmafernseher. Taha stand wieder auf, zog sich die Tasche von der Hüfte und legte sie aufs Bett. Um einem Zittern vorzubeugen, ballte er seine Hände kurz zu Fäusten. Dann holte er Einmalhandschuhe und Überschuhe heraus, wie sie in Operationssälen verwendet werden, schlüpfte hinein und schnallte sich auch seine Tasche wieder um. Danach tastete er die Unterseite des Nachttischs ab und nahm den Elektroschocker an sich, der mit Klebeband dort befestigt war. Er steckte ihn sich in die Bauchtasche. Im Spiegel sah er ein von Angstschweiss überströmtes Gesicht. Er schluckte schwer, seine Kehle war ausgedörrt. Dann löschte er das Licht und ging auf den Balkon. Die Aussicht von hier oben war so grandios wie der Blick nach unten furchterregend. Taha schaute nach links zu Hâni Bergas' Zimmer. Dort war alles dunkel, nichts rührte sich. Er legte die Hand auf die hölzerne Trennwand, hob vorsichtig den Fuss über das breite, gemauerte Geländer und holte einmal tief Luft. Dann drehte er seinen Körper in einem Halbkreis um das Paneel herum und gab sich dabei alle Mühe, nicht das Gleichgewicht zu verlieren. Auf der anderen Seite sprang er auf den Boden und wartete ein paar Sekunden in einer Ecke, bis er sicher war, dass alles ruhig blieb. Nur der Wind pfiff. Er öffnete die Ledertasche und nahm das Fläschchen heraus, schüttete sich eine ganze Menge von dem Pulver in die Hand und warf es dann gegen das Fensterglas. Wie magnetisiert blieb es daran haften. Schon nach zwanzig Sekunden hörte er die glatte Oberfläche reissen. Die Knackgeräusche wurden immer lauter, folgten immer schneller aufeinander, und schliesslich brauchte er nur leicht mit dem Fuss gegen die Scheibe zu treten, um sie in lauter kleine Splitter zerfallen zu lassen. Er streckte die Hand nach dem Türknauf aus, drehte ihn herum – und stand im Zimmer. Nachdem er die Vorhänge wieder zugezogen hatte, schlich er zu einer Ecke neben dem Kleiderschrank – dorthin, wo jemand, der durch die Zimmertür kam, ihn kaum erkennen konnte. Er blieb ruhig stehen, um seine erregten Atemzüge wieder unter Kontrolle zu bringen, ängstlich bemüht, die Nerven zu behalten, die bereits blanklagen. Aus seiner Bauchtasche nahm er eine Schachtel und legte sich eine Pille unter die Zunge. Nach zwei Minuten hatte er sich an die Dunkelheit gewöhnt, wenn auch sein Herz noch immer nicht im Takt schlug. Der Schweiss floss ihm von den Stoppeln seines rasierten Schädels bis durch die Wimpern und brannte ihm in den Augen. Er brauchte seine ganze Kraft, um nicht vor Nervosität zusammenzubrechen, und drückte sich immer tiefer in die Ecke. Zwei Stunden verharrte er in dieser Position. Dann plötzlich hörte er ein Reiben an der Tür, ein Schwall Adrenalin schoss ihm ins Blut, seine Nerven waren zum Zerreissen gespannt, und sein Herz schlug schneller und so laut, dass es seine Anwesenheit fast verriet. Die Tür wurde geöffnet, und das Licht flammte auf. Taha hörte Schritte näher kommen und hielt den Atem an – bis er Hâni Bergas vor sich sah. Er war nicht zu verwechseln. In cremefarbenem Anzug und ohne Krawatte stand er mit dem Rücken zu Taha mitten im Raum und schaute auf das Display seines Handys. Dann hielt er es sich ans Ohr.

»Wo ist Amîr? Das Zimmer ist leer. Fünf Minuten noch, mehr nicht!«

Als er den Anruf beendet hatte, fiel ihm auf, dass der Vorhang nach draussen wehte. Er ging zum Fenster, um nachzuschauen, und bemerkte dabei das Spiegelbild hinter sich – Tahas Spiegelbild. Hâni stiess einen erstickten Schrei aus und drehte sich schnell um. »*Shit!*«, rief er erschrocken und stiess mit dem Rücken gegen die Fensterscheibe. Taha richtete den Elektroschocker auf Hânis Brust, der in verzweifelter Gegenwehr nach seinem Handgelenk griff. Beide gerieten ins Schwanken und stiessen gegen den Fernseher, der mit lautem Knall zu Boden ging. Hâni biss Taha in die Hand, so dass er den Taser fallen liess. Als er sich bückte, um ihn wieder aufzuheben, erhielt er einen Tritt in die Seite und fiel hin. Ein schmerzhafter Tritt mitten in den Rücken folgte. Auch dem dritten konnte er nicht mehr ausweichen, aber dann bekam er den Elektroschocker zu fassen und kniete sich hin. Als Hâni zum vierten

Mal ausholte, war der Taser bereits auf seine Hoden gerichtet. Mit aller Kraft stiess Taha ihm das Gerät zwischen die Schenkel. Zwei Sekunden lang wurde Hâni durchgeschüttelt und stiess einen erstickten Schrei aus. Dann klappte er zusammen wie ein Taschenmesser. Schwerfällig und keuchend stand Taha auf. Nach einem Blick in das schmerzverzerrte Gesicht bückte er sich und zog Hâni an den Füssen ins Bad. Dort legte er ihn neben das Waschbecken und schnallte hastig seine Bauchtasche los. Sie entglitt ihm und fiel auf den Boden. Schnell bückte er sich, um mit zittrigen Fingern eine Spritze und eine mit roten Buchstaben beschriftete Ampulle herauszunehmen. Er sah Hâni ins Gesicht, das völlig erstarrt war. Dann zog er ihm, bevor er wieder zu Bewusstsein kam, so schnell wie möglich Jackett und Hemd aus und schob seinen linken Arm weit nach oben. Er brach die Spitze der Ampulle ab, führte die Nadel hinein und zog etwas von der transparenten Flüssigkeit auf. Um seine vor Anspannung brennenden Nerven zur Ordnung zu rufen, schloss er kurz die Augen und holte dann so tief Luft, dass seine Nackenwirbel knackten. Schliesslich zwang er seine zitternden Hände zur Ruhe und stach Hâni die Spritze in die Achselhöhle – an eine Stelle, die die Rechtsmediziner vermutlich übersehen würden. Langsam injizierte er die Flüssigkeit und trat dann ein Stück zurück, um sich einen Überblick zu verschaffen. Hâni hatte sein Bewusstsein noch nicht ganz wiedererlangt, als die Wirkung der Flüssigkeit die des Elektroschocks zu ersetzen begann. Schweisstropfen traten ihm auf die Stirn, und er sah Taha angsterfüllt an. Mit grosser Anstrengung öffnete er den Mund und versuchte, die Kontrolle über seine Muskeln und Nerven wiederzugewinnen, in denen sich langsam eine Lähmung ausbreitete.

»Wer bist du?«, fragte er, wobei ihm ein wenig Schaum aus dem Mundwinkel trat.

Taha beugte sich über ihn und legte ihm die Hand neben den Kopf, so dass der andere seinen Atem spüren konnte. »Ich bin Horus«, sagte er, und Hânis Pupillen weiteten sich.

Nach dreissig Sekunden entfaltete das Muskelrelaxans seine volle Wirkung. Das Mittel kappte die Verbindung zwischen Muskel und Nerv. Für Sekunden begann Hânis Körper zu zittern, dann brach die Reizübertragung ganz ab. Er hörte, sah und verstand noch, atmete aber nicht mehr. Sein Körper wurde schlaffer und schlaffer.

Taha kniete sich neben ihn. Er nahm den Beipackzettel der Ampulle heraus und begann, den letzten Abschnitt zu lesen, die Warnhinweise und Nebenwirkungen: »Jetzt schreitet die Betäubung immer weiter fort. Man sollte in dieser Phase eine künstliche Beatmung durchführen, denn Sie können nicht mehr selbständig atmen. Das Muskelrelaxans unterbricht die Signale des Gehirns an die Muskeln.« Taha sah auf seine Uhr. »Nach ein paar Minuten werden die höheren Hirnfunktionen langsam schwinden, weil kein Sauerstoff mehr transportiert wird. Sie werden ein dem Ertrinken ähnliches Gefühl verspüren. Danach wird das Gehirn seine Arbeit vollständig einstellen.«

Hânis Gesicht lief rot an. Die Augen quollen hervor, und seine Adern schwollen an. Mit jedem Vorrücken des Sekundenzeigers kam er dem unvermeidlichen Ende ein Stück näher. Dann wurde sein Gesicht blau, und er erstickte langsam.

»Das Gehör ist der Sinn im menschlichen Körper, der noch als letzter aktiv bleibt. Ich weiss, dass Sie mich hören. Mein Vater ...« Tahas Stimme wurde rau, und er sprach nicht weiter. Angesichts dieser Züge, in denen sich extremer Schmerz abzeichnete, gelang es ihm nur mit Mühe, die Nerven zu behalten. Er griff nach Hânis Handgelenk und tastete nach seinem Puls. Der war kaum noch zu fühlen, und schliesslich setzte er ganz aus – so wie Taha aufhörte zu atmen. Es war ein schmerzhaftes Luftanhalten. Um ihn herum wurde alles still, als hätte er sein Gehör verloren. Kurz darauf fiel er neben dem ausgestreckten Körper auf die Knie und rang würgend nach Luft. Er sah auf seine Finger und konnte nicht glauben, was sie getan hatten. Instinktiv griff er nach der Ampulle mit der Flüssigkeit, stach die Spritze hinein und zog die restlichen Milliliter auf. Die Menge würde reichen, ihm Ruhe zu schenken … Taha streifte seinen Ärmel hoch, hielt die Nadel an eine hervortretende Ader und stach sie ein. Dabei schloss er unwillkürlich die Augen und flehte seinen Daumen an, seine Arbeit zu tun und ihm den Tod ins Herz zu stossen. Ebenso unwillkürlich jedoch widersetzte sich dieser. Ganz langsam zog Taha die Nadel wieder aus seiner Haut. Er strich sich über die Stoppeln auf seinem Kopf und erhob sich schwerfällig. Als wäre er gerade aufgewacht und hätte sich unvermittelt auf einem fremden Kontinent wiedergefunden, sah er sich um. Ein Zittern überfiel ihn, und schnell bückte er sich, um seine Sachen in die Bauchtasche zu packen. Dabei fiel ihm mehr herunter, als er festhalten konnte. Nach einem letzten Blick auf Hâni warf er ihm ein Handtuch übers Gesicht und löschte das Licht. Vom Balkon aus sprang er zum Nachbarzimmer hinüber und fiel dabei beinahe hinunter. Er zog die Handschuhe aus und seine Schuhe wieder an, dann wusch er sich das Gesicht. Als er sich im Spiegel sah, musste er sich fast erbrechen. Nach einem Blick auf seine Uhr setzte er das Basecap wieder auf und verliess das Zimmer. Eilig, damit niemand ihn länger anschauen konnte, durchschritt er die Hotelhalle und verschwand dann in aller Ruhe im Gedränge der Gisastrasse.

Nach einigen Minuten blieb er vor einem Kiosk stehen. Gierig nach ein bisschen Zucker, um seinen am Boden liegenden Blutdruck wieder anzukurbeln, kaufte er mit zittrigen

Fingern ein Päckchen Saft. Dann wählte er Walîds Nummer und entfernte sich ein paar Meter.

»Erledigt«, sagte er.

»Sicher?«

»Sicher.«

»Löschen Sie jetzt meine Nummer, und rufen Sie mich nicht mehr an! Übermorgen melde ich mich bei Ihnen. Leben Sie ganz normal weiter!«

»Ganz normal?«

»Ich werde die Zeitungen lesen und Sie anrufen. Gehen Sie jetzt nach Hause!«, sagte Walîd und legte auf.

Die Nacht wollte nicht vorübergehen. Als stünde die Zeit still und weigerte sich weiterzulaufen oder lief möglicherweise sogar rückwärts ... Taha ging wieder in seine Wohnung und verriegelte hinter sich die Tür. Auch die Fenster schloss er und machte nur wenig Licht. Er nahm eine Flasche Wasser aus dem Kühlschrank und drückte sie sich gegen die rechte Kopfseite, um einer üblen Migräneattacke vorzubeugen. So stand er eine Weile mit gesenktem Kopf, hob dann den Arm und schnüffelte an seiner Achselhöhle. Er zog das Hemd aus und warf es beiseite, ging ins Bad, trat vor den Spiegel und betrachtete prüfend dieses neue Gesicht, das er heute zum ersten Mal sah. Er setzte seine Brille ab, und alles war verschwommen. Wegen seiner verdammten Kurzsichtigkeit musste er näher an den Spiegel heran. Mit den Fingerspitzen strich er sich über die schwarzen Augenringe, die wie verlassene Höhlen wirkten, wie billiges Kajal. Er öffnete den Mund und betrachtete seine Zähne. Sie waren so gelb, als hätten sie noch nie eine Zahnbürste gesehen. Auch seinen Kopf und die Naht, die dort begann, betrachtete er. Seine Nase. Und den roten Blutfaden, der gerade anfing, ins Waschbecken zu tropfen. Taha stieg in die Wanne, und automatisch streckte er die Hand nach dem nicht mehr vorhandenen Vorhang aus. Sekundenlang starrte er auf die Stelle, wo er gehangen hatte, und versuchte sich zu erinnern, wo er geblieben war. Plötzlich sah er Service' Gesicht vor sich. Als ihm das Wasser über die Ohren lief, hörte er nur noch das eintönige Brausen, und die Welt um ihn herum versank. Mit derselben gleichförmigen Monotonie spulten sich die Ereignisse der letzten Monate nun vor seinem inneren Auge ab. Bilder blitzten kurz auf und verschwanden gleich wieder wie in einem schlecht aufgenommenen Videofilm. Plötzlich spürte er eine Hand im Nacken. Er öffnete die Augen, drehte sich abrupt um, und da stand sie nackt und mit nassem Haar vor ihm!

»Sara, wie …«

Sie lächelte verschmitzt und küsste ihn. Ein Sturm erhob sich in seiner Brust und versengte ihm fast die Lunge. Sein Puls beschleunigte sich, sein Atem ging schnell und unregelmässig. Er stiess sie gegen die Wand und begann sie wie wahnsinnig zu küssen. Sein Verlangen war so heftig, als wäre er süchtig nach ihr. Mit geschlossenen Augen versank er in ihren Lippen. Dann drehte er sie mit dem Gesicht zur Wand und umarmte sie von hinten. Er presste sie an sich. Sie begann zu stöhnen, schrie vor Lust auf und rief seinen Namen. Er vergrub sein Gesicht in ihrem Haar – aber plötzlich bemerkte er diese weissen Fäden. Taha wich mit dem Kopf etwas zurück und entdeckte noch mehr. Er liess seine Arme sinken. Sie stöhnte weiter. Das war doch nicht ihre Stimme … Er machte einen Schritt rückwärts, packte sie an der Schulter und drehte sie mit dem Gesicht zu sich … Das war nicht Sara. Wer da nackt vor ihm stand, war niemand anders als Hâni Bergas! Taha schrie laut auf, wich zurück, stiess mit den Füssen gegen die Wanne und fiel hin. Erschrocken stand er wieder auf und suchte ihn, fand aber keine Spur mehr von ihm.

Nackt lief er aus dem Bad und rannte wie ein Wahnsinniger in der Wohnung umher. In einer Ecke seines Zimmers setzte er sich schliesslich mit angezogenen Beinen hin und vergrub das Gesicht in den Händen, bis ihn die Strahlen der Sonne streichelten.

Taumelnd stand er auf, um sich etwas zum Anziehen zu suchen. Da klingelte das Telefon. Mit Mühe fand er es in dem Chaos überhaupt wieder. Es war ein Anruf von seiner Firma, eine Standpauke seines Chefs, die ihn veranlasste, sofort aufzustehen, seinen Anzug anzuziehen und zu gehen.

Leben Sie ganz normal weiter!

Mit starrem Blick und geistesabwesendem Gesicht machte Taha seine Tour durch die Arztpraxen. Er war wie ein Abgesandter der Hölle.

Am Abend suchte er dann bei den Zeitungsverkäufern nach den neuen Ausgaben, und schliesslich fand er die Nachricht, eine grosse Schlagzeile, daneben ein Foto von Hâni Bergas: »Mysteriöser Todesfall – Hâni Bergas, Parlamentsabgeordneter und Tycoon. Gestern fand die Polizei im Bad eines bekannten Hotels in Gisa seine Leiche. Erste Ermittlungen deuten auf ein mögliches Verbrechen. Der Verstorbene gehörte zu den ganz Grossen des ägyptischen Bausektors. Seine Firmen waren unter anderem beteiligt an der Errichtung ...«

Als Taha die Zeitung wieder zusammenfaltete und in sein Köfferchen steckte, rief Jassir an: »Dass du so verrückt bist, hätte ich nicht erwartet.«

»Ich selbst hätte es ja nicht erwartet, das kannst du mir glauben.«

»Wo bist du?«

»Halt dich erst mal von mir fern. Ich ruf dich an. Tschüss!«

Aufgelegt. Taha stockte der Atem. Ein qualvolles Luftanhalten, als stecke ihm eine Axt in der Kehle. Er musste so tun, als sei alles ganz normal – dabei würde es Normalität für ihn nie wieder geben. An Schlaf war nicht zu denken, und die Zimmerdecke senkte sich immer tiefer auf seine rauchgesättigten Lungen. Essen wollte ihm nicht in den Magen, und seine Lider schenkten ihm keine Dunkelheit, sondern versengten ihm die Augen. Die Wände um ihn herum beobachteten ihn, beobachteten ihn ohne Augen und flüsterten miteinander wie Frauen bei einer Trauerfeier. Alle Geräusche um ihn herum wurden Schreie, und sie riefen seinen Namen. Seine Halluzinationen waren schlimmer, als irgendein Halluzinogen sie hätte hervorrufen können.

Was er durchmachte, war grässlich.

24

Am nächsten Morgen um neun Uhr sass Sara grübelnd und mit finsterer Miene in der Redaktion, in dem alten Gebäude am Talaat-Harb-Platz mit der hohen Decke und den riesigen Fenstern. An der Wand hinter ihr hing ein grösseres Foto von Che Guevara. Ein paar weitere – kleinere – Bilder rahmten den kubanischen Revolutionär ein: sie selbst im Kreis ihrer Freunde – mal auf der Buchmesse, dann auf der Strasse, ein anderes Mal im Café Takîba. Stirnrunzelnd trank sie eine Tasse Nescafé ohne Zucker und tippte mit dem Kugelschreiber auf ein weisses Blatt Papier. Auch ihre Füsse trommelten unablässig auf den Boden. Den Blick hielt sie währenddessen auf eine geschlossene Akte gerichtet: eine noch unvollständige Recherche, die zum Albtraum ihres Lebens geworden war. Der Bürobote kam herein und teilte ihr mit, der Chefredakteur wolle sie sprechen. Zwischen den Schreibtischen hindurch marschierte sie zu seinem Glaskasten. Der Mann sass mit hochgekrempelten Ärmeln da und studierte ein paar Papiere, die vor ihm lagen. Ein schleimiges Wesen, das im ersten Moment allerdings recht bissig wirkte. Ein verdriesslicher Blick, ein ausgewaschenes Hemd und ein Aschenbecher, in dem die Zigarettenstummel sich gegenseitig den Platz streitig machten.

»Guten Morgen, Herr Hischâm.«

»Kommen Sie rein, Sara, und schliessen Sie die Tür!«

Sie ging zu seinem Schreibtisch und wartete, bis er sein Ritual, die Zigarette auszudrücken, vollzogen hatte und sich ihr zuwandte.

»Ihre Recherche scheint ja die ganze Welt aus den Angeln zu heben, alle Achtung, meine Liebe! Ich hab gestern den Herausgeber angerufen. Ihm gefällt die Sache, nach so was suchen wir schon lange. Das wird in einer eigenen Artikelserie erscheinen – natürlich veröffentlichen wir es nicht unter Ihrem Namen, das wäre zu riskant. Wir beginnen mit dem Rechtsanwalt Mûssa Atîja. Die Gutachten der Gerichtsmedizin und das Interview mit seiner Frau. Dann kommt der zweite Fall – wie hiess er doch gleich?«

»Sulaimân.«

»Ja, Sulaimân. Und danach nehmen wir Machrûs Bergas. Alles natürlich mit den entsprechenden Gutachten. Und abschliessen werden wir das Ganze mit diesem Nichtsnutz, dessen Leiche man nicht gefunden hat. Nur eine Sache sollten wir noch mit aufnehmen: dass dahinter ein grosser Plan steckt.«

»Ein Plan?«, fragte Sara verwundert.

»Ja«, fuhr er fort, »das heisst etwas, das all die Leute miteinander verbindet. Vielleicht irgendeine Gruppe, die ein Zeichen setzen will, die Vergiftung durch ein kontaminiertes Produkt, persönliche Rachefeldzüge unter Geschäftsleuten ... Wir brauchen was ganz Heisses.«

»Können wir nicht noch ein bisschen warten? Vielleicht decken wir ja noch was auf.«

»Erst schreiben wir, und dann können wir in aller Ruhe aufdecken. Hauptsache, uns kommt niemand zuvor. Wir dürfen nicht warten, bis die Sache schon zu stinken beginnt. In höchstens zwei Tagen brauch ich die Recherche fertig und nachgeprüft auf dem Tisch. Klar?«

Sie nickte nur gedankenverloren und antwortete nicht.

»Gehen Sie zur Demonstration?«, fragte der Chefredakteur.

»Das tue ich.«

»Gut, dann rufen Sie Ihre Kollegen zusammen, die mitgehen, und kommen Sie dann alle zu mir!«

Sara versammelte die Redakteure des Gesellschaftsressorts

um sich, und sie stellten sich alle auf, um die Anweisungen zu erhalten.

»Leute, heute ist ein wichtiger Tag. Ein paar von euch sind zum ersten Mal dabei. Deshalb möchte ich euch warnen: Bei dieser Demonstration wird es zu Gewalttätigkeiten kommen. Die Staatssicherheit wird alles Mögliche unternehmen, denn die Grenzübergänge nach Gasa sind ein heisses Thema, und die arabischen Staaten setzen die Regierung unter Druck. Wie immer werden wir alles von den Hausdächern aus filmen. Wir konzentrieren uns auf die Zentralen Sicherheitskräfte. Wenn jemand geschlagen oder über den Boden geschleift wird, dann nehmen wir das auf. Wünschenswert wäre, wenn einer von euch in Kontakt zu den Leuten träte, aber ohne Verluste! Man kann auf verschiedene Weise Verbindung zu den Menschen auf der Strasse aufnehmen. Versucht, Ingenieure anzusprechen, Ärzte, Intellektuelle ... Wir wollen zeigen, dass es gebildete Leute sind, die gegen die geschlossene Grenze protestieren. Denn eins lasst uns im Kopf behalten: Wir nehmen nicht nur teil, um zu berichten, und dann tschüss, sondern wir machen selbst mit! War das verständlich? Noch irgendwelche Fragen?«

Sie knurrten noch ein paar Bemerkungen, dann machten sich alle auf den Weg zum Tachrîrplatz.

Auf der Demonstration für Gasa
Auf dem Platz war die Lage bereits hochexplosiv. Es wimmelte von Demonstranten, um sie herum Schlagstöcke, Schilde, Helme – und die sonnenverbrannten, von tiefen Linien durchfurchten, wütenden Gesichter der Befehlsempfänger. Für sie war es nur ein Tag von den drei harten Jahren, die die Wehrpflicht bei den Zentralen Sicherheitskräften dauerte. Die Menschenmassen brodelten wie Wasser in einem Kessel, umstellt

waren sie von gepanzerten Autos, die aussahen wie schwarze Marienkäfer. Sie trugen bunte Plakate mit Fotos von Leichen und Körperteilen, mit schneidenden Parolen versehen, und Palästinensertücher, schäbigen Schachbrettern gleich, auf denen der König verraten und umgebracht worden war.

»Hanîja und Sahâr* – unsre Hoffnung, das ist wahr!«

In einer Ecke unweit der Mitte des Platzes stand Sara, in ein Palästinensertuch gewickelt und eine kleine Kamera in der Hand, zusammen mit ein paar Freunden. Sie machte ein Foto, nahm eine Aussage auf und fiel dann in den Ruf der vorbeiwogenden Menge ein: »Hanîja und Sahâr, ihr Streiter – macht das Grenztor wieder weiter!«

Als die Sonne im Zenit stand, begannen die Hirne unter den schwarzen Helmen zu kochen.

»Hebt die Stimme und die Hand – ewig lebt der Widerstand!«

Einer der Aktivisten in Saras Nähe stieg seinem Freund auf die Schultern, ein grosser junger Mann mit einem Nike-T-Shirt und nach allen Seiten abstehenden Haaren, mit denen er aussah wie ein Siebziger-Jahre-Mikrofon. Er hielt sich ein Megaphon vor den Mund und stiess Verwünschungen gegen die Regierung und all die geheimen Mächte aus, die ihn an der Befreiung Palästinas hinderten: »Normalisierung darf nicht sein! Das ist Verrat, wir sagen nein!« Dann holte er Luft und rief immer wieder: »Mubârak, bist du denn besoffen? Warum ist Rafah nicht offen?«

Das war das abgesprochene Zeichen: Als die Zentralen Sicherheitskräfte den Namen hörten, griffen sie an. Hände und Stöcke gingen aufeinander los, Geschrei erhob sich und sta-

---

* Ismaîl Hanîja (geb. 1962) und Machmûd al-Sahâr (geb. 1945) sind zwei der wichtigsten Führer der Hamas im Gasastreifen. *(Anm. d. Übers.)*

chelte beide Seiten noch weiter an. Körper prallten gegeneinander, die Gesichter verzerrten sich, und ein wütendes Brummen wurde laut: »Ägypter, auf zum Widerstand – Ägypten, Gasa Hand in Hand!« Die Sicherheitsleute schlossen den Kreis und zogen ihn immer enger.

Trotz des wilden Tumults hörte Sara nicht auf zu fotografieren. Sie schrie und stiess Verwünschungen aus. Plötzlich zog jemand ihr das Kopftuch weg. Ihr Haar wehte offen, und die Kamera fiel ihr aus der Hand. Als sie sich bückte, um sie wieder aufzuheben, erhielt sie einen harten Stoss gegen den Hinterkopf. Sie stürzte zu Boden, mitten in die kämpfende Menge. Ihre Wange berührte den heissen Asphalt, Schuhe trampelten unmittelbar an ihrem Gesicht vorbei. Während sie noch darum kämpfte, nicht das Bewusstsein zu verlieren, spürte sie plötzlich eine Hand. Flinke Finger stahlen sich unter ihre Bluse, ertasteten sich ihren Weg zum vorausberechneten Ziel und erreichten es mühelos. Dann griffen sie ihr derb an die Brust und rieben sie gewaltsam. Anschliessend wanderten sie weiter bis zu ihrem Gesäss. Saras Bewusstsein war so schwach, dass es ihr nicht gelang, herauszufinden, zu wem diese Finger gehörten. Sie versuchte, seine Hand festzuhalten, aber er war schneller. Er misshandelte sie und überliess sie dann ihrem Schicksal. Sie bekam weitere Tritte ab – bis jemand das Licht auf dem Platz löschte.

*

Zur selben Zeit erhielt Taha den Anruf, den er erwartet hatte. Er fuhr eilig zur Omar-Oase, der bekannten Raststätte an der Wüstenstrasse nach Alexandria. Dort parkte er sein Auto und wartete neben dem Wagen, bis er einen zweiten Anruf von einer anderen Nummer erhielt: »Setzen Sie sich hin, und trinken Sie was, bis ich bei Ihnen bin.«

In der Raststätte befand sich ein weiträumiger und spärlich besuchter Saal. Er bestellte einen Nescafé, zündete sich eine Zigarette an und wartete, bis eine Stimme hinter seinem Ohr sagte: »Wie geht es Ihnen, Taha?«

Walîd Sultân trug eine schwarze Brille und eine graue Schirmmütze, die einen Schatten auf sein Gesicht warf.

»Mir geht's scheisse«, seufzte Taha.

Walîd setzte sich ihm gegenüber. »Glauben Sie mir, ich fühle mit Ihnen.«

Taha schwieg und strich sich über den Kopf. Momente des Schweigens, nur sein Atem war zu hören. »Das tun Sie nicht«, sagte er schliesslich.

»Ui, wen haben wir denn da? Der Taha, den ich beim ersten Mal getroffen habe, war aber ein ganz anderer als dieses Ungeheuer, das seinen Vater eigenhändig gerächt hat. Fällt Ihnen das nicht selbst auf?«

Mit aller Kraft drückte Taha seine Zigarette in dem Nescafé-Glas aus. »Ein anderer ... ich bin nicht mehr ich selbst! Ich bin nicht einmal mehr ein menschliches Wesen.«

»Wer von uns ist denn ein menschliches Wesen? So was gibt es doch nur in andern Ländern.«

Taha sah ihn hasserfüllt an. »Und was sind wir dann?«

Walîd grinste. »Wir sind die, von denen die Engel sagen, dass wir auf Erden Unheil anrichten und Blut vergiessen.«[*]

Er blickte auf den Verband, mit dem Taha die Bisswunde an seiner Hand umwickelt hatte. »Was haben Sie denn da gemacht?«

»Was geht Sie das an?«

»Bis jetzt kann niemand rekonstruieren, wie und warum er umgebracht worden ist.«

»Ich möchte über dieses Thema nicht reden.«

[*] Sure 2:30. *(Anm. d. Übers.)*

»Ach richtig. Was haben Sie noch mal zu dem Kommissar gesagt, als er Sie nach Service' Hand gefragt hat?«

»Ich hab ihm gesagt, dass ich Service nicht kenne.«

»Da haben wir allerdings ein kleines Problem – nun, so ganz klein ist es auch wieder nicht. Wie ich erfahren habe, hat die Sache mit Service einigen Staub aufgewirbelt, und man geht ihr noch immer nach. Es dürfte nicht schwerfallen, eine Verbindung zwischen den beiden Verbrechen herzustellen. Vor allem, weil Sie ihn ja des Mordes an Ihrem Vater beschuldigt hatten.« Taha antwortete mit Schweigen, und Walîd fuhr fort: »Sie sind hier im Land nicht mehr sicher, zumindest im Moment nicht. In zwei Tagen sollten Sie Ihre Sachen gepackt haben. Sie werden ausreisen.«

»Ausreisen?«

»Nach Italien. Ein sauberes Land. Weit weg von diesem Müll hier. Da können Sie ganz neu anfangen.« Taha war wie vor den Kopf geschlagen und wurde noch schweigsamer, während Walîd fortfuhr: »Die Zeit drängt. In zwei Tagen wird uns die Kriminalpolizei auf den Fersen sein. Sie können nicht mehr zu Hause übernachten. Ich denke jetzt einfach mal wie der Mann, der im Moment an meinem Schreibtisch sitzt: Die Sache mit der Hand und dem Zettel und das ganze blöde Theater, das Sie da veranstaltet haben, bringen das Motiv der Rache in die Mordermittlung. Wenn die Leiche so in Szene gesetzt wird, sucht man nach jemandem, der noch eine alte Rechnung mit dem Getöteten zu begleichen hatte. Nach jemandem in der Nähe. Und wer hätte denn wohl Grund gehabt, sich über Service zu beschweren? Der Kommissar hat alle Vernehmungsprotokolle. Er wird herausfinden, dass Sie geleugnet haben, ihn zu kennen, obwohl Sie doch Anzeige gegen ihn erstattet hatten. Und schon beginnt er Verdacht zu schöpfen ... Soll ich weitermachen?«

Um ihm nicht in die Augen sehen zu müssen, richtete Taha seinen Blick zum Fenster.

Walîd trommelte mit den Fingern auf den Tisch. »Und dann noch die Sauerei im Hotel! Die Polizeidirektion wird dazu nicht schweigen. Das war ein zu grosses Tier! Und bestimmt haben Sie irgendwas dort vergessen. Überall sonst ist es für Sie besser als hier. Sie haben nichts mehr zu verlieren.« Er zog einen Umschlag aus der Jackentasche und schob ihn Taha unauffällig zu.

»Was ist das?«

»Fünftausend Dollar. Stecken Sie ihn ein, und hören Sie mir gut zu!« Er zündete sich eine Zigarette an und fuhr fort: »Übermorgen gehen Sie zum Ramses-Bahnhof und steigen in den Zug nach Alexandria. Wenn Sie dort angekommen sind, nehmen Sie einen Minibus oder ein Taxi. Sagen Sie dem Fahrer, Sie wollen nach al-Maks. Das liegt eine bis eineinhalb Stunden vom Bahnhof, gleich bei al-Agami. Fragen Sie nach dem Fischerdorf. Da gibt es das Café Sabbûr. Erkundigen Sie sich dort nach einem Hassan al-Girgîschi. Dem sagen Sie nur: ›Ich komme von Walîd Sultân‹, dann weiss er schon, was er zu tun hat. Geben Sie ihm aber kein Geld! Das Geld, das Sie bekommen haben, ist für Sie.«

»Also mit einem Boot übers Meer? Das mache ich nicht!«

»Immer mit der Ruhe! Ich möchte, dass Sie eines wissen: Es ist nur noch eine Frage der Zeit, bis ein Haftbefehl auf Ihren Namen ausgestellt wird. Ein Kriminalpolizist wird das Haus im Auge behalten, bis Sie dort auftauchen. Und Ihr Handy wird auch …«

Taha konnte nicht mehr an sich halten und fiel ihm ins Wort: »Genug! Ich hab verstanden.«

Walîd zog an seiner Zigarette. »Taha, Sie sind wie ein kleiner Bruder für mich. Nur zu Ihrem eigenen Wohl bin ich so hart zu Ihnen. Hier ist es einfach nicht wie dort. Dort haben Sie die Chance zu leben. Wenn Sie da zweitausend Euro im Monat bekommen, entspricht das vierzehntausend Pfund. So viel werden Sie hier nie verdienen. Hier sind Sie mausetot. Machen Sie nicht den gleichen Fehler wie ich und begraben sich an einem Ort, der es nicht wert ist! Sagen wir es doch offen: Dieses Land braucht noch fünfzig Jahre, bis man darin leben kann. Einen faulen Fisch können Sie vielleicht aus dem Weg schaffen, vielleicht auch zwei oder tausend. Aber diese Leute sind wie Geckos: Wenn Sie da einen Fuss abschneiden, wachsen zehn neue dafür nach. Soll ich Ihnen mal was sagen? Samîr Bergas, Hânis Cousin, wird nun im selben Wahlbezirk kandidieren. Wir sind einen Schwulen losgeworden, und dafür kriegen wir jetzt einen Drogensüchtigen! Und jeder hofft auf Bestechungsgelder und Gefälligkeiten und hält sie von jedem Verdacht fern. Meinen Sie, es sagt jemand was? Da reden Sie nur gegen eine Wand. Letztlich ist doch Ihr Land der Ort, an dem man Sie respektiert. Und dieser Ort ist nicht hier.«

Tahas Augen füllten sich mit Tränen, aber er wagte nicht, sie wegzuwischen. »Darf ich erfahren, was mein Vater damals gesehen hat?«

Walîd blies den Rauch seiner Zigarette in die Luft. »Das ändert nichts, Taha.«

»Ich hab das alles nicht getan, damit Sie mir jetzt sagen, es ändert nichts!«

Walîd seufzte ärgerlich. »Er hat gesehen, wie Hâni Bergas sich in der Villa hat rannehmen lassen – an dem Tag, an dem Sie das Licht angeschaltet haben.« Taha knirschte mit den Zähnen, während Walîd aufstand, um sich zu verabschieden. »Gehen Sie jetzt nach Hause, schlafen Sie gut, und beginnen Sie ein neues Leben! Und vergessen Sie nicht das Café Sabbûr!« Er streckte Taha die Hand entgegen, aber der sah ihn nur unbewegt an. Walîd umarmte ihn kurz, klopfte ihm auf den Rücken und flüsterte ihm dabei ins Ohr: »Ich weiss, dass ich Ihnen Unannehmlichkeiten bereitet habe. Aber seit wann bestimmt man sein Schicksal selbst? Es wird Ihnen eine Weile nicht so gutgehen, aber danach werden Sie wohlwollend an mich zurückdenken. Dieser Mann hat mir was beigebracht, werden Sie sich sagen. Wenn Sie noch was brauchen, sagen Sie es mir! Wir sind Brüder, Taha.«

Walîd ging, nahm Luft und Farben mit sich und liess seine Zigarettenstummel und den Umschlag dafür zurück. Taha öffnete ihn. Ausser dem Geld lag auch das Heft seines Vaters darin. Er schloss den Umschlag wieder, vergrub das Gesicht in den Händen und lauschte auf seine Atemzüge, von denen er schon gedacht hatte, sie hätten ganz aufgehört. Nur sein Herz hämmerte in seinem Körper.

Eine Stunde verging, während deren sich in seinem Kopf alle Ereignisse der vergangenen Tage zu einem surrealistischen Gemälde überlagerten, dessen Maler beschlossen hatte, sich selbst zu verbrennen. In Anbetracht aller Möglichkeiten kam Taha immer wieder zu ein und demselben Schluss: Um nicht mehr die Luft anhalten zu müssen und endlich wieder richtig durchatmen zu können, blieb ihm nichts anderes übrig, als den Weg zu Ende zu gehen.

25

Abgesehen von der durch den harten Stoss verursachten Bewusstlosigkeit hatte Sara von ihrem Fall zwischen die Füsse der Menge nur ein paar oberflächliche Blessuren und Blutergüsse davongetragen. Mit verbundenem Kopf lag sie nun in einem schmalen Bett im Kasr-al-Aini-Krankenhaus und liess ihre Blicke hin und her wandern, bis ein Arzt mit einem Röntgenbild hereinkam.

»Ich habe Ihnen einen Entlassungsschein ausgestellt, Fräulein Agitatorin. Das Gehirn ist Gott sei Dank unverletzt geblieben, Sie haben keine Hirnerschütterung. Ich schreibe Ihnen aber noch ein Medikament auf. Und lassen Sie das Demonstrieren in Zukunft lieber sein, schliesslich sind Sie ein Mädchen, vergessen Sie das nicht! Ich habe auch eine Tochter in Ihrem Alter.«

Sara nickte nur zerstreut angesichts dieser öden, in väterlichem Ton vorgetragenen Ermahnung, dann verliess sie auf zwei Freundinnen gestützt das Krankenhaus. Unterwegs erhielt sie immer wieder besorgte Anrufe, darunter eine Einladung der Organisatoren der Demonstration zu einem abendlichen Treffen im Carlton Hotel, aus Solidarität mit denen, die bei der Kundgebung verhaftet worden waren.

Zu Hause angekommen, konnte Sara nicht schlafen und lag nur mit weit aufgerissenen Augen da. Wieder dachte sie an die Hand, die in einem Moment der Schwäche ihre Grenzen überschritten hatte, in ihr Territorium eingedrungen und über sie hergefallen war. Sie stand auf und ging zum Spiegel, betrachtete ihr Gesicht, zog sich dann aus und begutachtete ihre Brust, auf der die zudringlichen Finger blaue Flecken hinterlassen hatten. Aufgewühlt löste sie sich den albernen Verband vom Kopf, zog sich wieder an und suchte dabei auf dem

Display ihres Telefons nach einem Anruf von Taha. Auf dem Weg die Treppe hinunter blieb sie vor seiner Wohnungstür stehen. Sie wollte schon anklopfen, zögerte dann jedoch und liess es sein.

Vor dem Kino Rivoli stieg sie aus dem Taxi und überquerte die Strasse zum Carlton Hotel. Dort fuhr sie in den achten Stock hinauf, wo sich eine Bar gleichen Namens befand, in der man es schon lärmen hörte, und ging hinein. Zwei grosse Terrassen gab es da und einen weiträumigen Saal, in dem ein meisterhafter DJ den Leuten einheizte, gedämpftes Licht und eine ausgelassene Stimmung. Sara wurde wie eine Heldin empfangen. Die Freunde scharten sich um sie, küssten sie und liessen ihren Kampf hochleben.

Als die Menge sich dann auf die Tanzfläche zerstreute, zog Ibrahîm Sara von dem Lärm fort auf die Terrasse. »Gut, dass du heil wieder da bist.«

»Danke.«

Er gab ihr eine Flasche Stella-Bier, aber sie schob sie freundlich zurück.

»Nein, ich kann nicht, mir ist noch ganz schwindlig. Es ist sehr laut hier.«

Er legte ihr den Arm um die Taille. »Wäre ich bei dir gewesen, wär dir nichts passiert.«

Sara liess den Blick über die Tänzer im Saal schweifen. »Was ist denn hier los?«

»Wovon redest du?«

»Soll das etwa die Solidarität mit den Verhafteten sein?«

»Es hat mit Solidarität angefangen, aber die Leutchen haben ein bisschen viel getrunken.«

»Das ist ja grotesk!«

»Hast du später noch was vor?«

»Ich geh nach Hause.«

»Komm doch mit mir! Ich hab tollen Stoff, und ich würde dir gern was aus meiner neuen Gedichtsammlung vorlesen.«

»Wo denn?«

»Bei mir zu Hause.«

In dem Moment kam ein Mädchen auf sie zu, dessen finstere Miene nicht zu der Partyatmosphäre passen wollte. Eine ganze Weile starrte sie Ibrahîm an, dann machte sie Sara ein Zeichen, ihr zu folgen. Verwundert entschuldigte die sich bei Ibrahîm und folgte dem Mädchen zur Toilette.

Als sie drinnen waren, verriegelte sie zu Saras Erstaunen die Tür und flüsterte: »Ich war heute auch auf der Demonstration.«

»Ich hab dich gesehen, Nuha.«

»Ich war in einem Haus und hab vom Fenster im dritten Stock aus gefilmt.«

»Okay.«

»Ich hab auch dich gefilmt, als du hingefallen bist.«

Sie sah Sara, die sich erwartungsvoll vorbeugte, nicht an. Stattdessen zog sie eine Kamera aus ihrer Handtasche und drückte auf den Wiedergabeknopf. Gespannt blickte Sara auf das Display. Das Video begann mit einer Panoramaaufnahme der Demonstration. Nach mehreren Minuten hörte man den Schrei, sah den darauf folgenden Tumult – und wie die Zentralen Sicherheitskräfte die Demonstranten einkesselten. Hier zoomte das Bild auf eine Gruppe Menschen, an deren Rand Sara stand. Sie rief etwas, fluchte und schimpfte, dann fiel ihr die Kamera auf den Boden. Sie bückte sich danach, und im selben Moment kam ein Angehöriger der Zentralen Sicherheitskräfte und schlug mit seinem schwarzen Stock auf einen Demonstranten ein. Der wich dem Schlag aus und stiess dabei gegen Saras Hinterkopf, worauf sie hinfiel. Kaum jemand bemerkte sie – ausser einem jungen Mann in ihrer Nähe. Er bahnte sich einen Weg zu ihr und beugte sich über sie. Ein Moment der Stille, als hätte die Zeit angehalten – sie sah, wie er so tat, als kümmere er sich um sie. Als wollte er ihr aufhelfen, streckte er seine Hand nach ihrer Brust aus. Und als er ihren Hintern anfasste, sprach Mitleid aus seinem Blick – das Mitleid eines Wolfs.

Als das Video stoppte, war Sara sprachlos. Mit weit aufgerissenen Augen starrte sie gedankenverloren vor sich hin. Ihre Freundin nahm sie in den Arm und sagte: »Dieser Typ spielt hier schon lange Theater. Das ist ein ganz gemeiner Dreckskerl. Man hat ihn bei uns eingeschleust, gegen ihn läuft gar kein Prozess. Er ist bei den Demonstrationen verhaftet worden – und war als Erster wieder draussen. Aber auf seinem Blog gibt er sich als Held, der gefoltert worden ist. Sara, wenn du möchtest, dass ich den Film in deinen Blog stelle, tu ich das.« Sie nahm das Band aus der Kamera und drückte es ihr in die Hand. »Ruf mich an, wenn es dir wieder bessergeht!«

Nuha liess Sara allein ihre Wunden lecken. Die Mascara hatte eine schwarze Trauerlinie auf ihren Wangen hinterlassen. Sie betrachtete sich im Spiegel, rief sich noch einmal ins Gedächtnis, was sie gesehen hatte, und stürzte dann wie eine Furie auf die Terrasse. Unterwegs nahm sie einem jungen Mann an einem Tisch die Bierflasche aus der Hand und ging auf Ibrahîm zu. Er stand da, den Blick auf den Platz gerichtet, und zündete sich gerade eine Zigarette an. Als sie bis auf einen Meter an ihn herangekommen war, schloss sie die Faust fester um den Hals der Flasche, hob sie in die Höhe und liess sie auf seinen Hinterkopf niedersausen. Die Flasche zersplitterte, ohne dass man es bei dem ganzen Lärm hören konnte, und Ibrahîm ging zu Boden. Ein paar Sekunden später hörte die Musik plötzlich auf, und alle schauten zu Sara, die keuchend dastand und Ibrahîm mit ihren Blicken durchbohrte. Einer ging zu ihr, um herauszufinden, was passiert war. Sie schüttelte sich die Glasscherben von der Hand, spuckte auf den mit dem Gesicht nach unten Liegenden und ging dann unter allgemeiner Sprachlosigkeit und fragenden Blicken hinaus.

Währenddessen suchte Taha im Chaos seiner Wohnung seine Sachen zusammen. Ein einziger Koffer musste für Kleider, Papiere und ein paar Fotos reichen. Und für ein Fläschchen voll Staub. Er steckte es sich in die Tasche und ging ins Zimmer seines Vaters. Dort stellte er den Stuhl an den gewohnten Platz und legte das Fernglas daneben. Plötzlich hörte er etwas rascheln. Als er sich umdrehte, sah er sie da sitzen: mit dürren Beinen, scharfem Schnabel und kohlschwarz, die tiefliegenden Augen auf Taha gerichtet.

»Bschschsch!«

Diesmal suchte sie nicht das Weite, flog nicht vor Schreck davon. Taha ging zu ihr, aber die Krähe hob nur den Kopf und sah ihm fest in die Augen. Er liess sich auf die Knie fallen, so dass er auf gleicher Höhe mit ihr war. Ruhig hob er die Hand, berührte sie am Flügel, doch sie bekam keine Angst. Sie fühlte sich samten an, was so gar nicht zu ihrem düsteren Äusseren passen wollte. Aber diesmal kam sie Taha auch ganz anders vor. Er wusste nicht, warum er keine Gänsehaut bekam. Warum er sich nicht abgestossen fühlte. Warum er nicht das Fenster schloss vor diesen dürren Klauen, damit sie bloss nicht wiederkam. Ihre Anwesenheit schien ihm vertraut, als wäre sie ein alter Freund, den er lange nicht gesehen hatte. Er nahm eine Schachtel Kekse aus seinem Köfferchen, die er spontan gekauft hatte, so wie früher immer für seinen Vater, zerbröckelte einen Keks und hielt ihn ihr auf der ausgestreckten Hand hin. Eine Weile rührte sie sich nicht, aber dann machte sie zwei Sprünge auf ihn zu. Nachdem sie ihn noch einige Sekunden lang beobachtet hatte, reckte sie den Hals und nahm sich mit dem Schnabel ein Stück Keks. Schnell frass sie es auf, holte sich ein weiteres und krächzte nach mehr. Immer wieder pickte sie in Tahas Handfläche, bis sie alles aufgefressen hatte. Hatte sie wirklich ein Lächeln auf dem Schnabel? Das war das Letzte, was er von ihr sah, bevor die Krähe ihre Flügel ausbreitete und davonflog. Ein paar Minuten stand Taha wie betäubt, dann schloss er das Fenster, nahm seinen Koffer und fuhr mit dem Bus nach Darrâsa.

Er überquerte die Fussgängerbrücke zum Viertel al-Hussain, das vor Leben wimmelte wie ein Ameisenhaufen: Basare, Parfümeure, Souvenirverkäufer, Flaschen mit Sand, in den man die Namen verliebter Paare schrieb, es gab Hammelfüsse »Neues Testament«, Pasteten »Hussains Kinder«, Kebab von al-Dahân, Milchreis von al-Maliki ... auf den Gehsteigen Korane, die für ein Trinkgeld zum Verkauf standen, in den Schaufenstern schillernde Bauchtanzkostüme. Eine Moschee voller Menschen, die ehrfürchtig mit den Händen über die Gräber strichen und die Schlösser an den Absperrgittern küssten. In den Cafés, in der nach Apfelaroma duftender Rauch hing, Touristinnen mit schönen Beinen und vorstehenden Brüsten. Gold- und Silberschmiede und aufdringliche Bettler. Eine lärmende Welt, angetrieben von Ehrenworten, Schwüren und ein paar Brocken in fremden Sprachen. Sie vereinte so viele Gegensätze, wie es in Indien Bekenntnisse gibt.

Taha ging durch die überfüllten Strässchen und Gassen bis zum Viertel al-Churunfusch. Das Haus seiner Tante zu finden war ähnlich schwierig, wie am Kairoer Himmel einen Stern auszumachen, wenn auf dem Lande gerade das Reisstroh verbrannt wird. Taha erinnerte sich nicht mehr, wann er zum letzten Mal hier gewesen war. Seine Füsse trugen ihn in eine Gasse, die ihm vertraut vorkam. Es war, als riefe ihr Haus zwischen all den anderen Häusern nach ihm. Drei Stockwerke, die der Zeit noch immer trotzten. Er ging durch den altertümlichen Flur, dann die ausgetretenen Stufen hinauf. Oben klopfte er an die Tür. Wie immer hiess Faika ihn herzlich willkommen. Auf jede Wange drückte die Alte ihm fünf liebevolle Küsschen, und er küsste ihr die Hand. Anschliessend nahm sie sein Gesicht in beide Hände und blickte ihn prüfend an. Es fehlte nur noch, dass sie nachsah, ob er saubere Fingernägel hatte! Sie machte ihm etwas zu essen, wie seine zerschlagenen Knochen es sich nur wünschen konnten. Zum Schluss folgten noch ein Glas eisgekühltes Lakritzwasser und ein paar Vorwürfe, weil er sie so selten um Hilfe bat.

»Aber jetzt bin ich ja gekommen, um ein paar Tage bei dir zu bleiben.«

Auf das, was sie in seinen Augen las, wollte seine Tante ihn gar nicht ansprechen. Er machte einen abgespannten, sorgenvollen Eindruck und hüllte sich in tiefes Schweigen. Sie setzte sich neben ihn aufs Bett, zog trotz der Hitze die Decke über ihn und fragte: »Soll ich dir eine Geschichte erzählen?«

Taha musste grinsen.

»Du denkst wohl, du bist schon zu alt dafür, Junge«, meinte sie, »aber du wirst dein ganzes Leben ein Kind bleiben.«

»Dann erzähl, Tante!«

»Es war einmal ein Mann namens Noah. Er lebte in einem Land, in dem die Menschen den Herrn vergessen hatten. Jeden Morgen stand er auf, predigte ihnen und wies ihnen den rechten Weg. Aber die Leute hörten ihm nicht zu, und keiner folgte ihm. Schliesslich sagte er sich: ›Sie verstehen nur die Sprache des Blutes. Wenn ich die Herren töte, wird es mit den Dienern bessergehen.‹ Von da an tötete er jeden Tag einen, bis er alle schlechten Menschen im Viertel beseitigt hatte. Aber kannst du dir vorstellen, was dann passiert ist?«

»Was denn, Tante?«

»Mit jedem, dem er das Leben nahm, starb auch ein Teil seines Herzens, ein Stück so gross wie eine Weinbeere. Am Ende war sein Herz tot. Ausser ihm selbst war niemand übrig geblieben. Er hatte sich etwas vorgemacht, als er dachte, er würde alles in Ordnung bringen. Stattdessen hatte er Schlimmeres getan als alle, die er getötet hatte, zusammen! Eines Tages kamen mehrere Leute und scharten sich um ihn. Sie gehörten zu denen, die seine ersten Reden gehört hatten. Und nun vollzogen sie ihr Urteil an ihm: Sie brachten ihn um. Danach fanden sie Ruhe und das ganze Viertel auch. Er hatte sich für Noah gehalten. Aber er hatte nicht bedacht, dass es nicht an Noah ist, Rache zu üben.«

»Warum erzählst du mir diese Geschichte, Tante?«

Sie lächelte ihn an und tätschelte ihm die Wangen. »Schlaf jetzt! Morgen sehen wir weiter.«

Es war nicht übertrieben, wenn Taha das Gefühl hatte, diese Nacht so gut geschlafen zu haben wie nie zuvor, wie ein Fels auf dem Meeresgrund, den keine Strömung von der Stelle bewegen konnte. Er wachte erst auf, als die Sonne bereits ihr Licht durchs Fenster warf, ihm eine Brise übers Gesicht strich und die verschiedensten Geräusche an sein Ohr drangen: die Mismâr eines Zuckerwatteverkäufers, zwei Schläge mit einem Schraubenschlüssel auf eine Butangasflasche und die Stimme eines Brunnenkresseverkäufers. Seine Tante rief ihn zu einem klassischen Frühstück: Fûl mit scharfem Öl, gekochten Eiern und Hüttenkäse mit Tomaten. Als er eben mit dem Essen fertig war, gab sie ihm eine Stofftasche mit Pflanzenornamenten in die Hand, band sich ihr Kopftuch um und nahm ihn mit auf den Markt.

Taha ging hinter ihr her und lauschte ihren Geschichten über jedes Haus, an dem sie vorbeikamen. Sie zeigte auf das Gebäude der Basara-Karawanserei: »Von hier aus wurde die

Ummantelung der Kaaba in den Hedschas gebracht.« Dann auf ein anderes Haus: »Und hier wohnte Präsident Gamâl. Dein Grossvater traf ihn immer bei Abduh, dem Haarschneider an der Ecke.« Und nach ein paar Minuten: »Und hier wurde Nagîb Machfûs geboren, Gott hab ihn selig!« Endlich blieben sie vor einem modernen Gebäude mit sechs Stockwerken stehen, das in einem grellen Fuchsia gestrichen war. »Und hier stand das Haus deines Grossvaters, Gott hab ihn selig! Als deine Grossmutter gestorben war, haben es einige Bauern gekauft«, erzählte die Tante. Tahas Blick blieb an dem bunten Haus hängen. Anschliessend bogen sie in eine Gasse ab – »Nusairgasse« stand auf dem blauen Strassenschild. Die Tante lief ein paar Meter hinein und zeigte dann auf ein grosses Juweliergeschäft, die Bijouterie Albert. »Hier sass dein Grossvater immer mit seinem Freund Lieto zusammen.«

Als hätte er einen Geist gesehen, blieb Taha wie angewurzelt vor dem Eingang stehen. Er betrachtete das alte Gebäude, das keine Spur mehr von seinem früheren Besitzer zeigte – ausser einem verstaubten Schild, dessen Rand unter dem neuen hervorsah und auf dem man noch zwei Buchstaben von Lietos Namen entziffern konnte.

Erst seine Tante riss ihn aus seinen Gedanken, als sie unvermittelt sagte: »Dein Vater hat es dir erzählt.«

Taha war sprachlos. »Was soll er mir erzählt haben?«

»Denkst du, ich merke es dir nicht an? So, wie du Lietos Laden anstarrst, muss er es dir erzählt haben«, sagte sie lächelnd.

Sie zog ihn fort zum Gemüsemarkt und begann mit ihren Besorgungen. Plötzlich sagte sie, ohne ihn anzusehen: »Es gibt Leute auf dieser Welt, die nichts zu tun haben, als andern das Leben schwerzumachen.«

»Was genau weisst du, Tante?«

Sie reichte ihm eine Tüte mit verschiedenen Gemüsesorten, damit er sie für sie trug, und antwortete: »Ich weiss, dass dein Vater seine Gründe hatte und du die deinen.«

Taha stellte sich vor sie. »Hat Papa es dir erzählt?«

Faika machte einem Verkäufer ein Zeichen: »Such mir ein schönes Kaninchen aus, Arabi!« Ohne sich umzudrehen, sagte sie dann: »Dein Vater hat sein ganzes Leben lang nichts vor mir geheim gehalten.«

»Aber vor mir.«

»Du warst alles, was er auf dieser Welt noch hatte – warum hätte er es dir erzählen sollen?« Taha nickte wortlos, während sie fortfuhr: »Dein Vater hat alle um sich herum bekämpft. Sein ganzes Leben lang hat er nach einer Welt gesucht, die es nicht gibt. Und wohin das geführt hat, hast du ja gesehen. Damit es den Kleinen bessergeht, muss man die Grossen erziehen! Oder lass den Herrn die Welt, die Er geschaffen hat, wieder in Ordnung bringen!«

Taha schwieg einen Augenblick, dann sagte er: »Tante, ich reise fort. Kann sein, dass ich lange wegbleibe.«

»Das ist doch keine Lösung, mein Kind. Aber wenn du meinst, dass es besser für dich ist, geh fort, bis du dich erholt hast.«

Den ganzen Tag verbrachte er mit ihr. Er fegte ihre Wohnung aus und beseitigte eine Spinne, die sich in einer für sie unerreichbaren Ecke eingenistet hatte. Dafür kochte sie ihm Muluchîja mit Kaninchen und holte unter der Ottomane eine runde Blechdose hervor, die ursprünglich Süssigkeiten enthalten hatte und danach ihr Fotoarchiv geworden war. Sie öffnete einen vergilbten Umschlag mit jeder Menge Erinnerungen: mit der Geschichte der Familie, von Freunden und Nachbarn, mit Bildern von Tahas Vater und dessen Geschwistern, die er noch nie gesehen hatte, mit einem Bild von seiner Grossmutter und einem – einzigen – Foto von Tûna. Jemand hatte ihr Haar rot nachkoloriert. Wie schön sie aussah, und wie sehr sie Sara glich! Bevor der Abend vorbei war, vervollständigte Faika ihre Erzählungen noch mit der Geschichte von Fausi, den eine Strassenbahn überfahren hatte, und von Hamdîja, der Tochter ihrer Tante mütterlicherseits, die mit Sabri, dem Sohn der Näherin Sâmija, weggelaufen war. Danach entschuldigte sich Taha, küsste seine Tante auf beide Wangen und ging in sein Zimmer. Er suchte sich Stift und Papier und begann, ein paar Worte niederzuschreiben, bis ihn schliesslich der Schlaf übermannte.

Im Morgengrauen weckten ihn der Gebetsruf und die Hand seiner Tante. Er nahm die rituelle Waschung vor, betete und liess zu, dass sie ihn mit einer Mischung aus Weihrauch und reichlich Paternostererbsen beräucherte. Auf diesem Schutz vor bösen Geistern, nebst Rezitation der letzten beiden Koransuren, hatte sie bestanden. Danach blieb er wach, bis Jassir anrief, den er gebeten hatte, ihn nach Alexandria zu begleiten.

Taha nahm den Koffer, verabschiedete sich mit knappen Worten von seiner Tante und erbat sich dabei ihre Segenswünsche, die auf ihn niederprasselten wie Regentropfen. Dann begleitete ihn Jassir zum Ramses-Bahnhof. Dort drängten sie sich mit den anderen Passagieren der zweiten Klasse in die eiserne Schlange, die im monotonen Rhythmus einer langatmigen staatlichen Geisterbeschwörung losruckelte. Taha sass am Fenster und blickte auf Passanten, Felder und sein Spiegelbild mit den gegen die einfallende Sonne zusammengezogenen Brauen. Jassir versuchte, ein Gespräch mit ihm zu beginnen, aber ihm fiel kein geeignetes Thema ein, und abgesehen von zwei oder drei Sätzen zur Aktivierung der Kiefermuskeln gelang es ihm nicht wirklich, das Schweigen zu brechen. Als sie in Alexandria ausstiegen, spürten sie die jodhaltige Brise. Sie nahmen ein Taxi und fuhren in Richtung al-Maks. Nach einer Stunde tauchte das Fischerdorf vor ihnen auf, das durchaus Venedig ähnlich sah – allerdings war es ein von Armut und dem Kampf um das tägliche Brot entstelltes Venedig. Sie stiegen aus dem Taxi und fragten einen gebrechlichen Alten, der aussah, als stamme er noch von den Ptolemäern ab, nach dem Café Sabbûr.

Mit zittriger Hand wies er ihnen den Weg: »Hinterm zweiten Eck. Neben Abu Sahras Booten.«

Bei der Moschee überquerten sie eine kleine Brücke, dann gingen sie weiter, an Häusern vorbei, die das Meer umarmten, bis sie zu dem Café kamen. Dort fragten sie nach Hassan al-Girgîschi. Er war nicht da, und so bestellten sie erst mal zwei Gläser mit einem teeähnlichen Getränk. Schliesslich beugte sich der Servierjunge zu Taha und flüsterte ihm ins Ohr: »Hassan kommt gerade. Der da mit dem Schnurrbart.«

Er war nicht etwa ein korpulenter Fischer in Seemannskleidung, sondern ein braunhäutiger, muskulöser junger Mann in jugendlich buntem Outfit. Nicht ohne Vorsicht hiess er sie willkommen, bis er dann erfuhr, dass sie von Walîd Sultân kamen. »Er hat mir alles erzählt. Kommt der Bruder da mit uns?«, fragte er und zeigte auf Jassir.

Taha verneinte, und Hassan zog ihn ein paar Meter vom Café weg und wies auf einen Laden in der Ferne. »Sehen Sie den Supermarkt dort? Kaufen Sie da eine Flasche 7 Up, eine grosse Tüte Chips und getrocknete Datteln. Und holen Sie sich von dem Wagen da Sandwiches mit Fûl und Taamîja. Und aus der Apotheke Kohle- und Durchfalltabletten. Wenn Sie sich dann von Ihrem Freund verabschiedet haben, kommen Sie zu mir!«

Taha und Jassir brauchten zwanzig Minuten, alles für die Todesreise Notwendige zu besorgen. Ein Schweigen trat ein, das jedoch bald von Jassir gebrochen wurde: »Das Ganze ist gefährlich. Tauch doch lieber irgendwo im Land selbst unter, meinetwegen in Oberägypten!«

»In Oberägypten? Was soll ich denn dort? Ich will nicht mein ganzes Leben lang Flüchtling sein. Hier, nimm! Das ist ein Nachschlüssel für meine Wohnung. Mit der Vollmacht, die du hast, kannst du sie jederzeit verkaufen. Du wirst es nicht glauben, aber ich hab Frau Mervat vom Dritten schon Bescheid gesagt. Und warte auf meinen Anruf, damit du weisst, zu welcher Bank du mir was überweisen kannst. Und diesen Brief hier gib meiner Mutter. Ihre Adresse steht drauf. Und der hier ist für Sara, bring das nicht durcheinander! Und noch was ...«

»Ja?«

»Jasmin, mit der du auf *Facebook* gechattet hast ...«

»Was ist mit ihr?«

»Sie ist gar kein Mädchen, und sie heisst auch nicht Jasmin.«

Als Taha die Geschichte erzählt hatte, schwieg Jassir einen Moment, dann explodierte er: »Das möge Gott dir heimzahlen! Meine Güte, wenn doch bloss das Boot mit dir unterginge und ein schielender Hai käme und dich in dein bestes Stück beissen würde, du Ich-weiss-nicht-was!«

Taha lachte Tränen.

al-Girgîschi warf ihnen einen ärgerlichen Blick zu. »Verabschieden Sie sich von Ihrem Freund, Prinz, und dann los! Die Leute hier brauchen das nicht mitzubekommen, es ist ja schliesslich keine Wallfahrt nach Mekka. Wir wollen doch keine Probleme, nicht wahr?«

»Mach's gut, Jassir, grüss meine Tante von mir!«, rief Taha und flüsterte ihm dann noch ins Ohr: »Gestern hab ich deine Frau zu Hause angerufen und ihr alles erklärt. Die Arme steht noch immer zu dir, eine andere hätte längst die Scheidung verlangt. Tu's für Sina – unser Herr schicke ihr mal einen Herakles als Mann! Und mach immer das Licht aus, wenn du mit irgendwas beschäftigt bist!«

Jassir griff nach Tahas Hand und umarmte ihn. Dann trennten sie sich, und sofort sagte al-Girgîschi zu Taha und einem anderen jungen Mann: »Kommt mit!«

Sie liefen am Meer entlang, bis sie zu einer Baracke kamen. Im Inneren war es stickig und roch stark nach Fussschweiss. Acht Männer sassen mit angezogenen Beinen auf dem Boden. Bleiche, sorgenvolle Bauerngesichter mit einem erwartungsvollen Lauern in den tiefliegenden Augen. al-Girgîschi schloss die Tür und wandte sich an die dort Sitzenden, darunter Taha, der sich zwischen die anderen gequetscht hatte: »Leute, mit Gottes Hilfe brechen wir um Mitternacht auf, wenn uns das Zeichen gegeben wird, dass auf den Wachbooten Schichtwechsel ist. Wir fahren fünf Meilen weit raus, dann nimmt euch ein anderes Schiff auf und bringt euch heil rüber. Wer kann nicht schwimmen?«

Fünf hoben die Hand – Tahas war nicht darunter –, und der Mann fuhr fort: »Schön, es gibt Rettungswesten für zweihundert Pfund das Stück. Essen und Trinken nimmt jeder selbst mit, und wer krank ist, auch seine Medizin. Wenn jemand kotzt, schmeissen wir ihn ohne weiteres ins Meer. Noch Fragen?«

Einige fragten nach Einzelheiten der Überfahrt, wie man zum Beispiel sein Bedürfnis verrichten solle, wie lange die Reise dauere und an welcher Küste sie landen würden. Souverän wie ein Steward der Lufthansa beschwichtigte al-Girgîschi sie und bat sie, Ruhe zu bewahren und auf sein Zeichen zu warten. Dann machte er die Tür hinter sich zu, und der Gestank wurde noch intensiver – vor allem, nachdem einer der

Männer seiner Anspannung durch Absonderung eines Gases Ausdruck verliehen hatte, dessen Wirkung mit der von Nervengas zu vergleichen war. Die meisten schliefen, Taha jedoch sass mit angezogenen Beinen da und hatte sich ein Taschentuch vor die Nase gepresst.

»Du siehst aus, als wärst du nicht beim Militär gewesen«, sprach der Mann neben ihm ihn an.

»Das war ich wirklich nicht.«

Der andere sah ihn lächelnd an, er hatte grüne Augen und war dünn wie Briefpapier. »Ach so, deshalb. Übrigens, ich heisse Alâa Abdalgalîl. Aus dem Fajjûm.«

»Taha aus Kairo.«

»Komisch.«

»Was ist denn daran komisch?«

»Dass Leute aus Kairo diese Überfahrt machen, ist ungewöhnlich.«

»Wo liegt denn das Problem?«

»Schau doch, wie wir leben und wie ihr lebt. Euch geht es hundertmal besser als uns. Aber ich will nicht neidisch sein.«

»Und warum wanderst du aus, Alâa?«

»Was soll ich denn sonst machen? Das ganze Land wandert ja aus. Ich komme aus Tatûn, hast du davon mal gehört? Das Mailand des Fajjûm![*] Da wandern alle jungen Männer aus, wenn sie alt genug sind. Zwei meiner Brüder sind auf dem Meer gestorben, und drei andere sind heil angekommen. Die bringen jetzt die Familie durch.«

Taha schluckte schwer. »Sind sie ertrunken?«

---

[*] In Mailand existiert ein regelrechtes Netzwerk von Bootsflüchtlingen aus Tatûn, das als Anlaufstelle für neue Flüchtlinge dient. In der Stadt angekommen, unterstützen sie ihre vor Ort gebliebenen Familien. Später kehren sie oft nach Tatûn zurück und bauen sich dort grosse Häuser. *(Anm. d. Übers.)*

»Ja. Aber sechstausend sind bis jetzt schon durchgekommen. Am Anfang gingen sie in den Irak. Aber seit dem Krieg hat Italien ihm den Rang abgelaufen.«

»Aber besitzt du denn keinen Boden, den du bestellen kannst?«

»Wozu sollte ich das tun, Onkel Hagg? Landwirtschaft bringt nichts heutzutage. Die Landbesitzer schlagen den ganzen Boden los, weil der Preis so hoch ist. Und nur die, die nach Italien ausgewandert sind, können ihn sich dann kaufen und Häuser drauf bauen. Heiraten ist schwierig. Wenn einer mit Euros zurückkommt, verwöhnt er das Mädchen, das er zur Frau nehmen will. Er bringt ihr kiloweise Gold mit und baut für sie ganz allein ein Haus mit drei Etagen. Warum sollte sie da so einen wie mich angucken?«

»Sag mal, wie wird das Ganze eigentlich ablaufen?«

»Ganz einfach: Nach fünf Seemeilen haben wir die Küstenwache hinter uns. Dann fahren wir nach links Richtung Libyen. Ein Boot aus Benghasi nimmt uns auf und fährt uns zur nächsten italienischen Insel, wahrscheinlich nach Ragusa. Dreissig Meter vor der Küste steigen wir aus, und dann warten ein paar Italiener auf uns. Bei denen kann man für dreihundert Euro übernachten. Drei Tage, bis du alles organisiert hast und die Kontrollen abnehmen. Pass gut auf, die italienische Polizei ist ziemlich brutal! Wenn alles gutgeht, fahren wir danach nach Palermo. Und wenn der Herr es will, findest du ein italienisches Mädchen oder eine Ältere, die einen Mann sucht, je nachdem, wie viel Geld du hast. Weshalb fährst du eigentlich rüber?«

»Ich bin auf der Flucht vor dem Mann meiner Mutter.«

»Empfehle sie Gott! Wenn wir heil ankommen, bist du mein Gast. Meine Brüder sind grosszügige Leute. Möchtest du was essen?«

»Nein, danke.«

Alâa öffnete ein in Zeitungspapier eingeschlagenes Päckchen, das voller Sandwiches war. »Greif zu, Onkel, oder ekelst du dich?«

»Nein, bei Gott, ich kann nicht. Sei mir nicht böse!«

»Wie du willst«, sagte Alâa und widmete sich in aller Ruhe seiner in Terpentinöl frittierten Taamîja.

Die Sandwiches, die die Druckerschwärze der zerfetzten Zeitung aufgesogen hatten, wurden immer weniger, und allmählich kamen darunter fetttriefende Buchstaben und ein welliges, von grünem Salat gekröntes Foto zum Vorschein. Die Schrift war allerdings noch so gut zu entziffern, dass Taha ein Salatblatt beiseiteschob, um lesen zu können, was darunter stand. Er starrte auf das Papier und riss es dann mit einem Ruck an sich. Dabei purzelte das ganze Essiggemüse auf den Boden – eine Geringschätzigkeit, die sein Freund aus dem Fajjûm deutlich missbilligte. Begierig, als suchte er auf der Liste der bei einer Prüfung Durchgefallenen nach seinem Namen, sog Taha den Text in sich auf. Dann öffnete er seinen Koffer und warf eins nach dem anderen hinaus, bis er es endlich fand: das Heft seines Vaters mit dem Kalenderblatt darin, das dieser einmal abgerissen und zwischen die Seiten gelegt hatte – an jenem Tag, als Taha das Licht angeschaltet hatte. Er nahm das Papier in die Hand und las das Datum: Samstag, 15. November 2008. Seine Blicke wanderten zwischen dem Kalenderblatt und dem Zeitungsausschnitt hin und her, dann blätterte er das Heft hysterisch durch, um schliesslich auf einer Seite innezuhalten: der allerletzten, in der allerletzten Zeile. Eine Weile blickte er geistesabwesend an die Decke der Baracke, dann warf er den Kopf zurück und schlug sich gegen die Stirn – ein Geistesblitz war ihm gekommen. Er faltete die Zeitungsseite mitsamt Öl, Salat und Taamîjakrümeln zusammen und steckte sie sich in die Tasche.

26

Am selben Abend
Nachdem Sara den Brief zum zehnten Mal gelesen hatte, wurde ihr klar, dass sie weniger gewusst hatte als gedacht. Ihre Augen wurden feucht, und um die brennenden Tränen zurückzuhalten, schloss sie die Lider. Sie faltete den Brief zusammen und wählte noch einmal die Nummer. »Der gewünschte Gesprächspartner ist zurzeit nicht erreichbar. Sie werden seine Stimme nie wieder hören.«

Hatte die das wirklich gesagt, diese Hure? Sara stand auf, nahm ihre Handtasche vom Schreibtisch und stürmte mit grossen Schritten ins Büro des Chefredakteurs.

»Was haben Sie, Sara? Warum weinen Sie denn?«

Sie versuchte sich zusammenzureissen und fragte: »Herr Hischâm, wann erscheint mein Artikel?«

»Morgen«, antwortete er, verärgert über ihr aufgeregtes Gehabe.

»Bei dem Artikel ist mir ein Fehler unterlaufen. Wir müssen ihn verschieben!«

»Was stimmt denn nicht?«

»Das Ganze ist nicht so, wie ich gedacht habe. Es gibt keine Organisation, kein Geheimnis und keinen Unbekannten, der sich persönlich an diesen Leuten gerächt hat. Es war alles bloss Zufall.«

»Dann beruhigen Sie sich, und erklären Sie es mir!«

»Wie gesagt, an dem Ganzen ist nichts Wahres dran. Ich hab meine Recherchen auf Phantasien aufgebaut. Offen gesagt, ich hab versucht, mir eine Geschichte auszudenken, um mir einen Namen zu machen. Wenn das Ganze publiziert wird, schade ich einem Menschen, der mir teuer ist. Und dann muss ich die Zeitung verlassen.«

Der Chefredakteur griff zum Telefonhörer. »Beruhigen Sie sich, Sara, ich bring das in Ordnung. ... Hallo? ... Ja, Karâm. Stoppen Sie den Artikel, der für unsere neue Serie vorgesehen war! Ich werde Ihnen stattdessen was anderes schicken. Danke.« Er legte den Hörer wieder auf und wandte sich an Sara: »Erledigt, meine Dame. Können Sie mir jetzt vielleicht erklären, was los ist?«

»Es tut mir leid, ich muss gehen«, rief sie und verliess den Raum.

Der Chefredakteur hielt sich den Hörer erneut ans Ohr. »Ja, Karâm. Bringen Sie den Artikel so raus, wie er ist. ... Nein, keine Änderung.«

Auf dem Heimweg versuchte Sara immer wieder, bei Taha anzurufen. Vor dem Haus angekommen, sah sie zu den geschlossenen Fenstern seiner Wohnung hinauf wie eine Halbwüchsige aus der Sekundarschule zum Haus des Sohns der Nachbarn, der geheiratet hat und fortgezogen ist. Niedergeschlagen ging sie hoch. Sie schloss die Tür hinter sich, faltete Tahas Brief auseinander und liess die Augen über ganz bestimmte Worte wandern: »... dass ich mich mit dir so wohl fühle, ohne zu wissen, warum. ... Wie soll ich dich nie wiedersehen? ... mein Vater und seine Geheimnisse, die mich in die Hölle gebracht haben ... meine Rache ... meine Liebe zu dir ... Ich bin kein Lügner. ... Verzeih mir! ... Leb wohl!« Sie hielt den Brief so fest, dass sich ihre Nägel in die Handflächen gruben, dann drückte sie ihr Gesicht in das Papier, um zwischen den Zeilen vielleicht auf Tahas Gesicht zu stossen.

*

Am selben Abend
Im Hotel Porto Sokhna in Ain Suchna

Buschra war pünktlich. Eine russisch aussehende Schönheit mit wachsreiner Haut im Schlepptau, betrat sie die Hotelhalle. Wie Dressurpferde klapperten beide mit ihren Absätzen über den Boden. Sie fuhren zu einer Luxussuite hinauf, deren Nummer Buschra im Kopf hatte, und stoppten vor einer Tür. Davor standen zwei Männer, unter deren ausgebeulten Anzügen die Mündungen von Maschinenpistolen hervorsahen. Buschra redete sie nicht an, sondern hielt sich nur ihr Handy ans Ohr und säuselte in sorgfältig einstudiertem, verführerischem Tonfall ihren Namen hinein. Nach ein paar Sekunden öffnete eine schmale Filipina die Tür und bat sie in gebrochenem Englisch herein. Buschra liess ihre Begleiterin im Empfangszimmer zurück und begab sich auf die Terrasse. Dort sass ein Mann mit spiegelnder Glatze in einem Ledersessel. Zur fernen Küste gewandt, las er in einem Buch über deutsche Literatur.

»Exzellenz Pascha«, rief sie leise. Lächelnd drehte er sich um. Sie ging auf ihn zu und drückte ihm herzlich die Hand.

»Willkommen, Buschra. Wie geht es Ihnen?«

Er bot ihr einen Platz an und füllte zwei Gläser. Dann sog er einmal tief die feuchte Luft ein und starrte ins Leere. Sie wagte nicht, ihn zu stören, bis er schliesslich das Wort ergriff.

»Das Wetter ist wunderbar heute.«

»Ein schöner Abend«, pflichtete sie ihm bei und spielte mit einer Haarsträhne hinter ihrem Ohr.

»Hatten Sie mit Hâni Bergas zu tun, Buschra?«

Diese unerwartete Frage brachte sie ins Stammeln: »Gott hab ihn selig! Ich schwöre bei Gott …«

Er nahm die schmale Lesebrille von der scharfgeschnittenen Nase. »Schwören Sie nicht! Das ist ja kein Verhör.«

»Haben Euer Exzellenz jemanden in Verdacht?«

»Ich bin derjenige, der die Fragen stellt, Buschra. Mit wem hat er sich getroffen?«

»Mit dem Sohn einer Bekannten von mir. Aber an jenem Abend nicht. Da war der Junge auf einer Party, dafür gibt es Zeugen und Beweise.« Sie beugte sich zu ihm und flüsterte: »Hâni Bergas hatte sehr viele Feinde.«

Er nickte und sah ihr dabei scharf ins Gesicht, während sie versuchte, sich nichts anmerken zu lassen. Doch bevor sie in Unruhe geriet, lächelte er besänftigend, beendete seine Ermittlungen und fragte sie: »Wie steht's denn bei uns?«

Sie jauchzte innerlich auf. »Olga ist ein Prachtexemplar. Sie ist halb Ukrainerin und halb Deutsche«, sagte sie und übergab ihm einen Pass und ein Gesundheitszeugnis. Er sah sich beides an, betrachtete eingehend das Foto und lächelte zufrieden. Buschra fügte hinzu: »Seit sie nach Ägypten gekommen ist, hat diesen Leckerbissen noch keiner berührt. *She is your slave.*«

Er steckte sich den Pass in die Tasche, warf ihr einen Blick zu, mit dem er eine Wand hätte durchbohren können, und fragte: »Und was verlangen Sie dafür?«

»Schon in Ordnung. Das ist ein kleines *cadeau* für Euer Exzellenz.«

Er nickte lächelnd, dann richtete er den Blick auf das Meer vor seinen Augen, was ihr sagen sollte: »Bringen Sie sie herein!« Sie entschuldigte sich, stand auf und ging. Auf dem Weg zur Tür wurde sie plötzlich langsamer. Ohne sich umzudrehen, fragte er: »Haben Sie etwas vergessen?«

Sie kam noch einmal auf ihn zu und sagte freundlich: »Einen winzigen *favor*. Eine Angelegenheit, die einen kleinen *push* braucht. Ein Offizier ... ein Freund von mir ... er ist fälschlicherweise wegen Bestechung angeklagt ...«

Mit einem Handzeichen, das bedeutete »Geben Sie mir, was Sie da haben!«, schnitt er ihr das Wort ab. Sie zog ein zusammengefaltetes Blatt Papier aus der Handtasche, auf dem Name und Einzelheiten vermerkt waren, und reichte es ihm. Dann bedankte sie sich und ging in aller Ruhe hinaus.

*

Am selben Abend
Nâhid öffnete die Tür, und Jassir stand vor ihr. »Wie geht es Ihnen, Tante? Ich bin Jassir, erinnern Sie sich noch an mich? Tahas Freund, ich war mit ihm zusammen in der Schule.«

Mit einem beunruhigten Lächeln sagte sie: »Willkommen, mein Lieber. Ja ... geht es Taha gut?«

»Machen Sie sich keine Sorgen, ihm geht es gut. Er ist auf einer Dienstreise und hat mir einen Brief für Sie gegeben.«

»Schön, komm bitte rein, mein Lieber!«

Doch Jassir entschuldigte sich und ging wieder. Nâhid schloss die Tür und öffnete den Umschlag. Der Brief bestand nur aus zwei knappen Sätzen: »Ich verzeihe dir, Mama. Bete für mich! Taha.«

Das war zu viel. Die Brust zog sich ihr zusammen, und ein Weinkrampf schüttelte sie. Sie setzte sich auf den Boden, lehnte den Kopf an einen Stuhl und betrachtete seine Handschrift auf dem Papier. Dann blickte sie auf zu einem kleinen Bild an der Wand, auf dem sie beide zu sehen waren.

*

Später am Abend
In aller Ruhe betrat Jassir seine Wohnung. Als er die tappenden Schrittchen hörte, die er so liebte, blieb er eine Weile an der Tür stehen. Lachend rannte Sina auf ihn zu. Sie sagte ihre zauberhaften, unverständlichen Worte – in der Sprache eines

knapp zwei Jahre alten Engels. Jassir beugte sich zu ihr hinunter und küsste sie. Dann drückte er sie zärtlich an sich und kitzelte sie an den kleinen Füssen. Sie lachte noch lauter. Er zog die Schuhe aus, setzte sich neben sie auf den Boden und betrachtete ihre Gesichtszüge, als hätte er sie verloren und habe sie endlich wiedergefunden. Es war dasselbe Gefühl, wie er es am Tag ihrer Geburt gehabt hatte. Von den Krankenschwestern umringt, hatte er sie damals auf den Arm genommen und geweint. Ein Stück, ihm aus dem Herzen gerissen, damit es wachsen und um ihn herumtollen konnte. Bei ihr wurde er für ein paar Minuten wieder zum Kind – bis Dâlia in der Tür ihres Zimmers stand. Hatte sie ein paar Kilo abgenommen, oder sah sie bloss aus dieser Perspektive schmaler und schlanker aus? »Mein Gott, hab ich dieses Assuan-Staubecken vermisst«, sagte er sich insgeheim. Aber jetzt war nicht die Zeit zum Nachdenken. Mit seiner Kleinen auf dem Arm erhob er sich und ging mit reuevollem Blick auf Dâlia zu. Lange sah er sie an, und sie begann zu lächeln. Er presste seine beiden Mädchen an die Brust. Mit der freien Hand umarmte er Dâlia, und dabei stiessen seine Finger an das Mieder, das ihre Taille fest umschloss. Lächelnd schüttelte er den Kopf.

*

In derselben Nacht
Es war nach drei Uhr nachts, als der Schlüssel sich im Türschloss drehte. Er versuchte keinen Lärm zu machen. In aller Ruhe trat er in die Dunkelheit und legte seinen Koffer ab. Dann ging er in die Küche, öffnete ganz am Ende eine Schublade, nahm eine Taschenlampe heraus, deren Batterie fast leer war, und ging in das dritte Zimmer. Dort zog er die Vorhänge ganz zu und schaltete die Lampe an. Im Kreis des ersterben-

den Lichts blieb er stehen und betrachtete dieses mit einem weissen Überwurf bedecktes Etwas an der Wand: den Bücherschrank seines Vaters. Nach einer Weile zog er den Stoff weg und wirbelte dabei so viel feinen Staub auf, dass er husten musste. Die Regalbretter waren wie gewohnt mit Büchern vollgestopft. Wie Menschen, die nach Brot anstehen, drängte sich ein Buchrücken neben den anderen. Suchend wanderten seine Blicke darüber. Schwierig, inmitten dieser Menge etwas zu finden. Etwa zehn Minuten vergingen, dann sah er es zwischen zwei anderen Büchern stehen, unschuldig wie ein Kinderbuch. Langsam zog er es heraus und wischte den Staub vom Titel ab: *Unterweltstexte,* und darunter in kleinerer Schrift: *Über die Jenseitsreise des Sonnengotts.*

Taha setzte sich auf den Boden und nahm die Taschenlampe zwischen die Zähne. Er schlug die erste Seite auf. Dort stand noch einmal der Titel und darunter ein Absatz, in dem es hiess:

> Diese Legende erzählt von der Unterweltsreise des Sonnengotts Re mit seiner goldenen Barke und von dem, was die ägyptischen Texte Duat nennen. Gemeint ist die zwölf Stunden während Nachtreise der Sonne nach ihrem Untergang auf Erden und ihrem Eintritt in die Welt der Finsternis.

Taha überflog die Zeilen, dann hielt er an einem Absatz inne, den sein Vater unterstrichen hatte:

> Wie traurig ist dieses Reich! Denn den Fluss in dieser Region umschlingen sechs Schlangen, und aus ihren Mäulern züngeln giftige Flammenzungen. Das ist die Stunde, die die Bösen fürchten. Denn nun erhalten sie den Lohn für

ihr Werk. Keinen Retter gibt es für sie und keinen Helfer. Anubis führt sie zum Gerichtshof, wo Osiris schon auf sie wartet. Ihre Herzen, schwer von der Last, die sie tragen, versinken im Wasser. Und weiter sinken sie auf den Grund, bis sie in den Rachen der Amemet gelangen, der Fresserin der Herzen, so dass der Sünder für immer in einer Grube aus Feuer lebt ...

An dieser Stelle befühlte Taha die Buchseite – und sie gab nach! Er blätterte um und fand, was er erwartet hatte: Das Buch war ausgehöhlt, und im Inneren befand sich ein rotes Heft. Ein weiteres Heft ... Er nahm es heraus, legte das Buch weg und begann zu lesen.

27

Zwei Wochen später trat Walîd Sultân in Begleitung seines Rechtsanwalts aus dem Gebäude des Gerichtshofs erster Instanz in Gisa. Er war glattrasiert, trug einen eleganten Anzug und eine Sonnenbrille, die seinen entzückten Gesichtsausdruck jedoch nicht verbarg. Nachdem er mit seinem Begleiter ein paar Worte gewechselt hatte, verabschiedete er sich und stieg in sein Auto. Noch einmal rekapitulierte er, was er zwanzig Minuten zuvor im Prozess gehört hatte, als man ihn der sexuellen Bestechung für unschuldig befand.

In wenigen Tagen würde er sein Leben wiederhaben. Sein Büro und seine Macht. Seine Uniform und seine Pistole. Seine Stellung bei Bekannten, Nachbarn und bei seiner Frau. Jeden Morgen würde ihn der Wagen abholen, und unter neidischen Blicken würde er grossspurig einsteigen. Unter seiner Herrschaft würden sich die Sklaven wieder abmühen: seine Rekruten, über die er seine Spässe gemacht hatte, seine Diener. Die demütigen Schmeichler würden ihm wieder nachlaufen und um seine werte Freundschaft bitten. Er würde ihre Geschenke und Opfergaben entgegennehmen und könnte wählen. Und die Zeitung würde seinen Namen wieder mit dem Titel davor nennen, der den zwei Adlern und zwei Sternen an seiner Uniform entsprach. Die Welt würde sich ihm wieder öffnen – so, wie sie es noch nie getan hatte.

Er zündete sich eine Zigarette an und startete den Motor. Kaum war er auf der Fahrbahn, erhielt er einen Anruf von einer Nummer, die er nicht gespeichert hatte. Als er dann Tahas Stimme hörte, verlor er fast den Verstand. »Wo sind Sie?«, schrie er. »Rufen Sie etwa aus Ägypten an?«

Taha fasste sich kurz: »Es gab ein Problem. Ich bin nicht gefahren. Ich muss Sie treffen.«

»Was ist passiert?«

»Nicht am Telefon. Treffen Sie mich heute Nacht! In der Innenstadt gibt es das Café Sarkîs. Gegenüber dem Modegeschäft al-Ahrâm. Um eins werde ich da auf Sie warten. Die Sache betrifft Sie.« Taha liess ihm keine Zeit zu antworten und sagte auch nicht mehr.

Als Walîd den Aufprall spürte, fiel ihm das Handy auf den Boden. Er bremste scharf und blickte in den Rückspiegel, dann öffnete er schnell die Tür und ging nach hinten. Dort stand ein junger Mann in den Dreissigern. Seelenruhig blickte er auf die Motorhaube seines Wagens, der das Heck von Walîds Auto gerammt hatte.

»Gott sei Dank nicht weiter schlimm. Tut mir leid. Nur weil Sie so plötzlich gebremst haben und ...«

Das war das Letzte, was er sagen konnte, bevor Walîd sich auf ihn stürzte. Er verpasste ihm einen solchen Kinnhaken, dass er das Gleichgewicht verlor und auf die Motorhaube fiel. Dort packte er ihn am Kragen und versetzte ihm noch einen zweiten, dritten und vierten Hieb. Um sie scharten sich die erstaunten Passanten, von denen jedoch vor Schreck und Überraschung keiner einzugreifen wagte. Auch Walîds Körperbau hielt sie davon zurück – und der Adler, der auf seiner Autoscheibe prangte. Walîd liess von dem jungen Mann erst ab, als der das Bewusstsein und zwei Zähne verloren hatte und seine Brille zertrümmert war. Wie ein gebrauchtes, blutiges Taschentuch glitt er zwischen Walîds Beinen zu Boden. Der schob seinen Kragen und seine Ärmel wieder zurecht und ging unter den hasserfüllten Blicken der Menge zu seinem Wagen. Er sah sie wütend an, stieg ein und fuhr los.

*

Taha sass an einem Tisch auf dem Gehsteig vor dem Café Sarkîs und trank einen Nescafé. Seine Augen wanderten zwischen seiner Uhr, die kurz nach eins zeigte, und der leeren Strasse hin und her. Nach ein paar Minuten kam Walîds Auto. Er hielt an der gegenüberliegenden Strassenseite und stieg in aller Ruhe aus. Den Blick prüfend auf Taha und seine Umgebung gerichtet, kam er über die Strasse, zog sich einen Stuhl heran und setzte sich neben ihn. Er sah auf seine Uhr und sagte: »Sie haben fünf Minuten. Dann muss ich weg.«

Taha drehte sich zur Tür des Cafés und schnippte mit den Fingern nach dem Kellner, der sogleich herankam. »Fragen Sie den Pascha, was er trinken möchte!«

»Bringen Sie mir einen Tee, aber schnell!«

»Sie sind wohl sehr in Eile?«

Walîd zündete sich eine Zigarette an und fragte: »Warum sind Sie zurückgekommen?«

»Ich weiss nicht, was ich Ihnen sagen soll ... Plötzlich hatte ich das Gefühl, nicht fahren zu können.«

»Der Grund war Ihre Herzallerliebste.«

»Sara? Nein.«

»Sie werden sich ins Unglück stürzen. Sie hat über die Sachen, die auf dem Platz passiert sind, einen Artikel veröffentlicht. Ihren Lebenslauf hat sie zwar nicht dazugeschrieben, aber sie hat das Ganze ziemlich angeheizt. Das Innenministerium steht kopf, und die Fernsehsender halten auch nicht den Mund. Ich versuche, Sie zu decken – und in dieser Scheisslage tauchen Sie hier einfach so vor mir auf?« Taha grinste, und Walîd beugte sich zu ihm. »Sie verstehen offenbar nicht, wie gefährlich Ihre Anwesenheit hier ist.«

Ihr Gespräch wurde unterbrochen, als der Kellner mit dem Glas Tee kam. Er setzte das Tablett ab und entfernte sich wieder, und Walîd presste zwischen zusammengebissenen Zähnen hervor: »Sie wissen, es ist nur eine Frage der Zeit, bis man bei den Ermittlungen auf Sie stösst. Hâni Bergas ist eine Person des öffentlichen Interesses, und die Leute müssen ruhiggehalten werden. Sie bringen mich in eine schwierige Lage.«

»Ach, richtig, herzlichen Glückwunsch zu Ihrem Prozess!«

Walîd warf den Kopf in den Nacken, sah zum Himmel und seufzte, bevor er sich wieder an Taha wandte: »Wollen Sie Geld?«

»Absolut nicht. Ich bin, Gott sei Dank, gut versorgt.«

Walîd gab Zucker in sein Glas und nahm ein paar schnelle, hastige Schlucke. »Aber was gibt es dann?«

»Als ich in der Baracke am Meer sass«, sagte Taha, »hat mich einer aus dem Fajjûm zu Sandwiches mit Fûl und Taamîja eingeladen. Mein Blick fiel dabei auf das Zeitungspapier, in das die Sandwiches eingewickelt waren und das von dem Öl schon halb aufgelöst war – und was sehe ich da?«

Ärgerlich verzog Walîd den Mund, und Taha nahm eine zusammengefaltete Zeitungsseite aus der Tasche. Er reichte sie Walîd, der sie ihm nervös aus der Hand riss und auseinanderfaltete. Er überflog die Überschriften, und Taha half ihm weiter: »Auf der Rückseite, links.« Dort befand sich ein vierspaltiger Artikel, dazu ein Foto von vier Männern, die sich um einen Minister gruppierten. Neben dem Minister stand Hâni Bergas – lächelnd und in einem eleganten Anzug. In der Bildunterschrift hiess es: »Der Minister inmitten einer Gruppe von Geschäftsleuten gestern bei der Baukonferenz in Bahrain. Übermorgen wird er der Unterzeichnung verschiedener Kooperationsverträge zwischen der Bergas-Gruppe und Firmen von der Arabischen Halbinsel beiwohnen. Ziel ist die Errichtung eines Wohnkomplexes in der Grösse ...«

Walîd warf Taha einen verwunderten Blick zu. Der lächelte und zeigte ganz oben auf die Seite, wo das Datum stand.

Walîds Augen folgten Tahas Finger, und er las: »15. November 2008. Ich verstehe nicht.«

»Nach Ihren Worten war das der Tag, an dem mein Vater Hâni Bergas gesehen hatte. Aber Hâni Bergas war an diesem Tag gar nicht in Ägypten!«

Walîd grinste, dann lachte er. »Und deswegen sind Sie zurückgekommen? Er hat ihn bestimmt an einem andern Tag gesehen.«

»Oder vielleicht hat er ihn auch überhaupt nicht gesehen.«

Walîds Miene veränderte sich. »Was wollen Sie damit sagen?«

»Nachdem ich den Artikel gelesen hatte«, fuhr Taha fort, »habe ich das Tagebuch meines Vaters herausgeholt. Und dort stand, was er gesehen habe, verdiene es, in den *Unterweltstexten* begraben zu werden. Am Anfang hab ich das für einen ganz normalen Satz gehalten. Aber als ich dann das Datum auf der Zeitung las, fiel mir ein – ich weiss auch nicht, warum –, dass mein Vater ein Buch mit dem Titel *Unterweltstexte* hatte. Ich fuhr zurück, suchte das Buch und fand es auch.«

Walîd sah ihn ausdruckslos an. »Und was stand drin?«

Schweigend nahm Taha sein kleines Heft heraus und legte es auf den Tisch. Walîd sah es lange an, dann griff er danach. Als er die erste Seite aufschlug, sagte Taha: »Bevor Sie es lesen: Etwas hab ich noch vergessen, Ihnen zu sagen. Auf der Rückfahrt von Alexandria hab ich im Zug von Ihnen geträumt – möge Gutes dabei herauskommen! Sie waren ganz in Schwarz gekleidet und trugen eine Krähe auf der Schulter. Und Service, Gott hab ihn selig, nahm Sie bei der Hand und ging mit Ihnen fort.«

Walîd sah ihn scharf an, sagte aber nichts. Er vergrub sich in das Heft und begann zu lesen.

Zum ersten Mal sehe ich ihn nun mit eigenen Augen. Sein Ruf – die Art, wie er herrscht, und seine schmutzigen Ausdrücke, die einem den Atem verschlagen – ist ihm vorausgeeilt. Ich traute meinen Augen nicht, als das Auto vor dem Laden des Lords hielt, dieses stinkenden Dreckskerls! Er stieg aus und stolzierte umher. Ich hielt mir das Fernglas vor die Augen, denn ich dachte, jetzt würde ich sehen, wie ein Schwein das andere umbringt. Ich stellte mir vor, er würde ihn an der Nase packen und in eine finstere Zelle werfen. Sulaimân würde aus dem Viertel vertrieben und übrig blieben von ihm nur ein verrosteter Mercedes und ein Ladenschild ohne Namen. Damit ich darauf spucken könnte, wenn ich daran vorbeikäme. Aber was dann geschah, brachte mich zur Einsicht, dass der Weg noch weit ist. Und dass die Krankheit schon bis in die Wurzeln vorgedrungen ist. Da verneigte sich dieser Freund und Helfer doch! Beugte seinen Kopf vor Sulaimâns Stock! Und streckte die Rechte aus, um seinen Tribut zu empfangen und eine Kühlbox ins Auto zu packen. Dann rannte einer von den Jungs des Lords zu dem alten Mercedes, öffnete den Kofferraum und nahm vorsichtig ein Päckchen heraus. Damit lief er zu seinem Herrn, der es verstohlen an Walîd Sultân weiterreichte. In dem Moment schaltete Taha das Licht an. Und er sah mich! Ich könnte fast schwören, dass er auch das Fernglas in meinen Händen erspähte. Eine Weile blickte er mich an, dann rief er Sulaimân, von dem ich immer gedacht hatte, er hätte noch Menschliches an sich. Fragend zeigte er zu meinem Fenster, und Sulaimân beugte sich zu ihm und träufelte ihm ein Gift ins Ohr, durch das seine Züge sich völlig veränderten. Man sah ihm an, dass er sich mein Fenster und meine Geschichte genau einprägte. Er nickte und trat seine Zigarette mit dem Fuss aus, dann ging er. Jetzt weiss ich es. Ich sehe beinahe vor mir, was geschehen wird. Er wird mir jemanden schicken, der mir droht, damit ich den Mund halte. Jemanden, der meine Seele in meinen Körper sperrt. Ich werde auf ihn warten und ihm meine Tür öffnen. Wenn er mir droht, werde ich mich über ihn lustig machen. Ich werde ihm den Wahnsinn in die Ohren blasen, ihm die Galle auspressen, ihn provozieren, bis er wagt, es zu tun. Wenn er mir seine Wut nicht ins Herz bohrt, wenn er mich nicht aus meinem ewigen Gefängnis befreit, dann stürze ich mich selbst in seine Klinge – um mein Ende zu erhaschen und Erlösung zu finden. Denn auch ich bin mit Schuld beladen, die noch nicht beglichen ist.

Hier hörte Walîd auf zu lesen. Er musste würgen und blickte in Tahas Richtung, aber der Stuhl war leer. Zitternd stand er auf und schaute die Strasse hoch und runter, fand aber keine Spur von ihm.

»Möchten Sie hier sitzen oder drinnen?«

Er drehte sich um und sah vor sich einen lächelnden Kellner in weissem Hemd und mit schwarzer Fliege. Walîd starrte ihn mehrere Sekunden an und fragte ihn dann: »Da sass doch eben noch einer neben mir. Wo ist der hingegangen?«

»Ich weiss nicht, mein Herr, ich hab niemanden gesehen«, antwortete der Kellner mit verwunderter Miene.

Walîd steckte das Heft ein, zog Autoschlüssel und Portemonnaie heraus und suchte nach etwas Kleingeld. »Wie viel kostet der Mist hier?«

Der Kellner blickte auf das leere Glas, die Zuckerdose und den Löffel. »Wer hat Ihnen denn diesen Tee gebracht?«

Walîd hielt inne und sah den Kellner an. »Was soll das heissen?«

»Dieses Glas, der Löffel und die Zuckerdose sind nicht von uns. Wir servieren den Zucker in Papiertütchen.«

Walîd sah nervös aus. »So ein dünner Kerl mit Karohemd, seine Haare standen vorne hoch, und ...«

Der Kellner fiel ihm ins Wort: »Nein, der ist nicht von uns. Wir sind nur zwei und tragen Hemd und Fliege.«

Walîds Blick wanderte zum Ende der Strasse. Seine Gedanken zerfielen in tausend Puzzleteilchen, von denen die Hälfte verloren war.

28

Naama Bay, Scharm al-Scheich, drei Monate später
Die feuchte Sommerbrise trug karibische Rhythmen heran. Sie mischten sich mit dem Rauschen der Wellen, diesem Schschsch, von dem man einmal gesagt hatte, es sei der Atem Poseidons. Nahe der zauberhaften Promenade lag direkt am Meer das Bistro Joli, ein dezent beleuchtetes italienisches Restaurant mit ausgezeichneter Pizza, verschiedenen maritimen Gerichten und schmackhaften Salaten. Mit Sand gefüllte Flaschen, in denen Kerzen steckten, leiteten den Gast über einen kleinen Pfad zu einer Tanzfläche, um die sich die Tische gruppierten. An ihnen sassen Europäerinnen und Europäer: Italiener, Deutsche, Slawen.

In der Mitte stand ein junger Mann in den Dreissigern mit zusammengebundenen langen Haaren und einer elektrischen Gitarre. Er liess die Finger über die Saiten gleiten und spielte ein leises Stück, zu dem die Leute auf der Tanzfläche ihre Köpfe wiegten und sich an den Händen hielten. Hinter ihm sass Taha an seinen Instrumenten, erstklassigen Drums, von denen er nie zu träumen gewagt hätte. Er trug schwarze Jeans und ein weisses T-Shirt. In den letzten drei Monaten hatte er seine Haare wachsen lassen, sein Gesicht war rosig von Sonne und wiedergewonnener Gesundheit. So trommelte er mit geschlossenen Augen an der frischen Luft und schuf eine Atmosphäre der Harmonie – die allerdings bald von einer fürchterlichen Kakophonie durchbrochen wurde. Bei den Tischen hatte ein kleines Mädchen zu weinen begonnen und schrie nun wie am Spiess. Sie war kaum wieder zu beruhigen. Nach ein paar Minuten verloren die Tänzer die Geduld und kehrten verärgert an ihre Tische zurück.

Im selben Moment hörte man Jassir seine Kleine und seine Frau anbrüllen: »Es nutzt alles nichts! Selbst wenn ich ins Paradies käme, ihr beide würdet auch noch die Jungfrauen vertreiben. Und du, um Gottes willen, was machst du denn da eigentlich?«

Dâlia, die in den vergangenen drei Monaten einige Kilo zugelegt hatte, antwortete: »Ich will dir doch Geld sparen!« Sie war nämlich gerade dabei, die Essensreste vom Tisch in eine kleine Plastikdose zu füllen und in ihrer voluminösen Handtasche zu verstauen.

»Wer hat Ihnen denn überhaupt gesagt, dass ich hier zahle, meine Dame?«

»Hast du etwa Angst um dein Ansehen bei diesen dürren Flittchen aus Russland, die du schon die ganze Zeit anstarrst, seit wir hier reingekommen sind? Guck doch mal das Mädchen da, wie dünn! Nur Haut und Knochen! Ich möchte nur mal wissen, was dir an der gefällt, mit ihren spitzen Knochen und dem Pferdegebiss. Und Brüste hat sie auch keine. Wie zwei zerquetschte Weinbeeren sehen die aus.«

»Weinbeeren! Das ist doch schliesslich immer noch besser als diese Riesenmelonen, für die man einen Suzuki-Kleintransporter braucht.«

»Jassir, reiss dich zusammen, und lass uns den Abend in Ruhe verbringen!«

In dem Moment machte Taha dem Kampf ein Ende, indem er seinem Freund auf die Schulter klopfte. »Mach doch nicht so einen Aufstand! Ich hab dich eingeladen, damit du ein paar Tage Luftveränderung hast und nicht damit du dich streitest.« Dann richtete er das Wort an Dâlia: »Nimm's mir nicht krumm, Dodo, aber es ist deine eigene Schuld, schliesslich hast du selbst dir dieses chinesische Fabrikat ausgesucht. Ich kenne und erziehe ihn ja schon lange. Er ist ein furchtbares Arschloch, aber harmlos. Gefällt es euch hier?«

»Das letzte Lied erinnert mich doch sehr an einen Mawâl

von Fâtima al-Id*. Ich werde dich wegen Urheberrechtsverletzung anzeigen!«

In den letzten Monaten hatte sich alles verändert. Am Tag vor seinem letzten Treffen mit Walîd Sultân hatte Taha in der Firma gekündigt. Einen Tag davor hatte er seine Wohnung an Frau Mervat vom Dritten verkauft und war anschliessend untergetaucht. Niemand ausser Jassir wusste etwas von ihm. Eine Woche lang hatte er sich in Scharm al-Scheich ausgeruht, bevor er die Arbeit als Schlagzeuger in dem italienischen Restaurant annahm. Gegenüber den Besitzern und Gästen des Lokals nannte er sich Tito. Am Tag las er viel, abends spielte er vier Stunden, und später liess er den Tag in einem Strassencafé an der Naama Bay ausklingen, wo er Freunde gefunden hatte, die auf seine Vergangenheit nicht so neugierig waren.

Einige Tage zuvor hatte er dann Jassir angerufen und ihn eingeladen, zwei Tage bei ihm in dem Ferienort zu verbringen, allerdings unter der Bedingung, dass er mit Frau und Tochter kam. Als Jassir diese Bedingung hörte, hatte er mit den Zähnen geknirscht: »Ich hab dir doch gesagt, ich komm allein, zum Kuckuck!«

Taha nahm Sina auf den Arm und küsste ihr Händchen. »Und diesen Schatz wolltest du allein in Kairo zurücklassen?« Dann sagte er zu der Kleinen: »Gefällt es dir hier, Sisi?«

Sie nickte und lächelte. Er gab sie ihrer Mutter in die Arme zurück, nahm Jassir bei der Hand und zog ihn in Richtung Meer. Sie zündeten sich beide eine Zigarette an, dann sagte Taha: »Junge, willst du denn nicht mal mit dieser Scheisse aufhören? Mach es ihr doch ein bisschen leichter!«

»Ich hab es doch genau so gemacht, wie du es mir gesagt hast. Ich hab ihr eine DVD mit so einem bescheuerten romantischen Film mitgebracht, auch noch *uncut,* hab das Licht

* Ägyptische Folkloresängerin (geb. 1962). *(Anm. d. Übers.)*

runtergedreht, mir Boxershorts für fünfundzwanzig Pfund angezogen, und wir haben uns hingesetzt.«

»Hä?«

»Und dann ist sie gleich in der ersten Viertelstunde eingenickt. Plötzlich hörte ich ein Schnarchen – oder soll das etwa ein brennender Traktormotor gewesen sein? Da bin ich aufgestanden, hab den verdammten Film abgestellt, die verdammten Boxershorts für fünfundzwanzig Pfund ausgezogen, das verdammte Licht ausgeschaltet und bin, zur Hölle noch mal, ins Bett gegangen und eingeschlafen.«

Taha sah ihn eine Weile an, dann brach er in Lachen aus.

Jassir blickte sich um, um sicherzugehen, dass dort niemand war, und sagte: »Es gibt eine Neuigkeit, die du erfahren solltest.«

»Was ist passiert?«

»Dein Freund ist im Krankenhaus. Es geht zu Ende mit ihm.«

»Seit wann?«

»Seit ungefähr zwei Wochen. Ich hab es zufällig erfahren, als ich wegen einer digitalen Geburtsurkunde für Sina auf dem Revier war.« Taha zog an seiner Zigarette und blies dem Mond den Rauch ins Gesicht, während Jassir hinzufügte: »Erledigt, Taha, die Sache ist vorbei. Service ist tot, und bei dem, der ihn gelenkt hat, ist es auch nur noch eine Frage der Zeit. Jetzt kannst du doch zu deiner Arbeit und in dein Leben zurückkehren. Vergiss den ganzen Staub und Puder und Dreck, such dir eine Ehefrau oder ...«

Taha fiel ihm ins Wort: »Ich hab doch nicht auf Walîd Sultâns Tod gewartet, um danach wieder zurückzugehen. Das ist vorbei, ich fühle mich wohl hier. Ich habe zu mir selbst gefunden. Als ich mein Studium angefangen habe, hab ich das nur gemacht, um meinen Vater zufriedenzustellen. Aber ich konnte es nie leiden, und meine Arbeit als Vertreter auch nicht. Das ist alles nur Heuchelei und Gaunerei. Jetzt fühl ich mich zum ersten Mal als Mensch.«

Jassir blickte sich zur Tanzfläche um und sagte: »Unter uns: Wer wie du jeden Tag solche Miezen vor die Linse kriegen kann, wäre ja ein Hohlkopf, wenn er von hier wegginge.«

»Ein Esel bleibt doch immer ein Esel, hör auf!« Dann schwieg er eine Weile, bemüht, die Frage zurückzuhalten, die ihm keine Ruhe liess. »Hat Sara dich nicht noch mal angerufen?«

Jassir schüttelte den Kopf.

In dem Moment hörte Taha einen Pfiff: Er sollte sich wieder ans Schlagzeug setzen. Er trat seine Zigarette aus und entschuldigte sich bei seinem Freund. Auf dem Weg blieb er noch einmal stehen. »Danke, Jassir.«

»Wofür denn?«

»Ich habe über Sachen mit dir gesprochen, die dich ins Unglück hätten stürzen können. Aber weisst du was, als Kellner im Café damals warst du die ideale Besetzung.«

»Du willst dich über mich lustig machen, Gott möge es dir heimzahlen! Ich hab nachts ins Bett gemacht vor Angst!«

Taha lachte und umarmte ihn. »Ich bin dir wirklich sehr dankbar, Jassir.« Dann liess er ihn stehen, setzte sich an sein Schlagzeug und begann zu spielen.

29

Drei Tage später, 18 Uhr 30, Dâr-al-Fuâd-Krankenhaus
In tief ausgeschnittener Bluse, kurzem, engem Rock und hochhackigen Sandalen lief Nûra vor der Zimmertür auf und ab. Sie strich sich die Haarsträhnen aus den Augen und wechselte das Handy von einem Ohr zum anderen, um dem erregten Telefonat, das schon länger als eine halbe Stunde dauerte, ein wenig von seiner Hitze zu nehmen. »Sogar jetzt, wo er im Sterben liegt, lügt er noch! Ich hab in seinem Portemonnaie eine alte Rechnung für ein Doppelzimmer im Stella di Mare gefunden. Und mir hat er damals gesagt, er ist auf Dienstreise, dieses Arschloch! Und dann noch die Bilder auf seinem Handy! Ihre Zehen hat er fotografiert, der geile Bock, stell dir mal vor! Lässt mich hier sitzen und geht zu diesem Dreckstück, der Hund! Ich kann es nicht mal ertragen, reinzugehen und seine Visage zu sehen. Mein Gott, er sieht so hässlich aus. *Anyway,* ich hab ihn das Café auf mich und die Kinder überschreiben lassen. Und die Wohnung läuft sowieso längst auf meinen Namen.«

In dem Moment öffnete sich die Tür des Aufzugs und stoppte Nûras Redefluss. Mit einem grossen Blumenstrauss vor dem Gesicht kam ein junger Mann auf sie zu. Vor der Zimmertür blieb er stehen, liess die Blumen ein Stück sinken und fragte sie: »Guten Abend, liegt hier Walîd Bey Sultân?«

Sie nahm das Handy vom Ohr, starrte erst ihn an, dann die Blumen und suchte nach einer Karte mit dem Namen der Absenderin. »Wer schickt denn den?«

»Niemand«, antwortete er, »ich komme Walîd Bey besuchen. Er ist wie ein grosser Bruder für mich.«

Gleichgültig zeigte sie zur Tür und nahm ihr Telefonat wieder auf.

Er klopfte an, aber im Zimmer blieb es still. Nach einer Weile trat er ein. Walîd Sultân lag im Bett. Wie alle, die den Staub geschluckt hatten, hatte er stark abgenommen, und sein Gesicht war eingefallen. Sein Körper verschwand fast unter all den Infusionslösungen und den dazugehörigen Schläuchen, die aus seinen Händen ragten wie die Tentakel eines mageren Kraken. Ein EKG-Gerät zeigte schwache Ausschläge, Fahrbahnschwellen ähnlich, die den in Windeseile herannahenden Tod nicht würden aufhalten können. Als Walîd die Tür ins Schloss fallen hörte, drehte er sich schwerfällig um. Seine Pupillen wurden starr, und das EKG-Gerät kam aus dem Takt. Ruhig legte Taha den Strauss auf den Tisch, während Walîd die Finger nach dem Notrufknopf ausstreckte. Doch schnell packte Taha ihn an seinem kraftlosen Handgelenk und legte den Knopf weg. Dann setzte er sich neben ihn auf die Bettkante.

»Nein, danke, ich hab schon einen Nescafé getrunken, bevor ich gekommen bin. Machen Sie sich keine Umstände!« Walîds Lider zitterten, und vor Schmerz knirschte er mit den Zähnen, während Taha fortfuhr: »Ich komme, um zu sehen, wie es Ihnen geht. Nicht auszudenken, dass ich Sie nicht mehr hätte treffen sollen, wo Sie doch solch eine weite Reise vor sich haben!«

Walîd zitterte so, dass sein Bett zu wackeln anfing. Sein Hals mit den hervortretenden Adern sah aus wie ein dürrer Baum, der Husten zerriss ihm beinahe die Kehle, und das Gurgeln kam auch nicht aus einem kaputten Abflussrohr. Mit furchtbarer Anstrengung artikulierte er: »Hunde...sohn.«

»Schschsch, ganz ruhig! Bis zur Hochzeit ist alles wieder gut, Walîd Bey.«

Er packte Tahas Hand. »Service war nur gekommen, um ihm Angst zu machen. ... Ihr Vater hat ihn provoziert. ... Ihr Vater hat Selbstmord begangen. ... Ich ...«

»Sie sind ja jetzt unterwegs zu den beiden. Dann können Sie sich dort in aller Ruhe über die Rechnung einigen.«

Mit bebender Brust sah Walîd Taha ins Gesicht. Der stand auf und ging zur Tür. Dann blieb er noch einmal stehen. »Grüssen Sie Service und Bergas von mir«, sagte er, und nach einer kleinen Pause fügte er hinzu: »Und meinen Vater, falls Sie ihn treffen.«

Dann ging er hinaus und liess das EKG-Gerät aufschreien, bevor es plötzlich ganz verstummte.

*

Mit dem Rücken zum Lärm der Menschen und der Autos sass Taha auf der gemauerten Brüstung der alten Brücke und liess die Beine über den Fluss baumeln. Ohne zu blinzeln, blickte er auf die glitzernde, aufgewühlte Wasseroberfläche. Seine Zigarette brannte, aber er zog nicht daran, und sein Verstand gab keine Befehle mehr aus. Seine Ohren nahmen nichts wahr als seine Atemgeräusche und gleichmässigen Herzschläge, von denen seine Brust erbebte. Erst ein kleines Boot, das unter seinen Füssen hindurchfuhr, riss ihn aus seinen Gedanken. Auf dem Boot war ein magerer Mann in einem farblosen Gilbâb. Mit zwei dürren Beinen, die ihn kaum noch trugen, hielt er sich auf dem Bootsrand im Gleichgewicht und schleuderte ein armseliges Netz in die Luft, an dem Fische und die Zeit bereits genagt hatten. Geschickt breitete er es im Kreis um sein morsches Boot aus, liess es ins Wasser tauchen und setzte sich dann mit angezogenen Beinen hin, das Ende des Netzes fest in einer Hand. Mit der anderen hielt er sich ein kleines Transistorradio ans Ohr. Im selben Moment steckte Taha die Hand in die Tasche und holte sein Fläschchen heraus. Er befühlte es mit den Fingerspitzen und strich über seinen Familiennamen, der in den Flaschenbauch graviert war. Früher einmal hatte es in der Hand seines Grossvaters gelegen, lange Zeit war es im Stuhl seines Vaters versteckt gewesen, und jetzt würde es auf dem Grund des Flusses seinen Platz finden. Was für eine Reise! Er hob die Hand, schloss kurz die Augen, holte Luft und wollte es schon ins Wasser werfen, als die jungen Leute, die ein paar Meter entfernt von ihm sassen, plötzlich pfiffen und aufschrien, so dass er in seiner Bewegung innehielt. Sie beobachteten gerade, wie eine Jacht unter der Brücke hindurchfuhr, eine weisse Jacht, deren Fenster in einem wunderbaren Türkislicht erstrahlten. Heisse Rhythmen kamen von dort. An Deck gab es eine lautstarke Party, mit Mädchen, die keine Knochen zu haben schienen, so wanden sie sich zur Musik und liessen ihre langen Haare im Wind flattern. Auf der Bordwand stand in eleganter goldener Kursivschrift: *Bergas*.

Die Jacht flog wie ein Pfeil durchs Wasser, vorbei an dem Fischerboot, das ihr gerade noch ausweichen konnte. Die Wellen hoben seine Bordwand an, und der dünne Fischer stand auf und packte die Leinen fest mit beiden Händen. Aber die riesigen Schiffsschrauben ergriffen den Rand des ausgefransten Netzes – und im nächsten Augenblick drehte sich das kleine Boot wie eine Nussschale um sich selbst. Verzweifelt kämpfte der Mann mit seinem Netz, verlagerte sein gesamtes Körpergewicht auf die Fersen und stemmte sich gegen den Zug der Leinen. Aber schon nach zwei Sekunden erlahmte sein Widerstand. Mitsamt seinem Netz ging er über Bord, und die Jacht riss ihn wie einen Wasserskifahrer mit sich – einen Wasserskifahrer im Gilbâb! Ein Paar Sekunden später ging er unter und liess nur einen kleinen Strudel zurück, der sich bald in den Wellen aufgelöst hatte. Taha erstarrte. Sein Fläschchen fest in der Hand, knirschte er vor Verzweiflung mit den Zähnen. Er stellte sich auf die Brüstung und beobachtete die Stelle, an der

der Mann untergegangen war. Mit für ihn ganz ungewohnten Worten schickte er ein Stossgebet zum Himmel, während seine Augen besorgt die Wellen absuchten. Doch während die Menschen auf der Brücke noch wie versteinert dastanden, tat sich einige Sekunden später das Wasser auf, und ein Kopf und eine Hand kamen zum Vorschein. Eine Hand, die kräftig gegen die Wellen ankämpfte. Der Mann schwamm zu seinem Boot, es entglitt ihm zunächst, aber schliesslich bekam er es zu fassen. Geschickt stemmte er sich hinein, die Reste des Netzes noch in der Hand. Die Leute auf der Brücke klatschten, jubelten, pfiffen und schrien, während der Mann in seinem Gilbâb, der ihm am Körper klebte, dastand und zusah, wie die Jacht sich entfernte. Er spuckte aus und schimpfte aus vollem Herzen, dann hob er die Hände zu einem flammenden Gebet.

Taha setzte sich wieder auf die Brüstung. Eine Weile betrachtete er das Fläschchen – und steckte es wieder ein.

30

Scharm al-Scheich, nachts
Er setzte sich an sein Schlagzeug, hob die Stöcke zum Himmel und liess sie hart auf die Drums niederprasseln. Mit geschlossenen Augen sog er den Duft des Meeres, das in seinem Rücken lag, tief in die Lungen. Er beobachtete, wie seine Rhythmen aufstiegen und die Armeen der Tänzer vor ihm mit sich fortrissen. Bevor er schliesslich zum letzten Stück ansetzte, sah er sie von weitem herankommen – und geriet aus dem Takt. Dann wurde er so langsam, dass es den Leuten schon auffiel. Sie kam immer näher, bis sie endlich vor ihm stand und seine Hände zu spielen aufhörten. Taha flüsterte dem Gitarristen eine Entschuldigung ins Ohr und folgte ihren Fussstapfen durch den Sand.

Am Meer holte er sie schliesslich ein, und sie drehte sich zu ihm um. Der Anblick des Mondlichts in ihren Augen und ihr schwarzes Kleid verschlugen ihm die Sprache. Lächelnd sagte sie zu ihm: »Du hast eben wesentlich besser ausgesehen als gespielt.«

Ebenfalls lächelnd blickte er ihr in die Augen und schwieg.

»Erinnerst du dich noch daran, wie du zum ersten Mal mit mir gesprochen hast?«, fragte sie.

»Du hast gesagt, ich spiele ziemlich schlecht.«

»Wenn ein im Zeichen Zwillinge Geborener sich über etwas lustig macht, heisst das, dass es ihm gefällt.«

»Hat Jassir dir verraten, dass ich hier bin?«

»Nun ja, vergiss nicht, dass ich eine fähige Journalistin bin!«

»Dann bist du wohl zum Arbeiten hergekommen, oder?«

»Nach meinem Artikel über das, was auf dem Platz passiert ist, hab ich die Zeitung verlassen. Ich wollte ihn noch zurückziehen, Taha, glaub mir! Aber es ging nicht mehr. Ich hab auch viel durchgemacht und Dinge erlebt, die ich nie für möglich gehalten hätte. Als ich deinen Brief gelesen habe, ist in meinem Leben alles anders geworden. Dass du mit all dem fertig werden musstest und es für dich behalten hast, hätte ich mir nie vorstellen können – und ebenso wenig, dass jemand mich so lieben könnte. Du hast mein Leben verändert. Seit du gegangen bist, habe ich wie verrückt versucht, dich anzurufen.«

»Du bist wirklich verrückt.«

»Verrückt ja, aber ich will dich.«

»Der Taha, den du willst, ist nicht mehr derselbe wie früher.«

»Ich bin auch nicht mehr dieselbe wie früher.« Er sah zum Himmel auf, und sie griff nach seinen Fingern. »Du möchtest wohl nicht tanzen?«

Er sah ihr in die Augen und lächelte. »Absolut nicht!«

»Gut, dann lass mich doch bitte noch ein bisschen von deinem fürchterlichen Krach hören!«

Lächelnd nickte er und legte die Hand um ihre Finger. Gemeinsam gingen sie zur Tanzfläche zurück und verschwanden in der Menge.

Mein besonderer Dank gilt allen, die mir bei der Publikation dieses Werks geholfen haben:

Hussâm Magdi
Abdalasîs al-Schaâr
Machmûd al-Schaâr
meinem Onkel Farûk und seinem Sohn Muatas
Achmad Amîr
Jassir Chulûssi
Hâtim Rifaat
Muhammad Maarûf
Alâa al-Gamâl
Narmîn Nuamân
Hassan Badîr
Achmad Sakarîja
Machmûd Hassîb
Walîd al-Schischîni
Achmad al-Aidi

Glossar

Basbûsa: ein Griessgebäck
Baschmuhandis: »Oberingenieur«, respektvolle Anrede für einen Ingenieur
Chawâga: respektvoll-distanzierte Anrede für den westlichen Ausländer
Fûl: gekochte Saubohnen
Halâwa: eine aus Zucker, Wasser und Zitronensaft hergestellte klebrige Paste zum Entfernen der Körperhaare
Kufîja: viereckiges Tuch, von arabischen Männern oft auch als Kopfbedeckung getragen
Mahalabîja: Milchpudding
Mawâl: kurze volkstümliche Liedform
Mifattaka: Süssspeise aus Sirup, Nüssen und Gewürzen
Milâja: schwarzer Frauenumhang
Mismâr: ein Blasinstrument
Muluchîja: ein spinatähnliches Gemüse
Murta: bei der Herstellung von Butterschmalz verbleibender Bodensatz, der mit Brot gegessen wird
Sainabfinger: Gebäck in Fingerform
Taamîja: frittierte Frikadellen aus Kichererbsen
Tahina: eine Paste aus gemahlenen Sesamkörnern

PS: Zur Erleichterung der Aussprache arabischer Namen wurden in der Übersetzung betonte lange Silben mit einem Zirkumflex (^) versehen.

Arabische Literatur im Lenos Verlag

Chalid al-Chamissi
Arche Noah
Roman aus Ägypten
Aus dem Arabischen von Leila Chammaa
407 Seiten, gebunden, mit Schutzumschlag
ISBN 978 3 85787 422 2

»al-Chamissi ist ein hervorragender Menschenbeobachter, der sich auch nicht scheut, die Vorurteile seiner Landsleute aufs Korn zu nehmen.«
Die Presse

Arabische Literatur im Lenos Verlag

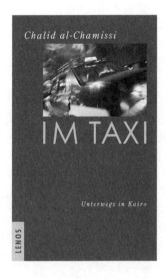

Chalid al-Chamissi
Im Taxi
Unterwegs in Kairo
Aus dem Arabischen von Kristina Bergmann
187 Seiten, gebunden, mit Schutzumschlag
ISBN 978 3 85787 413 0
205 Seiten, Smartcover
ISBN 978 3 85787 428 4

»Wer die Gründe für die Revolution in Ägypten kennenlernen will, der lese dieses Buch.«
Süddeutsche Zeitung

ARABISCHE LITERATUR IM LENOS VERLAG

Ghada Abdelaal
Ich will heiraten!
Partnersuche auf Ägyptisch
Aus dem Ägyptisch-Arabischen von Kristina Bergmann
218 Seiten, broschiert
ISBN 978 3 85787 756 8
Lenos Pocket 156

»Ein komisches und rührendes Buch, in dem man lachend manches über die ägyptische Gesellschaft erfährt.«
Tages-Anzeiger

ARABISCHE LITERATUR IM LENOS VERLAG

Nihad Siris
Ali Hassans Intrige
Roman aus Syrien
Aus dem Arabischen von Regina Karachouli
189 Seiten, Smartcover
ISBN 978 3 85787 453 6

»Die gnadenlose, hervorragend orchestrierte Sicht auf ein brutales und verlogenes System, irgendwo in der arabischen Welt.«
Schweizer Radio DRS